DRAAKK

ETWAS IST ERWACHT

D1671208

© Ideekarree

WWW.LCFREY.COM
WWW.FACEBOOK.COM/L.C.FREYOFFICIAL
@LUTZCFREY

L.C. FREY

DRAAKK

ETWAS IST ERWACHT

IDEEKARREE LEIPZIG

DRAAKK

Horrorthriller

Magia potentia est.

Deutsche Erstveröffentlichung

Covergestaltung & Layout:
Ideekarree Medien Leipzig
www.ideekarree.de

Lektorat:
Wolma Krefting

Titel und Überschriften unter Verwendung des Fonts »Bebas Neue« by
Dharma Type (dharmatype.com)

Im Text außerdem »Virtual DJ« by Christian666 und »Deutsch Gothic« by
James Fordyce (beide via www.dafont.com)

ISBN: 1494448610
ISBN-13: 978-1494448615

WWW.LUTZCFREY.DE

Für Krissy.

Wer mit Ungeheuern kämpft, mag zusehen, dass er nicht dabei zum Ungeheuer wird. Und wenn du lange in einen Abgrund blickst, blickt der Abgrund auch in dich hinein.

Friedrich Nietzsche, Jenseits von Gut und Böse (1886)

PROLOG

Gebiet des heutigen Golf von Bengalen, 9600 v. Chr.

Sie waren fünf, und sie würden die Letzten sein. Die Stadt unter der gewaltigen Kuppel erstreckte sich beinahe bis zum Horizont, ein gigantisches, steinernes Labyrinth aus Felsblöcken, hunderte von Metern hoch aufgetürmt auf der Oberfläche einer Insel, die eigens zu diesem Zweck erschaffen worden war.

Die gigantische Stadt brannte lichterloh.

Aber sie würde nicht mehr lange brennen, die Insel versank bereits im Meer. Jetzt, da all jene starben, deren Energie die Insel hatte schwimmen lassen. Jetzt, da sie alle schreiend in den Flammen umkamen, einige von ihnen tausende von Jahren alt, andere noch Säuglinge, und ausnahmslos alle von ihnen wahnsinnig. Wenn das Meer über der Insel zusammenschlug, würden sie tot sein, alle von ihnen. Als hätte es sie nie gegeben.

Sie waren fünf, dachte Tharek, und sie waren die Letzten ihrer Zivilisation. Einst hatten sie ganze Welten geschaffen, allein durch ihren Willen, im Einklang mit den allgegenwärtigen, gütigen Kräften des Universums. Derart war ihre Macht gewesen, als ihre Ahnen vor fünftausend Jahren erstmals diesen Planeten betreten hatten. Und auch sie waren auf der Flucht gewesen, so wie jetzt Tharek und seine kleine Gruppe. Sie hatten dieser jungen Welt und ihren Bewohnern Weisheit gebracht, Güte und die Fähigkeit, Gedanken für die Ewigkeit zu binden. Sie hatten dieser Welt eine mächtige, strahlende Zivilisation geschenkt.

Das hatten sie zumindest geglaubt.

Die Menschen hatten ihre Lehren der Liebe und des Einklangs begierig aufgesogen, hatten ihre Schamanen zu ihnen geschickt und ihre weisen Männer und Frauen.

Und sie hatten gelernt.

Unendlich langsam, aber sie hatten gelernt. Wie man die Materie in Einklang mit den Schwingungen des Geistes brachte, wie man ohne Worte sprach und Liebe schenkte, während man Lust empfing. Wie man lebte, ohne zu altern. All das hatten die Menschen irgendwann verstanden.

Aber sie hatten noch nicht gelernt, wie man sich über das Dunkel erhob. Wie man dagegen ankämpfte. Wie sie ihre Welt verteidigen konnten, gegen das, was kommen würde. Gegen die Schwärze, die Thareks Rasse, wenn auch unabsichtlich, aus den Tiefen des Alls mitgebracht hatte. Nun waren sie selbst Opfer dieser Schwärze geworden, die sie viel früher ereilt hatte, als sie es für möglich gehalten hatten. Hingemeuchelt durch einen einzigen Gedanken, den die Finsternis geschickt hatte. Lange, bevor sie den Menschen die wichtigsten Lektionen hatten beibringen können, würden ihre Lehren gemeinsam mit ihnen im Meer versinken.

Die Erde würde schutzlos sein, wenn niemand mehr wusste, wie man den Schild wob, wie man das finstere Wirken der Dunklen hinter ihren zahllosen Masken durchschaute und sich vor ihrem Einfluss schützte. Wie man seinen Geist zu höheren Sphären aufschwang und sich mit anderen Geistern zum Kampf vereinte.

Ein einziger dunkler Gesandter hatte genügt, um das mächtige Reich der Atlantäer auf eine Handvoll Überlebender zu reduzieren, zerlumpte Flüchtlinge, ausgestoßen und verraten von denen, die sie hatten schützen wollen.

Tharek drehte sich um und gedachte ein letztes Mal seiner Brüder und Schwestern, die gestorben waren, damit sie fliehen konnten. Sie hatten ihre Heimstatt und tausende Leben geopfert, um die Schwärze mit sich in die Tiefe des Meeres zu ziehen und Es dort unten zu bannen. Sie waren gestorben, damit die Menschheit leben konnte.

Und auf welche Weise sie gestorben waren! Die entstellten Leiber grausam verdreht und ineinander geschlungen, reißend, kämpfend, ihre Seelen von nichts außer Wahnsinn und Hass erfüllt. Tharek verdrängte die Bilder dessen, was sie sich gegenseitig angetan hatten, was Mütter ihren eigenen Kindern angetan hatten und Brüder ihren Schwestern. Gierig hatten sie ihre Gedanken auch nach den Fliehenden ausgestreckt, als Tharek und seine Begleiter die Schleuse hinter sich verschlossen hatten. Und mitten unter ihnen hatte reglos wie ein Fels das Wesen aus der Schwärze gestanden, dem sie sich alle geopfert hatten.

Und dieses Wesen hatte triumphiert.

Als Tharek aufs Meer hinausschaute, war nur noch die Spitze der zerborstenen Kuppel zu sehen. Es war fast vorbei. Obwohl beinahe tausend Lebensjahre auf der Erde ihn mit göttlichem Gleichmut beschenkt hatten, spürte er in diesem Moment eine tiefe Traurigkeit. So sehr sie den ungestümen Übermut der jungen Menschheit auch geschätzt hatten, eine Frage blieb nach all den Jahrtausenden offen, und diese Frage legte sich nun voller Bitterkeit auf seinen Geist:

Gab es im Wesen der Menschen einen Trieb, ein genetisches Vermächtnis, das sie anfällig machte für das Böse und Perfide? Etwas, das sie Dinge tun ließ, von denen sie wussten, dass sie falsch waren? War ihr Schicksal von Anfang an besiegelt gewesen?

War am Ende alles umsonst gewesen?

Tharek wandte sich um und blickte in die sorgenvollen Gesichter seiner Begleiter. Sie waren fünf, und das war alles, was geblieben war. Sie würden in die Berge gehen, sich verstecken und hoffen. Solange es Hoffnung gab. Für die Menschen würden sie jedoch aufhören, zu existieren. Sie würden ein Mythos werden, ein Märchen, das die Mütter ihren Kindern erzählten, damit sie an ein Licht glauben konnten im Angesicht der Dunkelheit, die auf ihren Planeten zuraste. Die Menschen wussten es noch nicht, aber tief in ihrem Inneren ahnten sie es bereits.

Die Menschen hatten ein Gespür für ihre totale Auslöschung.

Als er weiterging, presste er das kleine Päckchen eng an seinen Körper und stellte überrascht fest, dass er weinte. Er weinte um jene, die er geliebt hatte, weinte um seine edle Rasse, die an einem einzigen blutigen Tag mit ihrer Heimstatt im Meer und in der Vergessenheit versunken war.

Und er weinte um die Menschheit, der dieses Schicksal noch bevorstand.

SCHLAF

PRAGELPASS

Pragelpass, Muotatal, Schweiz. Gegenwart.

Als sie das Gipfelplateau erreicht hatten, fummelte der Alte aus den Taschen seiner Wanderjoppe eine kleine Pfeife und etwas Tabak hervor. Er beugte den Kopf, um im Windschatten seiner Hände die antike Holzpfeife anzustecken. Er blieb für einen Moment stehen und genoss den Geschmack des Rauchs und die Wärme, die von dem hölzernen Pfeifenkopf ausging. Der Alte schob sich den dunkelgrauen Filzhut in den Nacken und wischte sich ein paar Schweißperlen von der Stirn. Hin und wieder sog er an der Pfeife und ein paar feine Wölkchen stiegen daraus empor. Sein nachdenklicher Blick folgte den davonschwebenden Rauchgespinsten und wurde skeptisch, als er die Wolken am nördlichen Horizont gewahrte. *Graue* Wolken, keine reinweißen. Dies mochten durchaus die Vorboten eines Gewitters sein, welches sich irgendwo hinter dem *Bös Fulen* zusammenbraute. Es wurde Zeit, dass sie vom Gipfelpass verschwanden.

»Los, Tobi, weiter!« sagte er leise zu dem Bernhardiner und der zottige Hund setzte sich in Bewegung.

Nachdenklich zog der Alte ein weiteres Mal an seiner Pfeife, dann setzte er seinen Marsch fort. Er schritt nun zügiger aus. In etwa einer halben Stunde würden sie den *Gruebiwald* erreicht haben – dann wären sie in Sicherheit. Vom

Gruebi war es nicht mehr weit bis ins Tal, und die mächtigen Bäume des riesigen Forsts würden sie einigermaßen gegen Wind und Wetter schützen. Mit etwas Glück wären sie bereits daheim im *Alpenhof*, wenn hier oben auf dem Kamm das Inferno tobte.

Als der Alte und sein Hund den Waldrand erreichten, hatten sich die Wolken bereits zu einer dichten, schmutziggrauen Wand zusammengeballt. Alois Suter schaute ein letztes Mal hinauf zum Kamm, bevor er den dichten Forst betrat. Nun war er sicher, dass es ein Gewitter geben würde, und zwar ein mächtiges.

Der Forst schlängelte sich zwischen den Ausläufern zweier Felsmassive hinab ins Tal. Riesige, uralte Eichen bildeten ein schattiges Dach über den dichten Kiefernbeständen und dem Dickicht am Wegesrand. Ein Teppich aus abgestorbenen Kiefernnadeln dämpfte die Schritte des Alten und seines Begleiters zu einem sanften Tapsen herab. Andachtsvoll betrat er den schattigen Gang zwischen den gigantischen, hölzernen Pfeilern, die ihre Zweige hoch in den Himmel reckten wie Emporen einer gigantischen, lebenden Kathedrale aus tiefem Grün. Säulen, die noch stehen würden, wenn die steinernen Kirchen dieser Welt bereits zu Staub zerfallen waren.

Tobi kümmerte die Andacht des Alten offenbar weniger. Das Temperament des Bernhardiners wollte weder so recht zu seinem fortgeschrittenen Alter noch zur sakralen Atmosphäre der Umgebung passen. Der große, träge wirkende Hund schlug sich mit einer Geschwindigkeit ins Unterholz, die ihm der Alte gar nicht zugetraut hätte, offenbar um einem kleinen Tier hinterherzujagen. Der massige Hund brach durch das Gebüsch am linken Wegesrand und war kurz darauf im dichten Forst verschwunden.

IN DER FALLE

Der Alte blieb stehen und wartete ein paar Minuten. Er sah ein weiteres Mal hinauf zum Himmel, den das Geäst der Baumkronen nun größtenteils vor seinen Blicken verbarg. Das wenige, das er erkennen konnte, war schmutzig-grau und sah nach Regen aus.

Er stieß ein paar schrille Pfiffe aus, aber der Bernhardiner blieb verschwunden. Kein Rascheln im Gebüsch, kein reumütig zerknautschtes Hundegesicht, das beschämt aus dem dichten Unterholz hervorlugte. Nur das ewige Rauschen des Windes in den Wipfeln weit über ihm. Der Alte stand still und lauschte in den Wald hinein.

Da – ein kurzes Bellen! Leise, fast schon schüchtern. Es schien tief aus dem Inneren des Waldes zu seiner Linken zu kommen, gedämpft durch den dichten Bewuchs der Kiefern am Wegesrand.

Der Alte seufzte und begann widerstrebend, sich einen Weg durch das Unterholz in den dahinter liegenden Nadelwald zu bahnen. Das sah dem alten Hund ähnlich, sich im Übereifer seines spontan erwachten Jagdtriebs im Wald zu verlaufen! Der Baumbewuchs wurde bereits nach wenigen Metern so dicht, dass er nur ausgesprochen mühsam vorankam. Immer wieder musste er verrottenden Baumresten ausweichen, blieb an Büschen und Gestrüpp hängen. Die biegsamen Äste der Bäume schienen nach ihm zu greifen wie die Hände von hölzernen Wachposten. *Störe unsere Ruhe nicht!*

Als er schließlich das Ende des Baumbestandes erreicht hatte, bemerkte er, dass er eine Sackgasse erreicht hatte - vor ihm ragte ein steiler Felshang in die Höhe, der sich in beide Richtungen entlang des Waldrands erstreckte, soweit er sehen konnte. Zu beiden Seiten gab es nichts als dichter Nadelwald. Der Alte stieß ein paar schrille Pfiffe aus, rief erneut den Namen des Hundes. Horchte.

»Wuff?!«

Diesmal schien der Ursprung des Bellens näher zu sein, ja sogar aus seiner unmittelbaren Umgebung zu kommen. Allerdings klang der klägliche Laut nur gedämpft herüber – und schien direkt in dem Felsen vor ihm seinen Ursprung zu haben.

Der alte Mann betrachtete die Gesteinsformation, welche vor ihm in die Höhe ragte. Er hob einen Ast auf und klopfte damit gegen die raue Oberfläche. Massiver Stein, wie er vermutet hatte. Und doch war die Stimme seines Hundes von da drinnen gekommen, er war ganz sicher.

Er beugte sich hinab, um den Fels genauer in Augenschein zu nehmen. Eine Birke hatte sich mutig ihren Weg durch den Stein gebahnt – und war dabei in eine Lücke zwischen zwei Gesteinsplatten geraten. Irgendwann hatte die beharrliche Lebenskraft des emporwachsenden Bäumchens den Fels zum Bersten gebracht und dem jungen Leben einen Weg nach oben freigesprengt. Der Stamm der Birke hatte den Spalt im Laufe der Jahre immer weiter aufgedrückt, und irgendwann war der Fels in einen breiten Riss geborsten – breit genug, um einen gefräßigen alten Streuner hindurchzulassen, den der spontane Jagdtrieb überkommen hatte. Wahrscheinlich sogar breit genug für einen Menschen.

Der Alte beugte sich tiefer in den finsteren Spalt hinab. Dort unten gab es nichts als Schwärze. Schließlich, ganz leise – nahm er ein Hecheln wahr, und dann ein Bellen, noch immer schüchtern und furchtsam. Der Mann rief den Namen seines Hundes in die Dunkelheit, woraufhin dieser herbeitrottete und leise winselnd zu dem Alten hinaufstarrte. Offenbar war Tobi im Eifer der Verfolgungsjagd seiner Beute durch den Spalt hinterhergesprungen – und in die Falle gegangen. Für den alten Mann würde es keine leichte Aufgabe sein, den gut achtzig Kilo schweren Hund von dort unten hochzuhieven, aber er konnte Tobi schließlich kaum dort unten seinem Schicksal überlassen. Er würde sich in den Spalt zwängen und ihn irgendwie herausbugsieren müssen.

Er förderte ein kurzes Kletterseil aus seinem Rucksack zu Tage und befestigte es am Stamm der jungen Birke. Dann warf er das andere Ende in die Höhle hinab – kommentiert von Tobis erwartungsvollem »Wuff!«.

Anschließend entledigte er sich seines Rucksacks und quetschte ihn mitsamt des darin befindlichen zweiten Langseils durch den Spalt. Mit einem dumpfen Geräusch schlug es irgendwo unten im Inneren der Höhle auf. Der Alte zog prüfend an dem Seil und zwängte sich dann selbst durch den Riss. Zentimeterweise ließ er sich nach unten gleiten, hinab in die unbekannte Dunkelheit.

Als er den Grund der Höhle erreicht hatte, stellte er fest, dass er bequem darin stehen konnte. Sie musste gut drei Meter tief sein – ein Wunder, dass sich Tobi nicht wenigstens ein paar Knochen gebrochen hatte.

Kaum war er unten angekommen, wurde er von dem wild umherspringenden Tobi begrüßt, der den alten Mann im Überschwung seiner Freude beinahe von den Füßen fegte.

»Hey, langsam, mein Junge!«, sagte der Alte, während der Hund dazu überging, ihm ausgiebig die Hände abzulecken. »Wo bist du hier nur wieder hineingeraten, du alter Räuber?«, sinnierte der alte Mann, während er den Hund gedankenverloren hinter den Ohren kraulte. Das Echo seiner Worte klang seltsam hohl und verzerrt durch die Dunkelheit.

FINSTERNIS

Der Alte kramte seine Stirnlampe aus dem Rucksack hervor. Der aufflammende LED-Scheinwerfer der *Lupine Betty* tauchte das Innere des Felsens schlagartig in gleißendes Licht, wo er auf den Felsen traf. Die Wände waren mit Moosen und Flechten bewachsen – trügerischer Halt, sollte man auf diese Weise versuchen aus der Höhle zu gelangen. Auf dem Boden lagen ein paar lose Felsbrocken und die vertrockneten Überreste einiger kleiner Tiere.

Wie ein zitternder Finger aus Licht strich der Strahl der Grubenlampe über den rauen Fels, als der Alte sich umblickte. Die Höhle war offenbar weit mehr als nur ein breiter Felsspalt, sie war vielmehr der Beginn eines Tunnels, der tiefer in den Felsen führte, viel tiefer. In südlicher Richtung öffnete sie sich zu einem breiten Durchgang, dessen Ende auch die starke LED-Lampe nicht erreichen konnte.

»Sieh mal einer an, du Abenteurer, was haben wir denn da?«, murmelte der Mann und pfiff anerkennend durch seine Zähne. »Das werden wir uns wohl mal genauer ansehen.« Damit warf er sich den Rucksack auf die Schultern und befestigte den elastischen Stirngurt der Betty auf seinem Kopf, sodass er die Hände frei hatte. Dann trat er in den Tunnel.

Der Alte und sein Bernhardiner folgten dem Gang, der in leichtem Gefälle tiefer in den Berg führte. In Alois Suter war der Forschungseifer erwacht und er musste sich ermahnen, den Schritt seiner ungeduldigen Füße zu zügeln. Fast schnurgerade zog sich der Tunnel durch den Berg und noch immer war kein Ende in Sicht. Nach einiger Zeit wurde das Gefälle steiler. Die Kühle des Steins war hier unten stärker zu spüren, sie mussten bereits etliche Meter unter dem Niveau des Waldbodens draußen sein – der nun kaum mehr als eine ferne Erinnerung war. Im Eifer seiner Entdeckung hatte der Alte den Wald und das heraufziehende Gewitter völlig vergessen.

Der Alte musste hin und wieder den Kopf einziehen oder einen größeren Felsbrocken überwinden, doch davon abgesehen war der Gang recht gut begehbar.

Nach etwa einer halben Stunde gelangten sie an eine erste Gabelung und der Alte blieb stehen. Von hier führten drei Gänge in leichtem Gefälle tiefer in den Fels hinein. Aus der Erfahrung unzähliger Höhlenexpeditionen wusste er, dass es nicht ratsam war, in unbekanntem Gebiet mehr als ein paar solcher Gabelungen zu passieren – vorausgesetzt, man wollte irgendwann zum Ausgang zurück finden.

»Links, Mitte oder rechts, mein Junge?«, fragte er den Hund ernst, doch Tobi blickte nur treuherzig und etwas unentschlossen zu ihm empor. »Gut, dann nach rechts. Ganz wie du meinst.«, sagte der alte Mann und sie setzten sich wieder in Bewegung, nachdem er die Wand des rechten Abzweigs mit einem großen X markiert hatte.

Stalaktiten hingen wie steinerne Eiszapfen von der Decke des Gangs und erschwerten das Vorwärtskommen für den

Alten und seinen treuen Vierbeiner. Die zuckenden schwarzen Schatten, die das gleißende Licht der Betty warf, wirkten im Vorübergehen wie vorsintflutliche monströse Schlingpflanzen, deren wogende Tentakel nach den Eindringlingen zu greifen schienen.

Schließlich endete der Weg abrupt an einer besonders skurrilen Gesteinsformation. Von der Decke hängende Stalaktiten und ihre vom Boden in die Höhe wachsenden Gegenstücke waren sich im Laufe der Jahrtausende auf halber Höhe entgegengekommen, hatten sich schließlich vereint und bildeten nun eine Art Gitter, wie die Stäbe eines uralten, steinernen Verlieses. Der alte Mann nahm die Lampe vom Kopf und streckte sie durch die Lücken in dem steinernen Gebilde vor sich. Hinter dem Gitter weitete sich der Tunnel zu einem breiten Durchgang und dahinter lag Finsternis, die auch der starke Schein der *Betty* nicht auszuleuchten im Stande war.

Offenbar führte der Gang in eine gigantische Kaverne – so groß, dass es dem Alten von seiner derzeitigen Position aus unmöglich war, die gegenüberliegende Wand auszuleuchten.

»Das müssen wir uns noch ansehen, Tobi – und danach kehren wir erst mal um«, sagte der Alte und trat kurzerhand gegen die vorstehende Tropfsteinformation, die ihnen den Weg zur Kaverne versperrte. »Da werden wir auf unsere alten! ...Tage! ...noch! ...zum! ...Schläger!«, keuchte er und tat einen weiteren wuchtigen Hieb gegen das Gestein, was einen ohrenbetäubenden Lärm hervorrief, der vielfach verstärkt von den Wänden zurückgeworfen wurde. Tobi kläffte aufgeregt die Steine an – offenbar war der Hund nun auch vom Entdeckerfieber gepackt. Schließlich barst der schmalste der Stalaktiten mit einem lauten Krachen und gab den Weg zum Durchgang frei. Er gebot Tobi, vor dem Eingang zu warten – niemand wusste, was ihn in der Kaverne erwarten würde und der Hund hatte sie beide für heute wahrlich in genug Schlamassel gebracht. Dann zwängte sich der Alte durch das Loch in die dahinter liegende Finsternis.

DIE KAVERNE

ls er in den Durchgang trat, befürchtet er für einen atemlosen Moment, dass seine Grubenlampe urplötzlich erloschen sei – so vollkommen war die Finsternis, die ihn umgab. Er drehte den Kopf nach rechts und plötzlich starrte er in gleißendes Licht, so hell, dass er geblendet die Augen zusammenkniff. Und während vor seinen geschlossenen Lidern kleine Lichtkreise tanzten, begriff er, dass mit seiner Lampe alles in Ordnung war. Die Höhle, die er betreten hatte, war nur einfach zu groß, als dass der kräftige Strahl der *Betty* die gegenüberliegende Wand hätte erreichen können.

Als die zuckenden Lichtkreise nach einer Weile verschwanden, öffnete er die Augen und schickte den Lichtstrahl erneut in die Dunkelheit. Diesmal tastete er sich behutsamer durch die Finsternis, Stück für Stück riss die Lampe Schemen aus der Schwärze und allmählich erkannte der Alte die wahren Ausmaße der Kaverne. Sie war in der Tat gigantisch.

Hin und wieder verhallte ein leises Tropfgeräusch an den steinernen Wänden der Höhle und der Alte vermeinte ein fernes Rauschen wahrzunehmen, wie das Heulen eines Windes, der durch die Kaverne strich. Der Weg zu seinen Füßen ging nach wenigen Metern in einen schmalen Grat über, kaum mehr als ein Überhang von vielleicht zwanzig Zentimetern Breite, der steil in unergründliche Tiefen abfiel. Unregelmäßig gezackt verlor sich der Vorsprung in der Ferne, schien dort schmaler zuzulaufen, bis er schließlich eins mit der Steilwand wurde. Hier, nahe am Eingang, war der Sims noch breit genug, um einigermaßen sicher ein weiteres Stück in die geheimnisvolle Höhle eindringen zu können.

Also betrat der Alte vorsichtig den schmalen Sims und tastete sich an der Felswand entlang, stets sorgsam darauf bedacht, den nächsten Wegabschnitt erst mit der Spitze seines Bergstiefels zu testen, bevor er das gesamte Gewicht seines Körpers auf die betreffende Stelle legte.

Nachdem er auf diese Weise ein paar Schritte in die Höhle vorgedrungen war, schaute sich der Alte erneut um. Der Abhang unter dem kaum fußbreiten Sims ging weiter unten in eine eine steil abfallende Geröllhalde über und verlor sich in der dunklen Tiefe. Die Steilwand, an der er lehnte, während er sich auf dem Sims entlangtastete bildete etliche Meter über ihm die zerklüftete Decke der Kaverne.

Alois Suter lächelte. Dank Tobis Ungeschick hatte er heute eine gewaltige Entdeckung gemacht. Dies musste ein bislang völlig unbekannter Teil des *Hölloch-Systems* sein – allein die schieren Dimensionen der Höhle stellten alle bisher bekannten Gruben weit in den Schatten!

Äußerst zufrieden mit sich und der Welt – und nur eine Winzigkeit zu überschwänglich – machte der Alte auf dem Absatz seiner robusten Bergstiefel kehrt, um …

MISSGESCHICK

Sein Fuß gleitet auf einer lehmigen Pfütze aus, die er vorher nicht bemerkt hatte. Strauchelnd sucht er nach Halt. Der Abgrund! Nein, nicht in den Abgrund! Muss greifen, etwas packen – er ertastet im Vorübergleiten einen Stein. Ein Halt im Fels, er packt ihn. Nein, der Stein entgleitet seinen Fingern. Das Gewicht seines Körpers zieht den Alten unbarmherzig unten, in die Tiefe.

Sein Fuß rutscht über einen Felsspalt, er versucht, ihn hineinzuzwängen, krallt sich regelrecht in das Gestein. Doch etwas im Felsen bricht, gibt nach und dann ist plötzlich alles in Bewegung. Der Alte verliert erneut das Gleichgewicht, rutscht und – fällt. Seine Grubenlampe wirft tanzende Schatten an die fernen Wände der gigantischen Höhle, während er auf die Schwärze zurast. Mit einem dumpfen Krachen schlägt er auf dem geröllübersäten Abhang auf. Und noch immer rutschen die Gesteinsmassen unaufhörlich in die Tiefe. Er streckt die Arme aus, um nach dem Fels zu greifen, doch hier gibt es nichts als lose Gesteinsbrocken, die sich unter seinen Bewegungen lösen und polternd in die Tiefe rutschen.

Die Steine reißen ihn mit sich, so sehr er auch strampelt und kämpft. Der Staub, den sie aufwirbeln raubt ihm die Orientierung und dringt ihm in Ohren, Nase und Mund. Unaufhaltsam rutscht die Lawine mit ohrenbetäubendem

Getöse weiter, und er mit ihr. Das Rumpeln hallt dröhnend von den fernen Wänden wider, tausendfach verstärkt und verzerrt zurückgeworfen von der Decke hoch oben über ihm. Der gnadenlosen Sog der Steinmassen zieht ihn tiefer hinab, er schlägt sich Knie und Ellenbogen an den Felsen auf, und ein großer Stein zischt haarscharf an seinem Kopf vorbei.

Instinktiv rollt sich der alte Mann zusammen, presst Arme und Beine eng an den Körper. Verzweifelt zieht er den Kopf zwischen seine Schultern wie eine Schildkröte, während er mit rasendem Tempo – als Teil der von ihm ausgelösten Lawine – den Schräghang hinabschliddert, bis zum Boden der Kaverne. Tobi, denkt er – und dann wird auch dieser Gedanke vom Getöse um ihn herum verschlungen. Sein Kopf knallt ungebremst an etwas Hartes – ein dumpfer Schmerz in seiner Schläfengegend und dann ... nichts mehr.

VERLETZT

Allmählich kam der alte Mann wieder zu sich. Blutig rote Schlieren wechselten sich vor seinen Augen mit der drohenden Schwärze einer erneuten Ohnmacht ab. Mühsam öffnete er die schmerzenden Augen. Dunkelheit, das schwache Fluoreszieren des sich setzenden Staubs. *Wie der erste Schnee in einer* Winternacht, dachte er benommen. Seine *Betty* funktionierte also noch. Dann schloss er die Augen wieder.

Die Schlieren tanzten weiterhin, aber ihr Ansturm auf sein Gesichtsfeld hatte bereits etwas nachgelassen. Wie aus weiter Ferne dämmerten die Schmerzen in seinen Gliedern herauf, und dann waren sie schlagartig da. Der pochende Schmerz schien plötzlich überall zu sein, riss an seinen Gliedern und schien seinen Kopf zum Bersten bringen zu wollen. Der Schock war so heftig, dass er für den Moment nicht in der Lage war, den Ursprung der Pein zu bestimmen – sein gesamter Körper schien nur aus Schmerzen zu bestehen. Er schloss die Augen und ließ sich kraftlos bebend wieder zurücksinken. Dann wartete er, schmutzig und verkrümmt, das Gesicht verzerrt in einem stummen Aufschrei der Pein, bis sein Körper sich an die Qualen gewöhnt hatte. Es dauerte eine Ewigkeit.

Allmählich begann er, wieder einzelne Empfindungen in dem rotglühenden Ball zu unterscheiden, der durch seinen Körper raste. Seine linke Schulter fühlte sich irgendwie *falsch* und taub an und sandte glühende Wellen der Agonie durch seinen Oberkörper. Er bemerkte, dass sein linker Arm von der Schulter an abwärts taub war, ein Gefühl, als hätte ein irrer Sadist einen steinernen Fremdkörper an seinen Rumpf genäht und diesen mit seinen Nervenbahnen verbunden. Mittels eines Lötkolbens.

In seiner linken Schläfe, die sich seltsam *weich* anfühlte, tobte ein kräftiges Pochen. Er tastete danach und spürte ein wenig klebrige Flüssigkeit, welche in seinem Haaransatz versickerte.

Noch immer auf dem großen Stein ausgestreckt, versuchte er, seine unteren Gliedmaßen zu bewegen und stellte fest, dass er außer einem funktionstüchtigen rechten Arm noch zwei gesunde Beine hatte, in Anbetracht des Sturzes, den er hingelegt hatte, ein beachtliches Wunder. Lediglich seine Fußknöchel, besonders der rechte, waren lädiert und von tiefen Schürfwunden überzogen. Morgen würden sie eine tiefe blau-schwarze Färbung angenommen haben.

Er hob mühsam den Kopf und öffnete erneut die Augen. Diesmal funktionierte es recht gut. Keine Schmerzen am Genick oder der Wirbelsäule, stellte er erleichtert fest, und nur ein leichtes Ziehen an den Rippen, wenn er tief einatmete. Er sah sich um. Der Staub, den der Gesteinsrutsch um ihn herum aufgewirbelt hatte, hatte sich gesetzt und gab nun nach und nach das Sichtfeld in seiner Nähe frei. Im Schein der unverwüstlichen *Betty* offenbarte sich ihm das ganze Ausmaß der gewaltigen Geröllhalde, die er hinabgerutscht war.

Er lag inmitten einiger großer Felsbrocken am unteren Ende der mehrere hundert Meter langen Gesteinsaufschüttung, und somit am eigentlichen Boden der Kaverne. Eben jenem Boden, den er vom Sims aus noch nicht einmal hatte erahnen können.

Ein ängstliches Kläffen erscholl irgendwo weit über ihm. Verzerrt zurückgeworfen von den Wänden der Höhle, regte es die pochenden Schmerzen in seinen Schläfen zu neuen Höchstleistungen an. Das Geräusch holte ihn vollends in das Hier und Jetzt seiner Misere zurück.

Tobi. Er stand noch immer oben auf dem Felsvorsprung – Gott allein mochte wissen, wie viele Meter weiter oben.

Der Hund winselte voller Sorge um seinen Herrn, dessen Grubenlampe zu einem fernen Lichtpunkt in der ewigen Nacht am Boden der gigantischen Kaverne geworden war.

»Alles … in Ordnung, Tobi …«, versuchte der alte Mann zu sagen. Heraus kam wenig mehr als ein heiseres Krächzen, begleitet von einem stechenden Schmerz in seinem Hals. Er musste husten und schmeckte etwas Staubiges auf seiner Zunge, was sich mit seinem Speichel zu einem brockigen Klumpen vermischte. Er spie es auf den Boden vor seinen Füßen.

Der Alte tastete nach dem Rucksack auf seinem Rücken. Er war tatsächlich noch an seinem Platz und möglicherweise hatte ihn lediglich das darin verstaute Langseil sogar vor einer ernsthaften Verletzung der Wirbelsäule bewahrt. Er holte das große Taschentuch aus der Seitentasche, knabberte dessen Saum durch und riss es schließlich mithilfe seiner gesunden Hand in zwei Teile. Als er es mit seinen Zähnen abriss, jagte die plötzliche Bewegung einen stechenden

Schmerz durch seinen linken Arm, den er bis hinauf zur Schläfe spürte. Sein linker Arm war glatt gebrochen.

Als der Schmerz abklang, machte er weiter. Mit der einen Hälfte des Taschentuchs verband er notdürftig seinen angeschlagenen Kopf, um die Blutung aufzuhalten, mit der anderen versuchte er anschließend eine Schlaufe für den verletzten Arm zustande zu bringen. Beide Vorhaben gestalteten sich ausgesprochen schwierig, da er nur eine gesunde Hand und seine Zähne zur Verfügung hatte, doch schließlich schaffte er es, sich auf diese Weise provisorisch zu verarzten. Mit den Zähnen zog er den Knoten des behelfsmäßigen Schlaufenverbandes fest und hievte sich dann auf dem großen Stein, zu dessen Füßen er seine Rutschpartie so abrupt beendet hatte, in eine aufrechte Position.

Langsam drehte sich der alte Mann auf seinem steinernen Sitz um und schaute nachdenklich in den Teil der Höhle, dem er bislang den Rücken zugekehrt hatte. Aus gutem Grund, wie es schien, denn dort erhob sich nur eine meterhohe Felswand, zu deren Füßen sich unzählige Gesteinsbrocken auftürmten. Hier war die von ihm ausgelöste Steinlawine zu einem jähen Halt gekommen, einige der größeren Felsbrocken waren regelrecht in die Wand eingeschlagen. Wäre er in der Nähe eines solchen Felsens gelandet ...

Nachdenklich stellte der Alte die Intensität seiner Stirnlampe nach, um die Felswand vor sich genauer betrachten zu können. Behutsam kletterte er auf einen der kleinen Berge aus Schutt und Steinen, den die Lawine an den Fuß der Felswand gespült hatte.

Als er den Gipfel der Aufschüttung erklommen hatte, wäre er um ein Haar gleich wieder heruntergepurzelt. Ein kleiner

Gesteinsbrocken an der Spitze der Aufschüttung gab überraschend nach, als er drauftrat. Der Alte federte zurück, verlagerte sein Körpergewicht und kickte noch einmal vorsichtig nach dem Stein, der daraufhin mit einem gedämpften Poltern in der Felswand verschwand. Offenbar hatte die Lawine den Fels an dieser Stelle glatt durchschlagen und der kleine Stein war in einen dahinter liegenden Hohlraum gerollt. Der Alte stieß mit dem Absatz seiner Bergschuhe an den nächsten, etwas größeren Brocken, der den gleichen Weg durch den Felsen nahm. Eine Chance, vielleicht.

Energisch trat der Alte einige weitere kleine Steine weg und brachte unter lautstarkem Ächzen schließlich auch einen der größeren Gesteinsbrocken ins Rutschen. Alle verschwanden in der Wand.

Von neuem Elan beflügelt, begann der Alte, den kleinen Geröllberg Stein für Stein abzutragen, wobei er sorgsam darauf achtete, den neu gewonnenen Zugang nicht durch nachrutschendes Gestein zu verschütten. Nach etwa einer halben Stunde hatte er den Durchbruch in den Felsen ausreichend freigelegt, um hindurchschlüpfen zu können. Auf der Seite liegend, um seinen verletzten Arm nicht zu belasten, glitt er – vor Anstrengung schnaufend und so vorsichtig es eben ging – den Schuttberg hinab und in die Felswand hinein.

Der Schein der *Betty* offenbarte ihm, dass die Lawine die Felswand tatsächlich an einer dünneren Stelle erwischt und glatt durchschlagen haben musste. Er rutschte vollends in das Loch hinein und kam schließlich auf einem wackligen, kleinen Steinplateau zum Stehen. Nachdem er ausgiebig dessen Stabilität getestet und für ausreichend befunden hatte, erhob er sich schwerfällig auf seine Beine, wobei er sich mit der gesunden Hand am oberen Rand des gezackten Loches abstützte. Wie ein Artist, der einen besonders komplizierten Jonglagetrick aufführt, balancierte er auf der Steinplatte – und wäre beinahe erneut in einen bodenlosen Schlund gestürzt.

Zu seinen Füßen gähnte ein Abgrund. Tiefer, als es hier unten überhaupt möglich schien, fiel die Steilwand unter ihm ins Bodenlose ab. Also doch – nach all der Plackerei – nur eine weitere Sackgasse. Und zum ersten Mal kam dem alten Mann der Gedanke, dass er hier unten sterben würde.

ABWÄRTS!

S uter hielt inne und lehnte sich an die Felswand, dann rutschte er in eine sitzende Position. Seine Lampe warf nur einen schwachen Schein auf die gegenüberliegende Seite des Abgrunds, dazwischen klaffte die Schlucht. Der Alte griff sich einen der herumliegenden Steine und wog ihn stumm in seiner Hand.

Nachdenken. Und Licht sparen.

Er knipste die *Betty* aus. Horchte in die Stille hinein, die hier unten so absolut und endgültig war wie in einer gigantischen Gruft.

Nein, dachte er, das stimmte nicht. Das gleichmäßige, leise Rauschen drang wieder an den Rand seiner Wahrnehmung vor. Es war kein Wind. Und es kam auch nicht aus seinem Kopf, war keine Nachwirkung des Sturzes. Vielmehr schien das Geräusch aus der Tiefe des gähnenden Schlundes zu seinen Füßen zu kommen. Eine Art fernes, beruhigendes Murmeln, verzerrt zurückgeworfen und emporgetragen von den meterhohen Felswänden.

Er brauchte eine Weile, bevor er sich eingestand, *was* er da zu hören glaubte. Doch, tatsächlich – unter ihm musste sich ein Wasserlauf befinden – dem fernen Plätschern nach zu urteilen allerdings kaum mehr als ein schmales Bächlein – und dennoch: auch dieser Bach musste irgendwo in einen

Fluss münden, um irgendwann im fernen Meer anzukommen wie alle fließenden Gewässer.

Und er hatte noch das Langseil im Rucksack. *Einen Versuch war es vielleicht wert.*

Schließlich warf er den Stein in die Schlucht zu seinen Füßen. Nach einiger Zeit drang ein deutlich vernehmbares »Platsch!« herauf. *Treffer!* Wenn er auch momentan nicht mehr viel hatte, an das es sich zu klammern lohnte – nun hatte er immerhin ein bisschen Hoffnung. Und einen Plan. An sich war es ein einfacher Plan – seine Durchführung würde sich jedoch als ausgesprochen schwierig erweisen.

Jedes fließende Gewässer führt zwangsläufig aus dem Berg hinaus.

Das Problem lag darin, dass er momentan hier oben saß, viele Meter *über* dem Fluss. Und er war kein Stein. Sein »Platsch!« würde wesentlich lauter sein – und mit Sicherheit tödlich. Er musste also einen weniger direkten Weg nach unten finden – oder es zumindest versuchen.

Erneut knipste er die *Betty* an. Die starke LED-Leuchte tauchte seine Umgebung sofort in unbarmherzig grelles Licht. Er wandte den Blick nach unten und sah zwischen seinen baumelnden Füßen in den Abgrund hinab. Er vermeinte, nun auch die Reflexionen der dünnen Wasserschnur auszumachen, die sich am Grund der Steilwand unter ihm entlang schlängelte. *Verdammt tief* unter ihm.

Sein Blick glitt aufmerksam über die Felswand zu seinen Füßen. Nach etwa einer halben Stunde des intensiven Starrens hatte sich der erfahrene Kletterer die wesentlichen Trittstellen in der Wand eingeprägt.

Er wuchtete das aufgewickelte Langseil aus dem Rucksack, der nur mehr den kläglichen Rest seines Proviants und ein paar verbrauchte Ersatzakkus für die Betty enthielt, und entrollte das Seil. Er schlang einen festen Knoten hinein, einen *Sackstich*, wobei er wiederum seine rechte Hand und seine Zähne benutzte. Dann klemmte er das verknotete Ende in einen Felsvorsprung und riss einige Male prüfend daran. Er warf einen letzten Blick zurück in die Kaverne, in deren schwarzer Tiefe er noch immer Tobi vermutete (was allerdings nicht stimmte – der Hund war bereits umgekehrt und suchte nach einem Ausgang aus dem Berg). Der Alte warf das lose Ende des Seils in die Schlucht hinab. Er zog die schweren Bergstiefel von den Füßen und stopfte sie in seinen Rucksack. *Viel zu klobig, um an der steilen Wand einigermaßen sicher klettern zu können. Aber später würden sie vielleicht nützlich sein.*

Ohne weiteres Zögern schlang er sich das Seil um den Rumpf und führte es mit der Hand seines gesunden rechten Arms. Dann begann er, sich die Felswand herabzulassen. Seine nackten Füße gegen den Felsen stemmend versuchte er, sein Gewicht so zu verteilen, dass er sich allein mit der gesunden Hand am Seil hinablassen konnte – ein Kraftakt, dessen Gelingen er vor allem seiner jahrzehntelangen Kletterfahrung verdankte - manch jüngerer Mann hätte dieses Kunststück nicht zustande gebracht.

Die Muskeln seines rechten Oberarms waren zum Äußersten angespannt, als er dem Vorsprung etliche Meter unter ihm entgegenstrebte. Immer wieder drohte sein vor

Schmerzen schreiender Körper aufgeben zu wollen, aber der Kraft schierer Verzweiflung krallte sich seine Hand um das Seil, das tiefe, blutende Striemen in die Innenseite seiner Handfläche schnitt. Sein Körper war jetzt eine einzige, sehnige Muskelfaser, die er bald hierhin, bald dorthin bog, um sein Gewicht am Seil besser verteilen zu können. Zentimeter um Zentimeter arbeitete er sich die Wand hinab, während der Schweiß in einem steten Rinnsal an seinem Körper herunterlief.

All dies drang kaum ins Bewusstsein des konzentrierten Kletterers. Nach Minuten, die ihm wie eine Ewigkeit vorkamen, erreichte er ächzend und keuchend den winzigen Vorsprung zwanzig Meter unter dem Punkt, an dem sein Abstieg begonnen hatte. Vorsichtig öffnete er die Hand und gab das Ende des Seils frei, als seine Füße auf dem schmalen Sims einen einigermaßen sicheren Halt gefunden hatten.

Bis hierhin hatte er das Seil gehabt, aber nun gab es kein Zurück mehr, von jetzt an würde der winzigste Fehltritt tödlich sein.

Erst jetzt bemerkte er die Schmerzen in seinen Kiefergelenken, wo sich seine Zähne mahlend aufeinandergepresst hatten. Er öffnete den Mund und machte ein paar Grimassen, um die Gesichtsmuskeln zu entspannen. Dann konzentrierte er sich erneut auf den Fels. Er drückte seinen Körper an die Wand, presste sich regelrecht in das Gestein hinein – nunmehr allein auf die Kraft seiner Füße und eines verbliebenen Arms gestellt. Dann öffnete er langsam die Augen und betrachtete die schier endlos verlaufende Steilwand zu seiner Linken.

Er warf einen letzten Blick auf das baumelnde Seilende vor seinem Gesicht, dann wischte er seine blutige, verkrampfte Rechte bedächtig an der Hose ab – das Gesicht und den ganzen Körper unverwandt an den Stein gepresst. Er spannte und entspannte die Muskeln seiner Hand und krallte dann die Finger in einen schmalen Spalt in der Felswand, um seinem Körper den nächsten Kraftakt aufzuzwingen. Anschließend schob er seinen linken Fuß Zentimeter für Zentimeter den Vorsprung entlang und verbog seinen Oberkörper, bis jede Faser seines Rumpfes schmerzte. Als er erneut sicheren Halt unter seinen Füßen spürte, dehnte er sich langsam zurück, während seine Hand tastend den nächsten Halt in der glatten Oberfläche fand. Jede Wiederholung dieser mühseligen Prozedur in schwindelerregender Höhe brachte ihn seinem Ziel ein paar Zentimeter näher.

Er betrieb diese erschöpfende Aktion beinahe eine Stunde lang – ungeachtet der Schmerzen und seiner Erschöpfung. Der raue Fels hatte seine Jacke und Hose aufgescheuert, sie hingen nur mehr in Fetzen an ihm. Eine dicke Kruste aus Dreck und Blut bedeckte seinen Körper. Aber der alte Suter kletterte weiter.

Als er schließlich den Felsspalt erreichte, der den nächsten Abschnitt seiner Route markierte, war ihm bereits jegliches Zeitgefühl abhanden gekommen. Von hier wollte er den direkten Abstieg ins Tal vornehmen – gut und gerne fünfzig Meter spiegelglatter Fels, und diesmal ohne Halteseil.

Suter schloss die Augen und verharrte eine Weile reglos in die Wand gepresst, versuchte, das Reißen in seinen Gliedern zu ignorieren, zu ignorieren, wie erschöpft er bereits war. *Er würde den weiteren Abstieg nicht schaffen.* Nicht ohne Seil und nicht in seinem Zustand. Er öffnete die schmerzenden Lider und sah sich um.

Hier gab es einen senkrechten, gezackten Riss im Gestein, den er sich als Anhaltspunkt eingeprägt hatte. Wenig mehr als Loch im Berg und eine von dort senkrecht nach unten verlaufende Spalte, die er als Haltegriff für den Weg nach unten vorgesehen hatte. Allerdings hörte diese Spalte bereits wenige Meter unter ihm unvermittelt auf und danach kam nur die Wand. *Kein guter Plan.*

Hier oben allerdings, da wo sie ihren Ursprung hatte, klaffte die Spalte zu einem breiten Riss auf, der tiefer in den Felsen führte, eine Höhlung, vielleicht? *Breit und tief genug, um sich zu setzen und zu verschnaufen, nur für einen Moment?*

Er rutschte ein paar weitere Zentimeter auf das Loch im Felsen zu und stellte fest, dass es tiefer war, als er zuerst angenommen hatte. Tatsächlich klaffte ein Tunnel von gut zwei Metern Durchmesser in der Wand. Mit einem Schlag machten sich seine schmerzenden Muskeln wieder bemerkbar. *Ein paar Meter noch – dann würde er Halt machen und rasten können.*

Mühsam zwang er sich selbst dazu, Ruhe zu bewahren, während er weiter auf die Vertiefung zukroch. Schließlich war er nah genug, um einen Fuß darin abstellen zu können, und dann zog er sich ächzend hinein. Für einen Moment schwankte er bedenklich unsicher über dem meterhohen Abgrund, bevor er sich mit einer letzten, übermenschlichen Kraftanstrengung herumschwang und seinen Körper schließlich in das Loch hineinwarf.

Das Letzte, was der alte Mann im schwächer werdenden Schein der Betty wahrnahm, als er in der kreisrunden Aushöhlung zusammenbrach, war ein merkwürdiges, in die Innenwand der Vertiefung gehauenes Symbol.

Dann schlug die Finsternis über ihm zusammen.

TOTENMOND

Der alte Mann erwachte aus einem sanften Dösen. Er streckte seine Glieder in dem samtbezogenen Ohrensessel aus und sein Mund verzog sich zu einem herzhaften Gähnen. Offenbar war er bei der abendlichen Lektüre des *Boten* wieder einmal eingenickt. Das Feuer im Kamin der kleinen Wohnstube tauchte den Raum in rot-goldenes Zwielicht. Es war fast heruntergebrannt und die nächtliche Kühle begann bereits, sich in den Raum zu schleichen. Jenseits des Fensters herrschte nun nichts als undurchdringliche Schwärze, die Nacht war schon vor Stunden angebrochen. Ungewöhnlich früh für diese Jahreszeit, fand der Alte, machte sich aber weiter keine Gedanken darüber. Er dehnte sich ein weiteres Mal in dem weichen Polstermöbel und setzte sich dann aufrecht. Seine Hand tastete nach unten, an die Stelle vor dem Kamin, wo er den Hinterkopf seines Bernhardiners Tobi vermutete. Doch er griff ins Leere. Auch das sanfte Hecheln des großen Hundes war nicht zu hören – tatsächlich war es ungewöhnlich still in dem kleinen Raum.

Die zerwühlte Spieldecke vor dem Kamin war leer, unangetastet der große Wassernapf aus Blech, daneben der zerkaute Spielknochen. Aber keine Spur von dem Hund.

Der Alte erhob sich bedächtig aus seinem Sessel, faltete den *Boten* zusammen und legte die Zeitschrift auf die glimmenden Holzscheite im Kamin. Fasziniert beobachtete er, wie sich auf dem dünnen Zeitungspapier bräunliche Flecken bildeten, alsbald schwarz wurden und sich zu einer rissigen Haut aus verkohlten Fetzen zusammenzogen, welche in der Glut zu Asche vergingen. *WIE AUCH DU ZU ASCHE VERGEHEN WIRST. WIE IHR ALLE VERGEHEN WERDET!*

Ein scharfes Bellen riss ihn aus seinen Gedanken. *Tobi!*

Das abgehackte Kläffen kam von draußen – offenbar ein gutes Stück vom Haus entfernt. Missmutig begab der Alte sich zur Tür und trat hinaus in den Wald.

Der Alte lief in die Richtung, aus der das Bellen gekommen war. Irgendwo vor ihm im pechschwarzen Forst, irgendwo tief in der Dunkelheit ...

Der uralte Forst wirkte in der Finsternis dichter als sonst, abweisend und – feindselig? Der Alte lief tiefer in den Wald hinein, dem gelegentlichen Kläffen seines treuen Hundes folgend. Zweige streichelten wie sanfte Finger sein Gesicht, glitten forschend und tastend an ihm herum. Ein Gefühl, welches ihm nicht gänzlich unangenehm war – es war anregend und von einem sanften Entzücken begleitet. Der Alte spürte das verlangen, über die raue Rinde zu streichen, sie mit den Fingern zu erforschen, zu liebkosen und … Die Bäume um ihn herum schienen plötzlich dichter zu stehen, fast so, als bewegten sie sich langsam auf ihn zu. Als hießen sie ihn in ihrer Mitte willkommen, damit er eins würde mit ihnen.

Ein neuerliches Bellen, lauter diesmal, direkt vor ihm, fast greifbar nah. Fragend. Unsicher. Ängstlich?

Er lief tiefer hinein in die Dunkelheit des Waldes. Wie lange war es her, dass er aufgebrochen war, um nach Tobi zu suchen? Ihm kam es vor, als irre er schon seit Stunden durch den endlosen Forst. Oder waren es Tage? Er verharrte für einen Moment und schaute zurück in die Richtung, aus der er gekommen war. Versuchte, sich zu orientieren. Von seinem Haus jenseits der Bäume war jedoch nichts zu sehen. Kein Licht durchbrach die Finsternis von da, wo sich das anheimelnde Wohnzimmer des *Alpenhof* hätte befinden müssen.

Die riesenhaften Baumstämme standen eng beisammen und ihr dichtes Blätterdach gab nur gelegentlich zerrissene Fetzen des wolkenverhangenen, sternenlosen Nachthimmels frei. Und vermutlich war es besser, dass er *diese* Sterne nicht sehen konnte.

Wieder ein Geräusch. Ein Winseln. Und dann ein lautes, klägliches Aufjaulen, das abrupt verstummte.

Als er herumfuhr, gewahrte der Alte zwischen den finsteren Stämmen eine mondbeschienene Lichtung, die er vorher überhaupt nicht bemerkt hatte. Die mächtigen Laubbäume gingen hier allmählich in kleinere, verkrüppelte Astgeflechte über. Diese wogten wie dürre Arme zu einem Hügel hinauf, dessen Kuppe gänzlich frei von jedem Baumbewuchs war. Lediglich einige Gräser und trockenes Gestrüpp bedeckten den kargen Boden wie eine ungesund wuchernde Flechte. Ein kränkelnder Vollmond beschien die unwirkliche Szene – ungewöhnlich nah und aufgedunsen hing er über dem kahlen Hügel und warf sein blässliches Licht auf die Erhebung und den seltsamen, großen Stein auf deren Kuppe.

Der an ein vorzeitliches Kultobjekt erinnernde schwarze Felsblock verströmte eine Aura unheimlicher Fremdartigkeit und unvorstellbaren Alters – ein Eindringling, dessen Geschichte lange vor der allen Lebens auf der Erde begonnen hatte, ein widerwärtiger uralter Abszess auf dem Gesicht des jungen Planeten, abstoßend und grauenerregend.

Der Alte kämpfte sich durch die knöchelhohen, klebrigen Gewächse aus dem Unterholz des Waldrandes und betrat die Lichtung. Sein Blick wurde unbarmherzig von dem grob behauenen steinernen Ungetüm auf der Hügelkuppe angezogen – ein vorzeitlicher Findling von wahrhaft gigantischen Ausmaßen. Über drei Meter lang und gut zwei Meter breit, bildete der Felsbrocken auf dem Hügel die höhnische Nachahmung eines zyklopischen, schwarzen Sarges. Der Alte trat näher heran. *SIEH HIN, SIEH GENAU HIN, ALTER MANN! S'IST EIN ANBLICK, DER SICH WIRKLICH LOHNT!*

Auf dem schorfigen Steinaltar schien ein kleines Bündel zu liegen, das den alten Mann unwillkürlich an eine schmutzige und völlig zerfetzte Version der Wolldecke vor dem heimischen Kamin denken ließ. Der blasse Mond tauchte den Stofffetzen in ein fahles, unwirkliches Licht und ein unnatürlich lauer Wind spielte mit einigen losen Enden und verwitterten Falten des modrigen Stoffs. Aus dem achtlos hingeworfenen Bündel quoll eine dunkel schimmernde Flüssigkeit und rann über den monströsen Altarstein. Der Alte tauchte widerstrebend einen Finger in die klebrige Flüssigkeit. *JA, TAUCH IHN HINEIN, DEINEN FINGER UND SCHLECK SIE AB, MEINE KÖSTLICHE, KÖSTLICHE SÜßIGKEIT!*

Er stellte fest, dass er sich in der Farbe geirrt hatte – tatsächlich war die träge Flüssigkeit nicht schwarz, sondern von einer tiefroten Färbung. Wie Sirup gerann der schleimige Brei an der Seitenwand zu dicken Klumpen, bevor er im Waldboden versickerte. *Fast wie ...*

In diesem Moment schob sich der gnadenlose Schimmelmond hinter den Wolken hervor und gab dem alten Mann endgültig den Blick auf das Lumpenbündel frei, das verdreht und *falsch* auf dem Monolithen lag. Ein Bündel, das in Wahrheit nicht aus Wolle oder Leinen bestand – sondern aus den zertrümmerten Knochen und dem ausgeweideten Körper seines getreuen Bernhardiners Tobi. Jemand oder *etwas* hatte den großen Körper des Hundes wie den einer Puppe zerfetzt und *Teile aus diesem Körper herausgerissen.*

Aus der dampfenden Masse von Fell, Fleisch und Eingeweiden, die einst sein treuer, vierbeiniger Gefährte gewesen war, starrte ihm ein einzelnes, fürchterliches Hundeauge blicklos entgegen.

Die Finsternis über dem Alten türmte sich zu einem zuckenden Schatten auf, der die traurigen Reste des toten Hundekörpers verdunkelte und die ganze Lichtung in Schwärze tauchte. Der alte Mann drehte sich langsam um, gegen seinen Willen, jedoch – er konnte nicht anders. Denn es war seine Bestimmung, das zu erblicken, was hinter ihm in den Schatten gelauert hatte.

Und dann begann Alois Suter zu schreien.

EIN TRAUM, VIELLEICHT ...

Der alte Mann erwachte und fand allmählich in die Realität zurück. Allerdings war es eine, die ihm nur wenig Trost versprach. Zusammengekrümmt lag er in dem Felsloch und stellte fest, dass seine Grubenlampe immer noch brannte – und die ganze Zeit seiner Bewusstlosigkeit über gebrannt hatte. Mit einer hastigen Bewegung knipste er sie aus, dann starrte er blicklos in die Schwärze vor sich und lauschte dem Pulsieren seines rasenden Herzens, welches sich allmählich wieder beruhigte.

Hatte er geschrien?

Ein Traum, überlegte er, sonst Nichts. Aber da waren Tränen auf seinen Wangen, die im kratzigen Haargeflecht seines Bartes versickerten und ein rauer Schmerz in seiner ausgedörrten Kehle. *Nichts da,* dachte der Alte, *es ist nur Schweiß.*

Und auch sein Traum, so beschloss er, konnte nur das Resultat seiner erschöpfenden Kletterei gewesen sein. Sein über alle Maßen beanspruchter Körper hatte seinen Tribut gefordert. Und seine Nerven, überreizt von der allgegenwärtigen Angst vor dem einsamen Tod, hier unten in der grausamen Finsternis. Doch wieso schien ihm dieses Sterben nun weniger grausam, geradezu lächerlich im Vergleich zu dem, was er in seinem Traum durchlebt hatte? Was, wenn es *das* war, was nach dem Sterben kam?

Ein Traum, sonst nichts.

Wie lange mochte er hier gelegen haben, ohnmächtig gefangen in diesem schrecklichen Traum von schwarzen Monolithen und zerfetzen Leibern? Er stellte fest, dass sich seine gesunde Hand in den felsigen Untergrund gekrallt hatte, wie in dem Versuch, sich hineinzugraben. Er löste die Finger, entspannte die verkrampften Sehnen seiner Glieder. Seine Hand fühlte sich an, als wäre sie unter einen Mühlstein geraten. Er öffnete und schloss sie ein paar Mal. *Glitschig*. Vorsichtig strich er über seinen Handteller und wimmerte, als er die offene Wunde mit den Resten seiner abgebrochenen Fingernägel berührte. Der Schmerz raste seinen Arm hinauf und trieb ihm erneut Tränen in die Augen.

Nicht mehr zu gebrauchen.

Seine verbliebene Hand war ein schmerzender Klumpen Fleisch, der nutzlos am Ende seines zerschundenen Armes herumbaumelte. Unbegreiflich, wie er die Kletterei bis hierhin überhaupt geschafft hatte.

Zwecklos, sich Illusionen von einem weiteren Abstieg hinzugeben, er würde keine zwei Meter weit kommen, der alte Mann hatte das Ende seiner Klettertour in einem finsteren Felsloch tief unter dem Gruebiwald erreicht.

Die Angst vor dem Sterben, ganz recht.

SACKGASSE

Er beschloss, eine Kleinigkeit zu essen. Nicht, dass von seinem Proviant mehr als eben jene Kleinigkeit übrig gewesen wäre. Also tastete er nach dem Rucksack, den er immer noch auf dem Rücken trug und fand schließlich das kleine Proviantpaket. Geduldig zog er es mit seinen zerstörten Fingern hervor und öffnete es, beiläufig fasziniert davon, dass seiner Hand auch diese simplen Tätigkeiten nunmehr unsägliche Mühen und Schmerzen bereiteten.

Wundersamerweise schaffte es der Alte, den wenigen Resten von Wurst, Käse und Brot nochmals zwei Rationen abzugewinnen. Er aß bedächtig und in dankbarer Hingabe. *Komm, Herr Jesus, sei unser Gast ...*

Nein, überlegte er. Gott der Herr war jetzt nicht bei ihm. Gott war oben, in den Wäldern, auf den Bergen, selbst in den Felsschluchten – überall dort, wo die Luft und das Licht hingelangten. *Hier unten* war er nicht. Aber *hier unten* war vielleicht etwas Anderes, ein schwarzer Schatten, der ihm im Traum erschienen war. Etwas, dass so furchtbar war, dass sogar Gott seine Augen davor verschloss.

Vielleicht, weil selbst Gott diesen Schatten fürchtete.

Nachdem er etwas trockenes Brot und Käse heruntergewürgt hatte, schraubte er den Verschluss der kleinen Wasserflasche auf, während er sie zwischen seine Beine klemmte. Der winzige Schluck genügte kaum, die Reste seiner Mahlzeit hinunterzuspülen, geschweige denn, seinen Durst zu stillen.

Dann war die Wasserflasche leer.

Noch immer zitternd kam Suter auf die Beine, beziehungsweise auf die Knie, denn größere Bewegungsfreiheit ließ der Durchmesser des Lochs ohnehin nicht zu. Er knipste die *Betty* wieder an, hockte sich in der Finsternis an die Felswand und schaute sich um.

Da ein weiterer Abstieg nun keine Option mehr war, leuchtete er stattdessen in das Felsloch hinein, halb in der Erwartung, eine weitere Sackgasse zu sehen, jene, die sein Schicksal endgültig besiegeln würde.

Stattdessen führte der kreisrunde Gang jedoch tiefer in den Fels hinein, seine Wände spiegelglatt und im immer gleichen Durchmesser wie von einer Bohrung. Und das musste es sein! Dies hier war mitnichten eine natürliche Höhlung, wurde dem Alten klar, jemand hatte den Tunnel absichtlich in den Fels gebohrt. *Menschen?*

Er hätte sich dieser Hoffnung nur allzu gern hingegeben, doch er erinnerte sich an das merkwürdige Symbol, welches sein Blick gestreift hatte, bevor er in die erschöpfte Ohnmacht gefallen war. Er leuchtete an die Stelle in der Decke, an der er es vermutete. Es war noch da, am Scheitelpunkt der Höhlung in den Fels geschlagen, so präzise und unnatürlich wie der gesamte, schnurgerade Gang. Er strich mit seinen blutig geschabten Fingerkuppen über das Symbol und spürte – gar nichts. Keine Erhöhung oder Einkerbung im polierten Stein. Als er es näher betrachten wollte, begann sich ein dumpfer Schmerz hinter seiner Stirn zu regen und Tränen stiegen in seine schmerzenden Augen. Das hörte auf, sobald er in eine andere Richtung blickte. Merkwürdig, dachte der Alte, und drehte sich zurück in den Gang, um tiefer hinein zu kriechen.

Merkwürdig. Aber im Moment nicht weiter wichtig.

Er entdeckte noch mehrere dieser fremden Symbole und sie alle schienen keinerlei räumliche Dimension zu haben, so als wären sie auf den Fels gemalt. Wenn er sie ansah, begannen seine Augäpfel zu schmerzen, so als versuche jemand, sie aus seinem Kopf heraus zu drücken und eine Schwermut erfasste ihn, als sprächen die Symbole zu den dunkelsten Bereichen seiner Seele, so als suchten sie in seiner Erinnerung gezielt nach den Momenten des Verlusts und der Verzweiflung ...

Aber das war natürlich Blödsinn. Es waren einfach nur Markierungen, welche die unbekannten Tunnelgräber zurückgelassen hatten.

Wer immer sie auch sein mochten.

Also sah er die Symbole einfach nicht mehr an. Die Fremdartigkeit der Markierungen, und der schnurgerade Gang, welcher sich kilometerweit in den Fels zu erstrecken schien, hätten den Alten an jedem anderen Tag über alle Maßen in Erstaunen versetzt. Vielleicht wären sie ihm entsetzlich alt vorgekommen und fremd und feindselig. Aber nicht heute. Heute war er viel zu sehr mit dem verzweifelten Versuch beschäftigt, noch etwas länger am Leben zu bleiben.

Nach einer Zeit, die er selbst auf etwa eine halbe Stunde schätzte, kam sein kriechendes Vorwärtskommen zu einem abrupten Halt. In dem, was vom Licht seiner Stirnlampe noch übrig war, erblickte er eine kahle Wand am Ende des Ganges vor sich, mit einem weiteren der unbekannten Symbole darauf. Höhnisch schien es auf ihn herab zu grinsen.

Der Schacht war zu Ende.

LICHTLOS

Tatsächlich stellte er beim Näherkommen fest, dass sich kurz vor der abschließenden Wand ein Loch im Boden befand, ebenfalls kreisrund und mit einem Durchmesser von etwa einem Meter. Der Gang machte einen nahezu rechtwinkligen Knick und setzte sich dann in einem steilen Winkel fort. Und zwar bedauerlicherweise nach unten. Der Alte kroch an den Rand des Durchbruchs und lugte in die Tiefe.

Er ließ sich, seinen verletzten Arm in der provisorischen Schlaufe schützend nach oben gedreht, in das Loch im Boden gleiten und benutzte den geschulterten Rucksack dabei wie einen Schlitten. Mit den dicken Gummisohlen seiner Bergschuhe stützte er sich, so gut es ging, an den Wänden des steilen Schachtes ab, der ihn unaufhaltsam in die Tiefe führte.

So rutschte und schlidderte der alte Mann, mehr als dass er kroch, Meter für Meter nach unten, tiefer in den Fels hinein.

Nach einer Strecke des mühsam gebremsten Rutschens glitt sein linker Fuß plötzlich ins Leere – durch das überraschende Ungleichgewicht drehte sich der Alte in dem Gang quer und schlug mit seiner linken Schulter unsanft an die Innenwand der Höhlung. Der Schmerz in seinem Arm flammte erneut kräftig auf. Er keuchte einen leisen Fluch zwischen seinen zusammengepressten Lippen hervor und tastete mit seiner Rechten nach dem Rand des Gangs, über dem sein Fuß nun lose baumelte.

Dann versuchte er, seinen Körper so zu drehen, dass er mit dem Kopf näher an den Rand des Durchbruchs heran kam, erreichte damit allerdings lediglich, dass er ein paar weitere Zentimeter auf das Loch zu rutschte. Es gelang ihm auch unter Aufbietung all seiner Kräfte nicht, sich so zu verbiegen, dass er in das Loch hinableuchten konnte. Unmöglich zu sagen, wie tief es hier runter ging.

Schließlich presste er den rechten Arm an die Seite, wobei im Reflex der Bewegung auch sein linker schmerzhaft zusammenzuckte, zog die Beine an den Körper und vertraute sich der Schwerkraft an. Die Augen fest zusammengepresst rutschte der Mann durch das Loch hindurch und – fiel.

Allerdings fiel er nicht besonders weit. Kurz nachdem er seinen Körper durch den Durchbruch bugsiert hatte, schlugen seine beiden Füße gleichzeitig auf dem harten Boden auf, er ging reflexartig in die Knie und leitete den Schwung des Sturzes in eine fast perfekte Vorwärtsrolle um. Ein kurzes Stück schlidderte er noch auf dem spiegelglatten Steinboden weiter, dann blieb er zusammengekauert liegen.

Schließlich setzte er sich auf, und knipste die *Betty* an, um sich ein Bild von seiner Lage zu verschaffen und kam auf die Beine. Er befand sich in einem kargen Raum von annähernd ovalem Grundriss, mit der gleichen verblüffenden Präzision ins Gestein gehauen wie der rutschige Schacht, aus dem er gekommen war. Die Oberfläche der Wände und des Bodens schien hier trotz der verblüffenden Symmetrie noch am ehesten natürlichen Ursprungs zu sein. Die Strukturen des Felsgesteins waren unregelmäßig und von erzhaltigen Adern durchzogen, die im schwachen Schein der *Betty* verheißungsvoll funkelten.

Da das sterbende Licht der *Betty* lediglich eine paar grobe Umrisse aus der Dunkelheit um ihn riss, brauchte eine ganze Weile, um das Gebilde zu erkennen. Er erstarrte und trat ungläubig einen Schritt näher auf die Mitte des Raumes zu. Der Anblick dessen, was da vor ihm thronte und ihn mit seiner bloßen Anwesenheit zu verspotten schien, erfüllte ihn mit einer rasenden Furcht, als er es schließlich als das *erkannte*, was es war.

Das mächtige Steinding glich in allen widerwärtigen Einzelheiten dem urzeitlichen Findling aus seinem Traum – dem schwarzen Sarkophag.

Ein Detail fehlte jedoch und das war eine Gnade: Die zerfurchte Oberfläche der Steinplatte war leer und glatt, zur großen Erleichterung des Alten. Keine *KÖSTLICHE SÜßIGKEIT* wartete auf seinen tastenden Finger – kein Lumpenbündel, das sich als die zerfetzten Überreste seines geliebten Hundes entpuppen würde.

Angewidert wandt er seinen Blick von dem Stein ab. Unbekannte Symbole, ähnlich den Zeichen, die er schon in den Gängen gesehen hatte – aber größer, komplexer und auf eine befremdliche Weise kunstvoller – zierten die erdrückenden Steinwände. Tatsächlich erweckte der Raum den Eindruck einer Grabkammer in einer altägyptischen Pyramide oder, wenn einem der neuzeitliche Vergleich mehr zusagte, dem *Aufbahrungsraum eines Bestattungsinstituts.*

Während er den Strahl seiner Grubenlampe flüchtig über die Wände streifen ließ, machte er einen weiteren Schritt – und verheddert sich in etwas, das auf dem Boden lag. Er stolperte und trat im Schwung seiner Bewegung in etwas hinein, das mit einem hohlen Knacken zerbarst. Er schaute hin und hielt das, worin er stand, zunächst für eine lose Ansammlung von dürren Ästen. Dann jedoch entdeckte er die Lumpen und die rissige, pergamentartige Haut, die sich über den Knochen spannte. Hier lagen die Skelette von … der Alte zögerte. Das mochten einst Menschen gewesen sein, aber ihre Schädel waren so *anders*. Verformt, wie es schien, mit wulstigen Knochenpartien über den tief liegenden Höhlen und ihre ineinander verhakten Körper schienen klein und verstümmelt von dem, was sie sich in ihren letzten Momenten angetan haben mussten.

Waren dies die Tunnelgräber?

Der alte Mann bezweifelte das stark – wo waren ihre Werkzeuge und wieso waren sie hier unten gestorben, in ihren eigenen Tunneln. Und noch etwas dämmerte aus den Tiefen des Unbewussten hervor, eine intuitive Erkenntnis, die ihn mit der Wucht eines Donnerschlags traf.

Diese Skelette waren alt, sie gehörten zu Menschen, welche vor vielen hundert Jahren gelebt hatten und hier gestorben waren. Aber das Tunnelsystem war um *Größenordnungen* älter.

Von Ekel erfüllt wandte er den Blick von den ineinander verschlungenen Überresten und denn endlich erspähte er in der Dunkelheit einen Ausgang aus dem Raum – ein zweiter Gang, und zur großen Freude des Mannes führte dieser nicht nur weg von dem entsetzlichen Steinding und dem

Knochenhaufen zu seinen Füßen, sondern außerdem nach oben.

Also ging er wieder in die Knie und schob sich ächzend in den Gang hinein, der sich als ein Durchgang zu einem geräumigen Schacht erwies. Er hätte hier stehen können, wenn er noch in der Lage dazu gewesen wäre. Stattdessen kroch er weiter, folgte der schnurgeraden Bohrung aufwärts, während das Licht an seiner Stirn schwächer und schwächer wurde.

Nach quälenden Minuten erreichte er schließlich einen weiteren Raum. Soweit er es erkennen konnte, war dieser völlig leer und schmucklos. Er krabbelte auf allen Vieren durch die kleine Kammer, und fand den nächsten Gang, der sich ebenso schnurgerade durch den Fels zog, mehr durch Tasten, als dass er ihn tatsächlich gesehen hätte. Das Licht verließ ihn nun.

Auch dieser Tunnel führte weiter aufwärts, und das war gut – vermutlich. Der Oberfläche entgegen, so hoffte er inständig, denn nicht nur das Licht seiner Lampe verließ ihn nun. Seine Kräfte und sein Wille würden kaum länger durchhalten als die sterbenden Batterien der *Betty* – ihr Schicksal schien auf seltsame Weise mit dem ihres Besitzers verknüpft.

Wenn die Lampe dunkel wurde, würde auch sein Lebensfunke erlöschen.

DAS ENDE

Der Alte sog an dem Mundstück der Pfeife. Kraftlos war er an der Wand des Ganges zusammengesunken. Die *Betty* hatte vor ein paar Minuten den Geist aufgegeben. Glücklicherweise war die Pfeife trotz seines Sturzes und den anschließenden Strapazen heil geblieben und er hatte in seinem Rucksack sogar noch ein wenig Tabak gefunden. Das würde es etwas leichter machen. Er streckte die Beine und gönnte seinen erschöpften Gliedern endlich ihre wohlverdiente Ruhe, denn nun bestand kein Anlass zur Hast, jetzt nicht mehr.

So würde es also sein, das Ende. Still und unbemerkt.

Das war in Ordnung, dachte der Alte, er würde dort sterben, wo er sein Leben lang am liebsten gewesen war, in den Bergen. Und hier würde sein Körper bis in alle Ewigkeit liegen, an die Wand gelehnt, die Pfeife noch in der Hand. Auch das war in Ordnung.

So lange er nur möglichst weit entfernt von dem schwarzen Steinding lag.

Einzig Tobi vermisste er in diesem letzten Augenblick, als sein Kopf langsam auf seine Brust sank. Der arme Hund, der am Ausgangspunkt ihrer Irrfahrt jetzt genauso in der Falle saß wie er.

»Verzeih!«, flüsterte der Alte. Sein Blick unter den müden Lidern folgte den träge davonschwebenden Rauchwolken aus seiner Pfeife ein letztes Mal, matt beleuchtet von der rötlichen Glut am Grund des Pfeifenkopfs. Rauchschwaden, die ...

... gar nicht *so* träge davon schwebten. Vielmehr zogen sie sogar ziemlich zielstrebig davon, in den Gang hinein und *nach oben.*

Überaus bedächtig – denn bedächtig war die einzige Geschwindigkeit, zu der er überhaupt noch fähig war – zog der Alte sein Sturmfeuerzeug wieder aus der Tasche und entzündete es erneut. Das Flämmchen bog sich tatsächlich ebenfalls in die Richtung, in welche die Rauchschwaden abzogen und flackerte deutlich stärker, als es durch das Zittern seiner entkräfteten Hand erklärbar gewesen wäre.

Wie in einem Kamin.

Inzwischen schien die Aussicht, einfach liegen zu bleiben sehr verlockend. Dennoch rappelte sich der Alte ein letztes Mal auf und beugte sich nach rechts, dem aufsteigenden Gang entgegen.

Wie in einem oben offenem Kamin.

Schließlich schaffte er es, auf die schmerzenden Knie zu kommen und kroch wieder los – ein verzweifelter Aufschrei des Überlebensinstinktes in ihm, kaum mehr als ein ersterbendes Röcheln, dass durch seinen kraftlosen Körper ging.

Aber dieses Röcheln genügte. Es genügte, um ihn zentimeterweise in Bewegung zu setzen. Nicht, dass er diesen Vorgang wirklich noch bewusst gesteuert hätte, kroch er quälend langsam den Gang hinauf, dem stärker werdenden Luftzug entgegen. Ja, es war tatsächlich ein *Luftzug*, er spürte ihn nun auf seiner Haut, auf den kleinen Härchen auf seinen Unterarmen.

Später war der Alte nicht imstande, zu sagen, ob er mehrere Meter oder lediglich wenige Handbreit gekrochen war, als er endlich die Konturen seiner rechten Hand in der Dunkelheit wahrnahm.

Er begann zu weinen.

Schwer atmend kroch er weiter, bemerkte nun mehr und mehr Details in dem steil ansteigenden Gang. Er konnte sogar die Biegung vor sich deutlich erkennen. Der Gang führte nach links, und von da schien das Licht zu kommen. Wenig mehr als ein blasser Schimmer, aber dennoch deutlich sichtbar.

Der alte Mann schleppte seinen geschundenen Körper weiter, Zentimeter um Zentimeter, dem Licht entgegen, welches nun unablässig schmerzende Tränen aus seinen Augen quellen ließ.

Und während er sich mühsam dem Ausgang entgegenschleppte, ergriff ein furchtbarer Gedanke von ihm Besitz, der ihn erst losließ, als er erneut in eine erschöpfte Ohnmacht hinüberglitt.

ERWACHEN

Wenn die Seele etwas erfahren möchte, dann wirft sie ein Bild der Erfahrung vor sich nach außen und tritt in ihr eigenes Bild hinein.

Meister Eckhart, (1260 – 1328)

BERG MERU, HIMALAYA, 1 V. CHR.

In wenigen Augenblicken würde sie diese Welt für immer verlassen. In gewisser Weise fand Tyssa den Gedanken fast tröstlich. Sie hatte lange gelebt, in Einsamkeit und Isolation und war schließlich an diesen Ort gelangt. Ein geheimer Ort, zurückgezogen vom Leben und den meisten Menschen – an der Spitze eines Berges im Hochgebirge des Himalaya, der manchen von ihnen als ein heiliger Berg galt.

Hier würde mit ihr eine Reise zu Ende gehen, die für ihr Volk vor fast zehntausend Jahren mit den fünf Heiligen von Tharek begonnen hatte. Tyssa war mit ihren dreihundert Jahren noch recht jung, aber sie war von einer Melancholie befallen, die die Nachfahren von Tharek seit etlichen Generationen heimsuchte und mit jedem Geburtsjahr tiefer geworden war. Sie hatten das alte Wissen und die Rituale gepflegt, so gut es ihnen möglich war, bis zum Schluss. Aber so vieles war verlorengegangen ohne die Alten.

Und nun waren nur noch sie beide übrig, sie und das Kind.

Der Priester war die geheimen Wege durch den Berg gegangen, um sie zu warnen, vor den Soldaten, die gekommen waren, um das zu töten, was sie nicht verstanden. Und sie hatte dem Priester gedankt und ihm ihre Liebe gesandt und dann hatte sie ihm eine weitere Aufgabe auferlegt, die letzte und die schwierigste der Prüfungen seiner Liebe zu ihr.

Diesmal, das wusste sie, würde es ihr Ende sein.

Ohne den direkten Austausch mit dem Volk der Atlantäer waren die Menschen rasch auf eine niedere Entwicklungsstufe zurückgesunken und der Einfluss der Schwärze unter ihnen wurde immer deutlicher spürbar, seit Tharek und die seinen sie ihrem Schicksal überlassen hatten. In den letzten zehntausend Jahren hatten sie die Ursprünge ihres göttlichen Bewusstseins vergessen, waren zu gedrungenen, hässlichen Wesen geworden, voller Wut, Angst und Aberglaube. Und Angst war es, die sie sich gegenseitig umbringen ließ und ihnen gebot, Jagd auf alles Fremde zu machen. Angst und Aberglaube.

Denn die Menschen vergaßen unbegreiflich schnell.

In den Augen der Menschen waren die hochgewachsenen Angehörigen der alten Rasse abstoßende Monster, Schreckgespenster, die ihre Gedanken verwirrten. Die Geister der Menschen waren nicht länger offen für die Liebe und die Mysterien von Atlantis. So hatte auch Tyssa den Kontakt zur Welt der Menschen fast gänzlich verloren. Von ihrem Versteck aus hatte sie das Treiben in der Welt hin und wieder beobachtet und was sie sah, erschreckte sie. Die Welt war in die Barbarei zurückgesunken. Leid, Gewalt und Chaos regierten unter den Menschen, Kriege erschütterten pausenlos jeden bewohnten Flecken des Planeten. Bald schon würden die Menschen über die Technologie verfügen, die ihre grausame Selbstzerstörung auf die perfide Spitze trieb. Dann wären sie in der Lage, sich selbst und alles Leben auf ihrem Planeten zu vernichten.

So wie die Anderen, die Dunklen es prophezeit und seit Jahrtausenden herbeigesehnt hatten. Jene, welche in ihren dunklen Verliesen begierig nach den Seelen und dem Blut der Menschen dürsteten.

Doch es gab Ausnahmen. Einige wenige, die ihr Bewusstsein den Lehren der Erleuchtung verpflichtet sahen. Sie hatten einen vorsichtigen Kontakt geknüpft und ein Kloster am Fuße des Berges errichtet. Einige der älteren Priester waren hin und wieder hinaufgestiegen, um ihr zu huldigen und an ihrer Weisheit teilzuhaben.

Einer war unter ihnen gewesen, den sie erwählt hatte. Sie hatten gemeinsam das höchste der Rituale vollzogen und sie hatte ihm in ihrer Verzweiflung die Liebe einer Göttin geschenkt. Sein Geist war dabei beinahe vollständig zerstört worden und schließlich hatte sie den schreienden, sabbernden Irren, der aus ihm geworden war, von seinen Leiden erlöst. Sie hatte getrauert, aber er hatte ihr gegeben, was sie von ihm hatte haben wollen.

Tyssa schämte sich ihrer Tränen nicht, als sie das Neugeborene aus seiner Wiege nahm und es dem Priester reichte. Er wickelte es mit geschickten Händen in ein Lumpenbündel und während er das tat, schnappte das Kleine nach seinem Zeigefinger und legte eine winzige Hand darum. Der Priester ließ es milde lächelnd geschehen, und legte das Kind dann in einen Weidenkorb. Tyssa sandte ihm ein Bild: »Bring ihn weit fort.«

Der Priester nickte. Er wusste, dass die Soldaten auch das Kloster am Fuße des Berges durchsuchen würden, wenn sie hier oben mit ihr fertig waren. Aber dann würde der Priester mit ihrem Kind hoffentlich schon über alle Berge sein. Weit fort.

»Du weißt, was zu tun ist?«, dachte Tyssa und zeigte dem Priester ein Bild des Buchs. Auch dieses steckte bereits in den Falten seines orangen Gewandes. Es war jenes Buch, das Tharek einst aus den versinkenden Ruinen von Atlantis gerettet hatte, und dieses Buch war alles, was geblieben war von dem Wissen seiner einst so mächtigen Bewohner.

Sie waren Götter gewesen, einst. Und nun waren sie alle tot.

Der Priester nickte: »Er wird die alten Lehren wissen. Und er wird hinausgehen und sie verbreiten.« Auch wenn er in der Hochsprache seines Volkes sprach, klang die Stimme rau und barbarisch in Tyssas Kopf. Kehlige, gurgelnde Laute, kaum mehr als die Geräusche von Tieren in ihren empfindlichen Ohren.

»Geh nun«, forderte sie den Priester auf und dieser erhob sich von dem Felsboden, auf dem er gekniet hatte. Für einen Augenblick hob er den Kopf und wagte für einen Moment, in ihr Antlitz zu blicken. Als er ihre Tränen sah, wandte er den Blick schnell wieder ab.

Dann drehte er sich um und verschwand in dem schwarzen Loch, das tiefer in den Felsen führte, so, wie er gekommen war. Dieser ist ein Wahrhaftiger, dachte Tyssa, als er verschwunden war, ein Weiser und ein Suchender, auch wenn er nur ein Mensch ist. Und er wird meinen Sohn beschützen. Mein Sohn wird leben, dachte sie.

Und ich hoffe für deine Rasse, dass er lange genug lebt, um seinen Zweck zu erfüllen, wie ich meinen Zweck erfüllt habe, und die Alten vor mir. Er ist das letzte Geschenk mei-

ner sterbenden Rasse an euch, in der dunklen Stunde, die euch bevorsteht. Wenn ihr ihn verliert, verliert ihr alles.

Tyssa materialisierte einen kleinen Felsbrocken, der die schwarze Höhlung verschloss, dann ließ sie den Gesteinsblock mit dem Berg verschmelzen. Der Weg, den der Priester gegangen war, würde für alle Zeiten versperrt sein.

Von draußen drangen die ersten Stimmen der Soldaten an ihr Ohr. Nur wenige hatten den Marsch bis zur Spitze des Kailash überlebt. Aber diese wenigen waren genug. Sie war müde, so müde.

Tyssa atmete tief ein, drehte sich zum Eingang der Höhle und bereitete sich auf ihren Tod vor.

ERWACHEN

5. November, Q-Station des Krankenflügels der Militär-labore des Murnauer-Instituts, Truppenübungsplatz Sachsenwald, Deutschland

D r. Peter Singer war wirklich *fest* entschlossen, seine verklebten Augenlider zu öffnen. Das Unternehmen gestaltete sich in der praktischen Durchführung allerdings weitaus schwieriger als anfangs von ihm angenommen. Zunächst pulsierte da ein unbestimmt pochender Schmerz in seinem Schädel. Einer von der Sorte, die einen glauben lassen, die im Kopf befindliche Hirnmasse hätte sich in einen klumpigen, zähen Brei verwandelt, in dem ein wild gewordener Specht gerade auf Insektenjagd geht. In Singers Fall handelte es sich um einen großen und ausgesprochen hungrigen Specht.

Ein Zustand, der durch neue Sinneseindrücke, so fantastisch sie auch sein mögen, im Allgemeinen nicht verbessert wird. Besonders dann nicht, wenn diese Eindrücke hauptsächlich aus grellem Licht bestehen, das sich einem gnadenlos in die Pupille bohrt. Also gab Peter Singer sein Vorhaben mit einem schmerzlichen Seufzen wieder auf und hielt die Augen weiterhin geschlossen. Für den Moment war das wohl das Klügste. Doch sich in das weiche Kissen unter seinem Kopf zurück sinken zu lassen, verbesserte seinen Zustand ebenfalls nicht wesentlich. Sofort kämpfte eine Vielzahl farbiger Schlieren, die in wildem Tempo vor seinen geschlossenen Lidern hin- und hersausten, um seine geschätzte Aufmerksamkeit.

Kurzum, die personifizierte Speerspitze der Zoologie, gefeierter Star des akademischen Zirkels, Wunderkind und Überflieger – eben jener Dr. Peter Singer – hatte einfach einen mordsmäßigen Kater.

Da er sich im Moment also nicht wirklich auf seinen Kopf und die darin befindlichen Sinnesorgane verlassen konnte, probierte er stattdessen mithilfe seiner Hände herauszufinden, wo er sich befand. Sich zu erinnern versuchte er erst mal nicht, da er dunkel vermutete, dass ihm diese Hirnleistung lediglich weitere Anfälle von Übelkeit bescheren würde.

Er tastete.

Weich, flauschig weich. Offenbar eine Bettdecke. Und eine bequeme Matratze, auf der er ausgestreckt lag. Das Laken war kühl an seinem Rücken und am Hintern, offenbar war er nackt. Vorsichtig tastete sich seine Hand unter die Bettdecke und hielt abrupt inne, als diese Bewegung einen stechenden Schmerz in seiner Armbeuge verursachte.

Während er langsam zu sich fand, zog am Horizont seiner Wahrnehmung ein eitergrün dräuendes Gewitter auf – und das immer stärker werdende Verlangen, sich zu übergeben. Der schwache Versuch, an eben jenen Brechreiz nicht länger zu denken, scheiterte kläglich und mit einem Gefühl, als sei sein Magen geradezu besessen davon, sich augenblicklich von innen nach außen zu stülpen.

Er musste sein Gehirn dringend mit etwas beschäftigen. Etwas, das möglichst wenig mit Essen oder Trinken zu tun hatte. Oder mit schmerzenden Armbeugen. Am besten mit den üblichen W-Fragen. Also, die wichtigste W-Frage zuerst:

Was zur Hölle hatte ihn bloß derart aus den Latschen gehauen?

ANNA UND DIE PORTIONIERTEN FREUNDE

2. November, 22:15 Uhr, Park Hyatt Hotel, Hamburg, Deutschland

Er hätte Murnauers Anruf einfach nicht entgegennehmen sollen. Andererseits, was hätte das schon geändert? Klar, er hätte sich dann noch ein paar Wochen oder vielleicht sogar Monate im Dschungel verstecken können. Weit weg von Deutschland, wo man gerade die ersten regnerischen Vorboten des Winters willkommen hieß. Willkommen, ihr nebelgrauen, kalten Regenschauer! Er hatte das Klima in Deutschland noch nie gemocht und zu dieser Jahreszeit fand er es ganz besonders erbärmlich.

Die große, lederne Reisetasche lag seit seiner Ankunft ungeöffnet auf dem viel zu großen Hotelbett und wirkte mindestens so verkorkst und fehl am Platze, wie Singer sich im Moment fühlte. Er prostete der Reisetasche auf dem Bett mit dem winzigen *Jack Daniels*-Fläschchen in seiner Rechten zu – willkommen im Club der Verkorksten!

Er legte den Kopf in den Nacken und ließ die letzten Tropfen aus der kleinen Flasche auf seine herausgestreckte Zunge laufen. Sein erster »Bruder Jack« an diesem Abend. Prickelnd brannte sich die süßliche Flüssigkeit in die empfindlichen Geschmacksnerven seiner Zunge, bis die Sensation nach einer Weile verging.

Singer drückte sich aus dem bequemen Ledersessel und durchquerte das Zimmer, um an der Minibar die leere Flasche gegen eine neue, volle einzutauschen.

Heute war es übrigens auf den Tag genau ein Jahr her, das mit Anna, seiner Ex-Frau.

Ex-Frau. Was für ein selten dämliches Wort. Für ihn war Anna immer nur Anna gewesen – niemals seine »Ex-Frau«, nicht als er die Scheidungspapiere unterzeichnet hatte und schon gar nicht jetzt, da sie tot unter der Erde lag.

Singer schraubte den Verschluss der nächsten kleinen Flasche mit einem leisen Knacken auf und ließ ihn achtlos zwischen seinen Fingern zu Boden gleiten. Er starrte eine Weile auf das winzige Glasbehältnis in seiner Hand – kaum mehr als ein Kinderspielzeug – und setzte es dann an seine Lippen. Er trank es in einem Zug leer.

Am Anfang war sie für ihn einfach nur seine *geliebte* Anna gewesen, von dem reizenden Grübchen, das sich auf ihrer linken Wange bildete, wenn sie lächelte, bis zum bunten Sommerkleid, in dem sie lachend für ihn getanzt hatte in jenem Kornfeld. Als es für sie noch einen Grund gegeben hatte, zu lachen und zu tanzen.

Anna, der Wirbelwind in seinem sonst so geordneten Akademikerleben. Anna, die auch noch für ihn gelächelt hatte, als die Sonne in ihrem Herzen längst untergegangen war. Sie war sein erfrischender Anteil »echtes Leben« gewesen, den er sich gegönnt hatte, wie gewitztere Leute sich wohl einen *Ferrari* gönnten oder eine Jacht. Diese Dinge waren immerhin ersetzbar. Sie konnten kaputtgehen, oder geklaut werden, natürlich – doch am Ende zahlte immer die Versicherung. *Sterben* konnten diese Dinge nicht.

Oder wahnsinnig werden.

Was er tatsächlich am schmerzlichsten vermisste, waren die sanften Wölbungen der Decke neben ihm, wenn er morgens erwachte. Dieses winzige Stück Gewissheit, dass dieser Tag nur gut werden konnte. Einfach gut werden *musste*, weil *sie* da war. Weil sie beide da waren, *wie eine richtige, kleine Familie.*

Seine Hand krampfte sich fester um das kühle Glas der leeren Flasche. Hier, in der übertrieben teuren Superior Suite des *Park Hyatt* verstand er plötzlich die wahre Bedeutung des Wortes Reichtum. Er begann zu begreifen, dass Reichtum manchmal nur ein klappriges apfelgrünes Holzbett in einem kleinen windschiefen Häuschen inmitten von Kornfeldern sein kann.

Und er verstand, dass dieser Reichtum flüchtig ist.

JENSEITS DER SPIEGEL

Singer redete sich auch heute noch mit einigem Erfolg ein, dass er es gar nicht hatte bemerken *können*, dass die Symptome zu schwach, zu undeutlich und zu selten gewesen waren. Das stimmte sogar. Zumindest hatte es am Anfang gestimmt. Wie beispielsweise an jenem Sonntag, als er, wachgekitzelt von der Sommersonne, seine Hand nach Anna ausgestreckt hatte.

Ihre achtjährige Tochter Antonia, ein Frühaufsteher wie alle Kinder, würde wahrscheinlich bereits in ihrem Zimmer mit ihrer Holzpuppe spielen, die sie mindestens einmal pro Woche umtaufte. Diese Woche hatte ihr Auguste gefallen, wenn sich Singer recht erinnerte. Oder sie würde vielleicht lesen. Seit sie die *Abenteuer des Lügenbaron Münchhausen* für sich entdeckt hatte, kam sie morgens seltener zum Kuscheln ins Bett ihrer Eltern.

Zeit und Gelegenheit also für die jungen Eltern, sich ein wenig miteinander zu beschäftigen. Singer würde unter der leichten Sommerdecke auf Forschungsreise gehen und beginnen, Annas Bauch sanft zu küssen, dann langsam hinabgleiten, während seine Hände ihre …

Doch seine Hand tastete ins Leere. Als er die Augen öffnete, sah er, dass er heute Morgen tatsächlich allein in dem grün gestrichenen Holzbett lag. Neben ihm befand sich nur das zerwühlte Laken – Anna hatte sogar ihre Überdecke mitgenommen. Singer warf einen schläfrigen Blick auf seine Armbanduhr, 6:45 Uhr. Heller Morgen, ja – aber noch mindestens eine Stunde zu zeitig, um das Frühstück zuzubereiten, was sie sonntags ohnehin traditionell gemeinsam machten. *Wie eine richtige kleine Familie*, pflegte Singer dann stets grinsend zu sagen, und bis zu jenem Morgen hatte es tatsächlich so ausgesehen, als würden sie diese Tradition noch eine Weile pflegen.

Er war, lediglich mit einem T-Shirt, Unterhose und einer immer noch recht ansehnlichen Erektion bekleidet, nach unten gegangen und hatte Anna auf der Couch in der Diele vorgefunden, eingehüllt in ihre Decke wie ein frierendes Kind, obwohl die ersten Sonnenstrahlen das Zimmer bereits durchfluteten. Ihr Körper hatte sich eiskalt und fremd angefühlt. Kühl und merkwürdig klamm, wie etwas, das die Nacht über draußen im Garten gelegen hatte. Nur ihre Wangen glühten rot, als wäre sie von einem heftigen Fieber befallen. Das Schlimmste war allerdings ihr Blick, der leer und stumpf auf die gegenüberliegende Wand gerichtet war – bei diesem Blick war Singer auf der Stelle jede Lust an körperlichem Vergnügen vergangen. Ihre fragenden Augen hatten durch ihn hindurch geblickt und sie hatte leise zu schluchzen begonnen, als er sie in seine Arme zog. Er hielt ihren schlanken Körper an sich gepresst, und während er dies tat, konnte er spüren, wie die Feuchtigkeit ihrer erhitzten Wangen durch den Stoff seines T-Shirts drang. *Gott, wie lange saß sie schon hier unten und weinte?*

Wäre Singer in diesem Moment ihrem verwirrten, traurigen Blick begegnet, hätte er vielleicht den Eindruck bekommen, dass sie einen winzigen Teil ihrer Persönlichkeit zurückgelassen hatte in dem Traum, aus dem sie soeben erwacht war. Und er hätte sich vielleicht gefragt, *wie lange schon* seine junge Ehefrau nächtliche Wanderungen durch das Haus unternahm.

Irgendwann war Antonia die Treppe heruntergetapst gekommen, völlig vertieft in munteres Geplapper mit ihrer Puppe. Anna hatte tapfer ihre Tränen fortgewischt und Singer ein Lächeln geschenkt, das *beinahe* echt wirkte.

Der darauffolgende Winter war so ungefähr der Zeitpunkt gewesen, an dem der Wasserpegel kaum merklich, aber unaufhaltsam zu steigen begonnen hatte, sozusagen. Die Dinge hatten sich Stück für Stück vom Ufer gelöst, waren in den Fluss gefallen und wurden rasch davongetrieben, von einer immer stärker werdenden Strömung. Zuerst waren es winzig kleine, kaum merkliche Stücke gewesen. Treibgut, nichts Nennenswertes, kleine Blätter und Stöckchen, die den Fluss hinabdümpelten. Doch dieser Fluss hatte allmählich Fahrt aufgenommen und über die Jahre immer größere Brocken aus Annas Seele mitgerissen. Er war zu einem breiten Strom angewachsen und zum Schluss hatte er ganze Landstriche überflutet. Und sie waren voneinander weggetrieben, letztlich nur zusammengehalten von der lächerlichen Schmierenkomödie, die sie ihrer Tochter vorspielten. Die sie ihr fast zehn Jahre lang vorgespielt hatten, bis die Masken der Schauspieler so dünn wie Pergament geworden waren und ihnen die Schminke in großen Stücken von den Gesichtern bröckelte wie Putz von einer schimmeligen Fassade.

Zum Schluss war Anna eine andere gewesen, verbittert und mürrisch, mit tiefen Sorgenfalten um die Mundwinkel ihrer ehemals vollen Lippen. Graue Strähnen hatten ihr stumpfes, ungepflegtes Haar durchzogen. Aus sympathischen kleinen Eigenheiten waren Ticks geworden und aus den Ticks schließlich Neurosen. Sie wanderte nun immer öfter ziellos durch das Haus, auch tagsüber. Sie vergaß Dinge, und in der Wohnung machte sich eine Schmuddeligkeit breit, derer Singer nur mit einer Putzhilfe Herr wurde. Irgendwann kam auch die nicht mehr. Sie hatte Anna eine geschlagene Stunde durch die verschlossene Badtür weinen hören.

Es war nicht so, dass Singer seiner Frau nicht hatte helfen wollen. Er hatte sie zu den besten Ärzten geschickt, die sich für Geld auftreiben ließen. Neurologen, Therapeuten, Psychoanalytiker, die ganze Palette. Bis ihm auch dies irgendwann zu *peinlich* geworden war.

Ein knappes Jahr später war Anna bereits von einem guten Dutzend rezeptpflichtiger Antidepressiva abhängig und nur noch selten wirklich ansprechbar. Die *Mittelchen* sorgten dafür, dass sie *funktionierte*. Ausreichend gut, um jeden Morgen aufs Neue das immer gleiche Schauspiel darzubieten. Noch einen Tag, eine Woche, einen Monat.

Außerdem brachten diese Mittelchen sie ganz allmählich um.

Es hatte Singer innerlich *zerrissen*, dem Verfall seiner Frau tatenlos beizuwohnen. Es schmerzte, Anna dabei zusehen zu müssen, wie sie zu einer blassen Hülle ihrer selbst wurde, sich vor seinen Augen in ihr eigenes Gespenst verwandelte.

Also trat er den Rückzug an, als ihm nichts anderes mehr einfiel, das er hätte tun können. Er floh in seine Arbeit und

begann mit seinen eigenen *Mittelchen*. Seine waren allerdings zur Gänze rezeptfrei und in jedem Supermarkt zu bekommen, wenngleich er den gut sortierten Einzelhandel bevorzugte.

Es war einer von Annas letzten wachen Momenten gewesen, als sie über die Scheidung gesprochen hatten. Sachlich
und nüchtern – und ungemein verständnisvoll hatten sie
sich gegenseitig mit vernünftig klingenden Floskeln bom-
bardiert. Anna brauche »einfach eine Auszeit«, man habe
sich »aus den Augen verloren«, die Arbeit war in den Vor-
dergrund gerückt, bis man sich »einfach nichts mehr zu sagen gehabt hatte« und »Antonias Wohl war jetzt erst einmal das Wichtigste«. Natürlich. Diese in Klischees ertränk-
ten Phrasen waren an Leere kaum zu überbieten gewesen.
Kein Wort von den Unmengen von Pillen im Arzneisch-
ränkchen. Kein Wort von den leeren Flaschen teurer Whiskymarken, die sich in der Garage bis zur Decke stapelten.

Als es vorbei gewesen war, hatte Singer auf der Stelle das
Christiansens angesteuert. Dann hatte er sich in der noblen
Whiskybar betrunken, bis er sich auf der dunklen Edelholz-
theke die Stirn aufgeschlagen hatte, beim vergeblichen Versuch, nicht vom Barhocker zu rutschen.

Tags drauf hatte er sich in einem der besseren Hamburger
Hotels einquartiert und war erst in die ehemals gemeinsame
Stadtwohnung zurückgekehrt, als Anna mit Antonia schon
in ihr kleines Häuschen am Rand von Hamburg gezogen
war. Sie hatte ihm sogar einen Zettel hinterlassen, auf dem
Tisch in der ansonsten leer geräumten Küche. Dass er sie
jederzeit anrufen könne, wenn er meine, etwas von seinen

Sachen zu vermissen und dass sie ihm die Papiere schnellstmöglich zuschicken würde.

In Liebe, Anna.

Die Scheidungspapiere waren ihm im Institut zugestellt worden, wahrscheinlich hatte Anna einfach nicht gewusst, in welchem Hotel er sich befand, und er hatte sie auch nicht angerufen, um es ihr mitzuteilen. Im Institut war er ohnehin die meiste Zeit über. Ihr Anwalt hatte recht saftige, aber Singers Gehalt durchaus angemessene Unterhaltsforderungen gestellt. Singer hatte die Papiere sofort unterzeichnet.

Keine drei Monate später war er vollständig in der Arbeit an dem Amazonas-Projekt vergraben.

P.S.

Antonia hatte in den fünfzehn Monaten nach der Scheidung die meiste Zeit bei Anna verbracht. Sie hatte ihm einen einzigen Brief nach Peru geschrieben, knapp und ziemlich offensichtlich auf die Bitte ihrer Mutter hin. Belanglosigkeiten aus Deutschland, die im Licht seiner bedeutenden Forschungen verblassten, so hatte er es zumindest damals empfunden. Und doch – etwas an dem Brief hätte ihn vielleicht stutzig machen müssen, ihn regelrecht alarmieren oder wenigstens beunruhigen sollen. Im *Postskriptum* des knappen Briefs hatte gestanden:

Ich glaube, Mama geht es nicht so gut. Kannst du bitte nach Hause kommen?

Das war ein echter Brüller – Mama ging es seit ungefähr zehn Jahren *nicht so gut*, nicht wahr? Aber was hätte sie auch sonst schreiben sollen? Die hingekritzelte Zeile war nicht der verzweifelte Hilferuf eines Teenagers, sondern die knappe Notiz einer erwachsenen Frau. Einer tief enttäuschten erwachsenen Frau, die sich kaum traute, ihn, den großen Singer, der im Nebenberuf zufällig auch ein bisschen ihr Vater war, mit derlei Nebensächlichkeiten zu belasten.

Kannst du bitte nach Hause kommen?

Nicht *sein* Zuhause. Nicht mehr. Das kleine Haus inmitten der Kornfelder und das quietschende apfelgrüne Bett darin gehörten der Vergangenheit an. Und trotzdem hatte Antonia »nach Hause« geschrieben.

Als er den Brief geöffnet hatte, war dieser bereits knapp zwei Wochen alt gewesen und Anna war im fernen Deutschland bereits in die *Welt jenseits der Spiegel* gegangen, diesmal für immer. An einem regnerischen Dienstagabend hatte sie auf der B73 in der Nähe ihres Häuschens in Harburg die Kontrolle über den Volvo V40 verloren und war gegen einen Baum gekracht. Das Rentnerpärchen in der kleinen Reihenhauswohnung gegenüber hatte im ersten Moment geglaubt, Zeuge eines kleinen Erdbebens geworden zu sein. Auf das ausbleibende Nachbeben hin hatten sie schließlich durch die Gardinen ihres Fensters nach draußen gespäht und sofort die Notrufzentrale der Feuerwehr angerufen – fest davon überzeugt, dass in den großen Baum gegenüber ein Blitz eingeschlagen war. Das verbeulte Wrack des V40 hatten sie durch die dichte Regenwand gar nicht gesehen.

Sie war nicht angeschnallt gewesen, aber der Airbag hatte den Großteil ihres Körpers in Position gehalten, während ein armdicker Ast das Dach des Wagens durchschlagen hatte, was dem Volvo das Aussehen einer hastig geöffneten Konservendose verlieh. Ein breiter Streifen des Blechs aus dem Wagendach war ins Innere gedrückt worden und hatte sich zentimeterweise in Annas Gesicht und Oberkörper gegraben. Aus irgendeinem Grund hatte der Tank anschließend Feuer gefangen und den Wagen in einem grellorangen Feuerball verwandelt, der trotz des Regens fröhlich weiterbrannte, bis die Feuerwehr ihn schließlich löschte. Schuld daran war vor allem der Kunststoff des Armaturenbretts, der geschmolzen und in dicken Tropfen auf Annas Beine getropft war. Aber das hatte sie wahrscheinlich schon gar nicht mehr mitbekommen, der Rauch musste sie lange vorher bewusstlos gemacht haben. Zumindest gab das der verantwortliche Löschmeister zu Protokoll.

Die verkohlten Überreste auf dem Fahrersitz wurden schließlich anhand des Zahnprofils als die von Anna Singer, 38, geschieden, identifiziert. Andere Anhaltspunkte bot der bis zur Unkenntlichkeit verbrannte Leichnam nicht mehr. Da man ihren Ex-Ehemann nicht erreichen konnte, wandte sich die Polizei schließlich an das Institut, und so gelangte diese Nachricht über einige Umwege fast zeitgleich mit dem verspäteten Brief seiner Tochter in Singers Hände.

Antonia hingegen hatte noch in derselben Nacht vom Tod ihrer Mutter erfahren. Ein Polizistenpärchen mit einem übermüdeten Soziologen im Schlepptau hatte ihr die Nachricht im Studentenwohnheim überbracht. Die Polizisten blieben lange genug, um Antonia ihr Beileid auszusprechen und die Hilfe des Soziologen anzubieten, dem es nur mit Mühe gelang, sein Gähnen zu unterdrücken. Ob sie Angehörige habe, an die sie sich wenden könne? Und wenn sie Unterstützung brauche, einen Psychologen oder Therapeuten vielleicht, sie könne jederzeit … und sie solle sich schonen, einfach erst mal ausschlafen und …

Schließlich hatten die verständnisvollen Beamten ihr eine gute Nacht gewünscht und waren gegangen. Keine Minute zu früh.

Antonia hatte in dieser Nacht tatsächlich noch geschlafen. So gegen 6 Uhr morgens war sie am Ende ihrer Tränen gewesen und erschöpft in einen tiefen traumlosen Schlaf gefallen.

Irgendwie hatte sie es danach tatsächlich geschafft, weiterzumachen. Die Formalitäten durchzustehen. Sie hatte Kontakt mit ihren Großeltern, Singers Eltern, aufgenommen. Diese hatten dankenswerterweise den Papierkram und die Kosten der Beerdigung übernommen und ihr sogar angeboten, sie für eine Weile bei sich aufzunehmen. Antonia hatte abgelehnt. Es sei sehr nett, aber sie würde es schon schaffen, irgendwie. Bla bla bla …

Und sie hatte es geschafft.

Klar, sie hatte geweint, nahezu ununterbrochen am Anfang. Aber sie hatte die Beerdigung überstanden – also würde sie auch mit dem Rest klarkommen. Denn das war das Schlimmste gewesen. Allein auf dem riesigen Friedhof, nur mit ihren Großeltern und dem Pfarrer. *Ohne* ihren Vater, der in irgendeinem gottverlassenen Abschnitt des amazonischen Regenwalds Insekten aus der Erde wühlte. Sie hatte gehofft, bis zum Schluss und entgegen jeder Vernunft, dass er plötzlich auftauchen und sie in seine Arme schließen würde. Dass er *da* sein würde, wenigstens in diesem dunkelsten Moment ihres jungen Lebens.

Aber er war nicht gekommen.

GESCHENKE

Man konnte es fast einen Zufall nennen, dass Peter Singer seine Ex-Frau vor ihrem Tod überhaupt noch einmal zu Gesicht bekommen hatte. Das war am Tag seiner Abreise nach Peru gewesen – ein Tag, auf den zufällig auch Antonias achtzehnter Geburtstag fiel.

Als Singer vor dem kleinen Häuschen mit dem windschiefen Gartentor stand, hatte er einen Impuls verspürt, umzukehren und auf der Stelle zurück zum Flughafen zu fahren. Die kleinen Fläschchen, die in der ersten Klasse angeboten wurden, selbstverständlich als Inklusivservice, waren ihm plötzlich sehr verlockend vorgekommen.

Stattdessen hatte er die wackligen Steinstufen aus vor sich hin bröckelndem Porenbeton erklommen und auf den braunen Plastikknopf der Klingel gedrückt. Anna war nach geraumer Zeit an der Tür erschienen und hatte ihn wortlos eingelassen. Mit abwesendem Lächeln hatte sie ständig tonlose Silben gemurmelt und sich nach einem kurzen, etwas irritiert wirkenden Blick auf ihn wieder in den Garten hinter dem Häuschen zurückgezogen.

Er war die alte Holztreppe zum Gästezimmer hinaufgestiegen und hatte Antonia das kleine Paket mit dem breiten, roten Geschenkband überreicht. Sein Geburtstagsgeschenk, ein kleiner, brauner Plüsch-Orang-Utan, stammte aus dem

Souvenirshop des Hotels. Er hatte ihn zuerst mit einem, dann zwei Hundert-Euro-Scheinen ausgestattet. Je eine Rolle unter den gebogenen Armen des tapferen kleinen Affen. Er hatte ursprünglich vorgehabt, ihr die zweihundert Euro zusätzlich zum Unterhalt zu überweisen oder vielleicht in einem Umschlag zu schicken. Mit einer netten Karte. Und er hatte selbstverständlich auch vorgehabt, sie anzurufen, vom Terminal des Flughafens aus.

Die Arbeit, Schatz, du weißt ja. Mach dir eine schöne Feier, bla bla bla …

Dieses Vorgehen hätte den Vorteil gehabt, dass er nicht zu dem kleinen Haus am Hamburger Stadtrand hätte fahren müssen. Zu dem kleinen Haus, welches inzwischen ein *verfallenes* kleines Haus war, so verfallen wie seine einzige Bewohnerin. Antonia dagegen verbrachte ihren achtzehnten Geburtstag offenbar *freiwillig* in diesem Haus und bei ihrer Mutter, die auf einem dünnen Drahtseil über einem tiefschwarzen Abgrund tanzte und dabei gar muntere Kapriolen schlug.

Er hatte die Tüte mit dem kleinen Plüschaffen auf den Beifahrersitz des Audi gesetzt und war hinaus nach Harburg gefahren. Ein Plüschäffchen? *Gott, Antonia war achtzehn geworden und nicht acht!*

Als er das kleine Zimmer betrat, saß seine Tochter auf ihrem alten, mittlerweile etwas zu kleinen Holzstuhl – eins von diesen unverwüstlichen Dingern, die von irgendeinem abgewirtschafteten Schulausstatter zu stammen scheinen, der Pleite gemacht hat, weil der Besitzer der vorsätzlichen Folterung von Schülern angeklagt und für schuldig befunden worden ist. Ihr blondes Haar hatte sie durch ein ausgeleiertes knallrotes Haargummi aus Frottee zu einem Pferde-schwanz gebunden. In ihrem blassblauen Pauli-T-Shirt wirkte sie kindlicher denn je. Der kleine Maulwurf stand stolz mit einem kleinen Spaten auf dem Gipfel seines Maulwurfhügels, daneben all seine Freunde. Anna hatte ihr das Shirt vor Jahren gekauft.

Antonia hatte die schmucke kleine Tüte mit dem eleganten blauen Geschenkband mit einem vorsichtigen Lächeln ent-gegengenommen, sich artig bedankt und sie ungeöffnet auf die Frisierkommode gestellt. Auf der Kommode thronte ein Ungetüm von einem Spiegel. Ein Spiegel, wie ihn Teenager seit Anbeginn der Zeit mit unzähligen Schnappschüssen von Freunden und Lieblingshaustieren zu bekleben pflegen, bis nur noch winzige Stückchen der Spiegelfläche frei für ihre eigentliche Verwendung sind. Antonias Spiegel hinge-gen erinnerte in seiner glatt polierten Leere auf gespensti-sche Weise an den Blick, den ihm ihre Mutter vor ein paar Minuten an der Tür geschenkt hatte.

Ein einzelnes Foto klebte am Rand dieses Spiegels, es zeig-te sie drei während eines Zoobesuchs vor vielen Jahren. Anna, Antonia und er. Ein kleines Äffchen saß auf seiner Schulter und langte neugierig nach dem Eis in Antonias Hand. Das kleine Mädchen mit der verschmierten Schnute (es fehlten die beiden oberen vorderen Schneidezähne in dem entzückenden Kinderlachen – stolz wie Bolle war sie darauf gewesen: 'Schau mal, Papa! Mein Zahn ist locker, mein Zahn ist locker!') hatte das gleiche seidenweiche blonde Haar wie ihre Mutter, mit der sie um die Wette strahlte. Glückliche, längst vergangene Zeiten. *Wie eine richtige kleine Familie ...*

Antonia war seinem Blick gefolgt und hatte ihren schmalen Körper hastig in die Sichtlinie zwischen ihren Vater und die Fotografie am Spiegel geschoben. Verlegen hatte er den Blick abgewandt und ihn durch das kleine, aufgeräumte Zimmer schweifen lassen. Weiße, schmucklose Wände, fast leer stehende Regale (Antonia war vor Kurzem ins Studentenwohnheim umgezogen – den Großteil ihrer Sachen hatte sie wohl schon mitgenommen) und alte, schwere Eichenschränke mit den Gebrauchsspuren vieler Jahrzehnte. Möbelstücke, die eine Geschichte erzählen konnten. Sie hatten sie gemeinsam aus Haushaltsauflösungen, von Flohmärkten und teilweise sogar vom Sperrmüll herbeigeschleppt. Damals, lange bevor das Treibgut im Fluss in die gefährliche Strömung geraten war.

Neben den wenigen Büchern auf dem windschiefen Regalbrett stand eine holzgerahmte Fotografie ihrer lächelnden Mutter, ebenfalls aus besseren Zeiten. Viel besseren Zeiten. Das Sommerlicht spielte in ihrem lockigen blonden Haar und Anna lächelte glücklich auf den Betrachter hinab. Und sah verdammt hübsch dabei aus. Er fragte sich, ob er jemals zu solch bedingungsloser Liebe fähig gewesen war, wie sie Anna auf diesem Bild ausstrahlte. Und ob er es verdient hatte, diese Art von Liebe empfangen zu haben.

Höchstwahrscheinlich nicht.

Am schlimmsten war allerdings die Geburtstagstorte – ein verhunztes, zusammengefallenes Ding aus billiger Sahne und Fertigboden, das aussah, als sei es völlig ungenießbar. Ein paar Gartenerdbeeren, bei denen man sich nicht die Mühe gemacht hatte, die schmutzige Erde und die grünen Blätter zu entfernen, steckten darin wie einsame, rote

Leuchtbojen auf einem traurigen Meer aus Sahne. Die Hälfte der achtlos hineingedrückten Kerzen war umgefallen. Zweifellos hatte sie die Torte von ihrer Mutter bekommen und nur Gott allein mochte wissen, wie dieser lieblos zusammengeklatschte Haufen Elend in Annas Augen aussah. Rasch hatte er den Blick wieder abgewandt.

»Danke«, hatte Antonia daraufhin tonlos gesagt und sich ein weiteres Lächeln abgerungen. Nicht »Danke, Papa!«. Nicht »Nach Haus«. Damals noch nicht. Er hatte erfolgreich dem kurzen Impuls widerstanden, seine Tochter in die Arme zu reißen und ihr über die blonden Anna-Locken zu streichen. Sie an sich zu drücken, bis all ihre unterdrückten Tränen im Wollstoff seines eleganten Sommerjacketts versickert waren. Und seine. Bis sie ihren Vater wieder hatte und er seine Tochter. Und sie wieder eine *richtige* Familie waren.

Stattdessen hatte er seine Hände in einer hilflosen Geste in die Taschen seiner dunkelblauen *Gucci*-Jeans gestopft und war kurz darauf, nach ein wenig belangloser Konversation à la »Wie läuft's in der Uni?« »Gut, danke. Alles prima. Und du so?«, gegangen.

Zurück im Wagen hatte er eine Weile in den leeren Raum vor seinem Lenkrad gestarrt. Anna war bei seinem Abgang nicht noch einmal aus dem Garten gekommen, worüber er ihr im Grunde ausgesprochen dankbar war. Dabei hatte sie mit Sicherheit gewusst, dass er den spontanen Geburtstagsbesuch bei seiner Tochter inzwischen beendet hatte. Das Knarren der alten Holztreppe, deren Reparatur er immer wieder aufgeschoben hatte, war einfach nicht zu überhören. Ein vertrautes Geräusch, das zu vermissen er sich nicht eingestehen wollte, damals. Nicht eingestehen durfte. In einer knappen Stunde hatte er schließlich einen Vortrag zu halten und am Abend würde sein Flieger nach Peru starten – die Würfel waren gefallen – *rien ne va plus*. Im Dschungel des Amazonas würden sie Geschichte schreiben, so hatte Dr. Murnauer ihnen in leuchtenden Farben ausgemalt und vermutlich hatte er damit sogar recht. Das Amazonas-Projekt war etwas, worauf sie alle sehr, sehr lange hingearbeitet hatten.

Schließlich hatte er den silbergrauen Audi gestartet und war zur Konferenz gefahren. Die Wissenschaft rief, und anschließend die Getränkeauswahl in der ersten Klasse an Bord der 747.

Und damit hatte Peter Singer das Ende der *kleinen Familie* besiegelt, die einst *seine* Familie gewesen war.

ZWEITER VERSUCH

Murnauer-Militärlabore, Sachsenwald

Das Pochen in seinem Schädel hatte etwas nachgelassen. Sogar die bunten Schlieren begannen sich allmählich zu verziehen. Singer sammelte seine Kräfte erneut und gab den verklebten Schlitzen, die angeblich seine Augenlider waren, den mentalen Befehl, sich zu heben und furchtlos dem zu begegnen, was die Welt für ihn bereithielt.

Was auch immer das sein mochte.

Sein Mut wurde prompt mit einem stechenden Schmerz belohnt, als sich der grelle Lichtstrahl erneut in seine überempfindliche Netzhaut bohrte. Er stöhnte auf und seine Pupillen rollten schutzsuchend zurück in seine Augenhöhlen. Ein zuckendes Negativbild der Neonröhre, in die er geblickt hatte, gesellte sich zu seinen alten Freunden, den wabernden Schlieren. Beim nächsten Mal würde er vorsichtiger sein, dachte er, während das Ziehen in seinem Schädel langsam nachließ.

Er befand sich jedenfalls nicht mehr in der übergroßen Luxussuite des *Park Hyatt* Hotel, so viel stand fest. Diese hatte nämlich allerorten, sogar auf dem verschwenderisch ausgestatteten WC, eine angenehme und auf allerhöchste Ansprüche geschmacklicher Vollendung abgestimmte Beleuchtung – mit anderen Worten: Pufflicht. Dies und eine großzügig gefüllte Minibar waren nur zwei der unbestreitbaren Vorteile des Hamburger Luxushotels.

Ein dritter war das Personal. Diese vortrefflichen Menschen waren offenbar nach dem Grad der Teilnahmslosigkeit ausgesucht worden, zu der ihre Gesichter fähig waren. Vermutlich fanden die Bewerbungsgespräche für Portiers, Zimmermädchen und Hotelpagen in einer Art mittelalterlicher Folterkammer statt – diejenigen Anwärter, die Streckbank und Daumenschrauben am längsten ohne die geringste Regung über sich ergehen ließen, bekamen schließlich den begehrten Job. Oberster Foltermeister dieser hochnotpeinlichen Befragung würde ganz sicher Steiner sein, der stets übereifrige und dabei völlig wertneutrale Chefportier mit dem dünnen weißen Bleistiftbärtchen, das kokett auf seiner Oberlippe saß.

Steiner gehörte ohne Zweifel zur Elite seines empfindungslosen Berufsstandes. Er hatte Singer mehr als einmal von zwei überaus diskreten Pagen auf sein Hotelzimmer begleiten lassen, wenn dieser die Hotelbar überreich mit Spesengeldern beschenkt hatte. Singer neigte glücklicherweise nicht zum Pöbeln, wenn er etwas beschwipst war. Er tendierte jedoch gelegentlich dazu, Treppenstufen zu übersehen und sich in Zimmertüren zu irren. Weder in den Augen Steiners noch in denen seiner Gehilfen war auch nur der Anflug eines Lächelns zu sehen gewesen, als sie ihn nach oben geleitet (oder eher getragen) hatten.

Nach und nach setzten sich weitere Bruchstücke seiner lückenhaften Erinnerung zu mehr oder weniger sinnvollen Fragmenten des großen Puzzles zusammen. Wie in einem Film über eine in tausend Stücke zerbrechende Porzellanfigur, den man rückwärts und in Zeitlupe abspielt, hüpften die einzelnen Teile nach und nach an ihren angestammten Platz und fingen an, einen Sinn zu ergeben.

Singer erinnerte sich.

Zu Beginn des fraglichen Abends hatte er sich noch relativ leichtfüßig von seinem Hotelbett im *Hyatt* erheben können, um ein weiteres Mal zum Getränkevorrat in der Minibar hinüberzuschlendern.

Besonders weit war er dabei allerdings nicht gekommen, denn …

EIN TELEFONAT

Singer vermutete zunächst sein Handy als die Quelle des Klingelns und blickte sich suchend im Zimmer um. Vielleicht war es Antonia, die endlich auf eine der unzähligen Nachrichten auf ihrer Mailbox reagierte? Seit seiner Rückkehr nach Hamburg hatte er beinahe ununterbrochen versucht, sie zu erreichen, bislang ohne Erfolg.

Singer wurde schließlich auf der Sitzfläche eines kalbslederbezogenen Sessels fündig. Er griff sich das elegante Smartphone und drückte auf dessen Display herum, bis er irgendwann begriff, dass das Teil überhaupt nicht geklingelt hatte.

Das Gebimmel dauerte an und irgendwann kam Singer auf die Idee, zum Telefon des Hotelzimmers hinüber zu schauen. Diese beeindruckende Scheußlichkeit war ein klobiger Koloss aus Edelholz, den irgendein Witzbold von Designer zu allem Überfluss noch mit Klavierlack überzogen hatte.

Singer angelte nach dem Hörer und meinte, in dem kurzen »Ja?« seine Verärgerung über den späten Anruf ausreichend deutlich zum Ausdruck gebracht zu haben. Diese wurde vom anderen Ende der Leitung jedoch mit eben jener professionellen Gelassenheit quittiert, die nur der Chefportier des *Park Hyatt* zustande brachte.

»Dr. Singer, entschuldigen Sie bitte den späten Anruf. Ein Gespräch für Sie, ein Professor Murnauer. Ich hätte Sie zu solch später Stunde nicht gestört, aber der Herr beharrt auf der unbedingten Dringlichkeit seines Anliegens. Möchten Sie, dass ich Ihnen das Gespräch aufs Zimmer stelle, Dr. Singer?«, ließ sich der Portier vernehmen.

»Kein Problem, Steiner, wie Sie sehen, bin ich genau wie Sie – immer im Dienst!«, zwitscherte Singer jovial durch den Hörer, der sich überraschend angenehm in seine Handfläche schmiegte. Deutlich angenehmer jedenfalls, als das bevorstehende Gespräch zu werden versprach.

»Sehr wohl, Dr. Singer.« Es klickte leise in der Leitung als Steiner die Verbindung schaltete.

»Singer?«, bellte Murnauers Stimme verzerrt durch die Hörmuschel des Luxusapparats – eine Stimme, von der Singer regelmäßig Kopfschmerzen bekam. Irgendwie schaffte es der Institutsleiter mit nahezu beängstigender Treffsicherheit, ihn jedes Mal im unpassendsten Augenblick anzurufen.

Vielleicht, weil seine Anrufe einfach *immer* ungelegen kamen.

Murnauer, einst ein überaus vielversprechender Wissenschaftler, hatte mit seinen Studien zur Klassifikation nutzbringender Körperchemikalien in Reptilien schon in den frühen neunziger Jahren für einiges Aufsehen in akademischen Kreisen gesorgt. Nicht zuletzt unter seinen eifrigen Studenten, von denen auch er, Singer, einer gewesen war. Murnauer konnte es sich schon damals leisten, nur die aussichtsreichsten Studenten an seinen Vorlesungen teilhaben zu lassen – junge Studenten mussten sich durch entsprechende Noten schon im Grundstudium dafür qualifizieren und eine Reihe ausnehmend schwieriger Tests bestehen, um in den Genuss von Murnauers Vorlesung zu kommen. Eine äußerst ungewöhnliche Methode, die nur einem ausgesprochenen Egomanen wie Murnauer einfallen konnte. Nichtsdestotrotz war er nicht nur ein brillanter Wissenschaftler, sondern stand außerdem in dem Ruf, über ausgezeichnete Kontakte zu verfügen. Damit stand jedem Studenten, der seiner kleinen elitären Strebergruppe angehörte, nach Abschluss des Studiums im wahrsten Sinne die gesamte akademische Welt offen. Inklusive Murnauers eigenem Institut natürlich. Schon während seiner Uni-Zeit hatte er die private Forschungseinrichtung aufgebaut, bis schließlich auch dem Dekan aufgegangen war, dass Murnauer seine Professur im Wesentlichen dazu nutzte, Spitzenkräfte für sein Institut zu rekrutieren.

Das unabhängige Bio-Institut forschte von da an ausschließlich für eine überaus illustre private Klientel und nicht weniger bedeutende multinationale Konzerne. Dank Murnauers hervorragend geölter Kontakte verfügte das Institut bald über nahezu schreckenerregende Geldmittel und eine hochmoderne Ausrüstung, die jedes Uni-Labor wie einen besseren Chemiebaukasten aussehen ließen.

Und der Markt boomte. Auch Singer hatte den Vorzügen der privat finanzierten Forschung nicht widerstanden, wenn auch aus eher wissenschaftlichen als materiellen Gründen – im Gegensatz zu Murnauer übrigens, der aus seiner Geldgier nicht das geringste Hehl machte. Die Besuche hochrangiger Militärvertreter – und beileibe nicht nur deutscher – hatten in den letzten Jahren deutlich zugenommen, was Singer mit zunehmender Skepsis über den Verwendungszweck seiner Forschungen erfüllte.

Letztlich war das vermutlich einer der Gründe gewesen, warum er sich für fast anderthalb Jahre der Feldforschung in den immergrünen Dschungel des Amazonas abgesetzt hatte, weit weg von Murnauers geldgierigen Plänen und seinem eigenen familiären Desaster. Murnauers spätabendlicher Anruf rief ihm seine Zweifel augenblicklich wieder ins Gedächtnis.

Das *Militär*, verdammt.

Singer mochte nicht einmal flüchtig darüber nachdenken, was Murnauer und seine mysteriösen Besucher in den hochmodernen Tagungsräumen hinter schalldicht verschlossenen Türen so alles aussheckten.

»Singer, sind Sie dran?«, quäkte Murnauers Stimme ungeduldig durch den Hörer.

»Ja, hier ist Peter Singer.«

»Hier ist *Professor Doktor* Murnauer.« Einfach lächerlich, wie dieser Kerl seine Titel in die Länge zog wie einen ausgeleierten Kaugummi. Seine schlaflosen Nächte verbrachte er vermutlich damit, sich neue auszudenken. *Großimperator* Murnauer, *Seine Majestät* Murnauer, *Seine Eminenz Papst Krösus der Dritte von und zu* Murnauer … falls Murnauer überhaupt je schlaflose Nächte hatte, was Singer allerdings stark bezweifelte.

»Singer, es gibt Arbeit für Sie. Ich brauche Sie im Institut. Noch heute Abend«, fuhr Murnauer fort.

»Wie bitte?« fragte Singer. Murnauer verschwendete keine Zeit für Höflichkeiten, so viel musste man ihm lassen. »Äh … Dr. Murnauer, ich bin gerade aus Peru zurück, habe seit achtundvierzig Stunden kaum ein Auge zugemacht und habe … nun, ich habe hier erst mal einiges Privates zu erledigen«, brachte Singer den Versuch eines Einwands vor.

»Ich bin mir Ihrer Lage durchaus bewusst«, sagte dieser, und ließ offen, was genau er damit meinte. *Wie genau* er über Singers momentane Lage Bescheid wusste. »Glauben Sie mir, ich hätte *Sie* nicht rufen lassen, wenn es nicht wichtig wäre. Ihre privaten Erledigungen werden aber warten müssen, fürchte ich. Wir benötigen Sie im Institut, sagen wir in einer Stunde?«

Singer zwang sich, ruhig zu bleiben. Er atmete ein. Er atmete aus. »Hören Sie, Murnauer, ich kann Ihnen die Ergebnisse der Amazonas-Forschungen auch rüberfaxen, wenn es denn so furchtbar dringend ist. Und morgen Abend könnte ich vielleicht mal im Institut …«

Murnauer überging das Weglassen seiner akademischen Grade großmütig, als er Singer unterbrach. Seine Stimme nahm einen jovialen Plauderton an, der Singer sofort argwöhnisch aufhorchen ließ.

»Nein, nein, Dr. Singer. Es geht nicht um Ihre Amazonas-Ergebnisse, die sicher ganz bemerkenswert sind.« Seine Worte klangen erstaunlicherweise ehrlich anerkennend. Singer wusste, dass er immer noch verdammt gute Arbeit leistete. Und Murnauer wusste es ebenso. Genau das war ja das Problem.

»Es geht um etwas wesentlich … Größeres. Etwas Einmaliges, von äh … internationaler Bedeutung.«

In Singers Kopf begann ein kleines, grellrotes Licht zu blinken. *Internationale Bedeutung* klang irgendwie verdächtig nach Krisenstab und finsteren Männern in straff gebügelten Paradeuniformen und einer Unmenge bunten Metalls an der Brust, die sich in einem atombombensicheren Bunker versammelten, um in aller Ruhe über die Art und Weise des nächsten Weltuntergangs zu beratschlagen. Unvermittelt sah er sich in der Rolle von Stanley Kubricks rollstullfahrendem »Dr. Seltsam«. *Heil, mein Führer!*

Singer fröstelte.

»Ich will ehrlich zu Ihnen sein, Dr. Singer. Ich habe Sie nie leiden können.« Soviel Offenheit überraschte Singer, der Fakt an sich weniger. »Aber wir haben hier etwas, dass *wollen* Sie sich ansehen, glauben Sie mir! Eine Chance, wie ich Sie ihnen nur einmal bieten werde.« Und nach einer wohlkalkulierten Pause setzte er hinzu: »Singer, wir untersuchen hier eine neue Spezies.«

»Eine neue … ?«, schnappte Singer. Und hasste sich im selben Moment dafür.

»Eine neue Spezies, ja.« Wieder eine dieser unheilschwangeren Pausen. Murnauer musste diese daheim vor dem Spiegel geübt haben, sie funktionierten jedenfalls prächtig.

»Sie sind nicht der Einzige auf Ihrem Gebiet, wissen Sie? Eine Menge junger, mindestens ebenso talentierter Wissenschaftler sägt hier bereits mit Freuden an Ihrem Stuhl …«

Singer schwieg weiterhin. Dieses sonderbare Gespräch lief offenbar auch ohne seine direkte Beteiligung ganz hervorragend.

»Sie sind momentan die Nummer eins in der Zoologie, das wissen Sie genauso gut wie ich. Aber auch Sie sind nicht unersetzbar. Lassen Sie das Institut jetzt hängen und ich besorge noch heute Abend die Nummer zwei! Und nach diesem Job wird derjenige die neue Nummer eins sein. Verstehen Sie?«

Ja, das verstand er sogar ziemlich gut.

»Und Sie …« fuhr Murnauer fort, » … nun ja, ich bin sicher, irgendeine Kleinstadt-Uni wird Sie vielleicht einstellen, damit Sie Ihre Forschungen in einem Labor auf dem technischen Stand der frühen Siebziger fortsetzen können, wenn ich sie erst achtkantig aus dem Institut geschmissen habe.« Er senkte die Stimme. »Was ich wahrscheinlich ohnehin längst hätte tun sollen.«

Murnauer wertete Singers anhaltendes Schweigen offenbar als Zustimmung.

»Wie auch immer, Singer. Es ist jetzt zweiundzwanzig Uhr vierzig. In exakt zehn Minuten wird Sie ein Wagen auf dem Parkplatz vor der Lobby abholen. Seien Sie pünktlich.« Ohne Singers Antwort abzuwarten, legte der Institutsleiter auf.

Ihnen auch einen schönen Abend, Professor.

Singer hielt den Hörer noch eine Weile in der zitternden Rechten, bevor er ihn mit voller Wucht auf das schmucke Telefon auf seinem Nachttisch knallte. Ein kleines Stück lackiertes Holz platzte vom Hörer ab und flog aufs Bett. Singer unterdrückte einen kurzen Impuls der Bestürzung. Steiner würde sich seinen Teil denken können und das Telefon dem Institut in Rechnung stellen. Auch gut. Grimmig hoffte er, dass der verdammte Apparat mindestens doppelt so teuer war, wie er aussah.

Singer schnappte sich seine Tasche, warf sie seufzend über die Schulter und fuhr zwei Minuten später in dem geräumigen Fahrstuhl nach unten.

Er brauchte dringend einen starken Kaffee. Besser zwei.

Er bestellte sich an der Bar einen doppelten Espresso, mit dem er zurück in die Lobby schlenderte. Bis auf zwei Vertreter, die sich gegenseitig frei erfundene Verkaufsgeheimnisse und Anekdoten auftischten, und den unvermeidlichen Eisernen Steiner war der Eingangsbereich leer.

Nein, doch nicht ganz. An der Säule vor dem Ausgang saß eine junge Frau in einem der tiefen Ledersessel, deren Erscheinung so gar nicht in das gediegene Ambiente des *Hyatt* passen wollte. Sie mochte eine Studentin sein, von dem ausgeblichenen Armeeparka und ihren schmutzigweißen Turnschuhen zu schließen. Das Mädchen war zur Gänze in die Lektüre einer zerfledderten Ausgabe von »Die Abenteuer des Sherlock Holmes« vertieft. Als Singer versuchte, den Titel zu entziffern, sah sie auf und lächelte ihn flüchtig an, bevor sie sich wieder ganz auf ihr Buch konzentrierte. Versunken in die Betrachtung ihrer langen schlanken Beine in den abgewetzten und eine Winzigkeit zu kurzen Jeansröhren, lehnte sich Singer an den Tresen der Rezeption.

Steiner blickte ihn wie stets aus aufmerksamen, aber völlig wertneutralen Augen an: »Gehen der Herr heute Abend noch aus?«

»Sozusagen. Die Pflicht ruft.«

»Sehr wohl, der Herr.« sagte Steiner mit der Andeutung eines unverbindlichen Lächelns.

In dem Moment trat der Page, der vor dem Eingang des Hotels Dienst tat, in die Lobby und schaute sich suchend um, bevor er geradewegs auf Singer zukam. Er war ein junger Bursche vom selben makellosen Schneid wie Steiner.

»Dr. Singer? Ihr Wagen erwartet Sie.« Nach einem kaum vernehmlichen Hüsteln aus Steiners Richtung fügte er hastig hinzu: »Und darf ich Ihre Tasche zum Wagen befördern?«

»Schon gut, die trage ich selbst«, sagte Singer, während er sich die Ledertasche über die Schulter warf, »Ach ja,« wandt er sich an Steiner, »lassen Sie das Zimmer einfach gebucht, bis ich zurückkehre, auf Rechnung des Instituts. Und lassen Sie doch bitte den Kühlschrank auffüllen.«

Er grinste Steiner breit an.

»Sehr wohl der Herr«, gab dieser ohne die geringste Regung zurück und notierte etwas. *Welch ein wundervoller Mensch.*

Singer schritt auf den Ausgang zu.

NACHTFAHRT

D er Wagen, der vor dem Hotel auf Singer wartete, war eine wuchtige, schwarze Mercedes-Limousine in Stretch-Ausführung, die sich kaum Mühe gab, den Eindruck einer Staatskarosse zu verbergen. Genau genommen fehlten lediglich die Standarten auf den vorderen Kotflügeln und das Auto wäre als Dienstwagen eines hochrangigen Diplomaten durchgegangen.

Der uniformierte Chauffeur, ein gepflegter junger Mann in seinen dreißiger Jahren, öffnete Singer den Schlag zum dezent beleuchteten Inneren des Wagens – ein Traum aus Edelholz und Echtleder mit zwei einander gegenüberliegenden Sitzbänken. Der Fahrer des Wagens deutete auf den Sitz, der in Fahrtrichtung positioniert war. Zwischen den ausladenden Sitzmöbeln befand sich ein niedriger Tisch, ebenfalls aus dunklem Holz, in den diverse Fächer eingelassen waren. Die blickdichte schwarze Trennscheibe zum Vorderteil des Wagens war hochgefahren.

Während er in den weichen Sitzpolstern versank, stellte Singer fest, dass er sich nicht allein im beeindruckend geräumigen Fond des Wagens befand. Ihm gegenüber saß ein Mann mittleren Alters in einem teuer aussehenden schwarzen Maßanzug samt dunkelgrauem Seidenhemd. Keine Krawatte. Den obersten Knopf des Hemds hatte der Mann geöffnet und kräftige Muskeln spannten sich bei jeder Bewegung unter dem maßgeschneiderten Textil. Ein nichtssagendes Dutzendgesicht rundete den Gesamteindruck ab, sein raspelkurzer Haarschnitt und die unvermeidliche *Ray-Ban*-Sonnenbrille unterstützten effektvoll seine ausdruckslose Erscheinung. Der Kerl besaß eins von diesen Gesichtern, an die man sich beim besten Willen nicht erinnern konnte, wenn man in einem Polizeiverhör gefragt wurde, wie denn der Verdächtige ausgesehen habe. Was sehr wahrscheinlich auch genau der Zweck dieses Gesichts war. »Tja, Herr Kommissar, der Täter war irgendwie mittelgroß, eher unauffällig. Keine besonderen Merkmale, nein. Oder doch, ja – er trug eine dieser schwarzen Sonnenbrillen …« Haha.

Das einzig Auffällige an dem Mann war, dass er seine rechte Hand unter dem locker sitzenden Sakko verbarg. Entweder war dies der schlechteste Napoleon-Imitator aller Zeiten oder der Typ hatte eine Waffe unter seinem Jackett. Vermutlich letzteres.

Der Wagen setzte sich in Bewegung und raste davon, kaum dass er die Hoteleinfahrt verlassen hatte. Wohin, das vermochte Singer aufgrund der blickdichten Wagenscheiben nicht zu sagen.

Ganz in seinem Klischee aufgehend, ließ der dutzendgesichtige Nachwuchs-Napoleon ihn keine Sekunde aus den Augen, geschweige denn die Hand von seinem Schießeisen und legte dabei ein Minenspiel an den Tag, wie es einer römischen Statue gut angestanden hätte – nämlich gar keins.

Singer beschloss, sich seinem Schicksal zu fügen und stattdessen das Innere des kleinen Schränkchens zu erkunden, was sein stummes Gegenüber offenbar billigte. In dem Kühlschrank unter dem Tisch befanden sich vier dickwandige Kristallgläser, ein Eisspender und eine Flasche 65er *Ben Wyvis*. Nach einem kurzen, aber heftigen inneren Kampf schloss Singer die kleine Tür des Kühlschranks wieder, ohne den Scotch angerührt zu haben.

Da er von der vorbeirasenden Landschaft auch weiterhin nichts mitbekam, lehnte sich Singer mit verschränkten Armen zurück und schloss die Augen. Es versprach eine lange Nacht zu werden und er konnte etwas Ruhe gut gebrauchen. Sollte kommen, was immer da kommen mochte.

Jederzeit in der Lage zu sein, innerhalb weniger Sekunden in einen zumindest schlaf*ähnlichen* Zustand hinüberzugleiten, ist eines der vielen Dinge, die der menschliche Körper lernt, sofern man viel auf Reisen ist. Das gleichmäßige Schaukeln der Kabine, nur ein milder Abklatsch der schlingernden Bewegungen des im Höchsttempo dahinbrausenden Wagens, ließ Singer wegdösen, kaum dass er seine Augen geschlossen hatte. So bemerkte er nicht, dass der Wagen trotz seiner halsbrecherischen Geschwindigkeit fast eine Stunde unterwegs war, gut und gerne viermal so lang, wie er vom *Park Hyatt* Hotel zum Murnauer-Institut benötigt hätte.

Als sie die Stadtgrenze von Hamburg erreicht hatten, war Singer bereits fest eingeschlafen.

Singer erwachte einigermaßen erfrischt, als ihn der »Napoleon« unsanft an der Schulter rüttelte. Tatsächlich spürte er kaum noch die Anzeichen seiner leichten Trunkenheit vom Anfang des Abends. Er beglückwünschte sich im Stillen dafür, der Versuchung widerstanden und den siebenunddreißig Jahre alten Whisky in dem kleinen Schränkchen nicht angerührt zu haben.

Er öffnete die Augen, gähnte herzhaft und stieg schließlich aus dem Auto, dessen breite Tür der adrette Chauffeur bereits ungeduldig offen hielt. Dann schaute er sich mit leicht verwirrten Gesichtsausdruck um.

Dies war nicht das Murnauer-Institut.

DER BUNKER

Die dunkle Limousine stand mitten auf einem schwarz asphaltierten Platz, der sich wiederum ziemlich genau in der Mitte von … nirgendwo zu befinden schien. Der Parkplatz war bis auf ein kleines Wachhäuschen und etwas, das wie der Eingang zu einem Bunker aussah, völlig leer – dafür aber von einem übermannshohen Gitterzaun umgeben, an dessen abgewinkelten Pfosten einige Lampen träge im Nachtwind hin und her schaukelten und ihre unmittelbare Umgebung in kaltes, graues Licht tauchten. Das obere Ende des Zauns zierten mehrere Reihen gefährlich aussehenden Stacheldrahts. Dahinter war Wald, nichts als dichter, nachtschwarzer Kiefernwald, der sich in alle Richtungen erstreckte.

Einladend, dachte Singer.

An dem Zaun waren in regelmäßigen Abständen dreieckige Schilder angebracht, auf denen ein Blitz abgebildet war, der ein unvorsichtiges Strichmännchen erschlagen hatte. Mochte dieser abgelegene Drahtverhau mitten im Wald auch den idealen Ort für ein romantisches nächtliches Picknick abgeben, dachte Singer, der Parkplatz des Murnauer-Instituts war es jedenfalls gewiss nicht.

Singer runzelte die Stirn und sah sich nach dem Fahrer um, aber der war bereits wieder in der Limousine verschwunden. Napoleon Bonaparte war gar nicht erst ausgestiegen.

»Dr. Murnauer erwartet Sie«, sagte ein schwarz uniformierter Soldat, der unvermittelt aus dem Dunkel vor Singer emporgewachsen war.

Der so Angesprochene blickte ungläubig zwischen der Mündung der auf ihn gerichteten Uzi-Maschinenpistole und dem kantigen Gesicht des Burschen in der schwarzen Beinahe-Uniform hin und her.

»Bitte folgen Sie mir«, sagte der Soldat, allerdings in wenig bittendem Ton, und setzte sich in Richtung des kleinen Betonbunkers in Bewegung, der das Zentrum des tristen Asphaltplatzes bildete.

»Sollte ich nicht besser vorausgehen und Sie hinterher, so etwa in einem Meter Abstand? Nicht zu nah natürlich, falls ich mich überraschend umdrehe und Ihnen die Waffe aus der Hand reißen will?«, schlug Singer vor. Seine ironische Bemerkung wurde mit aller Ignoranz belohnt, zu der der junge Soldat fähig war, und das war eine ganze Menge.

Also hängte Singer seine Reisetasche über die Schulter und stapfte hinter dem Uniformierten her. Der Wagen hinter ihm fuhr augenblicklich an, schlug einen weiten Bogen und rollte schließlich zum Tor neben dem Wachhäuschen hinaus. Der Fahrer gab erneut Gas und jagte den Wagen den Waldweg entlang in den dichten Forst hinein. Zwei weitere Uniformierte beobachteten Singer aufmerksam von ihrem Posten am Wachhäuschen aus, jeweils eine Hand auf den Lauf ihrer Uzis gestützt.

Der Soldat führte Singer zu einer massiven Stahltür, an deren beleuchtetem Zahlenfeld er ein kompliziertes Ritual vollführte, woraufhin sich die Tür mit einem leisen Zischen öffnete. Sie betraten das Innere des Ungetüms aus dickem Stahlbeton, das sich als wesentlich geräumiger herausstellte, als dies von außen den Anschein gehabt hatte. Dies lag vor allem daran, dass der betonierte Fußboden schräg nach unten abfiel, etwa in der Art einer Laderampe. Als sie das Ende des abschüssigen Raumes erreicht hatten, befanden sich Singer und sein bewaffneter Begleiter bereits einen knappen Meter unter der Grasnarbe draußen.

Sie hielten vor einer weiteren massiven Stahltür und der Soldat tippte wiederum eine lange Kombination in das Zahlenfeld. Anschließend hielt er verschiedene Körperteile vor eine rote Glashalbkugel, um sie scannen zu lassen. Der Soldat ließ Singer durch die Tür in einen weiteren kargen Raum treten, kleiner als der, den sie gerade passiert hatten, wenig mehr als ein großer Kleiderschrank. Dessen Inneres wurde von zwei weiteren der unvermeidlichen Armee-Lampen spärlich beleuchtet.

Die Tür fiel hinter Singer zu und er hörte das Zischen einer pneumatischen Verriegelung. Was er allerdings nicht mehr hörte, waren die Schritte des Soldaten, woraus er folgerte, dass dieser die Tür *von außen* verschlossen hatte – Singer war allein im Raum.

Massiv aussehender Stahl gehörte auch hier zu den Highlights der eher tristen Innenarchitektur. Der Stil war ganz klar der militärisch-einfallslosen Epoche zuzuordnen, und zwar in der Blüte ihrer Zeit. Ihm gegenüber stand – er selbst, in voller Lebensgröße, bleich und mit müden, geröteten Augen über dem wirr abstehenden Haar. Sexy. Singer streckte seinem Spiegelbild die Zunge heraus. Offenbar stand er in der Kabine eines Fahrstuhls.

Er zuckte überrascht zusammen, als aus dem Nichts über ihm eine wohlbekannte Stimme ertönte und ihm bedeutete, an die Spiegelwand zu treten, um seine rechte Pupille sowie die Innenseite seines Daumens vor eine weitere der roten Plastik-Halbkugeln zu halten. Die körperlose Stimme des *Murnauer von Oz* forderte ihn auf, dem roten Zyklopenauge außerdem noch einen Atemzug zu schenken. Nachdem er auch diesem Wunsch nachgekommen war, setzte sich der Lift geräuschlos in Bewegung.

Da er des Anblicks seines zerknautschten Spiegelbildes allmählich überdrüssig wurde, lehnte Singer sich mit dem Rücken an die Spiegelwand und verfolgte stattdessen die aus großen roten Leuchtbuchstaben bestehende Anzeige über der Fahrstuhltür.

-03

-04

-05

Dann stoppte die Kabine. Minus fünfter Stock, offenbar das allerunterste Kellergeschoss. Natürlich. Fast erwartete er im Display des Aufzugs mit der rot blinkenden -05 eine Art durchlaufenden News-Ticker zu sehen:

IHR DIE IHR HIER EINTRETET, LASSET ALLE HOFFNUNG FAHREN

Stattdessen blieb die Anzeige auf -05 stehen und die Türsegmente schoben sich geräuschlos auseinander.

QUARANTÄNE

»Schön, dass Sie kommen konnten«, begrüßte ihn Murnauer mit einem so herzlichen wie falschen Lächeln. Hinter dem grinsenden Institutsleiter ließen zwei weitere der schwarz Uniformierten ihre Uzis gerade langsam sinken.

Er folgte Murnauer und den beiden Soldaten durch eine weitere dickwandige Stahltür in einen langen Gang, der sich nach und nach zu einem schier endlosen Labyrinth aus Fluren, Abzweigungen und Durchgangsräumen entfaltete. Singer hatte die Orientierung in dem tristen Irrgarten aus Beton bereits nach kurzer Zeit völlig verloren. Die in langweiligem Ockergrau gehaltenen Gänge, Räume und Türen sowie das völlige Fehlen irgendwelcher Schilder und Beschriftungen ließen jeden Versuch, sich den Weg zu merken, nahezu aussichtslos erscheinen. Die Mitarbeiter, alle in identischer Kleidung, orientierten sich offenbar an Zeichen, die für Singer unsichtbar waren. Oder sie verließen ihre abgesteckten Zuständigkeitsbereiche einfach nie.

Murnauer hingegen schien nicht die geringsten Orientierungsschwierigkeiten zu haben. Er geleitete den kleinen Trupp sicher und zielgerichtet durch das ebenso komplexe wie eintönige Wirrwarr.

Alle paar Meter unterbrachen sie ihren Marsch, um vor einer der dickwandigen Glastüren haltzumachen, die sich erst öffnete, nachdem Murnauer seine Karte durch einen entsprechenden Schlitz gezogen hatte. Vor den meisten dieser Durchgänge standen bewaffnete Posten.

Hin und wieder gelang es Singer, einen Blick in das Innere eines der unzähligen Räume entlang des Flurs zu werfen. Die meisten waren Labore, vollgestopft mit hochmodern aussehenden Geräten, die Singer als EKGs, große Zentrifugen und Gaschromatografen identifizierte, sowie *eine Menge Zeugs, das er noch nie im Leben gesehen hatte.* Menschen in weißen Kitteln wuselten geschäftig herum oder starrten auf riesige Flachbildschirme – mit einem Wort, es herrschte Hochbetrieb.

Unvermittelt hielt der kleine Tross vor einer weiteren der anonymen Türen, welche Murnauer öffnete, indem er seinen Daumen auf das dafür vorgesehene Display drückte, was Singers Aufmerksamkeit auf die Tatsache lenkte, dass er in dem gesamten unterirdischen Komplex noch keine einzige Türklinke gesehen hatte.

Was würden die hier unten tun, wenn einmal der Strom ausfiel?

Im Inneren des Raums befand sich eine lange Bank, der eine Reihe Spinde gegenüberstand. Das Ganze erinnerte ein wenig an die Umkleidekabine eines exklusiven Sportclubs, aber Singer bezweifelte stark, dass Murnauer den ganzen Aufwand nur betrieben hatte, um ihn zu einer nächtlichen Partie Squash herauszufordern. Die meisten Spinde waren verschlossen, vor den geöffneten lagen kleine weiße Stapel säuberlich zusammengelegter Wäsche. Hinter einem Durchgang befand sich ein großer gefliester Waschraum mit mehreren Duschzellen.

»Bitte entledigen Sie sich all ihrer Kleidungsstücke und benutzen Sie die Dusche«, sagte Murnauer.

Singer hob daraufhin seinen rechten Arm an und gab vor, seine Achselhöhle zu beschnuppern.

»So schlimm?«, grinste er breit.

»Benutzen Sie bitte auch die antiseptische Reinigung in der Dusche und waschen Sie sich Ihr Haar, Dr. Singer. Im Spind können Sie Ihre private Kleidung und alle persönlichen Gegenstände verstauen, anschließend ziehen Sie bitte das da an.« Er deutete auf die weißen Stapel auf der Bank.

Etwa fünfzehn Minuten später trat Singer wieder aus dem Umkleideraum – die spätabendliche Dusche hatte ihn endgültig munter gemacht und die letzten Spuren des Alkohols erfolgreich aus seinem Kreislauf vertrieben. Draußen wurde Singer von den beiden bewaffneten Soldaten in Empfang genommen, die im grau getünchten Gang tapfer die Stellung gehalten hatten. Murnauer hingegen war verschwunden.

»Wozu betreibt ihr eigentlich all diesen Aufriss hier unten, hm?«, versuchte Singer ein Gespräch mit einem der Soldaten in Gang zu bringen.

»Quarantänemaßnahmen«, lautete die Antwort, die allerdings nicht von dem angesprochenen Soldaten kam, sondern direkt hinter Singer ihren Ursprung hatte. »Man hält uns offenbar für schrecklich schmutzige Lausebengel.«

Singer drehte sich um und blickte in das vollbärtige Gesicht eines stämmigen Mannes um die fünfzig. Eine wirre, nach allen Seiten abstehende Lockenpracht in sämtlichen Schattierungen von Grau und Weiß sowie ein Paar in unzählige Lachfältchen eingebettete Augen ließen Singer unwillkürlich an Tannenbäume und vor dem Kamin aufgehängte Socken denken – lediglich die reinweiße Kleidung, eine identische Ausgabe von Singers eigener *Haute Couture*, störte das Bild ein wenig.

»Dr. Schlesinger zu Ihren Diensten«, sagte der breit grinsende Weihnachtsmann und streckte Singer seine kräftige Rechte entgegen. »Astrophysik«, fügte er in einem Ton hinzu, als würde dies alle offenen Fragen restlos und endgültig klären. Was es natürlich nicht tat, im Gegenteil.

Astrophysiker, dachte Singer, *in einem biologischen Geheimlabor unter der Erde?* Was kam als Nächstes? Ein künstlicher Gletscher, auf dem der Yeti herumtollte und unter Aufsicht stirnrunzelnder Verhaltenspsychologen einen Schneemann baute? Oder ein riesiges Bassin, in dem Nessie quietschvergnügt plantschte und ab und an durch brennende Reifen sprang? Diese Nacht wurde in der Tat von Minute zu Minute *wunderlicher* und hatte ihren Höhepunkt offenbar noch längst nicht erreicht.

VERMUTUNGEN

Die Soldaten machten mit einer steifen Drehung auf ihren Absätzen kehrt und stiefelten den Gang zurück in die Richtung, aus der sie mit Singer gekommen waren.

»Dr. Singer, Zoologie«, stellte sich der immer noch leicht verwirrte Biologe seinem Gegenüber vor und erwiderte dessen kräftigen Händedruck. »Quarantäne? Sollten wir uns dann nicht besser beim *Hinausgehen* die Hände waschen wie brave kleine Jungs?«

Schlesinger lachte laut und herzlich. »Da haben Sie recht, mein lieber Dr. Singer. Oder *hätten* Sie, wenn es sich denn um eine isolierte Quarantäne hier drin handeln würde.«

»Tut es nicht? Mir erscheinen fünf Stockwerke unter der Erde reichlich isoliert.«

»Freilich«, grinste Schlesinger und zwinkerte verschwörerisch, »Allerdings glaube ich nicht, dass es darum geht, die Außenwelt gegen Keime oder Bakterien von hier drinnen abzuschirmen. Verstehen Sie? Vielmehr sollen wir wohl unsere Keime nicht *hier reinschleppen.*«

Damit wandte sich der Physiker um und drückte eine schwere Glastür zu einem großen, dezent beleuchteten Raum auf. »Kommen Sie, ich stelle Sie den anderen vor. Es gibt Kaffee, und wie Sie aussehen, haben Sie den mindestens genauso nötig wie ich.«

Sofern das in der betont klinischen Umgebung des unterirdischen Betonklotzes überhaupt möglich war, strahlte die Lounge, in die Schlesinger ihn führte, eine fast schon anheimelnd zu nennende Atmosphäre aus. In der Ecke brodelte eine gigantische Kaffeemaschine vor sich hin und der Duft von frisch Gebrühtem erfüllte den Raum. Die gedämpften Muschellampen an den Wänden und die gemütlichen weißen Stoffsessel wirkten fast schon kitschig in der ansonsten betont sterilen Arbeitsumgebung des Forschungskomplexes.

Ein paar der Anwesenden hatten es sich auf den diversen Couches in den Ecken bequem gemacht, um wenigstens einen Teil des ihnen geraubten Nachtschlafs nachzuholen. Singer, der seit seiner Abreise in Peru kein Auge zugetan hatte, fühlte es ihnen herzlich nach. Offenbar hatte man sie ebenfalls erst kürzlich aus ihren Betten geholt. Andere hatten ihre Sessel zu kleinen Sitzgruppen zusammengerückt und waren angeregt in geflüsterte Gespräche vertieft. Alle befolgten den identischen Dresscode – praktikable, reinweiße Labor-Kleidung ohne Taschen, Marke *Murnauer-Institut.*

Schlesinger deutete auf eine der Sitzgruppen, in der noch zwei Sessel frei waren. Eine junge Frau blickte von einer Zeitschrift auf, in der sie geblättert hatte, und schenkte Singer einen Blick aus überraschend blauen Augen.

»Dr. Walther, darf ich vorstellen? Das ist mein Freund und Mitgefangener, Dr. Singer, ja, ganz recht, der berühmte Biologe aus Hamburg. Damit dürfte der durchschnittliche IQ in diesem Raum allmählich bei zweihundert Punkten angelangt sein«, sagte Schlesinger und grinste breit.

Die junge Frau mit den bemerkenswerten Augen stellte sich als Dr. Walther vor, Leiterin der neuropsychologischen Fakultät der Berliner Charité. Sie schenkte Singer ein einnehmendes Lächeln, als sie ihm ihre Hand entgegenstreckte. Ihre zartgliedrigen Finger erwiderten seinen Händedruck überraschend kräftig. Singer bemerkte einen zierlichen Ring an ihrer rechten Hand und ertappte sich unwillkürlich bei der Frage, ob dieser bloße Zierde oder gar ein Ehering war?

Schlesingers Hand deutete mit einer ausladenden Geste auf die im Raum versammelten Wissenschaftler. Was Murnauer hier mitten in der Nacht herangekarrt hatte, war die *Crème de la Crème* so unterschiedlicher Felder wie Anthropologie, Neurologie, Sprachforschung, Mathematik und organischer Chemie. Außerdem hatte er mehrere Ärzte versammelt, größtenteils Chirurgen. Die Sorte, meinte Schlesinger, die man selbst in bestens ausgestatteten Krankenhäusern nur in besonders komplizierten Fällen einfliegen lässt. Sofern der betreffende Patient sich das leisten kann, fügte der graubärtige Alte hinzu. Die Versammlung war ein wahres *Monument* des Murnauer'schen Einflusses. Seine Beziehungen mussten in der Tat *außergewöhnlich* weitreichend sein.

Es fragte sich freilich nach wie vor, *zu welchem Zweck* er das alles überhaupt veranlasst hatte.

Offenbar war Singer diese unausgesprochene Frage überdeutlich anzusehen, denn Schlesinger, der noch immer zu Singers Linken stand, ergriff wieder das Wort. »Sie fragen sich, wozu wir hier versammelt sind, stimmt's? Nun, ich denke, das fragen wir uns derzeit alle. Der angeregten Diskussion da drüben entnehme ich jedoch vor allem eines – nämlich, dass die werten Kollegen dort genauso im Dunkeln tappen wie Sie und ich.« Er deutete auf Singer und Dr. Walther. »Am besten lernen Sie beide sich erst einmal kennen und ich hole uns einen schönen, heißen Kaffee.«

Als er ging, zwinkerte er Singer aufmunternd zu, wobei seine Augen für einen Moment zu der jungen Psychologin hinüber huschten. Offenbar war auch dem Astrophysiker nicht entgangen, dass die zwei sich auf Anhieb recht sympathisch waren. Verschmitzt in sich hineingrinsend watschelte er in Richtung Kaffeemaschine davon.

»Sie sind also Dr. Singer, das berühmte Wunderkind der Zoologie, hm?«, sagte die Psychologin und beugte sich zu Singer herüber. »Irgendwie hatte ich gehofft, Sie wüssten ein wenig mehr als der Rest von uns, wo Sie doch zum Institut gehören.« Sie grinste verschwörerisch. »Also los, verraten Sie's mir – was hat ihr Chef mit uns vor?«

Singer hob entschuldigend die Hände. »Da muss ich Sie enttäuschen, Dr. Walther, ich habe ebenso wenig wie Sie eine Ahnung, was genau wir hier tun sollen.«

Der Gedanke an Murnauer riss Singer abrupt aus seinem Anfall frühpubertärer Schwärmerei und brachte ihn zurück auf den Boden der Tatsachen. »Tatsächlich bin ich erst heute aus Peru zurückgekommen und mein geheimniskrämerischer Chef hat mir bisher auch nicht mehr verraten, als dass ich bei der Erforschung irgendeiner neuen Lebensform behilflich sein darf.«

»Eine neue Lebensform, Sie meinen …?« Ihre blauen Augen wurden für einen Moment noch ein wenig größer. Sie beugte sich zu Singer und legte ihre Fingerspitzen leicht auf seinen Arm. Er mochte Augen, die noch staunen konnten und ihr stand dieser Ausdruck ganz besonders gut.

»Das ist im Grunde weniger spektakulär als es sich anhört«, sagte er. »Wir entdecken andauernd neues Leben auf diesem Planeten, meistens Insekten und Bakterien. Sie würden nicht glauben, wie viele davon auf Mutter Erde schon seit Urzeiten unentdeckt ihr Dasein fristen.«

»Nun, dann ist es aber sicherlich das erste Mal, dass die Wissenschaft Ihren Insekten und Bakterien mit Seelenklempnern wie mir zu Leibe rückt.«

Es war wohl die Vorstellung einer zwangsneurotischen Stechmücke, die beiden ein Kichern entlockte, was ihnen sofort kritische Blicke aus Richtung des gelehrten Debattierclubs um den großen Tisch in der Mitte einbrachte.

»Vielleicht sind die Insekten diesmal einfach ein wenig nervöser als sonst«, lachte Singer und kreiste mit dem Zeigefinger seiner erhobenen Rechten um seine Schläfengegend, während er täuschend echt das aufgeregte Summen einer geistig verwirrten Nördlichen Hausmücke imitierte – und damit bei Dr. Walther einen erneuten kleinen Kicheranfall auslöste.

»Sehr wahrscheinlich, Dr. Singer«, sagte sie und griff nach ihrer Kaffeetasse, dann drehte sie sich lächelnd zu ihm um.

»Ich heiße übrigens Doreen.«

»Freut mich, Doreen. Und ich heiße Peter. Nicht besonders originell, aber leicht zu merken.«

Sie schaute ihm für einen Moment direkt in die Augen.

»Peter«, wiederholte sie. »Ich denke, das kann ich mir ganz ohne Probleme merken.« Für einen Moment lächelten sie beide, ohne dass es dafür einen besonderen Grund gegeben hätte.

Schlesinger kam mit dem Kaffee und einem spitzbübischen Grinsen zurück von der Maschine. Er stellte die beiden Tassen vor ihnen auf dem Tisch.

»Vielen Dank«, sagte der immer noch lächelnde Singer. Vielleicht würde diese Nacht doch noch ganz interessant werden.

ERLEUCHTUNG

Zu weiteren Gesprächen ergab sich keine Gelegenheit, denn in diesem Moment betrat Professor Dr. Murnauer den Raum, diesmal ohne seinen üblichen militärischen Geleitschutz.

Das Gemurmel der Wissenschaftler verebbte augenblicklich. Murnauer würde ihnen jetzt endlich verraten, warum er sie um ihren mehr oder weniger verdienten Schlaf gebracht hatte. Zumindest hofften das alle.

Murnauers Ansprache an die Wissenschaftler war kurz, knapp und ziemlich vage. Trotzdem war der Inhalt seiner Rede nur mit einem Wort zu beschreiben: Ungeheuerlich!

DIE SCHATTEN IN DEN ECKEN

Nach Murnauers Briefing waren die Wissenschaftler zu Bett gegangen oder vielmehr ins Bett gescheucht worden. Sein ungewöhnlicher Vortrag hatte zwar unmissverständlich das Beispiellose ihrer Situation dargestellt (wobei »beispiellos« eigentlich noch völlig untertrieben war), jedoch damit mehr neue Fragen aufgeworfen, als er beantwortet hatte.

Anschließend hatten die Wissenschaftler Murnauer bestürmt wie aufgeregte Fünftklässler nach einer Klassenarbeit. Dieser hatte sich höflich entschuldigt, sie auf den nächsten Tag vertröstet und ihnen nochmals nachdrücklich geraten, unverzüglich den Schlafsaal aufzusuchen. Dass die Wissenschaftler nach derartigen Neuigkeiten schlafen konnten, bezweifelte Singer allerdings. Zu vieles musste vorher noch diskutiert werden, das hatte man deutlich in den ungläubigen Gesichtern ringsum lesen können. Andererseits benötigten sie den Schlaf, und zwar dringend. Am Morgen würden sie alle Hände voll zu tun haben – und alle Konzentration brauchen, zu der sie fähig waren.

Ein unbekannter humanoider Organismus, staunte Singer, *bei Satans hochherrschaftlichen Eiern ...*

Auch er war selbstverständlich vom allgemeinen Forschungseifer angesteckt worden und beteiligte sich noch eine Weile an der hitzigen (und größtenteils völlig spekulativen) Debatte im Schlafraum, bevor er sich zu Bett begab.

Das unterdrückte Flüstern der heftig diskutierenden Wissenschaftler drang gedämpft zu ihm herüber und lullte ihn fast augenblicklich in einen tiefen Schlaf.

Die folgenden sechs Stunden bescherten dem erschöpften Biologen die beste Nachtruhe, die er in dieser Woche bekommen hatte. Die meisten der anderen Wissenschaftler schliefen jedoch überaus schlecht. Immer wieder erwachten sie verstört und orientierungslos aus bizarren Träumen, die unter der Oberfläche ihres seichten Dösens lauerten.

So träumte beispielsweise Dr. Walther von einem riesigen behaarten Spinnending mit widerlich vielgliedrigen Beinen wie Pfählen aus schwarzem Ebenholz, die aus einem balgartig aufgedunsenen Körper sprießten. Aber das war bei Weitem noch nicht das Schlimmste …

OPFER

Sie befand sich in einer Welt aus Sepiafarben. Merkwürdigerweise war sie sich der Tatsache, dass sie träumte, bewusst und doch hatte sie keinen Einfluss auf die Geschehnisse. Und obwohl ihr Traum äußerst realistisch war, wirkte er auf sie wie eine einzige Bildstörung – verzerrt und rauschend, und auch die Zeit schien mächtig durcheinander gekommen zu sein an diesem seltsamen Ort.

Das gigantische Spinnenwesen schien nach Belieben durch die fadenscheinigen Reste der vertrauten Realität zu springen, während es sich auf sie zu bewegte, ohne eines seiner vielen Beine zu benutzen. *Falls es überhaupt Beine waren.*

In einem Moment war es noch fern, um sich dann plötzlich übermannshoch vor ihr aufzutürmen, ohne dass sich in irgendeiner Weise offenbart hätte, auf welchem Weg oder in welcher Zeitspanne es die Strecke zurückgelegt hatte. Die Bewegung wirkte vielmehr, als schere sich das abstoßende Ding einen Dreck um Begriffe wie Raum und Zeit.

Nichts an dem Ding schien seine endgültige Form erreicht zu haben, alles schien ineinander zu fließen. Hier entstanden neue Beine, dort verschwanden Gliedmaßen, die zuvor noch strampelnd durch die Luft gefahren waren. Der aufgedunsene Leib des Wesens verfügte über ein Paar kräftige Vorderbeine, die an ihrem Ende spitz zuliefen wie Zaunpfähle.

Diese Vorderbeine stellte es vor dem schutzlosen Gesicht der jungen Psychologin auf wie die irre Parodie eines Hündchens, das Männchen macht und gewährte ihr einen Blick auf die Unterseite seines Körpers, auf den Doreen Walther liebend gern verzichtet hätte.

Dann holte es mit seinen furchtbaren Vorderbeinen aus und …

Unvermittelt befand sich Doreen Walthers Sichtfeld außerhalb ihres Kopfes, als hätte sie im Traum ihren eigenen Körper verlassen. Sie war zum unbeteiligten und hilflosen Betrachter dessen geworden, was nun folgte, unfähig einzugreifen oder auch nur um Hilfe zu rufen, denn sie hatte plötzlich keine Stimme mehr.

Nun konnte sie sehen, *an welchem Ort* sie sich befand. Der Anblick stürzte sie in tiefe Verzweiflung.

Wenn sich diese Landschaft auf der Erde befand, dann zu einer Zeit, in der der Planet noch sehr jung gewesen war, lange bevor das Leben begonnen hatte. Oder lange, nachdem es wieder verschwunden war. Bis zum Horizont erstreckte sich ein ekelhaft blutroter Himmel, über den schwere, tiefschwarze Wolken zogen. Sie verbargen eine trübe Sonne, die die Landschaft in dämmeriges, dauerhaftes Zwielicht tauchte. Kein Tier, kein Wasser, keine Pflanze – keine noch so geringe Spur von Leben.

Sie entdeckte ihren nackten, blassen Körper, winzig und wehrlos unter dem mächtigen Leib des Spinnendings auf dem Felsen liegen.

Dann schlugen die Vorderbeine des Dings unvermittelt zu. Zu panischer Bewegungslosigkeit verdammt beobachtete sie, gleichsam über den Ereignissen schwebend, wie der wabernde Leib des Monsters sich über ihren Körper schob und begann, sie mit mörderischer Wut zu attackieren.

Es hackte mit seinen pfahlartigen Vorderbeinen ein Paar klaffende Löcher in ihren Oberkörper. Als es sie wieder herausriss, spritze Blut in hohem Bogen auf dem Felsen.

Sie ließ es geschehen, spürte keinen Schmerz. Und wenn schon, so wurde ihr vage bewusst – was hätte sie dagegen unternehmen können?

Schutzlos wurde sie auf dem felsigen Boden herumgewirbelt, als die Schläge auf ihren Körper einprasselten wie Salven aus einem Maschinengewehr. Sie beobachtete die brutale Schändung ihres Körpers wie aus weiter Ferne und wusste doch mit der unleugbaren Bestimmtheit, die nur den furchtbarsten Albträumen vorbehalten ist, dass es *ihr* Körper war, der da von dem riesigen Monster aufgespießt und zerfetzt wurde.

Sie erkannte deutlich ihr einst so hübsches, blondes Haar, das sich von den Spritzern ihres Blutes dunkel färbte, während das Ding neue Löcher in sie drosch und ihr Kopf herumwirbelte wie der einer Puppe und wieder und wieder auf den Stein knallte. Strähnig hing es ihr in das blutverschmierte Gesicht, das perverserweise zu einer Geste der entrückten Ekstase verzogen war. Sie hörte ein dumpf knackenden Geräusch, als ihr Hinterkopf ein weiteres Mal hart auf dem Steinboden aufschlug, und Blut schoss in einem breiten Strom aus ihrem Mund, der Nase und den Ohren und bildete einen kleinen See auf dem Felsen.

Sie spürte nichts davon.

Währenddessen malträtierte das Ding unablässig ihren Körper und überzog ihn systematisch mit blutigen faustgroßen Löchern. Gleich einer durchgedrehten Stanzmaschine hackte es wieder und wieder auf sie ein, förderte in hohem Bogen Blut und herausgerissene Fleischstücke zutage, die in blutigen Explosionen auf die karge Erde herabklatschen. Ihr Körper zuckte und krümmte sich unter der Tortur, während er sich mit jedem Hieb zusehends in einen blutig schmatzenden Klumpen Fleisch verwandelte.

Dann bog die blutige Gestalt am Boden ihren Rücken durch, spreizte die Beine und stemmte ihre zuckenden Hüften wild nach oben, den gnadenlosen Stößen des behaarten Dings entgegen.

Gott, war das wirklich sie? Warum tat sie nichts, warum konnte sie nur entsetzt hinstarren, während alles Menschliche aus ihrem Körper geprügelt wurde? Und wieso starb sie nicht?

Sie pfählte sich selbst im unbeherrschten Rausch purer Lust, geilte sich auf an der eigenen Vernichtung, die sie regelrecht zu genießen schien. Und dann stieß auf den Grund ihrer nach Schmerzen und Gewalt schreienden Seele – wollte mehr, immer mehr …

Und hätte doch längst tot sein müssen.

Im Bereich des Brustkorbs und der Beine waren nun an mehreren Stellen zersplitterte Knochen zu sehen, die aus ihrem verletzten Körper herausspießten. Ihre Gedärme ergossen sich in einer Lache ihres warmen Blutes auf den durstigen Felsboden.

Erstaunlicherweise schien ihr Körper – obschon fast gänzlich ausgeweidet – bei vollem Bewusstsein zu bleiben und keinerlei Schmerzen zu empfinden. Der bluttriefende Klumpen, der einst eine hübsche junge Frau gewesen war, versuchte sogar, die nahezu zerfetzten Sehnen seines Halses ein letztes Mal zu spannen und sein Gesicht, das bisher von den trommelnden Schlägen verschont geblieben war, den Hieben des Monsters entgegenzurecken. Mit weit aufgesperrtem, blutverschmiertem Mund und orgiastisch flatternden Lidern bettelte sie um den finalen Stoß, der sie erlösen und endlich schmerzvoll kommen lassen würde.

Doch sie wurde nicht erlöst. Noch nicht.

Oben, auf dem ekelhaft pulsierenden Leib des Wesens baumelte, gleich einer widerwärtigen Trophäe, der entstellte Kopf des toten Dr. Singer. Oder vielmehr trug das Wesen lediglich sein *Gesicht* als eine Art Überzug auf einem vorstehenden Balg, der ein Kopf hätte sein können. Durch die aufgerissenen Augenhöhlen dieser Maske aus Menschenhaut – das Gesicht schien unbegreiflicherweise noch zu leben – bohrte sich ein Paar armlange, schwarze Fühler. Zitternd tasteten sie über das Antlitz der vor Entsetzen gelähmten jungen Frau und raschelten dabei wie dünnes, ausgetrocknetes Papier.

Vielleicht benutzte das Ding die gummiartigen Auswüchse, die es durch Singers Augenhöhlen steckte, um sehen zu können. Vielleicht waren sie aber auch nur Zierde oder hatten eine gänzlich andere Funktion. Vielleicht auch gar keine.

Vielleicht musste dieses Ding überhaupt nicht sehen.

Der Singer-Kopf des Albtraumwesens beugte sich zu ihr hinab, so nah, dass sie seinen Atem spüren konnte. *Wieso atmete dieser Hautfetzen, dieses brutal vom Kopf seines Besitzers gefetzte Stück eines menschlichen Gesichts?*

Die augenlose Totenmaske des Singer-Zerrbildes näherte sich ihr bis auf wenige Zentimeter, die ekelhaften Fühler, die durch die Augen spießten, strichen sanft über ihr Gesicht. Der tote Mund verzog sich zu einem widerwärtigen Grinsen, öffnete sich und die Maske aus Menschenhaut begann zu sprechen, und der Geist der jungen Wissenschaftlerin brach. Denn die Maske sagte:

»Hast du etwa schon genug, du Fotze?«

Dann sauste das Bein auf ihre Stirn herab und die Welt wurde schwarz.

SCHULD

Dr. Walther erwachte vom Geräusch ihres eigenen Schreis und spürte heiße Tränen auf ihren glühenden Wangen. Ihr Atem ging stoßweise und ihr rasendes Herz versuchte panisch trommelnd aus der Brust zu springen. Ihr war übel und für einen Moment befürchtete sie, sich übergeben zu müssen. Doch dann kam das Hochgefühl, unvermittelt verspürte sie den Drang zu kichern, einfach mit weit offenen Augen in die Dunkelheit zu starren und zu kichern, während die Tränen aus ihren schreckgeweiteten Augen liefen.

Sie presste die Arme an ihren zusammengekrümmten Körper und stellte fest, dass ihre Nägel sich tief in das empfindliche Fleisch ihres Handballens gegraben hatten.

Während sie noch mit dem Drang, zu kichern kämpfte senkte sich eine tiefe, verzweifelte Traurigkeit über ihren Geist. Plötzlich und allumfassend, als ob jemand das Licht in ihr ausgeknipst hätte, denn dies war mehr als ein Traum gewesen. Sie hatte der Vergewaltigung ihrer unsterblichen Seele beigewohnt. Nun gab es nichts mehr außer Dunkelheit. Und ein Stück von dieser Finsternis würde Doreen Walther von nun an im Herzen tragen, für immer.

All das hätte sie vielleicht verkraften können – aber sie spürte noch etwas anderes und das gab ihr den Rest. Sie bemerkte, dass sie eine Hand zwischen ihre Schenkel gepresst hielt und dass diese Hand klatschnass war.

EXPERIMENTE

Die Gespräche in der Lounge kamen nur stockend in Gang. Aus der munter plappernden Pfadfinder-truppe vom Vorabend waren über Nacht zwei Dutzend düster grübelnde, wortkarge Eigenbrötler gewor-den. Wenn die Wissenschaftler überhaupt miteinander spra-chen, suchten sie ihr Heil in belanglosem Small Talk, der rasch verebbte. Selbst das Top-Thema des Vorabends, Murnauers geheimnisvolle Lebensform, war an diesem Morgen kein besonders ergiebiges Gesprächsthema – es schien irgendwie *falsch*, darüber zu reden.

Und natürlich sprach niemand von den *Träumen*.

Während die meisten Wissenschaftler stumm grübelnd in ihre Kaffeetassen starrten, schlang Singer gebratenen Speck und drei Spiegeleier herunter. Er schenkte sich Kaffee aus der Thermoskanne nach und nippte in kleinen Schlucken an dem heißen Getränk. Er war gut, schwarz und stark. Doch allmählich begann ein anderer Durst an ihm zu nagen. Ei-ner, der sich nicht so recht mit Kaffee stillen lassen wollte oder mit dem großen Glas Orangensaft, das er auf einen Zug geleert hatte.

Sein Blick fiel auf Dr. Walther, die den Raum gemeinsam mit Schlesinger betrat. Der Astrophysiker wirkte eingefro-ren und steif, richtiggehend *alt* in seinen zögerlichen, unsi-cheren Bewegungen. Als er näher kam, bemerkte Singer ihre geröteten Augen und die dunklen Ringe darum. Genau wie Schlesinger wirkte die Psychologin seltsam zerstreut und irgendwie *abwesend*.

Singer fröstelte. Er hatte diesen Blick früher schon einmal gesehen.

Nach dem Frühstück wurden die Wissenschaftler von einem bewaffneten Soldaten – es war einer der beiden, die Singer am Vortag schon durch die Gegend bugsiert hatten – ein weiteres Mal durch die Gänge des Murnauer'schen Labyrinths geleitet, bis sie vor einer großen Stahltür hielten. Dahinter lag eine Halle von den Ausmaßen eines kleinen Flugzeughangars.

Offenbar hatte man den Hangar zum größten Operationssaal aller Zeiten umfunktioniert. Der reinweiße Bereich in der Mitte der Halle wirkte verloren, obwohl sich dort auf engstem Raum eine Vielzahl medizinischer Geräte und einige feingliedrige Roboterarme drängten. Von der Decke hingen ein paar Mikrofone und eine Kamera, welche die gesamte Plattform und den Eingangsbereich der Halle überblickte. Inmitten der Unmengen von chromblitzenden Gerätschaften befand sich der eigentliche Operationstisch, oder vielmehr die Operations*plattform* – ein anderthalb Meter hohes Ungetüm aus poliertem Edelstahl von der Größe eines Squash-Spielfelds. Auf der Plattform thronte etwas, das wie eine missglückte Mischung aus einer Tupperware-Dose und einem gigantischem Sarg aussah. Die seitlichen Scheiben des Glasbehälters waren milchig aufgeraut, sodass sie nicht sehen konnten, was darin lag, nur dass es groß und dunkel war und sich über die gesamte Länge des überdimensionalen Sargs erstreckte.

An der gegenüberliegenden Wand der Halle, etwa fünf Meter über dem Fußboden, befand sich eine Reihe verspiegelter Fenster. Vermutlich würde Murnauer von dort oben ihre Untersuchungen verfolgen. Aus sicherer Entfernung, selbstverständlich.

Singer betrat die Plattform als erster, gefolgt von Schlesinger und Dr. Walther. Seine Aufgabe würde im Wesentlichen darin bestehen, den *intakten* Leichnam zu untersuchen und sich anhand des allgemeinen Körperbaus ein Bild von der Lebensweise des Wesens zu machen, sofern das möglich war. Selbstverständlich würde man es später auch obduzieren aber zunächst galt es, alle Details zu erfassen und auszuwerten, die durch eine Autopsie unwiederbringlich zerstört werden würden. Er trat an den Sarg und sah hinab auf den gigantischen Leib der Kreatur.

Sein erster Impuls war, davonzurennen.

Die blendend weißen Strahler an der Decke beleuchteten die kranke Parodie eines Gesichts, das bei den meisten Menschen auf der Stelle Fluchtgedanken ausgelöst hätte. Dieses Gesicht gehörte zu einem nahezu drei Meter langen, bis auf die Knochen ausgemergelten Körper von grob menschenähnlichen Umrissen – zumindest verfügte der Torso über jeweils ein Paar Arme und Beine an den *ungefähr* richtigen Stellen – doch damit endete die Ähnlichkeit auch schon. Arme und Beine wirkten unnatürlich langgezogen und vielgliedrig. Der pechschwarze Rumpf und der auf einem unmäßig langen Hals sitzende, wuchtige Schädel waren von geradezu abstoßender Hässlichkeit – alles an dem Wesen wirkte unmöglich verzerrt und auf eine beunruhigende Weise *falsch*. Der Schädel des Dings war auffallend lang, der Hinterkopf wölbte sich fast einen halben Meter über der flachen Stirn.

Auch am Kopf des Wesens war irgendwie alles Wesentliche *vorhanden*: Ein Paar schräg stehender Augen von beeindruckender Größe lag verschrumpelt in ihren tiefen Höhlen, wie vor Urzeiten vertrocknete, eklige Tümpel, in denen sich monströse Gedanken wie schlierige Würmer gesuhlt haben mochten. Offenbar hatte das Wesen zu Lebzeiten *geatmet* – Singer bemerkte die kleinen Luftlöcher über dem Maul, die man kaum eine Nase nennen konnte. Es hatte riesige, kräftige Kiefer, die Singer an Baggerschaufeln erinnerten – eisern und unentrinnbar. Die Haut um sein gigantisches Maul war zurückgezogen. Und dieser *Haifisch hatte Zähne,* oh ja, und die *sah* man auch. Lange, spitze und vor allem unsäglich viele davon. Sie waren von einem blutigen Kirschrot, wie die Nägel, zu denen seine spitzen Klauen ausliefen.

Die Haut, trocken und rissig wie uraltes Pergament, klebte straff an dem eingefallenen Körper. Hörner, und zwar eine ganze Menge, in unterschiedlichen Größen von winzig klein bis wuchtig zierten die Auswüchse seiner Stirn, die Augenhöhlen und sogar die Schulterblätter. Einige der kleineren Hörner oder Verdickungen mochten auch Pusteln oder vertrocknete Hautverwerfungen sein. Es war schwer zu sagen, denn die Oberfläche des Wesens war mit einer brüchigen, wächsernen Schicht umhüllt – als hätte es jemand in ein überdimensionales Käsefondue gestippt. Die Haut, die darunter hervorschimmerte, war von tiefstem Schwarz.

Wenngleich der Körper auch völlig intakt schien – das Wesen war ganz offensichtlich schon seit Ewigkeiten tot. Die Art und Weise der makellosen natürlichen Mumifizierung ließ darauf schließen, dass es seit Ewigkeiten in einem luftdicht verschlossenem Behältnis geruht hatte. Eine Luftblase in einem Felsen, mutmaßte Singer und mehr als Mutmaßungen blieben ihm nicht, denn Murnauer hatte sich bisher weder zum Fundort noch zu den Umständen der Bergung geäußert.

Murnauers elektronisch verstärkte Stimme erscholl über ihren Köpfen, als sich das Operationsteam um den schwarzen Leib versammelt hatte. Auf sein Geheiß hin begannen sie mit der äußeren Untersuchung des Körpers, und das bedeutete zunächst, dass ein Großteil der Wissenschaftler die Plattform wieder verließen. Sie würden das Geschehen von einem Monitore verfolgen, bis das Wesen geöffnet und ihre Expertise gefragt war.

Es war erstaunlich, nach welch kurzer Zeit die Wissenschaftler bereits konzentriert in ihre Arbeit versunken waren und jeglichen Blick für den eigentlichen Sensationsgehalt dessen verloren, *was* sie da gerade untersuchten. Routiniert wurden Maße aufgenommen, Oberflächen analysiert, fotografiert und katalogisiert, Anweisungen und Ergebnisse in die Mikrofone über der Plattform gesprochen.

Singer war nach kurzer Zeit ebenfalls völlig in seinen vertrauten *Workflow* vertieft – eine Art Rauschzustand, der es ihm ermöglichte, bis zu achtundvierzig Stunden ohne Schlaf auszukommen und gelegentlich sogar einen ganzen Nachmittag ohne Alkohol. Nachdem er dem Assistenten, einem jungen, unauffälligen Biologen, der ihm von Murnauer zur Seite gestellt worden war, eine endlose Reihe von Zahlen diktiert hatte – Länge der Füße, Beine, Arme, des Schädels und so weiter – sprach er mit nachdenklicher Miene in das über seinem Kopf hängende Mikrofon:

»Ich beginne jetzt mit der äußeren Besichtigung des ...«, Singer zögerte, »... des Körpers. Weder Todesursache noch Zeitpunkt des Todes sind mir zur Stunde bekannt, ich erhoffe mir mehr Aufschluss von der Aluminium-Beryllium-Methode. Vor allem aufgrund der vollständigen Mumifizierung tippe ich auf ein paar tausend Jahre, mindestens. Das Wesen ist praktisch fossil, aber ausgezeichnet erhalten.«

»Was wir hier haben, scheint im Wesentlichen ein Humanoid zu sein oder doch zumindest etwas grob Menschenähnliches. Zugegeben, mit ...« Singer warf einen Blick auf das Klemmbrett seines Assistenten. »... zwei Meter dreiundsiebzig ein wenig überqualifiziert für einen Basketball-Profi, aber der gesamte Knochenbau scheint demselben Muster zu entsprechen, sofern sich das von außen beurteilen lässt. Ich will mich deshalb, soweit das möglich ist, auf einen Vergleich zur menschlichen Anatomie beziehen.«

Singer maß den Schädel des Wesens. Beinahe ein Meter vom Kinn bis zum Scheitelpunkt es Stirnbeins. Gut ein Drittel der Gesamtlänge des Körpers. *Wie war dieses Ding bloß in der Lage, aufrecht zu gehen?*

»Der Schädel des Wesens ist enorm, insbesondere die Stirn ist unnatürlich lang gezogen, das Stirnbein ungewöhnlich flach, Scheitel- und Schläfenbein sind der Deformation entsprechend verzerrt, jedoch kann ich weder eine Kranznaht noch eine Lambda- oder Schuppennaht entdecken, genauso wenig wie einen Gehörgang oder irgend etwas, das als Ohren dienen könnte.«

»Die *Mandibula* ist außergewöhnlich stark bezahnt und kräftig ausgebildet, erinnert ein wenig an die Kieferpartie eines Raubtiers. Es fällt auf, dass die Zähne von kräftigem Rot sind, genau wie die Nägel und einige der …«

Singer stockte. Waren das tatsächlich Hörner?

» … einige der Auswüchse.«

»Und es gibt noch etwas Wesentliches, das dem Wesen fehlt …«, Singer beugte sich prüfend zu dem Körper hinab, » … ja, das Wesen ist offenbar geschlechtslos. Jedenfalls lässt sich keinerlei äußeres Genital oder eine entsprechende Körperöffnung da entdecken, wo man es beim Menschen erwarten würde. Die Obduktion wird wohl zeigen, ob ich recht habe.«

Singer trat einen Schritt zurück. »Das ganze Wesen ist von einer Art Pusteln und Geschwüren bedeckt, einige davon stark verhornt. Ich kann im Moment noch nicht sagen, ob diese zu dem Wesen gehören oder einen pathologischen Befall darstellen. Jedenfalls sind die Geschwüre oder Pusteln genauso vertrocknet wie das restliche Wesen, also gehe ich davon aus, dass der Befall nicht mehr ansteckend ist, falls es sich um einen solchen handelt.«

Er warf einen skeptischen Blick in Richtung der verspiegelten Glasscheibe, hinter der er Murnauer vermutete. »Zumindest hoffe ich das.«

UNRAST

»Wenn Sie dann fertig sind ...«, wandte sich der Chirurg zu seiner Rechten mit einem ungeduldigen Blick an Singer – ein gewisser Dr. Landau, wie sich Singer zu erinnern glaubte. Der Biologe gab mit einer angedeuteten Verbeugung den Platz am Glasbehälter frei und begann die Gummihandschuhe von den Fingern zu streifen. »Ganz der Ihre, Dr. Landau.«

Doreen Walther hatte sich vor einer Weile zu ihnen auf die Plattform gesellt und beobachtete die Untersuchungen mit vor der Brust verschränkten Armen. Als Singer sie entdeckte, ging er zu ihr, um Landaus Arbeit weiter zu verfolgen.

»Ähm, sagten sie nicht gerade, die Geschwüre wären ausgetrocknet ... ?«, flüsterte sie, während sie die geschickten Handbewegungen des Chirurgen auf dem Körper des Wesens beobachtete. Ihrem Blick folgend bemerkte Singer eine der Pusteln, die tatsächlich irgendwie ... praller aussah als die anderen, zu faltigen Runzeln vertrockneten Male. Und – hatte sich da nicht gerade etwas in der dunkelroten Hautblase flüchtig bewegt? Aus einem Impuls heraus sagte er zu dem Chirurgen, der das Skalpell schon an den mächtigen Brustkorb des Wesens angesetzt hatte: »Warten Sie einen Moment, Dr. Landau. Das sollten wir uns näher anschauen.«

Als die drei erneut ihre Blicke über den lang hingestreckten Körper schweifen ließen, entdeckten sie tatsächlich weitere Pusteln und verästelte Geschwüre, die den Eindruck erweckten, sich langsam von dem erstarrten Körper abzuheben und – in ihnen bewegte sich tatsächlich etwas. Das Aufblühen der rötlichen Blasen erfolgte allerdings so langsam, dass es mit bloßem Auge kaum wahrnehmbar war. Erst wenn man den Blick für eine Weile abwandte und dann erneut hinschaute, sah man eine Veränderung, die nun den gesamten Körper des Wesens zu erfassen begann.

Bewegung, dachte Singer, *in einem jahrtausendealten Fossil?*

*E*r sprach in das Mikrofon über ihren Köpfen:

»Professor Murnauer, ich denke, wir sollten die Obduktion vorerst abbrechen, hier scheint etwas Seltsames vor sich zu gehen.«

Nach einer längeren Pause drang Murnauers Antwort verzerrt aus einem unsichtbaren Lautsprecher irgendwo über ihnen: »Negativ«, sagte die körperlose Stimme, »setzen Sie die Obduktion fort. Es besteht keine Gefahr.«

Ach nein? dachte Singer*, und woher wissen Sie das so genau, Kollege Murnauer? Weil Sie da oben in ihrer sicheren Kanzel hocken?*

Dr. Landau, offenbar ebenso begierig auf Ergebnisse wie Murnauer selbst, hatte sich bereits erneut über den Brustkorb gebeugt, um mit dem Skalpell einen Einschnitt entlang der gestrichelten Linie vorzunehmen, die er auf der ausgetrockneten Haut markiert hatte. Das Anwachsen der

Pusteln ging nun wesentlich rasanter vor sich, was Landau allerdings nicht im Geringsten zu stören schien. Die lederartige Haut, die sich über dem Brustkorb spannte, war zäher als erwartet und bereitete dem medizinischen Stahl einige Schwierigkeiten, sodass der Arzt schließlich kleine Sägebewegungen auf dem Brustbein des Wesens zu vollführen begann. Dieses ungeduldige Vorgehen, das so gar nicht zu dem sonst ausgesprochen beherrschten Chirurgen zu passen schien, wurde anfangs von einem gewissen Erfolg gekrönt, als das Skalpell wenige Millimeter tief in die obere Hautschicht einzudringen begann. Dann allerdings traf das chirurgische Instrument unerwartet auf eine härtere Stelle, vielleicht einen Knorpel oder Knochen, und das Unfassbare geschah.

Dr. Landau rutschte mit dem Messer ab und schnitt sich in den gummibehandschuhten Zeigefinger seiner linken Hand.

Der Schnitt klaffte für einen Moment weit auf, während Landau ungläubig auf die Wunde starrte und dabei einen leisen Fluch zwischen seinen Zähnen hervorpresste. Zu weiteren Reaktionen war er nicht in der Lage, er empfand im ersten Moment noch nicht einmal Schmerz. Er war viel zu geschockt von der Tatsache, sich soeben einen kapitalen Schnitzer geleistet zu haben. Und zwar einen, der noch nicht einmal eines Assistenzarztes würdig war. Die Situation hätte beinahe schon etwas Komisches gehabt, wenn nicht …

Die Wunde füllte sich nun rasch mit Blut. Als der Chirurg seine Hand endlich von dem Leichnam wegzog, löste sich eine kleine Menge der roten Flüssigkeit und klatschte auf eine der Pusteln auf dem hornigen Brustkorb des Wesens.

Diese erblühte wie eine Blume in einer Zeitrafferaufnahme zu einer etwa faustgroßen Blase, während sie das Blut durch die Membran ihrer Oberfläche sog. In dem nun zu seiner ekelhaften Blüte gediehenen Furunkel bewegten sich kleine gelbe Objekte, während die straff gespannte Außenhülle rasch größer wurde und sich prall aufblähte.

Während die anderen Forscher – alarmiert von Landaus leisem Fluch – nun eilends auf die Plattform stürmten, wurde aus der Pustel ein straffer, rötlich-gelber Ball, dessen pulsierende Färbung sich grell vom Schwarz des restlichen Wesens abhob. Noch bevor der erste Neuankömmling die Plattform erklommen hatte, war die maximale Dehnbarkeit der transparenten Außenhülle der Blase erreicht und sie brach mit einem Übelkeit erregenden, feuchten Schmatzen auf. In weitem Bogen sprühte ein roter Regen aus der aufgeplatzten Hülle und bildete über den Köpfen der Forscher eine Art Nebelwolke, die sich sofort im Raum auszubreiten begann. Die winzigen roten Partikel setzten sich auf Kleidung, Haaren und Haut der versammelten Wissenschaftler ab. Am schlimmsten erwischte es Landau, der eine ziemlich umfangreiche Ladung direkt ins Gesicht bekam. Wo die Teilchen auf seine Haut trafen, rissen Sie winzige Löcher hinein, sodass Landaus Gesicht bald voller winziger Blutrinnsale war, die sich zu Tropfen sammelten und den Eindruck vermittelten, der Wissenschaftler hätte in einem Regen aus Blut gestanden.

Landau begann zu schreien.

Der wachhabende Kontrollingenieur war ein ausgezeichnet gedrillter Soldat – es dauerte nicht einmal zwei Sekunden, bis er mit der flachen Hand auf den kleinen roten Not-Aus-

Pilz hieb, welcher nicht unähnlich dem Antwort-Buzzer in einer Quizshow aussah. Keine fünf Sekunden später sanken sämtliche Wissenschaftler in der Forschungshalle leblos zu Boden. Jeder dort, wo er sich gerade befand, wie Marionetten, denen man die Schnüre gekappt hatte. Die Wagemutigeren unter ihnen hatten einen so hastigen wie vergeblichen Versuch unternommen, zum Ausgang der Laborhalle zu rennen, als das Betäubungsgas eingeströmt war.

Sie kamen nicht einmal in die Nähe der Tür.

ZWIELICHT

S ingers Blick glitt forschend an seinen nackten Armen herab und nach einem kurzen, hoffnungsvollen Stoßgebet lupfte er seine Bettdecke. Keine Bläschen oder Rötungen. Das war vermutlich gut, denn schließlich hatte er sich genau wie Dr. Landau und die junge Psychologin in unmittelbarer Nähe der Pustel befunden, als sie aufgeplatzt war. Landaus blutiges Gesicht hatte ausgesehen, als hätte er aus nächster Nähe einer Schlachtung beigewohnt, bevor alles in der Schwärze versunken war.

Überhaupt … wo waren die anderen? Was war aus Landau, Doreen Walther und Dr. Schlesinger geworden? Teilten sie sein Schicksal und dösten in irgendwelchen Quarantänezellen vor sich hin? Ihn zumindest schienen Ärzte, Schwestern und die ganze Welt vergessen zu haben. Was für eine Art Quarantäne war das überhaupt, wenn doch die Tür zum Gang sperrangelweit offen stand? Wo waren die luftdichten Plastikzelte und die Filtereinheiten, wo waren die Ärzte in Schutzanzügen, die um ihn herumwuseln und wichtige Dinge auf Klemmbrettern notieren sollten?

Singer beschloss, dass dies eindeutig zu viele und zu brennende *W-Fragen* waren, um sie unbeantwortet zu lassen. Er würde einen Ausflug machen. Mit einem beherzten und nicht minder schmerzhaften Ruck zog er die Kanüle aus der Vene in seiner Armbeuge, und prompt begann ein kleiner Blutstrom aus der offenen Wunde zu quellen. Singer presste Zeige- und Mittelfinger seiner linken Hand auf die Wunde, was die Situation allerdings kaum verbesserte – nun quoll das Blut in dicken Strömen zwischen seinen Fingern hervor. Sie hatten ihm einen Blutverdünner gegeben, natürlich.

Er schaute sich in dem Krankenzimmer um. Auf einem kleinen Tischchen – allerdings momentan leider deutlich außerhalb seiner Reichweite – lagen tatsächlich einige Päckchen, die Singer als unbenutzte Mullbinden identifizierte. Er schwang seine Beine aus dem Bett und unternahm einen großen Schritt in Richtung des Tisches mit den Binden. Weit kam er allerdings nicht – seine kraftlosen Beine versagten ihm den Dienst, sodass er prompt und ziemlich unsanft auf die harten Fliesen plumpste.

Für einen Moment lauschte er dem Echo seines Aufschlags, das in den Gängen nachhallte – keine Reaktion, keine trippelnden Füße aufgeregter Schwestern, die im Laufschritt zu ihm unterwegs waren, um ihn zurück ins Bett zu hieven und ihn einen ganz und gar ungehorsamen Jungen zu schelten. Für ein State-of-the-Art-Labor war das Personal der Krankenstation jedenfalls ganz schön lahm. Oder taub.

Er unterdrückte einen Fluch und robbte auf Knien und Unterarmen weiter in Richtung Tisch, wobei er eine dünne Blutspur hinter sich herzog. Als er angekommen war, angelte er blind mit seiner Linken nach den Mullbinden auf der Tischplatte, bis er etwas Weiches, in Papier Gepacktes zu fassen bekam. Mit den Zähnen riss er das Päckchen auf und presste eine zusammengewickelte Binde in seine rechte Armbeuge, bevor er diese mit dem Inhalt der zweiten Packung straff zu umwickeln begann. Er machte einen Knoten und begutachtete sein Werk. Der Verband sah alles andere als schön aus, würde aber seinen Zweck erfüllen und die Blutung vorerst stoppen.

Nach einer weiteren Verschnaufpause versuchte er, immer noch nackt, auf seine Knie und anschließend auf seine Füße zu kommen. Er zog sich an dem kleinen Tisch hoch, und schließlich stand er, an den Schrank gelehnt und wartete darauf, dass sein Schwindelgefühl verging.

Auf einem Hocker neben seinem Bett entdeckte er eine komplette Garnitur der reinweißen, taschenlosen Standardkluft, wie er sie seit seiner Ankunft im Labor getragen hatte. Er zog sie an.

Nachdem er sich in Schale geworfen hatte, trat er entschlossen, wenngleich immer noch auf etwas wackligen Beinen, auf den Gang hinaus. Dieser präsentierte sich in ungewohnt schummrigem Rot-Gelb. Singer brauchte eine kleine Weile, um zu kapieren, dass dieses anheimelnde Lichterlebnis von den Notleuchten herrührte, die im Flur an den Wänden hingen. *Pufflicht* der überaus gespenstischen Art, aber eine willkommene Abwechslung nach dem gleißenden Inferno in seinem Krankenzimmer.

Singer rief ein kräftiges »Hallo?« in den Gang hinein. Keine Antwort, außer dem Echo seiner Stimme, das unheimlich in dem langen Gang verhallte. Danach spürte Singer kein gesteigertes Bedürfnis mehr, akustisch auf sich aufmerksam zu machen. Es würde niemand kommen, um ihm zu helfen. Also machte er sich daran, den riesigen Komplex auf eigene Faust zu erforschen.

Singer arbeitete sich zimmerweise und reichlich planlos durch die Krankenabteilung. Das komplizierte System der Gänge erwies sich als genau die Falle für seine Orientierung, die er bei seiner Ankunft befürchtet hatte. Offenbar lag die Krankenstation in einem gänzlich anderen Flügel als die Halle, in der sie den Körper des Wesens untersucht hatten, ganz zu schweigen von dem Aufzug, der ihn in dieses Labyrinth gebracht hatte. Hier kam ihm rein gar nichts bekannt vor und die Notbeleuchtung, die die Wände in ein blasses Orangerot tauchte, lieferte auch keinen wesentlichen Beitrag zur allgemeinen Orientierung. Die Zimmer, die Singer auf der Suche nach einem Hinweis auf den Verbleib ihrer Bewohner betrat – Krankenzimmer und ein paar Schwesternräume und Büros – blieben ihm diese leider ebenfalls schuldig. Die vormals streng bewachten Doppeltüren waren verlassen und standen allesamt weit offen. Die wenigen Spuren menschlichen Lebens – halbleere Kaffeetassen, achtlos herumliegende Dokumente, ein auf den Gang gerollter Bürostuhl – puzzelte sich Singers Geist zu einem Bild eines allgemeinen, hektischen Rückzugs zusammen.

Rückzug wovor?

In Gedanken versunken bog er um die nächste Ecke, in Erwartung eines weiteren endlos langen und selbstverständlich nicht beschrifteten Flurs. Stattdessen sah er etwas anderes.

IRRUNGEN

Zwei Dinge fielen in sein Blickfeld, die er dort nicht erwartet hatte, und die sofort einen Anflug von mildem Optimismus auslösten. Zunächst war da ein Hinweisschild, überhaupt das erste, das er sah, seit er aufgebrochen war. Es hing direkt über der Glastür am Ende des Ganges. Die in dunklem Rot schimmernden Leuchtbuchstaben ergaben ein einzelnes Wort:

EXIT

Aber damit nicht genug – direkt vor der Tür befand sich in einem an die Wand geschraubten Glaskasten ein kleiner roter Feuerlöscher samt aufgewickeltem Wasserschlauch. Daneben hingen eine Stabtaschenlampe und eine kleine Axt. Das ganze Ensemble war in anheimelndem Signalrot gehalten und hob sich wohltuend vom Einheitsgrau der Wände ab.

Singer schnappte sich die Taschenlampe und die kleine Axt und öffnete den Wasserhahn, nachdem er den Schlauch abgeschraubt hatte.

Nachdem er seinen Durst fürs Erste gestillt hatte, trat Singer durch die Tür mit der EXIT-Aufschrift, um ein weiteres Mal vom Glück verwöhnt zu werden. Am Ende dieses Ganges stand ein Snack-Automat, vollgestopft mit allerlei Köstlichkeiten. Geschmacksneutrale Würstchen im pappigen Teigmantel, eine Auswahl an klebrigen Schokoriegeln und Nussmischungen sowie allerlei bunte Fruchtgummis buhlten um seine Aufmerksamkeit.

Es war widerlich.

Wie unbefriedigend Singer die Auswahl vom ernährungswissenschaftlichen Standpunkt auch finden mochte – für den Augenblick war es schlicht die *einzige* Auswahl, die er hatte. Und sie würde genügen müssen, denn Singer verspürte nun, nachdem Durst nicht mehr sein Hauptproblem war, einen Mordshunger.

Da er bedauerlicherweise gerade kein Kleingeld mit sich führte, kam die kleine Axt zum Einsatz. Die große Glasscheibe des Automaten zersprang mit einem lauten Knall und Singer schnappte sich eine Tüte Nussmischung. Er riss sie auf und schüttete den halben Inhalt der Packung in seinen Mund, wovon ihm fast augenblicklich übel wurde. Die Dinger schmeckten wie Mottenkugeln mit Schokoladenüberzug, zumindest nahm Singer an, dass Mottenkugeln so schmecken müssten.

Nachdem er seinem grollenden Magen besänftigend versprochen hatte, beim nächsten Mal etwas langsamer zu essen, und auch der Brechreiz abgeklungen war, steckte er sich noch ein paar Atom-Würstchen und eine Tafel Schokolade in den Hosenbund (das war der Moment, in dem er sich wirklich wünschte, der verdammte Kittel hätte wenigstens *eine* Tasche) und trat einigermaßen gesättigt durch die nächste Doppeltür.

Sofort vermisste er das wenige Licht, das den Gang bisher auf dem Niveau einer drittklassigen Absteige illuminiert hatte. In *diesem* Raum herrschte fast völlige Dunkelheit.

Er knipste die kleine Taschenlampe an.

Zu Singers Verblüffung erkannte er in dem Ensemble aus umgestürzten weißen Sesseln und stoffbezogenen Couches die Lounge, in die ihn Schlesinger bei seiner Ankunft geführt hatte. Hier hatte ihn der ältere Physiker Dr. Walther und den anderen Wissenschaftlern vorgestellt. Linker Hand waren die Schlafräume und von da aus würde er schnurstracks in die riesige Halle mit der Operationsplattform gelangen. Falls er den Weg wiederfand.

Er durchquerte die verlassene Lounge und trat auf einen weiteren notbeleuchteten Gang hinaus; hier bemerkte er mehr und mehr Details, an die er sich vage zu erinnern glaubte – eine angelehnte Tür, ein Raum, in dessen Innerem er einige Laborgeräte wiedererkannte, ein eigentümlicher Winkel im Schnitt des Korridors. Ja, hier waren sie vorbei gekommen, als sie den Hangar zum ersten Mal betreten hatten.

Singer stieß nun immer öfter auf Zeichen von Eile und auf zunehmend deutlichere Spuren von *Gewalt*. Offene Bürotüren etwa, aus denen eng bedrucktes Endlospapier quoll, zerfetzt, zerknüllt und achtlos auf dem Flur verteilt. Einmal musste er über einen schweren Bürostuhl steigen, den jemand ziemlich beherzt in eine der Doppeltüren aus Glas geworfen hatte. Dem kugelsicheren Glas der Tür war natürlich nichts passiert, aber an dem Bürostuhl fehlte eine Armlehne. Ein unterbezahlter Mitarbeiter, der auf eine etwas melodramatische Art gekündigt hatte? Unwahrscheinlich.

Für eine Sekunde flackerte die Notbeleuchtung des Ganges und erlosch dann ganz, um kurz darauf wieder konstant zu leuchten, allerdings ein wenig schwächer als vorher.

Nach der Überwindung des Bürostuhl-Hindernisses wurden die Zeichen wütender Zerstörung schlagartig deutlicher – hier hatte kein Rückzug stattgefunden, sondern vielmehr eine wilde Flucht.

Flucht wovor? Noch so eine W-Frage, und eine, über die Singer im Moment lieber nicht nachdenken wollte. Denn hätte er das getan, wären ihm möglicherweise die Zähne eingefallen. Große, messerscharfe Zähne in einem Kiefer von den Ausmaßen einer Baggerschaufel. *Leuchtend rote* Zähne.

Die menschenleeren Räume und Gänge hatten nichts mehr von der pedantischen Ordnung, die noch bei Singers Ankunft überall geherrscht hatte. In den Räumen lagen umgestürzte Tische und Stühle, Hunderttausende von Euro teure Computer und Laborgeräte waren achtlos von Tischen gefegt und zerschlagen worden. Es sah aus, als hätte eine Rockband den Laborkomplex mit ihrem Hotelzimmer verwechselt.

Ein paar Türen weiter stieß Singer auf ein solch bizarres Werk der systematischen Verwüstung, dass er sich auf den Boden hockte, um die unbegreifliche Tatsache zu bestaunen, dass hier jemand ein Tischmikroskop ganz offenbar *absichtlich* in einen gigantischen Computermonitor gedroschen hatte. Ersteres hatte Letzteren glatt durchschlagen und damit innerhalb eines Sekundenbruchteils den Gesamtwert beider Geräte von einer knappen Million Euro auf einen wertlosen Haufen Schrott reduziert. Er wollte gerade wieder aufstehen, um das Hindernis zu umgehen, da entdeckte er etwas, das ihn mitten in der Bewegung erstarren ließ.

Und während er sich noch einredete, dass es sich bei den dunklen Flecken um verschütteten Kaffee (wie kleinlich angesichts des vor ihm befindlichen Totalschadens!) oder irgendeine andere dunkle Flüssigkeit handelte, belehrten ihn die aufgerichteten Härchen an seinen Unterarmen eines Besseren. Plötzlich entdeckte er sie überall im Halbdunkel: Spritzer und kleine Lachen dieser dunkelroten Flüssigkeit, bei der es sich, wie er nur allzu gut wusste, lediglich um eines handeln konnte – nämlich menschliches Blut.

TRÜMMER

Die schummrige Beleuchtung mochte Schuld daran sein, dass Singer seine Schritte beschleunigte. Oder aber das bedrohliche Flackern, von dem sie nun immer öfter begleitet wurde.

Er wusste, sobald er die aufkeimende Panik zuließ, würde er auch den spärlichen Rest seiner Orientierung hier unten verlieren. Er versuchte, sich auf Gegenstände oder Windungen des Ganges zu konzentrieren, die ihm bekannt vorkamen. Viele waren es nicht, aber sie genügten, um Singer so etwas wie Vertrautheit zu vermitteln.

Er erreichte eine Flügeltür – von hier würde der Korridor an der Kantine vorbei direkt zum Operationshangar führen. Der musste irgendwo rechter Hand entlang des Gangs liegen. Zumindest glaubte Singer, dass es so gewesen war.

Allein, die Ausgangstür der Lounge ließ sich nicht öffnen. Jedes noch so beharrliche Rütteln am Knauf aus matt gebürstetem Aluminium blieb nahezu ergebnislos. Er rüttelte ein weiteres Mal an dem Türgriff, als ihm auffiel, dass die Tür doch nicht verschlossen war – sie stand einen kleinen, hoffnungsvollen Spalt offen, was er allerdings im Licht seiner Taschenlampe nicht sofort entdeckt hatte. Er nahm die Lampe zwischen die Zähne und probierte es noch einmal, diesmal mit beiden Händen. Schließlich stemmte er sich mit seiner Schulter dagegen. Etwas bewegte sich, gab widerstrebend nach. Zentimeterweise konnte er die Tür aufschieben, auch wenn es ein recht anstrengender Prozess war. Er warf sich wieder und wieder gegen das Sicherheitsglas und hatte schließlich das Türblatt weit genug aufgedrückt, um seinen Körper längsseits hindurchzuquetschen.

Etwas Dunkles, Zähflüssiges hatte vor dem Türblatt einen kleinen See gebildet und war zu einem klebrigen Brei geronnen, in den Singer auch prompt hineintappte, nachdem er sich durch den Türspalt gezwängt hatte. Ein schwerer, leicht süßlicher Geruch lag in der Luft des lichtlosen Gangs. Singer presste eine Hand schützend vor Mund und Nase, was die Sache allerdings kaum verbesserte. Der Geruch war schwach, aber dennoch durchdringend, sobald man ihn wahrgenommen hatte. Versehentlich trat er ein weiteres Mal in die Lache auf dem Boden und leuchtete mit der Taschenlampe nach unten, um die schlüpfrige Masse zu untersuchen. Spätestens an diesem Punkt, so würde er sich später sagen, hätte er den Blick starr geradeaus richten und sich schleunigst aus dem Staub machen sollen, klebrige Schuhe hin oder her. Er hätte rennen sollen, so schnell er konnte.

Stattdessen richtete er den Strahl seiner Lampe zum Boden und entdeckte, *was* die Tür von der Innenseite blockiert hatte.

Geschockt stand er einen Moment da, unfähig sich zu bewegen. Er ließ die kleine Axt auf den grausig verkrusteten Teppich fallen, und beinahe wäre seinen zitternden, kraftlosen Fingern auch die Taschenlampe entglitten.

An der Innenseite der Tür klebte ein verrenkter menschlicher Körper. Irgendjemand oder irgendetwas hatte dessen Kopf mit solch bestialischer Wucht gegen den Türknauf gehämmert, dass dieser tief in der Stirn steckte – dem mit Abstand robustesten Teil des menschlichen Schädels, wie Singer wohl wusste. Der Kugelgriff hatte sich fest in dem gezackten dunkelroten Loch verkantet, das mitten auf der blutüberströmten Stirn des Opfers klaffte. Ein einzelnes Auge blitzte unter dem gestockten Blut hervor und schien Singer *schelmisch* anzublinzeln – *Na Süßer, zu mir oder zu dir?*

Der Türknauf hatte offenbar wie eine Art Korken in dem Kopf gewirkt. Durch Singers Rütteln an der Tür war seine Position ein wenig verschoben worden, sodass frisches Blut und Hirnmasse hervorquoll wie träger, dickflüssiger Sirup und in langen, schleimigen Fäden vom Gesicht auf den Boden tropfte.

Die Arme hingen an den Seiten des Oberkörpers herab und erzeugten den Eindruck eines Menschen, der eine überaus komplizierte Yogaübung ausführt. Das Gesicht war auf eine Weise zugerichtet worden, die es Singer unmöglich machte, auch nur das Geschlecht, geschweige denn die Identität der übel zugerichteten Leiche zu bestimmen.

Zumindest dachte er das, bis er die Reste der langen blonden Haare sah, die in dicken blutgetränkten Strähnen am Hinterkopf des Opfers herabhingen. Und dann entdeckte er den schmalen Ring an der offenbar mehrfach gebrochenen rechten Hand.

In diesem Moment, da er begriff, dass er auf die zertrümmerten Reste dessen starrte, was einst die bezaubernde junge Psychologin aus Berlin gewesen war, besiegte ihn der Geruch, den die Leiche verströmte. Er erbrach sich heftig zwischen seinen Fingern hindurch, die er immer noch vor

Mund und Nase presste. Die Augen vor Entsetzen weit aufgerissen, taumelte er hinaus auf den Gang – fort von den zerschmetterten Überresten von Doreen Walther.

Singer folgte dem Gang wie in Trance – nur hin und wieder wurde ihm bewusst, dass er über demolierte Büromöbel und Laborgeräte kletterte – bis er schließlich in einen kleinen Vorraum gelangte, der ihm ebenfalls bekannt vorkam. Was vor allem an der riesigen Doppeltür lag, über der ein matt schimmerndes Schild verkündete:

HO 18

Übermannshoch ragte die Stahltür vor ihm auf, schien höhnisch auf ihn herabzublicken – *Traust du dich, kleiner Mensch? Nach dem, was du da vorhin im Gang gesehen hast? Nach dem, was deiner hübschen kleinen Freundin zugestoßen ist? Traust du dich wirklich, mich zu öffnen?*

Doch Singer hatte den Daumen seiner Rechten bereits mechanisch auf das kleine, rot leuchtende Feld neben der verschlossenen Tür gedrückt. Irgendetwas piepte leise im Inneren, das Bedienfeld schaltete auf Grün und die Türen zum Hangar glitten schwerfällig auseinander.

HANGAR 18

Er brauchte ungefähr zwei Minuten, um den Hangar der Länge nach zu durchqueren. Als er schließlich die gegenüberliegende Tür zum Treppenaufgang der Beobachtungskanzel erreichte, war aus Singer ein anderer Mensch geworden. Das, was er in der Halle gesehen, durch was er in der Halle *gewatet* war, sich einen Weg hatte *bahnen* müssen – hatte aus dem zynischen Mann der Wissenschaft einen zutiefst gläubigen Menschen gemacht.

Er glaubte jetzt fest an die Existenz des ultimativen Bösen.

Denn er hatte es wirken sehen.

DAS BAND

Singers Augen starrten durch seine Tränen hindurch in das verschwommene Halbdunkel vor ihm, ohne wirklich etwas zu sehen. Strauchelnd brach er in dem finsteren Treppenaufgang zusammen, als die Tür zu der fürchterlichen Halle hinter ihm zufiel. Er war sich dessen noch nicht bewusst, aber seine einzige Chance, den sterbenden Laborkomplex zu verlassen, lag nun vor und über ihm, irgendwo jenseits der Beobachtungskanzel, deren verspiegelte Scheiben stumm und teilnahmslos das grausame Bild unten in der Halle reflektierten. Denn hätte er noch einmal diese Halle betreten müssen, wäre die Wand, nurmehr eine *hauchdünne Membran* zwischen den Resten seiner Vernunft und dem blanken Wahnsinn, endgültig durchbrochen worden. Für immer.

Eine Weile kroch er leise vor sich hin stammelnd an der Basis der Treppenflucht herum, betastete mehrfach den Boden und das Metallgeländer – unfähig, diese simplen Eindrücke zu verarbeiten. Unfähig, in das zurückzufinden, was er bisher für die unverrückbare Realität gehalten hatte. Er versuchte instinktiv, von der Hangartür wegzukriechen, auf allen Vieren, denn er war zu schwach, um aufzustehen und davonzu*laufen*. Nachdem er die letzten unverdauten Reste der Nussmischung hervorgewürgt und eine unansehnliche Pfütze am Fuße der Treppe produziert hatte, war nur noch hellgrüne Gallenflüssigkeit gekommen. Irgendwann wurden die Pausen zwischen den Würgeanfällen, die seinen kraftlosen Körper schüttelten, länger und verebbten schließlich ganz.

Singer versuchte, sich erneut zu konzentrieren und kam schließlich zu sich – was hauptsächlich seiner langjährigen Übung darin zu verdanken war, *konzentriert* zu arbeiten. Es war, als flüchte sich sein Verstand in einen uralten Mechanismus, eine Art antrainierten Reflex im Angesicht des Unbegreiflichen. Ratio, Realität – und *keine Monster unter dem Bett*. Das würde funktionieren, ja. Und es gelang ihm tatsächlich – eine Vernunft wider aller Vernunft –, die Augen bewusst zu verschließen vor dem, was mit der Welt um ihn geschehen war, als Ratio und Ordnung beschlossen hatten, ihr Lebewohl zu sagen.

Nach langer Zeit erhob sich Singer roboterhaft auf seine kraftlosen Beine, wie ein alter Mann, den man in den Staub gestoßen hatte. Und er war gealtert – sein ehemals dunkles Haupthaar war nun durchzogen von weißen Strähnen und in seinen Augen wohnte ein Schrecken, der nie wieder ganz verschwinden würde. Er zog sich quälend langsam an dem Metallgeländer der Treppe hoch und setzte schließlich seinen linken Fuß auf deren unterste Stufe, dann den rechten auf die nächste. Und immer so weiter, Tritt für Tritt. Mit jeder Sprosse, die er sich von dem gierigen Versprechen des Wahnsinns hinter der Doppeltür entfernte, kehrte ein wenig Klarheit in seinen aufgewühlten Verstand zurück. Als er nach einer Ewigkeit die oberste Stufe der Metalltreppe erreicht hatte, war er immer noch weit entfernt davon, wieder »ganz der Alte« zu sein.

Aber es würde genügen, um weiterzumachen. Um zu funktionieren.

Oben angekommen, begrüßte ihn die weit aufgerissene Tür zur Beobachtungskanzel. Einst eine luftdichte Isolationsschleuse, war sie nun kaum mehr als ein Durchgang, in dem die verbogenen Reste einer zentimeterdicken Stahltür hingen, aufgefetzt und zerrissen wie von riesigen Klauen.

Er betrat das Kontrollzentrum. Von hier hatte Murnauer ihre Versuche in der Laborhalle beobachtet und ihnen seine körperlosen Befehle gesandt. Und er hatte darauf bestanden, dass Landau, dieser Wahnsinnige im Doktorkittel, die Obduktion fortsetzte, bis die Pustel explodiert war. All das hatte Murnauer von hier oben in seiner VIP-Loge verfolgt – wie ein verdammtes Fußballspiel. In dessen Verlauf sie eindeutig nicht in Führung gegangen waren, im Gegenteil.

Der kleine Raum wurde von einer gigantischen Glasscheibe dominiert, durch die man die Halle unten überblicken konnte. Singer sparte sich den erneuten Anblick dessen, *was da unten war* und wandte sich stattdessen dem Inneren des Raumes zu. Bis auf ein paar bequeme Sessel bestand die Kanzel im Wesentlichen aus einer Unzahl von Bildschirmen an den Wänden, von denen einige immer noch ihren Dienst taten. Offenbar konnte man von hier oben weite Teile der Anlage überwachen – Gänge und Büros, und selbstverständlich die unzähligen Labore. Überall das gleiche Bild desolater Zerstörung, welches Singer bereits bei seiner einsamen Wanderung durch die Gänge angetroffen hatte.

Und nirgends ein Zeichen von Leben.

Tatsächlich befand sich unter den Monitoren ein längliches Pult, in dem eine Vielzahl blinkender Lämpchen, Knöpfe und Regler eingelassen war. Diese wurden allerdings teilweise vom leblosen Körper eines jungen Wachoffiziers verdeckt, der kopfüber auf dem Videopult lag. Offenbar hatte sich der tapfere Junge für eine kleine Weile hier verschanzt, bevor das Unbegreifliche aus der Halle unten auch über ihn gekommen war. Singer wurde erneut übel, als er sich vorstellte, wie der Soldat in panischer Angst hinter einem Sessel in einer Ecke des Raumes Schutz gesucht hatte, während das quietschende Reißen von Metall an der zentimeterdicken Sicherheitstür den Raum erfüllt hatte. Als er begriffen hatte, dass es vor *dem da draußen* kein Fliehen und kein Entkommen gab.

Er packte den Leichnam an den Schultern, um ihn sanft vom Videopult zu heben. Dieser erwies sich allerdings als merkwürdig störrisch, was hauptsächlich an dem zerquetschten Bein lag, das sich hinter einer Kante des massiven Pults verklemmt hatte. Als Singer die mehrfach zertrümmerte Extremität (*Wie zerbrochene Äste, wie zerbrochene Äste in einem feuchten Leinensack!*, schoss es ihm durch den Kopf.) hinter dem Tisch hervorzog, fiel sein Blick auf den Kopf, der kraftlos von den Schultern des Jungen baumelte.

Was er sofort bereute.

Das Gesicht des Jungen war zwar verhältnismäßig unversehrt, sprach aber deutlich von der wahnsinnigen Verzweiflung, die sich seiner in den letzten Augenblicken seines Lebens bemächtigt hatte. Er hatte sich zwei Kugelschreiber durch das weiche Gelee seiner Augäpfel tief ins Hirn gerammt – wohl um einem weit grausameren Schicksal zu entkommen. Offenbar war sein Verstand zu diesem Zeitpunkt bereits nicht mehr in dieser Welt gewesen. Wie war es sonst zu erklären, dass er nicht wenigstens auf die Idee gekommen war, nach der Pistole zu greifen, die unbenutzt in dem Halfter an seinem Gürtel hing?

Nachdem er das leblose Bein aus dem Pult befreit und den Körper sacht auf dem Boden abgelegt hatte, wandte er sich wieder den Bedienelementen zu.

Singer drückte wahllos einige der bunten Knöpfe, bis ihm auffiel, dass mit jeder Berührung einer grünen Taste das Bild eines bestimmten Monitors seinen Inhalt wechselte und der kleine Zahlencode am unteren rechten Bildschirmrand umsprang. Die zunächst beliebig erscheinende Kette von Buchstaben und Symbolen erkannte Singer bald als die Darstellung von Datum, Uhrzeit und Raumnummer, hübsch nach Stockwerken geordnet und in Sektoren eingeteilt, die durch Großbuchstaben gekennzeichnet waren. Da war die Krankenstation »K« im untersten Stockwerk, der Fahrstuhlraum, der Flur »F« zur Lounge. Schließlich schaltete der Bildschirm auf den Kanal mit dem Hangar unter ihm. »H«.

Die Kamera war direkt über der Operationsplattform angebracht und erlaubte ein weites Sichtfeld über den gesamten Hangar. Er hatte den Blick hinab durch die schrägen Glasscheiben bislang aus demselben Grund vermieden, der nun seine zitternden Finger über dem Knopf verharren ließen. Zu frisch waren noch die Erinnerungen an das, was *da unten* war, sich dort zur Decke türmte, die Hände zu Klauen verkrümmt, ineinander verhakt, verbogen, aufgebrochen, ausgeweidet, verstümmelt und – teilweise *angefressen* ...

Es dauerte einen Moment, bis sich sein Blick wieder auf das flimmernde Schwarzweiß des Bildschirms fokussierte. Was er vor sich sah, war zweifellos der Hangar, in dem die

Untersuchung des Wesens stattgefunden hatte. Allerdings befand sich die Plattform in einem weitaus gnädigeren Zustand als in jenem, den Singer vor wenigen Minuten noch dort unten vorgefunden hatte. Und mit einem wesentlichen Unterschied – das Wesen war noch da. Es lag aufgebahrt in seinem Schneewittchensarg und harrte der Dinge, die da kommen mochten. Beziehungsweise es harrte nicht, es war ja tot.

Da bemerkte Singer den Fehler im Bild – über den Bildschirm flimmerten in regelmäßigen Abständen schwarzweiße horizontale Streifen, die das Bild auf dem Monitor als das entlarvten, was es war – eine eingefrorene Momentaufnahme. Offenbar handelte es sich um ein Standbild aus der Zeit, bevor hier unten alles zum Teufel gegangen war. Der blinkende Code

███NOV03.22:14:06.L23.H-18.65 ▌▌PAUSED

am rechten unteren Bildschirmrand räumte jeden Zweifel daran aus.

Die Logik des Pults entsprach in gewissem Sinn der Logik der gesamten Anlage – verwirrend auf den ersten Blick, aber schnell und intuitiv bedienbar, wenn man erst einmal das grundlegende Prinzip dahinter verstanden hatte. Er betätigte einen anderen Knopf und aus

▌▌PAUSED wurde ▶ PLAYBACK.

Die Anzeige der Uhrzeit begann loszulaufen, sprang, lief weiter. Offenbar war die Aufzeichnung von Bewegungsmeldern gesteuert worden und schaltete sich nur dann ein, wenn sich etwas im Sichtfeld der Kameras bewegte. Einige

Sekunden lang geschah gar nichts, dann trat die Gruppe der Wissenschaftler um Schlesinger ins Bild. Sie betraten die Halle in Richtung Plattform. Er und Landau erstiegen die Plattform als Erste, winzige Wesen vor dem hingestreckten Giganten. Singer schaltete in den Schnellwiedergabemodus und die kleinen Gestalten begannen mit irrwitziger Geschwindigkeit um den Glassarg herumzuwuseln wie in einem Cartoon. Es sah sich selbst, wie er in das Mikrofon sprach und wie er kurz darauf neben Dr. Walther trat und Landau mit der Obduktion begann. Tonlos – offenbar war die Audiowiedergabe ausgeschaltet. Dann brach plötzlich die Wolke der Sporen aus dem Ding hervor und die Personen im Raum sanken allesamt zu Boden. Singer warf einen Blick auf die Zeitanzeige. Das Ganze hatte keine drei Minuten gedauert.

Dann eine ganze Weile nichts mehr außer verstreut herumliegenden Wissenschaftlern. Ein weiterer Zeitsprung, und Männer in klobigen weißen Schutzanzügen betraten den Raum. Sie hievten die bewusstlosen Forscher behutsam auf Bahren, über die sie kleine weiße Zelte spannten. Schließlich rollten sie die Bahren aus dem Raum, offenbar in die Quarantäneabteilung der Krankenstation. Dann wieder nichts mehr.

Die Zeit auf dem Display tat einen gewaltigen Sprung nach vorn – offenbar war der Hangar sofort versiegelt und dann für mehrere Stunden nicht betreten worden – dann lief die Anzeige weiter. Ein etwas unsicher wirkender Soldat mit einer Schutzmaske tauchte plötzlich am Bildrand auf und näherte sich zögernd der Plattform mit dem Glassarg. Singer stellt das Band auf normale Geschwindigkeit, denn diesen Teil kannte er noch nicht.

DIE PUPPEN TANZEN

*D*er junge Soldat trägt eine Schutzmaske mit großem Filter auf dem Kopf, die es unmöglich macht, sein Gesicht zu erkennen. Er hat nun die Plattform in der Mitte des Raumes erreicht. Das fremde Wesen in dem gläsernen Sarg ruht völlig starr und bewegungslos, aber die hochauflösende Kamera lässt trotz der geringen Beleuchtung erkennen, dass es irgendwie ... lebendiger aussieht als vorher, es wirkt weniger knochig und eingefallen.*

Die Kreatur ist immer noch von widerwärtigen Pusteln und Geschwüren bedeckt, diese sind jedoch nicht mehr einige wenige eingetrocknete Hautfalten wie zu Anfang der Untersuchung – aufgebläht und prall überziehen sie nun beinahe jeden Quadratzentimeter der Haut. Die Bedrohlichkeit, die von diesen Blasen ausgeht, scheint der Soldat nicht im Geringsten wahrzunehmen. Oder es stört ihn nicht.

Sein marionettenhafter Gang beschleunigt sich sogar noch, als er auf das Wesen zuläuft – beinahe wie ein beflissener junger Romeo, der zum Gemach seiner schlafenden Liebsten eilt. Als er den Sarg erreicht, entgleitet seinen Händen ein kleiner rechteckiger Gegenstand, er scheint es nicht zu bemerken – es ist eine kleine Digitalkamera, die er mitgebracht hatte, um von dem Wesen heimlich Fotos zu machen. Als er bei dem immer noch offen stehenden Glassarg

ankommt, beginnt er auf eine Weise, die Singer ausgesprochen verstörend findet, langsam und offenbar erregt mit
den Händen über die Haut des Wesens zu streichen.
Schließlich beugt er sich hinab, fängt an, die langen, zu
Krallen verkrümmten Finger des Giganten zärtlich zu liebkosen und zu küssen – ein aufreizend langsamer Tanz des
Begehrens, den er für den toten, riesenhaften Körper aufführt. Spielerisch gleitet er über einige der ekelhaften Blasen, welche sich gierig der Berührung entgegenzustrecken
scheinen und dabei die Belastungsfähigkeit ihrer dünnwan-
digen Außenhülle auf die Probe stellen.

Plötzlich geschieht das Unbegreifliche – der Soldat, der
sich als ein gutaussehender junger Bursche mit strohblon-
dem Haar entpuppt – reißt sich mit einem Ruck die Gummimaske vom Kopf und schleudert sie auf den glatten Boden des Labors, wo sie unter einen der nahestehenden Lab-
ortische schliddert. Dann senkt er den Kopf zur größten
der Pusteln am Brustkorb des toten Wesens und – beißt beherzt hinein, worauf die Geschwulst spritzend aufplatzt und
eine heftige Eruption von rötlichen Sporen auslöst.

Singer starrt fassungslos auf den Bildschirm, während sein
Magen ein weiteres Mal verzweifelt versucht, sich von innen nach außen zu stülpen. Doch das Band geht noch weiter.

Der Junge hebt seine bisher vor dem Blick der Kamera
verborgene Rechte in fast schon ritueller Andacht in die
Höhe – sie hält jetzt ein Skalpell, dessen kurze scharfe
Klinge kurz aufblitzt, bevor er sie sich mit voller Wucht in
den Oberschenkel drischt, um sie gleich darauf brutal her-
auszureißen und noch weitere drei Male ungebremst und

mit einem Gesichtsausdruck freudiger Überraschung in sein Fleisch zu hacken. Der letzte Hieb geschieht so heftig, dass die gehärtete Klinge am Griff abbricht und zum Gutteil im Bein des Soldaten steckenbleibt, er muss wohl seinen Oberschenkelknochen erwischt haben. Unbegreiflicherweise hinkt er nach dieser Aktion auf einen Operationstisch in der Nähe zu, um sich eine der dort liegenden Knochensägen zu greifen – gehärteter Chirurgenstahl voller kleiner, nadelspitzer Zähne.

Während er wie ein irrer Krüppel zum Sarg zurückhumpelt und dabei eine breite Blutspur hinter sich herzieht, beginnt er, sich seiner Uniform zu entledigen – in denkbar ruppigster und ungeduldigster Weise. Da, wo ihm seine Hände nicht schnell genug zu Diensten sind, haut er sich mit der Säge seine Kleidung und nicht unbeträchtliche Stücke seines Fleisches vom Körper. Währenddessen senkt sich ein Nebel der roten Sporen auf ihn herab, dem er geradezu wollüstig seine offenen Wunden zu präsentieren scheint. Von unwirklicher Zielstrebigkeit erfasst, dringen die winzigen roten Partikel in die blutenden Stigmata ein, die den Körper des jungen Soldaten mittlerweile überziehen.

Der Junge droht mehrere Male in dem glitschigen roten See seines eigenen Blutes auszurutschen, hält sich aber mit der freien Hand am Geländer der Plattform fest, die er nun erneut zu erklettern versucht. Vom Großteil seiner Kleidung befreit – nur Schuhe und Socken hat er jetzt noch an –, wirft er seinen blutüberströmten Oberkörper einige Male mit voller Wucht gegen die Oberfläche des gläsernen Sargs, bis die gläserne Außenwand rot gefärbt ist von Strömen seines immer heftiger hervorquellenden Blutes. Die Bewegungen des Jungen werden nun kraftloser und zuneh-

mend unkoordiniert, während sein Fleisch stellenweise bis auf den Knochen aufgerissen von seinen matten Gliedern hängt. Das Schlimmste allerdings ist sein unnatürlich breites Grinsen, als bereite ihm die brutale Selbstverstümmelung unsagbares Vergnügen.

Er erklimmt die Seitenwand des Glassargs – und jetzt kann man deutlich seine enorme Erektion sehen. Sein Glied ist derart steif, dass es in einem absurden Winkel aufgerichtet an seinem blutüberströmten Bauch klebt und wie ein zitternder Finger zur Decke deutet, prall angefüllt durch die unbegreiflichen sexuellen Wonnen, die ihm dieses Spiel zu bereiten scheint.

Schließlich wirft er sich erschöpft auf den dunklen Oberkörper des Wesens, mitten in die wild sprießenden rotglühenden Furunkel, was weitere von ihnen zum Aufplatzen bringt. Tödliche Sprühnebel erfüllen die Halle. Er räkelt seinen nackten blutenden Körper auf widerlich geile Weise auf der zerfurchten, von Geschwüren und aufgeplatzten Schwären übersäten Haut des Wesens, vergeht sich wieder und wieder mit der Knochensäge am eigenen Fleisch. Endlich stemmt er sich auf die Knie und durchstößt mit versiegender Kraft seine Bauchdecke mehrfach mit dem Blatt der Säge.

Gott, wieso stirbt der arme Junge nicht endlich?

Aus den zerfransten Löchern in seinem kalkweißen Körper quillt das Gedärm hervor und dennoch schaufelt er grinsend weiter im eigenen blutigen Geschlinge.

Schließlich ist er zu schwach, um sich aufrecht zu halten und bricht auf dem roten Bett aus Blut und Eingeweiden

zusammen, das er auf dem riesigen Körper des Wesens er-
richtet hat. Der Soldat tastet nach seinem immer noch zum
Bersten erigierten Glied, um es mit der blutverschmierten
Linken ekstatisch zu reiben. Ein weiteres Aufblitzen der ge-
fräßigen Knochensäge und ein letzter roter Schwall, der in
hohem Bogen aus der Körpermitte des Jungen spritzt, wäh-
rend seine linke Faust den Beweis seiner grotesken Tat
stolz in die Höhe reckt, bis seine Arme kraftlos auf den reg-
losen Körper des Wesens herabsinken und er – endlich –
stirbt.

Ein weiterer Sprung nach vorn auf dem Video.

Der junge Soldat liegt immer noch reglos auf dem Wesen,
ein ausgebluteter, verdrehter Kadaver. Sein Blut allerdings
ist verschwunden, es scheint regelrecht aufgesogen worden
zu sein. Der zerstörte Körper des Jungen ist ausgedörrt wie
eine runzlige Backpflaume.

Kurz darauf betreten die Wissenschaftler erneut die Halle.
Er kann Schlesinger erkennen, und da sind ohne Zweifel
Landau und noch einige der anderen. Mit ausdruckslosen
Gesichtern und ruckartigen Bewegungen, die Singer an
den Gang des jungen Soldaten erinnern, nähern sie sich
dem Zentrum der Halle und schwanken die Plattform zum
Schneewittchensarg hinauf. Sie sind von den Pusteln be-
deckt, insbesondere Landaus Gesicht hat es schwer getrof-
fen. Das Schicksal des Jungen scheint sie nicht im Gerings-
ten zu kümmern. Sie umringen die Plattform, während
mehr und mehr Menschen in die Halle wanken – Soldaten,
Wissenschaftler, ja sogar das zivile Personal. Die meisten
schleppen sich freiwillig in Richtung Operationsplattform,
aber einige wenige scheinen sich anfangs gegen den steten

Strom zu wehren. Ein verzweifeltes Unterfangen, schon allein aufgrund der schieren Anzahl der versammelten Menschen. Sie geraten unter die Füße der Nachströmenden und werden einfach niedergetrampelt. Oder die anderen packen sie, und schleifen sie mit zum schrecklichen Blutaltar in der Mitte der Halle. Und es nimmt kein Ende, bis die Halle mit annähernd tausend Menschen gefüllt ist, es sieht aus, als seien sie Fans, die auf den Beginn des Konzerts ihrer Lieblings-Rockband warten. Zumindest haben die meisten denselben leeren Gesichtsausdruck.

Einzeln treten sie vor die Plattform, welche sie nach und nach ersteigen wie geduldige Lämmer auf dem Weg zur Schlachtbank. Die Wissenschaftler greifen das erste Opfer, einen weiteren Soldaten und führen den völlig willenlosen Menschen dorthin, wo das Wesen liegt. Es ist der Astrophysiker Schlesinger, der den Soldaten über den Körper des Monstrums beugt, während Landau mit geschickten Schnitten kleinere Wunden in die Haut seines Körpers ritzt, aus der augenblicklich Blut hervorzuquellen beginnt und auf den uralten Leichnam spritzt. Nach einer Weile wird Landau dieses Spiels offenbar überdrüssig und er hackt – ohne die geringste Reaktion der Anwesenden oder des Opfers – auf den Soldaten ein, bis dessen Blut in breiten Strömen auf das Wesen tropft. Als der Soldat sterbend zusammenbricht, kippen ihn die Wissenschaftler einfach vom Rand der Plattform, wo er hart auf dem gefliesten Boden aufschlägt und liegenbleibt. Währenddessen haben die Wissenschaftler schon das nächste Opfer herangeschleppt, das sie auf die gleiche, rabiate Weise ausbluten lassen, eine junge Frau, offenbar vom zivilen Personal. Und so geht es weiter, immerfort ...

Und dann bricht unvermittelt das Chaos los. Die Menschen im Hangar erwachen gleichzeitig aus ihrer wachsfiguren-haften Starre und schauen sich ungläubig um. Dann begin-nen sie plötzlich, übereinander herzufallen – der gesamte Hangar gleicht nun einer riesigen durchgedrehten Ver-nichtungsmaschine, in der sich Menschen gegenseitig in Schlachtvieh verwandeln, sich niedertrampeln, ineinander verhakt kämpfen, Zähne und Nägel wahllos in das Fleisch ihrer Mitmenschen schlagen. Es erinnert immer noch ein wenig an ein Rockkonzert – allerdings an eines, bei dem das Publikum ausschließlich aus provisorisch bewaffneten Irren besteht. Sie vergehen sich auf grausamste Weise an sich selbst und den Menschen, die ihnen am nächsten ste-hen. Mit Händen, Füßen und jedem verfügbaren Werkzeug dringen sie ineinander ein – reißen auf, zerfetzen und för-dern dabei Ströme von Blut zu Tage. Der Boden der Halle verwandelt sich in ein unbegreifliches Meer aus Blut und sich darin windenden, verbissen kämpfenden Körpern. In ihrer Mitte ruht stumm die Plattform mit den Wissenschaft-lern, die nicht aufhören, dem Wesen in dem Glassarg ihre ungeheuerlichen Opfer darzubieten, während der unauf-haltsame Mahlstrom der Gewalt die Plattform umspült.

ERWACHEN

Singer schaltete das Band emotionslos ab. Er hatte das Resultat dieser Gewaltorgie jenseits aller menschlichen Vorstellung bereits gesehen, unten in der Halle. Hatte sich durch die blutleeren erstarrten Leiber einen Weg gebahnt bis hierhin, hatte im Licht seiner Taschenlampe in stumpfe, aufgerissene Augen und verzerrte Fratzen geblickt, die einmal menschliche Gesichter gewesen waren. Mechanisch drückte er einen weiteren Knopf und der Bildschirm wurde schwarz. Mit leisem Surren öffnete sich ein kleines Fach und gab die Kassette mit der Aufzeichnung des eben Gesehenen frei. Singer wog sie für einen Moment in der Hand, bevor er sie einsteckte.

Dann schaute er durch die Scheiben nach unten in die Halle. Sah auf das Massaker und spürte nichts mehr. Er verstand nun. Der gläserne Sarg war *leer* gewesen, als er ihn passiert hatte. Er war auch jetzt noch leer, natürlich.

Schneewittchen war erwacht.

EXIT

Wie er vermutet hatte, gab es tatsächlich einen weiteren Ausgang, und die Tatsache, dass es dem jungen Soldaten auf dem Videopult nicht gelungen war, sich rechtzeitig in Sicherheit zu bringen, konnte nur bedeuten, dass der Zahlencode für diese Tür ausschließlich dem Führungspersonal vorbehalten sein musste – für den unwahrscheinlichen Fall einer mittelschweren Katastrophe im Labor. Nun, dieser *unwahrscheinliche* Fall war nun eingetroffen – von mittelschwer konnte allerdings keine Rede sein. Die Tür zu dem ehemals verborgenen Notausgang stand weit offen und es konnte kein Zweifel bestehen, *was* durch sie hindurchgegangen war.

Das Licht in der Station war nun fast gänzlich verloschen, Singer würde seine Taschenlampe wieder brauchen. Nach kurzem Zögern öffnete er den Verschluss am Gürtel des jungen Technikers. Er vermied es, einen weiteren Blick in dessen zerstörtes Antlitz zu werfen, als er dem jungen Soldaten die Hose und die gefütterte Jacke auszog. Anschließend streifte er sich die Uniformteile über und bedeckte den Soldaten mit seinem blutverschmierten, ehemals weißen Laborkittel, dessen Saum bis zu den Knien rot getränkt war, seit er damit durch ein Meer von Blut gewatet war. »Danke, mein Junge«, sagte Singer leise, »und mögest du in Frieden ruhen.«

Später würde er sich nicht mehr erinnern können, dass er den Raum mit den Monitoren verlassen hatte und dem nächsten Gang bis zu dessen Ende gefolgt war. Oder daran, wie das Licht gänzlich erstorben war, er im schwächer werdenden Schein seiner Taschenlampe weitergegangen war, mit starren Augen und einem entsetzlich leeren Verstand, einfach immer weiter bis zur letzten der aus den Angeln gerissenen Türen, die hinaus in *noch mehr Schwärze* führte.

Aber *diese* Finsternis hatte sich als die seiner eigenen Welt herausgestellt, die Dunkelheit der Nacht im Sachsenwald. Er vergaß, dass er sich unterwegs ohne nachzudenken die restlichen Würstchen und schließlich die Schokolade aus dem Automaten in den Mund gestopft und das knisternde bunte Papier achtlos auf den Waldweg hatte fallen lassen. Irgendwann hatte er Licht gesehen, welches hin und wieder durch die dicken Baumstämme blitzte, und kurz darauf die vertrauten Geräusche vorbei rasender Autos auf der A24 vernommen. An all das erinnerte er sich später nicht.

Aber er erinnerte sich an die Blicke der Gäste, als er durchgefroren und mit schokoladeverschmiertem Mund in der Tür der Raststätte 'Sachsenwald' gestanden hatte. Er erinnerte sich daran, wie die Gespräche abrupt verstummt waren und wie alle ihn angestarrt hatten – angesteckt vom Schrecken, der ihm so deutlich ins Gesicht geschrieben stand.

AUFBRUCH

DAS STUMME »I«

ls Singer in dem Krankenhausbett erwachte, war es bereits heller Tag, vielmehr fast Mittag. Elf Uhr zweiundvierzig, verriet ihm ein Blick auf die leuchtend roten Ziffern der kleinen Digitaluhr auf dem Nachttisch. Im Gegensatz zum letzten Mal erwachte er an diesem Tag in einer wesentlich belebteren Unterkunft, wie ihm die gedämpfte Geräuschkulisse verriet, die vom Gang in sein Krankenzimmer drang.

Die Tür zu eben jenem Gang wurde schwungvoll geöffnet und ein Riese betrat den Raum. Der hünenhafte Körper des Mannes steckte in einem weißen Kittel, nicht unähnlich dem, den Singer noch vor Kurzem selbst getragen hatte, nur verfügte dieser über zwei Taschen an der Seite, aus der linken ragte ein Stethoskop. Ein in blauer Schreibschrift besticktes Schildchen auf der Brusttasche des Kittels verriet Singer den Namen des Arztes. Ausgesprochen hübsch, fand Singer, nur leider nicht besonders leserlich. Irgendwas mit »W«.

»Na, Sie Schlafmütze, wie fühlen wir uns heute Mittag?«, dröhnte ein markerschütternder Bass aus der Brust des Ungetüms, bei dem es sich nur um den zuständigen Oberarzt handeln konnte.

»Oh, schon viel besser, Dr. ...äh, Wos-tri-atz-ky.«, entzifferte Singer mühevoll das Namensschild an der Brust des Arztes.

»Das freut mich zu hören, denn ich denke, wir haben Sie allmählich genug aufgepäppelt«, brummte es aus dem massigen Gesicht über der ungeheuerlichen Kinnlade. »Zeit, das Bett für jemanden frei zu machen, der es wirklich benötigt, wie?«

Ein Donnergrollen, das vermutlich ein Lachen darstellen sollte.

Singer fragte sich fasziniert, wie es überhaupt möglich war, dass so viele Zähne, jeder von der Größe eines kleinen Grabsteins, in einem einzigen Mund Platz fanden. Der Arzt sah aus, als ob er Bäume verspeiste. Zum Frühstück. Und anschließend ein paar Autos oder Häuser.

»Ich weiß zwar nicht, wie sie es schaffen konnten, derart zu dehydrieren, mein Guter, aber das nächste Mal nehmen sie doch einfach eine große Wasserflasche mit, wenn sie sich schon mitten in der Nacht im Wald verlaufen müssen. Oder noch besser: Sie verlaufen sich gar nicht erst!« Das fand Dr. Wos-tri-atz-ky nun wirklich zum Brüllen komisch, aus seiner Brust drangen Geräusche, die Singer an das Nebelhorn eines Dampfschiffs denken ließen. Prustend stapfte der Arzt zum Fenster und öffnete es mit Bestimmtheit, vermutlich in der Hoffnung, dass Singer gleich mit hinausgeweht würde. Dann drehte er sich wieder zu seinem Patienten um.

»Scherz beiseite, machen Sie sich schon mal bereit, ja?«, brüllte er. »In 10 Minuten schicke ich Ihnen die Schwester mit dem Papierkram und ein paar Klamotten vorbei. Ihr Jagdanzug war leider nicht mehr zu retten.«

Er warf Singer ein breites Grinsen zu. »Und dann ab nach Hause, nehmen Sie ein Bad, lesen Sie ein gutes Buch oder so. In zwei Tagen sind Sie wieder fit!«

»Werde ich tun. Nichts lieber als das, Dr. Wostriatzky«, log Singer.

»Wos-tratz-ky«, röhrte der grinsende Gigant, »das 'I' ist nämlich stumm.« Darauf schien er aus irgendeinem mysteriösen Grund stolz zu sein. Schließlich setzte er sich wieder in Richtung Tür in Bewegung.

Bevor er das Zimmer verließ, zögerte er für einen Moment und drehte sich noch einmal zu Singer um. »Ach ja, und lassen Sie bei Ihrem nächsten Jagdausflug lieber die Hand ein wenig vom Zielwasser, ja? Ich habe mir mal ihre Leberwerte angeschaut. Naaa jaaa ...« Wostriatzky warf einen skeptischen Blick über seine Schulter in Singers Richtung und vollführte mit seiner riesigen Pranke eine abwägende Geste in der Luft, bevor er zur Tür hinausstiefelte. Dabei grinste er nicht mehr.

Ein wenig später kämpfte sich Singer durch den gewaltigen Stapel Papier, den ihm die Schwester brachte – offenbar war dies das übliche Prozedere, wenn im Krankenhaus jemand ohne Ausweis eingeliefert wurde. Nach endlosen Formalitäten, Erklärungen und Unterschriften glaubte man ihm schließlich, dass er im richtigen Leben tatsächlich krankenversichert und nicht vorbestraft war und seine Rechnungen mehr oder weniger pünktlich zu bezahlen pflegte. Damit war er offiziell entlassen.

Anschließend quälte er sich in die Klamotten, die man ihm mit der treffsicheren Stillosigkeit eines blinden Modeschöpfers zusammengewürfelt hatte: Ein knallbuntes Hawaii-Hemd, dessen Vorderseite ein riesiger Papagei zierte, der die optische Illusion eines immensen Bierbauchs hervorrief, auch wenn sich – wie in Singers Fall – ein durchaus definierter Sixpack darunter befand.

Dazu spendierte man ihm eine hellbraune Cordhose mit Schlag (offenbar ein Relikt aus den frühen Siebzigern), einen Daunenanorak sowie nicht im Geringsten zu dem Ensemble passende flaschengrüne Wildlederschuhe. Außerdem ausgebeulte Feinrippunterwäsche, die wohl irgendwann einmal weiß gewesen sein mochte. Nicht gerade todschick, aber einigermaßen warm und vor allem sauber.

Singer nahm die Tüte mit seinen wenigen Wertgegenständen – seine treue Taschenlampe und die kleine Kassette – entgegen und verabschiedete sich aus dem Krankenhaus.

Auf der Straße atmete er zunächst tief durch. Er war frei. Und er hatte einen Giganten der Urzeit, der sich lächerlicherweise als Arzt verkleidet hatte, sowie eine ungemein begriffsstutzige Krankenschwester überstanden, und das noch vor dem Frühstück! Zum Institut konnte er von hier aus laufen, es war nur einige Straßen weiter. Er hatte, mittellos wie er momentan war, ohnehin kaum andere Möglichkeiten, vom Fleck zu kommen. Und langsam machte sich auch ein stärker werdendes Hungergefühl bemerkbar.

SINGERS VERDACHT

Singer betrat die geräumige Vorhalle des Murnauer-Instituts. Als er sich an Sabine, die Empfangsdame des Instituts wandte, hatte diese offensichtliche Probleme, ihn wiederzuerkennen. Was nur teilweise auf seinen anderthalbjährigen Peru-Aufenthalt und die entsprechend verwegene Langhaarfrisur samt Tropenbräune und Stoppelbart zurückzuführen war.

»Dr. Singer? Sind Sie das?«, wunderte sich die hübsche Brünette mit dem nicht zu übersehenden Ansatz eines kleinen Kugelbäuchleins. »Ich hätte Sie ja beinahe nicht erkannt!«

Sie kniff die Augen zusammen und musterte Singer von Kopf bis Fuß. »Führen Sie uns etwa mit dem neuesten Modetrend aus Südamerika vor? Sexy, ich muss schon sagen!«, schmunzelte sie.

»Ja, ich bin's tatsächlich, Sabine! Zurück aus dem Dschungel sozusagen und – offengestanden – ziemlich in Eile. Aber an diese Klamotten werden Sie sich wohl gewöhnen müssen – in spätestens einem Jahr trägt das hier jeder so!«

»Was Sie nicht sagen, Dr. Singer«, sagte die adrette Empfangsdame. Die beginnende Schwangerschaft hatte einen rosigen Schimmer auf ihre jugendlichen Wangen gezaubert und auch das wirkte überaus adrett.

»Also, was kann ich für Sie tun, Dr. Singer?«

»Kommt darauf an. Wer ist denn der aktuelle Stellvertreter hier, wenn Murnauer nicht da ist?«

»Hmm, das wäre dann Dr. Schindler. Wieso?«

»Ich muss ihn sprechen, dringend«, sagte Singer, während seine Hand unwillkürlich in die Manteltasche glitt und mit mit der kleinen Videokassette herumzuspielen begann.

»Hmmm, das ist schwierig. Dr. Schindler ist noch bis Freitag im Ausland. Aber wieso sprechen Sie denn nicht mit dem Chef selbst?«

»Er ist … Murnauer ist hier?«, fragte Singer einigermaßen verblüfft.

»Ja er ist hier, aber da werden Sie sich wohl gedulden müssen. Er hat für heute Vormittag bereits alle Termine abgesagt, es gab wohl irgendwelche Schwierigkeiten in einem Labor oder so etwas in der Art …«

»Schwierigkeiten …«, wiederholte Singer. Die Untertreibung des Jahrhunderts.

Er hörte auf, mit der Kassette in seiner Tasche zu spielen und wandte sich zum Lift. Über seine Schulter warf er ein »Herzlichen Glückwunsch übrigens!« zurück. So richtig lächeln konnte er jedoch nicht.

»Oh danke schön!«, flötete Sabine und legte stolz eine Hand auf ihren runden Babybauch. Singer blieb vor dem Aufzug stehen und drehte sich nachdenklich zu der jungen Empfangsdame um.

»Sabine?«

»Ja, Dr. Singer?«

»Haben Sie noch Urlaub in diesem Jahr?«

»Ich glaube schon, ja. Warum?«

»Nehmen Sie ihn. Am besten sofort.«

Damit öffneten sich die Türen des Lifts, in dem Singer ohne weitere Erklärungen verschwand.

Die Etage, in der Murnauers Büro lag, war genau so, wie er sie in Erinnerung hatte. Protzig, geschmacklos und mit allem vertäfelt, was irgendwie nach Geld aussah – Edelholz, Marmor und poliertes Messing, soweit das Auge blickte. Ein paar der Verzierungen mochten sogar aus Gold bestehen.

Auch Gundula war offenbar noch immer bei ihm beschäftigt, stellte Singer fest, als er das Vorzimmer zu Murnauers Büro betrat. Gundula Kiesig war ein Vorzimmerdrachen wie aus dem Bilderbuch – wenn es etwas gab, dass man Murnauer *nicht* vorwerfen konnte, dann, dass er sich seine Mitarbeiter nach deren äußerer Erscheinung ausgesucht hatte. Und falls doch, litt er wirklich ganz gewaltig an Geschmacksverirrung.

Die schwergewichtige Vorzimmerdame besaß hingegen andere Qualitäten als ein attraktives Äußeres. Zum Beispiel die, ungebetene Besucher mit einer Vehemenz abzuwimmeln, die ihresgleichen suchte – wie Singer auch sofort feststellte, als er die ‚Giftige Gundula‘ mit einem freundlichen »Hallo!« begrüßte.

»Dr. Murnauer ist heute nicht zu sprechen, für niemanden!«
Ihr Ton hätte kaum abweisender sein können. Oder wichtigtuerischer. ‚Und Ihnen auch einen guten Morgen, Gundula‘, dachte Singer.

»Ach! Aber er ist *schon* da drin, ja?«, sagte Singer betont langsam und deutete auf die gepolsterte Eichentür zum Reich des Höllenfürsten, dessen menschgewordener Zerberus auch prompt zurückblaffte: »Professor Dr. Murnauer befindet sich in seinem Büro, ja. Aber ich sehe nicht, inwiefern das für Sie von Bedeutung wäre. Er ist, wie gesagt, nicht zu sprechen«, gab sich Gundula alle Mühe, endgültig zu klingen. Und unterstützte die Bestimmtheit ihrer Aussage mit all ihren zweihundert Pfund Lebendgewicht, die sie mobilisierte, um sich schützend vor die Tür ihres Chefs zu stellen.

»Gehen Sie beiseite«, sagte Singer leise. »Glauben Sie mir, was immer er gerade Geheimnisvolles da drinnen tut, ob er den Geist seines Urgroßvaters beschwört oder sich vor dem Spiegel einen runterholt – es kann, verdammt noch mal, warten …«

Und damit versuchte er, Gundula Kiesigs massigen Körper beiseite zu schieben, was sich allerdings als ein fruchtloses Unterfangen herausstellte und in einer Art wildem Gerangel mit der Chefsekretärin endete. Gundulas Augen, ohnehin kaum mehr als kleine Sehschlitze über ihren aufgedunsenen Pausbacken, verengten sich noch ein wenig mehr. »Was?!«, rief sie entrüstet und sichtlich entsetzt über Singers obszöne Andeutung aus, »Unser Gespräch *endet* hier, Herr Dr. Singer.«

»Einen Scheiß!«, brüllte Singer und damit riss ihm endgültig der Geduldsfaden. Er packte die fette Sekretärin an den wabbeligen Schultern und setzte dazu an, sie einfach zur Seite zu drängen, woraufhin sie in ihrer misstönend penetranten Stimme laut zu kreischen begann: »Dr. Singer, ich glaube nicht ... verlassen Sie auf der Stelle ... ich rufe den Sicherheitsdienst! Dr. Singer!«

Die Tür zu Murnauers Büro öffnete sich mit einem überraschenden Ruck, so dass Gundula, die sich dagegen gelehnt hatte, fast hineingestolpert und auf ihren fetten Hintern geplumpst wäre. Das verdutzte Gesicht Murnauers erschien im Türrahmen und ließ sowohl David als auch Goliath mitten in ihrem Ringkampf erstarren.

»Gundula! Was ist hier los, verdammt?« Dann bemerkte er Singer und starrte ihn einen Moment einfach nur ungläubig an. »Singer!«, entfuhr es ihm. »Was zur Hölle ... ? Was tun Sie hier? Wie sind Sie ... ?«

»Sehen Sie, genau dasselbe wollte ich Sie auch gerade fragen, Murnauer«, sagte Singer und ließ langsam seine Hände sinken, da Gundula momentan keine Anstalten mehr machte, den unterbrochenen Kampf wieder aufzunehmen. Ihre Hände hielt sie allerdings weiterhin erhoben und wirkte damit wie ein Hündchen, das Männchen macht. Ein Zweihundert-Pfund-Hündchen allerdings.

»Kommen Sie, äh, kommen Sie in mein Büro.« Murnauer winkte Singer mit einer fahrigen Bewegung durch die Tür – er wirkte nun ernstlich verwirrt und durcheinander.

»Ist gut, Gundula, sorgen Sie bitte dafür, dass wir nicht gestört werden«, sagte Murnauer leise, ohne seinen Blick von Singer zu wenden.

»Natürlich, Herr Professor Doktor.«

Murnauer schloss seine Bürotür hinter ihnen. »Setzen Sie sich, Singer.«

Während sein Chef stumm auf den Stuhl vor seinem Schreibtisch deutete und sich selbst setzte, erlangte er allmählich auch seine gewohnte Fassung wieder.

»Einen Scotch?«, fragte er Singer mit einer weitschweifigen Geste in Richtung der kleinen Minibar in der Ecke des Raumes und schob ihm ein dickwandiges Glas über den Tisch. Singer vermeinte ein leichtes Zittern seiner Hände zu bemerken. Sich selbst stellte er kein Glas hin.

»Also, was ist da im Sachsenwald passiert, Singer?«

»Schön, dass Sie fragen«, sagte der und starrte herausfordernd in die Augen seines Chefs. »So einiges. Wie viel wissen *Sie* denn? Oder, anders gefragt, wann genau haben Sie sich eigentlich *aus dem Staub gemacht*, Murnauer?«

»Hören Sie, ich kann ...«, setzte dieser erbost an, offenbar hatte die Provokation gesessen. Dann ließ er es plötzlich bleiben. Mit einer kraftlosen Geste sanken seine Hände auf die Tischplatte herab, als er sagte: »Die Pustel platzte unerwartet, und wir mussten sie alle einschläfern – äh, betäuben. Vorübergehend natürlich nur.«

»Und das haben Sie gleich zum Anlass genommen, vorsorglich zu verschwinden«, bemerkte Singer. »Nur für den Fall, dass Einschläfern nicht genügt, ja? Sehr heldenhaft!«

»Nein«, gab Murnauer matt zurück, »Ich hatte Bericht zu erstatten. Ich wollte heute Morgen wieder hinfahren. Aber irgendwann letzte Nacht ist die Verbindung zu der Anlage komplett ausgefallen. Plötzlich hatten wir nur noch schwarze Bildschirme, auf denen »Kein Kontakt« blinkte – also habe ich ein Spezialistenteam hingeschickt, um die Verbindung zu überprüfen.«

Also doch, dachte Singer, er hatte sich das Zittern der Hände seines Chefs nicht eingebildet. Der große Zampano war nervös. Sehr nervös. Und er hatte auch allen Grund dazu. »Soweit ich weiß, sind die immer noch damit beschäftigt, den Haupteingang aufzuschweißen. Die Anlage ist nämlich atomkriegsicher, wissen Sie«, belehrte er Singer und ließ dabei sogar so etwas wie Stolz durchschimmern. Ein Stolz, der Singer endgültig den Rest gab.

»Prima, Murnauer, ganz toll!«, entfuhr es ihm. »Und wissen Sie auch, was Ihre Scheiß-Anlage da unten noch ist?« Murnauer sah ihn fragend an. »Sie ist ein beschissenes Grab!« Nun schrie er fast. »Da unten sind alle tot, verdammt – und es ist ein Anblick, auf das nichts, aber auch *gar nichts* ihre verdammten Sturmtruppen vorbereiten kann, glauben Sie mir!«

Murnauers Augen quollen wie kleine glibberige Golfbälle aus ihren Höhlen. »Tot? Aber ...« Er wirkte ehrlich überrascht – nein, nicht wirklich überrascht – Singer suchte für einen Moment nach dem passenden Wort – entsetzt. Ja, das passte besser. Entsetzt wie jemand, dessen schlimmster

Albtraum gerade zur Tür hereinspaziert und dabei einen lustigen Karnevalshut auf dem Kopf trägt. Und fröhlich in eine von diesen dämlichen, bunten Tröten bläst. Sämtliche Farbe war aus Murnauers Gesicht gewichen, er sackte in dem braunen Leder seines riesigen Chefsessels in sich zusammen.

»Aber wissen Sie, was überhaupt *das Beste* ist, Murnauer? Ihr Gast, der große Typ mit dem kleinen Akneproblem, ja? Ihre berühmte 'humanoide Lebensform' ... der ist nicht mehr da ... ist einfach abgehauen aus ihrem tollen atomkriegsicheren Forschungsgefängnis und spaziert jetzt wer weiß wo herum.«

»Der Draakk ist ...?«, entfuhr es Murnauer. Es war kaum mehr als ein Flüstern. Dabei atmete er stoßweise aus, als hätte Singer ihm gerade einen mächtigen Hieb in die Magengrube verpasst. Das war vielleicht das Schlimmste, überlegte Singer, diese *echte* Angst in den Augen des großen Obermackers. Murnauer, der meinte, im *ganz* großen Spiel mitzumischen. Seine Exzellenz hatte versagt, und zwar gründlich.

Und er hatte noch etwas, fiel Singer auf. Er hatte sich *verplappert*. Murnauer wusste offenbar ganz genau, *was* sie da unten untersucht hatten. Hatte es schon die ganze Zeit gewusst, noch als das Ding in seiner versiegelten Glasbehausung gelegen hatte – und vielleicht schon vorher. Er hatte sogar schon einen Namen für die Kreatur: *Draakk*. Passend, wie Singer fand, es klang genauso abstoßend, wie die Kreatur ausgesehen hatte. *Draakk* ... das klang ganz nach einem Wort, das man am Morgen nach einer durchzechten Nacht in die Kloschüssel ruft. Da kannte sich Singer schließlich ganz gut aus.

»Okay, Singer«, wandte sich der kalkweiße Institutsleiter an seinen Angestellten, »das müssen wir klären, augenblicklich. Warten Sie hier, ich mache schnell ein paar Anrufe und dann gehen wir der Sache gemeinsam auf den Grund. Wenn das wahr ist, was Sie sagen …«

»Oh, es ist wahr, machen Sie sich da mal keine Sorgen. So wahr, wie es nur sein kann«, entgegnete Singer mit einem völlig humorlosen Lächeln. »Sie bekommen allmählich Muffensausen, oder? Sollten Sie auch.« Als er das sagte, verengten sich die Augen seines Vorgesetzten zu Schlitzen – nur für einen Sekundenbruchteil. Kaum mehr als ein nervöses Zucken. Dann war der Ausdruck wieder weg, spurlos verschwunden.

Murnauer stand mit einem Ruck auf und stürmte an Singer vorbei aus dem Zimmer. Er warf die Tür hinter sich ins Schloss und Singer hörte ihn kurz darauf, gedämpft durch die schwere Polsterung, im Vorzimmer murmeln.

Singers Blick fiel auf das leere Whiskyglas, das Murnauer ihm zu Beginn ihrer Unterhaltung hingeschoben hatte. Und in das er sich nichts eingeschenkt hatte, zum Glück.

Neben dem Glas befand sich die Fernsprechanlage zum Vorzimmer. Vorsichtig drückte Singer den Knopf mit der stilisierten Ohrmuschel an der kleinen Box aus dunkel gebeiztem Edelholz. Er bekam gerade noch den letzten Teil der Unterhaltung zwischen Murnauer und seiner Sekretärin mit, aber der genügte, um Singers Verdacht zu bestätigen.

»… und rufen Sie den Sicherheitsdienst, die sollen Singer festsetzen – die wissen schon, wie. Und lassen Sie Stufe Rot für den Sachsenwald ausrufen – und die Umgebung. Wir werden Hilfe brauchen dieses Mal. Sie wissen ja, wen Sie zu rufen haben«, drang Murnauers flüsternde Stimme aus dem Apparat. Es mochte an der elektronischen Übertragung liegen oder auch nicht – aber Singer hatte eindeutig das Gefühl, als zittere Murnauers Stimme ein wenig, als er Gundula mit seinen Anweisungen betraute.

Als er die äußere Tür zum Vorzimmer ins Schloss fallen hörte, wartete Singer noch genau zwei Sekunden, bis er die Tür von Murnauers Büro (zum Glück war sie nicht verschlossen) aufriss und an der völlig perplexen Sekretärin vorbei hinaus auf den Gang stürmte. Dort wäre er beinahe Murnauer in die Arme gerannt, der ihn, das Handy am Ohr, für einen Moment aus fragenden Augen anstarrte. Dann klarte sich sein Blick auf und er begann, hysterisch in sein Handy zu schreien: »Sicherheitsdienst, Sich…«

Weiter kam er nicht, weil seine Nase überraschend mit Singers rechter Geraden Bekanntschaft machte. Es war eine kurze, aber ausgesprochen leidenschaftliche Affäre, bei der Murnauers Riechorgan den Kürzeren zog. Ein kräftig stechender Schmerz raste durch sein Gesicht – im nächsten Moment sprudelte das Blut aus seinen Nasenlöchern und er ging zu Boden. Während er langsam an der Wand nach unten glitt, hatte Singer bereits auf dem Absatz kehrtgemacht und war kurz darauf in einem der vielen Gänge des Institutsgebäudes verschwunden.

Die Tatsache, dass es Singer schaffte, aus dem Gebäude zu gelangen, bevor der eilends mobilisierte Sicherheitsdienst ihn aufgreifen konnten, hatte einerseits damit zu tun, dass er sich bestens im Institut auskannte und andererseits damit, dass er schnell rennen konnte. Vor allem aber hatte er eine gewisse Übung darin, sich unbemerkt aus dem Institut zu schleichen. Er hatte es schon früher einige Male getan, nach nächtlichen Überstunden, um den alten Nachtwächter unten in der Empfangshalle nicht wecken zu müssen. Er hatte dazu meist das Toilettenfenster im ersten Stock benutzt. Diese Übung kam ihm nun eindeutig zugute, während er sich behände, wenn auch wenig elegant, aus dem Fenster der Damentoilette in das Geäst eines nahestehenden Baumes hinüberschwang. Er kletterte dessen Stamm hinab und rannte anschließend durch die Hofeinfahrt aus dem Gebäude – Sekunden, bevor das automatische Tor sich vollständig schloss und damit das Institutsgebäude hermetisch abriegelte.

Er rannte, bis er sich außer Sichtweite von Murnauers Sicherheitsleuten wähnte und schlug dann unvermittelt ein gemächliches Tempo an. Er begab sich in das Gedränge einer Fußgängerzone und ließ sich zur Stadtmitte hin treiben.

Er war nach wie vor völlig mittellos, ein Mehr-als-drei-Tage-Bart wucherte stoppelig auf seinem übermüdeten Gesicht und er war in etwa angezogen wie ein Obdachloser, der gerade seine einzigen Klamotten aus dem Waschsalon geholt hatte. Und es gab nur einen einzigen Menschen in dieser Stadt, an den er sich jetzt wenden konnte.

Das Dumme war nur, dass Murnauer das ebenfalls wusste.

AUF DER FLUCHT

Von hier aus lag die Uni ziemlich weit im Süden. Deutlich zu weit für einen Fußmarsch, wenn er es irgendwie schaffen wollte, vor Murnauers Leuten bei Antonia zu sein. Wenn sie ihn nicht kriegen konnten, würden sie seine Tochter benutzen, um ihn zu schnappen. Singer wusste nicht, wie lange es dauern würde, bis Murnauer auf diesen naheliegenden Gedanken kam.

Vermutlich nicht besonders lange.

Zunächst einmal musste er Antonia jedoch ans Telefon bekommen. Und dann irgendwie dafür sorgen, dass sie nicht sofort auflegte, wenn sie seine Stimme erkannte. Beides keine leichten Aufgaben.

Unterdessen hatten ihn seine Füße zum Volkspark getragen. Noch immer etliche Kilometer vom Wohnheim der Uni entfernt, gab es hier immerhin eine S-Bahn-Station und eine Telefonzelle.

Er stellte sich in die Nähe der Parkbänke, wo der Strom der vorbeihastenden Menschen am dichtesten war. Dann begann er damit, die Passanten nach Kleingeld zu fragen. Dabei stellte er sich ziemlich ungeschickt an; immer wenn er auf einen von ihnen zutrat, schien der von Weitem zu ahnen, was Singer von ihm wollte und wandte schnell den Blick ab. Die meisten schlugen schon von fern einen großen Bogen um ihn. Kein allzu angenehmes Gefühl.

Wenn doch einmal jemand seinen Blick erwiderte, begann Singer sofort damit, seine *Geschichte* zu erzählen – dass er gerade aus dem Krankenhaus entlassen worden sei und daher kein Geld besäße, schleunigst zu seiner Tochter müsse und dass er nicht viel bräuchte, nur für die S-Bahn und – der betreffende Passant unterbrach dann sein ungeschicktes Gestammel meist schon nach wenigen Worten: »Tut mir leid Kumpel, heute nicht.« Oft musterten sie ihn pikiert, als ob sie ein besonders hässliches Insekt durch eine Lupe betrachteten. Besonders dann, wenn er bei der Stelle mit dem Krankenhaus angelangt war.

Irgendwann ließ Singer die Vorgeschichte einfach weg und sprach die Leute direkter an, indem er sie ganz einfach um ein, zwei Euro bat. Oder vielleicht fünfzig Cent?

Das lief besser, nach etwa einer halben Stunde hatte er ganze fünfzehn Cent zusammen. Die hatte er von einem kleinen Mädchen bekommen – es war das Wechselgeld für die Schachtel Bonbons, die sich die Kleine an der nahestehenden Imbissbude gekauft hatte. Der Duft von Bratenöl, der von dort herüberzog, erinnerte Singer ein weiteres Mal schmerzlich daran, dass er mittlerweile einen ziemlichen Kohldampf schob.

Im Laufe der Zeit war er zur Hauptattraktion für eine kleine Gruppe jugendlicher Punker geworden, die auf den Bänken im Park herumlungerten. Schließlich kam einer von ihnen auf Singer zu, ein großer, schlaksig wirkender junger Kerl mit ungeschnürten, bunt besprühten Springerstiefeln und einer Unmenge Ringe im Gesicht. Singer versteifte sich – fest entschlossen, die fünfzehn Cent in seiner Hand bis zum Äußersten zu verteidigen. Der schlaksige Kerl baute sich grinsend vor Singer auf, schniefte ausgiebig und lächelte unbeeindruckt ein nicht besonders zahnreiches Lächeln:

»Neu hier, hm? Kommst'n her?«

»Ich, äh, bin gerade erst, … aus Altona, ursprünglich, also …«, stammelte Singer. Das lief ja prima.

»Hm, verstehe, bist ein ganz Frischer«, sagte der Punker – was immer das nun wieder heißen sollte. »Na denn mal willkommen in der Drecks-Marktwirtschaft, Alter«, fuhr er fort und grinste schief. Dann schniefte er erneut, zog genussvoll röchelnd den Rotz hoch und spuckte das Ergebnis seiner intensiven Bemühungen in die Büsche, wo es zähflüssig von einem Blatt herabtriefte. Dann hielt er Singer einen ziemlich schmutzigen Pappbecher hin. Leises Gekicher drang von der Parkbank herüber, auf der die restlichen Punks saßen. »Hier, damit geht's besser, Alter!«, meinte der junge Kerl.

»Danke, … Mann«, gab Singer unsicher zurück. Für einen Moment grinste ihn der Punk an, mit einem Blick, der Singer ehrlich verblüffte. Die aufgesetzte Gleichgültigkeit schien weggeblasen und gab den Blick auf einen intelligenten Jungen mit großen, aufmerksamen Augen frei.

Dann verschwand der Gesichtsausdruck wieder, so plötzlich, wie er gekommen war.

»Bitte, Mann.« Der junge Kerl stopfte die Hände in die Seitentaschen seiner abgewetzten und mit bunten Aufnähern übersäten Lederjacke und stapfte zu der Parkbank zurück, wobei er eine Abkürzung direkt durch die niedrigen Büsche nahm, indem er diese einfach niedertrampelte. Daraufhin brach auch die restliche Truppe auf und zerstreute sich im Park, unter lautem Gejohle und dem Klirren ihrer Billigbier-Flaschen – zweifellos irgendein Gesöff, das Singer selbst während seiner schlimmsten Zeiten nicht im Traum angerührt hätte. Als er noch ein vernünftiger Angestellter und besonnener Alkoholiker gewesen war. Als er noch nicht, als mittelloser Penner verkleidet, auf der Flucht vor seinem einstigen Arbeitgeber gewesen war wie Harrison Ford als der verdammte *Dr. Kimble*.

Der Punker hatte recht gehabt, es ging tatsächlich besser mit dem Plastikbecher, der offenbar das fehlende Accessoire zu Singers ansonsten recht stimmiger Kostümierung zu sein schien. Und es ersparte ihm Erklärungen – man hielt den Leuten einfach den schmutzig weißen Becher unter die Nase und wenn einer etwas gab, sagte man höflich »Danke.« und versuchte auszusehen, als ob man es auch so meinte. Innerhalb der nächsten halben Stunde hatte Singer etwas über fünf Euro zusammen.

Er ging zu dem Münztelefon neben der Imbissbude und wählte Antonias Handynummer, die er, gottlob, auswendig wusste. Immerhin hatte er sie in den letzten Tagen oft genug über den kleinen Bildschirm seines Handys flimmern sehen. Es tutete in der Leitung. Einmal, zweimal.

Ein weiteres Freizeichen. Singer spürte, wie sich seine Hand um den Hörer krampfte.

»Hallo, unbekannter Teilnehmer?«, klang die Stimme seiner Tochter aus dem Telefonlautsprecher.

»Antonia. Nicht auflegen!« Mist. Das war kein guter Einstieg. Aber wenigstens hatte er ihren Namen gesagt.

»Wer ist da?«

»Hier ist … dein Vater, Antonia. Peter Singer.« *Blödmann! Sie wusste ja wohl noch, wie ihr Vater hieß.* Nervös glitt Singers Hand in die Manteltasche mit der Videokassette, ohne dass es ihm bewusst geworden wäre. Antonia schwieg. Aber sie legte nicht auf.

»Wir müssen uns treffen, Schatz. Ich weiß, dir ist gerade nicht danach, und du hast auch allen Grund dazu. Aber ich bin immerhin dein Vater …« Antonia schwieg immer noch. Singer hatte schon Gespräche erlebt, die besser gelaufen waren. »Wo bist du, Schatz?«, sagte er. »Ich muss mit dir reden. Es ist ziemlich dringend.« Das war es in der Tat. Wie lange würde Murnauer wohl brauchen, um herauszufinden, wo sie wohnte und seine Leute dort hinzuschicken? Nicht lange, wahrscheinlich.

Schweigen. Dann sagte sie »Okay.« Eine weitere Pause, und dann: »Ich bin in der Uni, sitze mit ein paar Freunden in der Cafeteria. Die in der Mensa. Weißt du, wo das ist?« Natürlich wusste er das. Wenn die Uni-Gebäude in den letzten Jahren nicht drastisch umgebaut worden waren, würde er die Cafeteria leicht finden. Immerhin hatte er einen erheblichen Teil seiner Studienzeit dort verbracht. Er und seine Kommilitonen hatten sich unter dem Vorwand des gemeinsamen Lernens oft dort verabredet, um Studentinnen für abendliche Partys anzugraben, mitunter sogar mit Erfolg. Die guten alten Zeiten.

»Ja, weiß ich. Bleib einfach da, Okay? Und … danke!« Ein Klicken in der Leitung und dann das gleichmäßige Tuten des Freizeichens. Antonia hatte aufgelegt.

Von den fünf Euro kaufte er eine Schale Pommes Frites und ein S-Bahn-Ticket. Das Billigbier, auf das der Verkäufer fragend deutete, verschmähte Singer einigermaßen gelassen.

ANTONIA

Der Campus der Hamburger Uni war im November nicht unbedingt einladend, aber welcher Uni-Campus ist das schon um diese Jahreszeit? Die großen Betonblöcke, auf denen die Studenten im Sommer gern beisammensaßen, begrüßten ihn nun grau und verlassen, dunkel gefärbt von den Regenschauern, die hin und wieder aus den tiefhängenden Wolken niederpeitschten. Singer zog die Daunenjacke enger um seinen Körper. Ein paar Studenten huschten mit hochgeschlagenen Mantelkrägen über den tristen Vorplatz in Richtung Mensa. Sie beäugten ihn, beziehungsweise seinen Aufzug, mit flüchtiger Skepsis oder auch leicht amüsiert, verständlicherweise. Besser, er ging *schnell* in die Cafeteria, bevor noch einer auf den Gedanken kam, er sei ein Sittenstrolch, der es auf hübsche, junge Studentinnen abgesehen hatte. Für eine Lehrkraft würde ihn in seinen Klamotten sicher niemand halten, selbst die Informatik-Professoren bewiesen heutzutage mehr Stil in ihrer Kleiderwahl.

Die Mensa hatte sich tatsächlich nur wenig verändert seit seiner Studentenzeit. Die Möbel waren anders, und sie hatten jetzt angenehmeres Licht da drin, gelblich, gemütlich, dezenter als die Neonbeleuchtung zu seiner Zeit.

Hier hatte er Anna kennengelernt, sie hatten beide vor der Speisenausgabe angestanden und sich die ganze Zeit über angegrinst und über die einheitlich graugrüne Färbung des

Essens lustig gemacht. Er hatte gewartet, bis auch sie an der Reihe war, dann waren sie gemeinsam zu einem der freien Tische herübergeschlendert. Am nächsten Abend waren sie im Kino gewesen, und eine Woche später hatten sie das erste Mal miteinander geschlafen. Und kurze Zeit später hatten sie sich ineinander verliebt. So einfach war das, damals.

Er war bereits Dozent und angehender Doktor gewesen, sie im letzten Semester ihres Studiums. Sie hatten sich in den folgenden Monaten an nahezu jedem erdenklichen Ort geliebt, je ausgefallener, desto besser. Hatten ihre Finger einfach nicht voneinander lassen können, waren völlig aufeinander abgefahren. Einmal hatten sie es sogar inmitten des (natürlich verlassenen) Hörsaals getrieben, das musste kurz vor seiner Doktorverteidigung gewesen sein. Gut möglich, dass ihn die Aktion seinen Kopf gekostet hätte, wären sie entdeckt worden. Oder zumindest seinen Job an der Uni. Ganz bestimmt aber seine Promotion. Er bezweifelte, dass ihn das von irgendetwas abgehalten hätte, damals im Hörsaal mit der gerade zweiundzwanzigjährigen Anna, ihrem unglaublichen Grübchen-Lächeln und noch ein, zwei anderen schier unglaublichen Eigenschaften, die einem Mann, angehender Doktorand hin oder her, mit Leichtigkeit den Verstand rauben konnten.

Er atmete tief ein, zog die Hände aus den Seitentaschen der dicken Daunenjacke und drückte die schwere Glastür zur Mensa auf.

Licht, Wärme und der Lärm durcheinander schnatternder Studenten strömten auf ihn ein. Es war nicht leicht, Antonia in dem bunten Gewimmel zu finden. Seine Erscheinung hingegen zog sofort die Aufmerksamkeit der Studenten auf sich. Man nahm wohl an, er sei ein Penner, der sich auf dem Weg zum Sozialamt verirrt hatte. Er konnte es ihnen nicht verübeln.

Schließlich entdeckte er Antonia, die mit ein paar ihrer Mitstudenten (sie hatte *Freunde*, das war gut!) an einem Tisch am Fenster saß. Der Anblick versetzte seinem Herzen einen kleinen, schmerzhaften Stich. Sie wirkte größer, als er sie in Erinnerung hatte, fast erwachsen. Und erwachsen war sie in der Tat geworden in diesen anderthalb Jahren, seit er sie das letzte Mal gesehen hatte. Gott, sie sah ihrer Mutter so *verdammt* ähnlich, es war fast unheimlich.

Als sie ihn erblickte, stand sie auf und warf hastig ein paar Schreibutensilien in ihre Tasche. Dabei streifte ihr langes, blondgelocktes Haar den Tisch. Sie warf es mit einer sanften Bewegung über ihre Schultern zurück, dann schnappte sie sich ihre Tasche und einen Riesenberg Klamotten, der aus wenigstens drei ineinander gewickelten Kapuzen-Sweatshirts und einer dicken Winterjacke bestand. (Noch etwas, das sie von ihrer Mutter geerbt hatte – auch Anna war ständig kalt gewesen.) Sie raffte ihre Kleidung zusammen, verabschiedete sich von ihren drei Freundinnen, die kaum verhalten grinsend in Singers Richtung starrten und sicher jeden Moment zu tuscheln beginnen würden. Dann kam sie herüber und Singer nahm nur am Rande wahr, dass inzwischen fast alle Gespräche an den umliegenden Tischen verstummt waren und wirklich jeder in seine Richtung blickte.

Antonia sah ihm eine Weile mit ernster Miene, aber in keiner Weise wertend ins Gesicht. Möglicherweise sogar ein wenig *zu* neutral. »Hey, Paps«, sagte sie leise, dann deutete sie auf einen der wenigen freien Tische. Keine Umarmung, kein »Hey, wie geht's dir?« Kein »nach Hause«.

Singer schälte sich aus seiner Daunenjacke, während sie ihr Klamottenbündel auf einen freien Stuhl und ihre Tasche auf dem Tisch ablegte. Als sie sein knallbuntes Hawaiihemd sah, stahl sich unwillkürlich ein kleines Grinsen auf ihr Gesicht.

»Und ja, die Klamotten sind nicht gerade der letzte Schrei, ich weiß«, sagte Singer und deutete auf sein Hemd. »Ist eine längere Geschichte. Ist auch nicht so wichtig im Moment.«

»Sehr hübsch«, kommentierte sie und setzte sich. Inzwischen waren die Studenten wieder lautstark zu ihren früheren Unterhaltungen zurückgekehrt – auch wenn sich die Gespräche an so manchem Tisch (inklusive dem von Antonias Freundinnen) ganz sicher noch eine Weile um sie beide drehen würden, so standen sie zumindest nicht länger im Mittelpunkt aller Aufmerksamkeit.

Sein »Schön, dich zu sehen, Antonia« erwiderte sie lediglich mit einem erwartungsvollen Gesichtsausdruck.

»Ich habe dich vermisst, Schatz. Dich und …«

Er sprach nicht weiter. Antonia wandte den Blick zum Fenster, aber sie machte sich nicht die Mühe, die Tränen zu verbergen, die in ihren Augen schimmerten. Sie sah ihn nur einfach nicht an, und das war vielleicht noch schlimmer, als sie weinen zu sehen.

Großartig! Dachte Singer, und dafür hast du noch nicht mal eine Minute gebraucht. Sie schwiegen eine Weile und schließlich schaute sie ihn wieder an. »Also, warum hast du mich sehen wollen?«

Er griff vorsichtig nach ihrer Hand. »Antonia, ich … oh Mann. Also um es kurz zu machen, wir sitzen in der Patsche. Ganz gewaltig sogar.«

»Tun wir das?«, fragte sie. Ihre Hand war kühl. Aber sie bewegte sich nicht.

Er hatte keine Ahnung, wie er ihr diese Geschichte schonend beibringen sollte. Also versuchte er es gar nicht erst. »Ja, und glaub' mir, ich wünschte, ich könnte dir das ersparen. Du hast keine Ahnung, wie sehr ich das möchte. Aber – ich kann nicht.«

Sie runzelte die Brauen und bedachte ihn mit einem skeptischen Blick.

»Das Institut ist hinter mir her«, sagte er, »Murnauer ganz persönlich. Ich glaube, momentan bin ich ganz weit oben auf deren Liste. Und du auch.«

»Das Institut? Und deswegen kommst du hier her und … «

»Ja, das Murnauer-Institut. Und dummerweise habe ich gerade keine Zeit für Erklärungen.« Singers Blick glitt zur Tür und dann schaute er seiner Tochter ins Gesicht. Sie erwiderte seinen Versuch eines Lächelns nicht. »Genau in diesem Moment sind sie wahrscheinlich schon auf dem Weg hierher.«

»Oh, Mann. Und du erwartest, dass ich dir das alles glaube, alles stehen und liegen lasse und mich mit dir auf die

Flucht begebe vor dem bösen Mister X, der zufällig dein Chef ist?«

»Ich weiß, das hört sich bescheuert an, Antonia. Mindestens. Aber ja, genau das erwarte ich von dir. Vertrau mir. Dieses eine Mal.«

Antonia brauchte eine Weile, um das zu verarbeiten. Besonders die Stelle mit dem Vertrauen, schätzte Singer.

Schließlich sagte sie: »Und *warum* sind sie ausgerechnet hinter dir her?« In ihrem Blick lag immer noch eine gehörige Portion Skepsis, was ihn einerseits mit Stolz erfüllte, im Moment allerdings nicht besonders nützlich war. Außerdem vermeinte er, mildes Interesse in ihrem Gesicht wahrzunehmen. Das *war* vielleicht nützlich.

»Vor ein paar Tagen ...«, begann er, sammelte seine Gedanken. Ein paar Tage? Wie lang genau waren die Ereignisse im Labor eigentlich her? »Jedenfalls haben wir, also ich und ein paar andere Wissenschaftler, an einem Projekt für das Institut gearbeitet. Na ja, und das ist dann irgendwie ziemlich schiefgegangen.«

Antonia schwieg.

»Menschen sind gestorben.« Er flüsterte. »Eine ganze Menge Menschen, Antonia.« Ein weiterer Blick zur Tür. Sie mussten hier verschwinden, schleunigst.

»Gestorben?«

»Ja. Die gesamte Belegschaft von Murnauers geheimen Forschungslabor im Sachsenwald. Da steht so eine Art Militär-Stützpunkt der wohl irgendwie zum Murnauer-Institut gehört. Streng geheim, bis vor ein paar Tagen habe ich noch nicht einmal gewusst, dass so etwas überhaupt existiert.«

Singer warf einen raschen Blick ins Innere der Mensa. Die Studenten schienen sämtlich in ihre eigenen Gespräche vertieft. Er senkte seine Stimme. »Aber ich glaube, das Militär hat dort ganz groß ihre Finger im Spiel. Jedenfalls haben sie dort an einem ... an etwas geforscht. Etwas sehr gefährlichem.«

Antonia starrte ihn mit großen Augen an. An *was* sie im Sachsenwald geforscht hatten, würde er zunächst für sich behalten. Zu starker Tobak für Antonia im Moment. Kein Grund, den Bogen zu überspannen.

»Aber letztlich erwies sich das gesamte Projekt als eine echte Scheißidee. Es ist komplett nach hinten losgegangen. Landau, der Chirurg, hat sich in den Finger geschnitten und damit eine Art Kettenreaktion ausgelöst. Was genau passiert ist, kann ich gar nicht sagen, weil sie das komplette Forschungsteam auf der Stelle eingeschläfert haben. Als ich später wieder zu mir gekommen bin, waren alle fort. Dachte ich. Bis ich sie gefunden habe. Und da waren sie alle ...«

Singer hielt inne.

»Sie waren tot, die gesamte Belegschaft. Die Wissenschaftler, das Personal, die gesamte Forschungsstation, es müssen über tausend Menschen gewesen sein.«

Singer schwieg für einen Moment, dann verdüsterte sich sein Gesichtsausdruck.

»Ich bin natürlich sofort ins Institut gerannt, um sie zu warnen. Und das war meine zweite blöde Idee. Rate mal, wer dort saß und schon längst über Alles Bescheid wusste?«

»Professor Murnauer«, sagte Antonia. Singer nickte.

»Aber *mich* schien er überhaupt nicht erwartet zu haben, war bleich wie eine Kalkwand, als ich dort durch die Tür marschiert bin. Dann hat er sich aber ziemlich schnell gefangen und nach dem Sicherheitspersonal gerufen.«

»Aber du bist entwischt.«

»In letzter Sekunde.« Singer nickte. »Und jetzt soll ich an allem schuld sein. Zumindest vermute ich das. Damit der feine Professor mit sauberen Händen aus der Sache rauskommt. Sie brauchen einen … einen Sündenbock, einen Buhmann, dem sie das Ganze in die Schuhe schieben können. Ein *Opferlamm*.« Das letzte Wort hatte Singer geflüstert. Er musste an die *menschlichen* Opferlämmer denken, die zu dem Ding auf der Plattform gebracht worden waren, um einer nach dem anderen …

»Oh Mann …«

»Du sagst es.«

Eine Weile blickte sie ihn forschend an, überlegte kurz und sagte schließlich: »Und *hast* du …?«

»Antonia«, sagte er, ergriff ihre Rechte mit beiden Händen und sah sie ernst und eindringlich an, »wenn das auch nur zu einem Bruchteil wahr wäre, hätte ich mich sofort selbst gestellt. Oder ich wäre von irgendeiner Brücke gesprungen.

Wahrscheinlich eher Letzteres. All diese … Menschen da unten …«

Antonia schwieg, schien zu überlegen. Dann sagte sie: »»Ooo-kaaay«, dabei dehnte sie das Wort in die Länge wie einen alten Kaugummi. »Nicht, dass irgendetwas von dem, was du mir in den letzten paar Minuten so erzählt hast, irgendeinen Sinn ergeben würde, aber …«

Sie zögerte. »Aber was hat das Ganze eigentlich mit mir zu tun?« Sie machte nun eine sanfte Bewegung mit ihren Armen, so, als wolle sie ihre Hände aus denen Singers zurückziehen, aber der hielt sie fest. »Ganz einfach«, sagte er und blickte seiner Tochter in die Augen, »sie wollen dich, damit sie an *mich* herankommen.«

Auf eine furchteinflößende Weise ergab das sogar einen Sinn.

»Bitte? Das … ist doch alles nicht dein Ernst«, sagte Antonia leise und schüttelte ungläubig ihren Kopf. Sie entwand ihre Hände seinem Griff und fuhr fort, zu flüstern, während sie ihren Vater anblickte. Aus sanften, aber nun eindeutig vorwurfsvollen Augen. »Du tauchst hier nach anderthalb Jahren auf und … und dann so was?« Ihre dunklen Augen wurden groß und dann schaute sie schnell zur Seite. »Mensch, du spinnst doch.«

»Antonia, glaub mir, ich wünschte wirklich, das wären alles Hirngespinste. Verdammt, mir wäre es lieber, ich könnte mir einbilden, ich wäre verrückt. Und sie würden mich wegsperren, anstatt dass ich dich da reinziehen muss.« Erneut griff er nach ihren Händen, sie ließ es geschehen. Wie schmal und feingliedrig sie doch waren – wie die eines kleinen Kindes.

»Aber ich habe keine Wahl. Sie haben mir keine gelassen. Ich weiß, wie verdammt schwer dir das fallen muss, aber du *musst* mir jetzt einfach vertrauen. Dieses eine Mal nur. Diese Typen – ich weiß nicht, was sie mit dir *anstellen* würden, um an mich heranzukommen.« Er legte die kleine Videokassette auf den Tisch. »Und an *das hier*. Was hier drauf ist, könnte das Murnauer-Institut über Nacht ruinieren.«

Irgendwie schien das den Ausschlag zu geben. Vielleicht war es nur ein kleiner Hinweis darauf, dass ihr Vater möglicherweise doch nicht komplett verrückt war. Er hatte etwas dabei, was zumindest *er* für einen Beweis seiner Behauptungen hielt. Und immerhin war er ihr *Vater*. Sie hatte schließlich nur den einen.

Langsam hob Antonia den Kopf.

»Gut, ich vertraue dir«, sagte sie, nachdem sie ihn für eine Weile angeblickt hatte. Stumm, aufmerksam, durchdringend. »Nur – verpatz' es diesmal nicht, okay?«

»Das werde ich nicht, Antonia«, sagte Singer. »Nicht noch einmal.«

Ihre Augen lösten sich voneinander, beinahe gleichzeitig. Antonia ließ einen weiteren Blick über sein schreiend buntes Hemd schweifen, »Und besorg' dir mal vernünftige Klamotten.« Ihre Gesichter verzogen sich synchron zum identischen schiefen Singer-Grinsen. Vater und Tochter. *Wie eine richtige kleine Familie.*

»Antonia. Da ist noch etwas«, sagte er.

»Oh, super, noch mehr gute Neuigkeiten! Was denn?«

»Also das, was diesen Zwischenfall im Labor verursacht hat, ist ausgebrochen.«

»Ausgebrochen, wie ein Virus?«

»Mehr wie ein ... ein Tier. Ein sehr gefährliches Tier. Beziehungsweise ein Tier mit einer sehr gefährlichen Krankheit. Und die ist, wie es aussieht, hochansteckend.«

»Scheiße!«

»Antonia, du sollst nicht ...« Aber seine Tochter hatte im Moment kein Ohr für seine etwas verspäteten Erziehungsmaßnahmen. »Und warum warten wir nicht einfach, bis die Jungs vom Institut dieses ‚Tier' erlegen?«, schlug sie vor. »Dann wäre doch alles in Butter, oder?«

»Hmm«, machte Singer und sein Blick verfinsterte sich, »ehrlich gesagt bin ich mir gar nicht so sicher, dass sie es überhaupt töten *wollen*. Ich denke, sie wollen es einfangen und ... irgendwie nutzbar machen. Als eine Art Waffe.«

PARANOIA

Sie verließen gemeinsam die Mensa, um zum Studentenwohnheim hinüberzulaufen. Es waren nur wenige Meter, vielleicht fünf Minuten von der Cafeteria entfernt.

Als sie dort ankamen, war der Himmel über Hamburg wüst und dunkel. Erste Regentropfen platschten vereinzelt auf den Gehweg. Schon von Weitem konnten sie das hell beleuchtete Foyer des Studentenwohnheims am oberen Ende einer nicht besonders hübschen Betontreppe ausmachen.

»Shit!«, entfuhr es Singer, als er bemerkte, dass im Foyer Leute herumliefen und sich mit den Studenten unterhielten. Leute, die da nicht hingehörten. Männer in schwarzen Anzügen und den bei diesem Wetter ausgesprochen dämlich wirkenden RayBan-Sonnenbrillen. Klone des Aushilfs-Napoleons aus Murnauers Staatskarosse. Verdammt, sie waren *wirklich* schnell gewesen. Und, falls daran bisher noch irgendwelche Zweifel bestanden hatten, sie hatten es *tatsächlich* auf seine Tochter abgesehen. Das vielleicht Erschreckendste waren allerdings die zwei Polizeibeamten, die sich dezent im Hintergrund hielten, aber dennoch deutlich machten, dass sie als offizielle Vertreter der Staatsgewalt die Suche der Murnauer-Truppen unterstützten.

Singer und seine Tochter zogen sich hinter die Ecke des Wohnblocks zurück, von der aus sie das Treiben im Foyer beobachtet hatten. »Und jetzt?«, flüsterte Antonia.

»Wir werden ein Auto brauchen, Süße«, antwortete Singer, »und Geld. Wie viel hast du dabei?«

»Nicht viel, fünfzig Euro vielleicht. Und meine EC-Karte.«

»Das wird reichen müssen. Die Karte sollten wir vorerst besser nicht benutzen. Ich, äh, besorge uns ein Auto und dann ...«

Antonia zog die Augenbrauen hoch und sagte: »Du meinst, du klaust eins, oder?«

Singer zuckte mit den Schultern. »Oh Mann, ich bin ein tolles Vorbild, oder? Aber hast du einen besseren Vorschlag?«

Von der Wiese vor dem gegenüberliegenden Wohnblock rief jemand: »Hey, Antonia.« Singer und seine Tochter fuhren zusammen. Ein junger Mann schlenderte lässig zu ihnen herüber, dabei winkte er und machte mit Zeige- und Mittelfinger ein V-Zeichen.

»Was will der Typ?«, flüsterte Singer seiner Tochter zu. Statt einer Antwort winkte Antonia den Jungen heran. Der grinste und trabte los. Dabei ließ er seine Augen keine Sekunde von Antonia.

»Simon, hey!«, sagte sie zu dem Jungen und setzte ihr hinreißendstes Lächeln auf.

Den Kopf des Jungen zierten blonde, mit reichlich Haargel nach hinten geklatschte Locken, und er trug eine dieser trendigen Halbmantel-Jacken, deren Zweck sich Singer nie wirklich erschlossen hatte. Dazu trug er eine affektiert wirkende Brille mit riesigen Gläsern aus Fensterglas. Singer hasste ihn sofort.

»Komm mal mit«, sagte Antonia und zog den blonden Schönling am Ärmel unter das Vordach in einen Hauseingang. Als der Junge nicht hinsah, zwinkerte sie Singer über ihre Schulter zu. *Ich habe dir vertraut, jetzt vertrau du mir*, schien dieses Zwinkern zu sagen. Singer musste grinsen. Ein wenig konnte er den verknallten Jüngling ja verstehen. Wer wäre nicht nach einem solchen Mädchen verrückt?

Während Singer sich, so gut es ging, im Schatten des Gebäudes verbarg und weiter zum Foyer des Wohnheims hinüberstarrte, war Antonia in ein angeregtes Gespräch mit dem Jungen vertieft. Es war ein kurzer, aber dem Vernehmen nach recht intensiver Austausch, der damit endete, dass sie dem jungen Romeo einen flüchtigen Kuss auf die Wange drückte. Singer versuchte, nicht allzu schockiert dreinzublicken, als er das sah. Schließlich zog der Junge ab, mit einem glücklichen Grinsen im Gesicht, und rannte über die Wiese zum Wohnheim zurück.

»Lass uns von hier verschwinden, Paps.« Antonia lief in Richtung Parkplatz voran, drückte auf einen kleinen schwarzen Gegenstand in ihrer Hand, worauf die Blinker eines cremefarbenen *Audi A3* kurz aufleuchteten. Natürlich war es ein Turbo.

Als sie gerade in dem Auto saßen, brach das Gewitter über ihren Köpfen mit voller Wucht los. Schwere Tropfen klatschten auf das Wagendach und ließen die Landschaft vor den Scheiben zu undeutlichen Schemen verschwimmen. »Nicht schlecht oder?«, sagte Antonia mit vorgeschobener Unterlippe und deutete eine kokette kleine Vorführbewegung an, wie ein Nummerngirl in irgendeiner Gameshow. *‚Schauen Sie nur – das alles kann schon bald Ihnen gehören.'*

»Wir bringen ihm sein Auto auf jeden Fall zurück.«

»Natürlich tun wir das, Paps.«

»Schläfst du mit ihm?«, fragte Singer und gab sich Mühe, möglichst beiläufig zu klingen. Als Antonia ihren darauf einsetzenden Lachanfall überwunden hatte, startete sie den Wagen und fuhr los.

WITH A LITTLE HELP FROM MY FRIENDS

Der Novemberhimmel über Hamburg hatte sich zu einer grauen Wand aus dichten Wolken zusammengezogen, aus der es in Strömen goss. Während Singer sich beglückwünschte, bei diesem Wetter nicht länger obdachlos durch Hamburgs Straßen ziehen zu müssen, steuerte Antonia den Audi sicher durch das dichte Gedränge der Hamburger Rushhour. Singer war ziemlich beeindruckt von dem Geschick, das sie dabei an den Tag legte.

Der Verkehr und der Regen waren gleichermaßen dicht, sodass sie für eine Weile vor ihren Verfolgern sicher zu sein glaubten. Nichtsdestotrotz wäre es eine gute Idee, möglichst bald aus der Hansestadt zu verschwinden.

»Hör mal, Paps.«

»Hm?«

»Dein Chef ist einer von den *wirklich* einflussreichen Typen, oder?«

»Ex-Chef. Ich glaube, inzwischen haben sie mir gekündigt.« Antonia lächelte zerstreut, dann schaute sie wieder konzentriert nach vorn in das zerlaufene Gemälde aus gelben und roten Lichtschlieren vor dem grauen Hintergrund des träge fließenden Verkehrs. »Du meinst, wegen der Polizisten im Wohnheim?«, fragte Singer.

»Ich meine, dass er ziemlich großen Einfluss hat, oder?«
(*Vertraue mir, so wie ich dir vertraue.*) »Weitreichende
Kontakte. Bis nach ganz oben. Polizeipräsident, Bürger-
meister, so was in der Art.«

»Hmm, schon möglich. Wahrscheinlich. Warum fragst
du?«

»Na ja, ich denke, ich kenne da jemanden, der uns vielleicht ein bisschen helfen könnte«, sagte Antonia und bog
schwungvoll in die nächste Nebenstraße ein. Abseits der
Hauptstraßen wurde der Verkehr flüssiger. Sie hatten eine
kleine und ziemlich schmuddelige Kneipenmeile erreicht
und Singer versuchte mit zusammengekniffenen Augen, die
Schilder der Kneipen und Bistros durch die Sturzbäche auf
der Frontscheibe des Wagens zu entziffern. Vor einem eher
unscheinbaren Internetcafé hielten sie an. Offenbar war das
Café außerdem ein Laden für Secondhand-Klamotten, ein
Computershop und bot darüber hinaus diverse Dienstleis-
tungen an. Entweder war der Betreiber ein echtes Multita-
lent oder er lebte tatsächlich eher von Geschäften *unter*
dem Ladentisch.

»Okay, ich bin gespannt«, murmelte Singer, als Antonia
vor dem Laden parkte.

»Bin gleich wieder da«, sagte sie zu Singer, setzte sich die
Kapuze ihrer Jacke auf, atmete tief durch und riss dann die
Tür des Wagens auf. Sie sprintete um den Wagen herum
auf den Fußweg und verschwand im Inneren des Ladens.
Singer rief ihr noch »Bring mir doch bitte einen …« nach,
aber da war die Wagentür schon ins Schloss gefallen.

Nach etwa zehn Minuten kam sie wieder aus dem Laden, den Oberkörper schützend über eine Plastiktüte gebeugt, die sie an ihre Brust gedrückt hielt. In der Hand trug sie einen Styroporbecher.

Singer reckte sich über den Fahrersitz, um ihr von innen die Tür zu öffnen. Antonia, die trotz der kurzen Strecke einen ziemlich durchnässten Eindruck machte, schüttelte sich, schlüpfte dann ins Innere des Wagens und überreichte Singer den Becher.

»Bist die Beste«, stellte Singer fest und nippte an dem Kaffee.

»Ich weiß. Hier ist was zu essen. Ist nichts Tolles, aber immerhin besser als gar nichts.« Sie reichte ihm ein kleines Päckchen. Ein Lebensmittelladen war das Internetcafé also auch noch. Die Schokoriegel und das BiFi-Würstchen ließen in Singer unangenehme Erinnerungen hochkommen, aber es war immerhin auch ein Apfel dabei. Und er war verdammt hungrig. Kein Wunder eigentlich, immerhin hatte er sich in letzter Zeit fast ausschließlich von Fast Food ernährt. *Fast in, fast out.* Das Zeug schien ihn mittlerweile regelrecht zu verfolgen.

In der Zwischenzeit hatte sich Antonia ihre Tasche von der Rückbank gegriffen und einen kleinen Laptop-Computer daraus hervorgezogen. Das Gerät sah relativ modern aus, aber offenbar hatte Antonia das Design stark verbesserungswürdig gefunden und das Plastikgehäuse mit einer Vielzahl kleiner Aufkleber verschönert, hauptsächlich mit den Schwarz-Weiß-Logos irgendwelcher Bands, die Singer beim besten Willen nicht entziffern konnte.

Antonia schüttete den Inhalt der größeren Plastiktüte vorsichtig auf die breite Ablage auf dem Armaturenbrett. Darunter waren mehrere Telefonkarten und ein ziemlich ramponiertes Smartphone, welches sie mithilfe einiger Kabel aus ihrer Tasche mit dem kleinen Computer verband, während dieser hochfuhr. Dann starrte sie auf den Bildschirm und war für etwa zehn Minuten damit beschäftigt, auf der Tastatur des Netbooks herumzuklimpern. Hin und wieder kommentierte sie ihr Tun, meistens mit milden Flüchen oder anfeuernden Beschwörungen. Dann verharrte sie, schien auf irgendetwas zu warten. Schließlich sagte sie, während sie weiterhin wie gebannt auf den kleinen Bildschirm starrte: »Hoffentlich ist er schon wach.«

»Bitte!? Es ist drei Uhr nachmittags!«, sagte Singer nach einem kurzen Blick auf die Zeitanzeige an der Armaturentafel des Audi. Antonia schaute kurz in seine Richtung, bevor sie mit dem Bearbeiten des Netbooks fortfuhr. Sie nickte. »Ja, eben.« Dann tippte sie erneut auf dem Gerät herum.

Schließlich schien sie mit ihrer Arbeit zufrieden zu sein und Singer erkannte, dass sie ein E-Mail-Programm geöffnet hatte. Sie drückte einen grünen »Senden!«-Button, zog dann die Kabel vom Gerät und klappte das Netbook zu. Anschließend stöpselte sie auch das Handy ab und legte es auf das Armaturenbrett. Während sie den Rest der Utensilien wieder in ihrer Tasche verstaute, musterte Singer sie mit fragendem Blick. Seine Mahlzeit hatte er inzwischen beendet, BiFi und Schokoriegel waren vernichtet und er einigermaßen gesättigt, für den Moment.

»Na ja, weißt du, zu irgendwas muss das Informatik-Studium ja gut sein, wenn du es mir schon bezahlst, oder? Das heißt, außer dass ich mir von pickeligen Brillenträgern auf den Hintern starren lasse«, sagte Antonia schon fast entschuldigend und grinste ihren Vater breit an. Das Mobiltelefon auf dem Armaturenbrett summte leise, einmal. Antonia schaltete das Display an und sagte dann: »Sehr gut. Er will sich mit uns treffen. Wusste ich's doch, er ist einer von den wirklich *coolen* Typen. Hier, halt' das mal.« Und damit schob sie Singer das Netbook auf die Oberschenkel.

Während sie auf dem Display des Handys herumtippte, bat sie Singer, den Rechner wieder aufzuklappen. Als sie fertig war, stöpselte sie das Handy erneut in den PC ein und wandte sich an ihren Vater.

»Also, da ist dieser Typ. Ein ziemliches Genie, genaugenommen. Er ist außerdem der einzige, den ich kenne, der uns gefälschte Pässe und so 'nen Kram besorgen kann.« Gefälschte Pässe? Seine Tochter kannte Leute, die *gefälschte Pässe* besorgen konnten?

»Okay« sagte Singer, »und der kommt jetzt hierher?«

»Natürlich nicht.« Antonia schüttelte amüsiert den Kopf, als sei dies die dümmste Frage des Jahrhunderts. »Wir fahren zu ihm.«

»Hier in Hamburg?« Singer war besorgt. Er fand, dass es allmählich wirklich höchste Zeit wurde aus der Hansemetropole zu verschwinden.

»Nein.« Antonia schüttelte langsam den Kopf. »Irgendwo außerhalb. Ziemlich *weit* außerhalb. Keine Ahnung, wo genau, ehrlich gesagt. Aber er wird uns da hinführen.«

»Mit dem Navigations-Programm auf dem Netbook!« Singer deutete auf den Computer auf seinen Knien.

»Genau. Er hat sich da eingeloggt und wird uns leiten.«

»So was ist möglich?«, staunte Singer. Antonia nickte ungeduldig. »Aber hätte er uns nicht einfach seine Adresse geben können?«

»Ähm, Paps, der Typ ist ein Hacker, nicht dämlich. Und außerdem …« Antonia zögerte und legte dann nachdenklich den Zeigefinger ihrer rechten Hand auf die vorgeschobene Unterlippe.

»Die Polizisten?«, vermutete Singer.

»Hm, genau. Die werden Straßensperren haben, oder?«

»Verflixt, ja. Du hast recht. Wenn Murnauer die ebenfalls in der Tasche hat, werden die natürlich versuchen, alles abzuriegeln.« Er musste an die Polizisten im Foyer des Studentenwohnheims denken. »Und scheinbar hat er das.«

»Und genau deswegen brauchen wir jemanden, der ihnen immer einen Schritt voraus ist und uns nach Möglichkeit an ihnen vorbei lotst, stimmt's?« Antonia beugte sich hinüber zu dem Laptop und nach ein paar Klicks öffnete sich eine dreidimensionale Simulation dessen, was sie durch die Frontscheibe des Audi vor sich sahen. Kleine Häuser, die Straße, ein paar Bäume. Alles erstaunlich detailliert und nahezu fotorealistisch. Am unteren Rand, etwa in der Mitte des Bildschirms, befand sich ein kleines rotes Auto, das offenbar ihren Wagen darstellen sollte. Über dem Auto erschien ein kleiner Pfeil nach oben. Antonia ließ den Wagen anspringen und parkte aus.

»Geradeaus und an der Hauptstraße rechts«, sagte Singer. Antonia nickte und beschleunigte den Wagen.

MARTIN

Ungefähr fünfzig Kilometer, nachdem sie den äußeren Stadtring von Hamburg verlassen hatten, fuhr Antonia an eine einsame Tankstelle, die Tankanzeige des Audi war dem roten Bereich allmählich bedrohlich nahe gekommen. Sie bezahlten die Tankfüllung mit ihrer letzten Barschaft und wechselten die Plätze. Antonia war ein bisschen müde und kuschelte sich in ihrem Sitz zusammen, während Singer noch das Benzin in den Tank einlaufen ließ.

Das Navi hatte sie fast ausschließlich über ländliche Nebenstraßen geschickt – die meisten waren kaum mehr als unbefestigte Feldwege. Der Regen hatte große Schlaglöcher in die Fahrbahn gespült und manchmal glichen die Wege eher Trampelpfaden als Straßen. Singer blickte zur A 352 hinüber, welche hinter einem kleinen Wäldchen südlich von ihnen lag. Die gedämpften Geräusche vorbeirasender Autos vermischten sich mit dem Tröpfeln des Regens auf dem Tankstellendach zu einer einlullenden Melodie. Als er vom Bezahlen zurück kam, war Antonia auf dem Beifahrersitz schon fest eingeschlafen.

Das Navigationsprogramm auf dem Laptop führte die Singers letztlich noch weitere zweihundertfünfzig Kilometer von Hamburg weg, in südlicher Richtung. Jedenfalls war das die Himmelsrichtung, in die sie die meiste Zeit unterwegs waren. Sie mieden weiterhin jede größere Straße und bevorzugten verschlungene Zick-Zack-Wege durchs Gelände. Beziehungsweise bevorzugte ihr geheimnisvoller Navigator diese Strecke. Hin und wieder setzte der Regen kurz aus und gab den Blick auf die Landschaft frei. Weite, brach liegende Felder wechselten sich ab mit gesunden, tiefgrünen Wäldern, die sich auf beiden Seiten ihres Weges gen Himmel streckten.

Der Tag ging allmählich zur Neige und das trübe Grau des Himmels zerlief in das Anthrazit der anbrechenden Nacht. Singer schaltete die Scheinwerfer des Audi ein und tauchte die Straße vor ihnen in taghelles Licht. Sie waren schon seit Stunden kaum einem anderen Auto begegnet und – zum Glück – auch keinen Straßensperren. Schließlich führte sie der rote Pfeil auf dem Bildschirm auf eine weitere, regenüberspülte Landstraße. Diese war allerdings erstaunlich gut in Schuss, und es gab hier keine Schlaglöcher. Eine durchaus willkommene Abwechslung, nachdem sie auf Straßen durchgeschüttelt worden waren, die ein Reiseführer wahrscheinlich als Deutschlands holprigste Buckelpisten angepriesen hätte. Der Audi würde aller Voraussicht nach in nicht allzu ferner Zeit neue Stoßdämpfer benötigen.

Nach einer Weile lotste sie das Navi zu einer weiteren Abzweigung und diese führte sie direkt in eine kleine Häuseransammlung namens Broicheln. Es lohnte sich kaum, die paar Gebäude entlang der einzigen Straße als Dorf zu bezeichnen und dennoch strahlte sie eine stilvolle Eleganz aus, die Singer hier, mitten im Nirgendwo, nicht vermutet hätte. Es waren zumeist große Einfamilienhäuser oder Villen. Die von der geräumigen Sorte und mit reichlich Platz zwischen den Grundstücken. Altersresidenzen der Erfolgreichen und Vermögenden des gehobenen Mittelstandes, weitab von der Stadt, weit und breit nichts als Wald und ein paar Felder – mit einem Wort: ein Spießerparadies. Und ausgerechnet *hier* sollten sie jemanden treffen, der wusste, wo man gefälschte Pässe herbekam und sich in Navigationssysteme einhacken konnte?

Der Pfeil bedeutete ihnen, durch ein schmiedeeisernes Tor in einen kleinen Park zu fahren, der zum ausladenden Grundstück eines der größeren Häuser gehörte. Hier endete die dreidimensionale Darstellung der Umgebung auf ihrem Navi-Bildschirm unvermittelt. Das Grundstück existierte für den Computer einfach nicht.

Das Haus war ein ganzes Stück weiter zurückgesetzt als die anderen Gebäude entlang der Dorfstraße, seine Nordseite ragte bereits tief in den Schatten des angrenzenden Wäldchens. Penibel gestutzter Rasen erstreckte sich links und rechts eines Schotterweges zum Haus und ging dann in eine mannshohe Buchsbaumhecke über, welche um das Haus herum bis zum Wald verlief. Blickdichte, grüne Mauern.

Stumm presste Antonia die Lippen aufeinander und nickte ihrem Vater entschlossen zu. Der Schotter knirschte unter den breiten Reifen des A3, als sie im Schritttempo auf das große Haus zurollten. Links befand sich sich eine mit dem Haupthaus verbundene Garage mit drei großen Rolltoren, deren mittleres sich gerade nach oben schob, als das Navigationsprogramm auf dem Bildschirm sich automatisch abschaltete. Das Fenster auf dem Monitor des Laptops wurde schwarz und verschwand.

»Ich schätze, wir sind da«, sagte Singer und steuerte den Wagen auf das dunkelbraune Rolltor zu. Dann fuhr er in die geräumige Garage, bis der Audi komplett darin verschwunden war. Hinter ihm fuhr das Rolltor langsam wieder herunter.

Unvermittelt ging der Wagen aus und der Motor verstummte. Singer drehte den Zündschlüssel auf ‚Aus', wieder auf ‚Ein', versuchte erneut zu starten – nichts. Dann probierte er, die Scheinwerfer wieder anzuschalten, auch das misslang. Sie saßen eine Weile einfach im Dunkeln, bis Singer spürte, wie Antonias Hand sich sanft auf seinen Unterarm legte, schutzsuchend. Er tätschelte ihre Hand mit seiner Linken und versuchte ein aufmunterndes Lächeln, auch wenn es Antonia in der stockfinsteren Garage natürlich nicht sehen konnte. Das war vermutlich gut so, denn es misslang ziemlich.

Plötzlich riss die Dunkelheit vor ihnen auf, ein dünner Spalt aus Licht, der rasch breiter wurde, und dann trat eine schwarze Silhouette in den Lichtschein. Geblendet kniffen sie die Augenlider zusammen, als sich der gleißende Lichtstrahl einer starken Taschenlampe auf sie richtete.

AUSSTEIGER

»Steigen Sie aus! Langsam!«, rief die Stimme hinter der Taschenlampe. Eine männliche Stimme, jung. Und ein wenig schrill. Singer und Antonia stiegen aus dem Audi und gingen auf das Licht der Taschenlampe zu. Langsam und ohne allzu hastige Bewegungen.

Die Lampe verlosch und die Silhouette erschien wieder im Türrahmen. Sie folgten dem schwarzen Umriss und traten durch die Tür in einen Raum, der sich als ein kleiner Hobbykeller herausstellte. Einige ausrangierte Echtholzschränke, eine kleine Werkbank. Ein paar Hanteln stapelten sich auf Regalen an der Wand. In der Ecke standen ein Laufband und eins von diesen Steppergeräten, die in jedem Haushalt irgendwann einmal mit besten Vorsätzen angeschafft werden, um spätestens nach drei Wochen doch nur Staub anzusetzen.

Hinter ihnen fiel die Metalltür geräuschvoll ins Schloss. Als sie sich in diese Richtung umdrehten, sahen sie ihrem Gegenüber zum ersten Mal ins Gesicht – ihrem mysteriösen *Verbündeten*, der sie so erfolgreich an der Polizei vorbei bis hierhin geschleust hatte. Falls er sich denn tatsächlich als ihr Verbündeter herausstellte.

Der junge Mann an der Tür, eigentlich fast noch ein Junge, wirkte selbst ein wenig unsicher, wie er da so in seinen verblichenen Jeans und dem schwarzen T-Shirt stand. Wenn

Singer sich nicht täuschte, zierte das T-Shirt eines der Logos, die er auf dem Computer seiner Tochter gesehen hatte. Zumindest war es genauso unleserlich. Der Junge stand einen Moment unschlüssig herum und musterte die beiden Ankömmlinge mit forschenden Blicken. Seine Bewegungen wirkten ein wenig verkrampft, und dann fiel Singer auf, woran das lag. Er stand leicht seitlich zu ihnen, sorgsam darauf bedacht, dass seine linke Gesichtshälfte nicht in ihre Richtung zeigte. Singer sah den Ansatz dunkelroten, vernarbten Gewebes, dort und an seinem Hals. Möglicherweise auch auf dem linken Arm, den er ebenso vor ihren Blicken zu verbergen suchte. Verbrennungen, schätzte Singer, ziemlich schwere sogar.

Der junge Mann schaute in Antonias Richtung. Er musterte sie deutlich länger als ihren Vater, dann lächelte er und nickte ihr zu.

Auf den ersten Blick wirkte er nicht unsympathisch, wenn auch von einer gewissen Ernsthaftigkeit, die nicht so recht zu seinem Alter passen wollte. Seine wachen, intelligenten Augen musterten die Ankömmlinge eingehend. Er drückte auf einen Knopf an dem kleinen Blechkasten neben der Garagentür und etwas in der Wand gab ein vernehmliches *Klonk!* von sich. Offenbar ein weiterer Sicherheitsmechanismus.

Als der Junge sich zur Tür umdrehte, konnte Singer einen längeren Blick auf die bisher verborgene linke Hälfte seines Gesichts und des Halses werfen. Die Brandnarbe war in der Tat von enormen Ausmaßen. In fleischigem Rot zog sich von seiner linken Schläfe über die Wange bis zu seinem Hals, wo sie unter dem Ausschnitt seines T-Shirts verschwand. Die beiden mittleren Finger seiner linken Hand waren zu einem klumpigen Ganzen verklebt. Was immer für diese Verstümmelung verantwortlich war, der Junge dürfte nur äußerst knapp mit dem Leben davongekommen sein.

Der junge Mann wandte sich mit überraschend sanfter Stimme an Antonia, während er sie und ihren Vater weiterhin aufmerksam musterte: »Ihr habt bisher verdammt viel Glück gehabt, das ist euch bewusst oder?«

»Schätze schon, ja. Äh, … Danke.« Antonia lächelte und öffnete den Reißverschluss ihrer Jacke.

»Na ja. Kein Problem«, sagte der Junge und wurde ein bisschen rot. »Ich heiße Martin.«

»Antonia Singer«, sagte diese. »Und das ist …«

»… dein Vater«, unterbrach sie Martin. »Peter Singer. Dreiundvierzig. Biologe«, spulte er die Daten herunter, als hätte er sie auswendig gelernt. »Aus Hamburg. War bis vor Kurzem noch im Dschungel von Peru auf Forschungsreise. Witwer …«

Witwer. Das hatte gesessen. »Ja«, sagte Singer. »das ist korrekt. Jemand hat seine Hausaufgaben gemacht, wie man so sagt. Und danke, wirklich. Ohne dich säßen wir jetzt gewaltig in der Patsche.« Oder aber sie saßen jetzt erst so richtig drin. Vermutlich würden sie gleich erfahren, was davon.

»Hm. Also passen Sie auf«, sagte Martin und hielt ein kleines graues Gerät mit einem großen, leuchtend roten Knopf in die Höhe, augenscheinlich eins von diesen Rentnerhandys mit Notfall-Knopf. »Damit wir uns verstehen. Wenn ich hier drauf drücke, sind die Bullen in zwei Minuten hier, vielleicht früher.« So, wie er es aussprach, wirkte es mehr wie eine zaghafte Feststellung als eine Drohung. »Und ich habe diesen ganzen Zauber für Sie nur veranstaltet, weil *wir* uns kennen.« Er blickte zu Antonia und brachte sogar ein kleines Lächeln zustande.

»Hier drin wird alles aufgezeichnet und zeitgleich auf einen Server übertragen. Sollten Sie irgendwelche Tricks vorhaben, landen Sie mit Sicherheit noch heute im Gefängnis. Sie haben das Haus ja gesehen. Wenn hier die Alarmanlage losgeht, kommt die Polizei richtig auf Trab, verstehen Sie?«

»Wir verstehen, Martin. Aber ich glaube, dir ist nicht ganz klar …« begann Singer.

»Ich *weiß*, wer Sie sind«, unterbrach ihn Martin. »Und ich kenne die Gerüchte, die über Sie im Umlauf sind. Das und die Tatsache, dass Antonia Ihnen hilft, haben mich bisher davon abgehalten, zu glauben, was sie in den Nachrichten bringen. Sollte ich meine Meinung jedoch ändern müssen …« Er hielt das Gerät wieder hoch und blickte Singer in die Augen, diesmal überraschend fest.

»Haben Sie verstanden?«, fragte Martin. Singer und Antonia nickten. »Gut. Versuchen Sie also besser nicht, mich zu verarschen.« Es klang ein bisschen wie eine Bitte, fand Singer.

»Habe ich nicht vor«, sagte er.

Dann grinste er breit.

»Und da wir das nun geklärt haben, könntest du uns eigentlich auch endlich hereinbitten und uns einen Kaffee anbieten. Ich könnte wirklich einen brauchen, ist verdammt ungemütlich da draußen.« Antonia nickte bedächtig, wie zur Bestätigung, dass dies wirklich eine sehr vernünftige Idee sei.

»Klar, gern«, seufzte Martin und ließ die Fernbedienung mit dem roten Knopf sinken. Dann deutete er die Treppe hinauf, Richtung Küche.

AUSSER KONTROLLE

»**S**ie bringen also uns in den Nachrichten? Toll! Was erzählen Sie denn so?«, fragte Singer über den Rand seiner Kaffeetasse, während er an dem brühend heißen Getränk nippte. Martin, der nachdenklich auf die Fernbedienung auf dem Tisch gestarrt hatte, blickte auf und sah Singer forschend an. Dann warf er einen raschen Blick hinüber zu Antonia. Falls er Singers Bemerkung in irgendeiner Weise lustig fand, so ließ sein Gesichtsausdruck nicht im Mindesten darauf schließen.

»Sie sollen über eintausend Menschen umgebracht haben, Dr. Singer«, erklärte Martin leise, »die gesamte Besatzung ihres Forschungslabors. Sie waren wohl ‚absichtlich ein wenig unachtsam' im Umgang mit irgendeiner experimentellen Chemikalie oder so etwas. Niemand scheint was Genaueres darüber zu wissen, auch das Institut hält sich zu den Details des Unfalls reichlich bedeckt. Aus *Gründen der europäischen Sicherheit*, war ja klar. Dafür konzentrieren die sich jetzt umso mehr darauf, Sie zu finden. Angeblich haben Sie den Terroranschlag schon lange im Voraus geplant. Die vermuten, dass sie mit einer dieser durchgedrehten Öko-Terrorgruppen zusammenarbeiten, den *Leafers*. Man hat sogar ein Bekennerschreiben gefunden. Mit Ihrer Unterschrift.«

»Oh Mann«, sagte Singer und wurde blass. Martin spielte geistesabwesend mit der kleinen Fernbedienung, den Daumen bedenklich nahe an dem roten Knopf. »Das darfst du nicht glauben, das ist kompletter ...«

»... Blödsinn, ich weiß«, erwiderte Martin, »Sonst säßen Sie jetzt auch ganz bestimmt nicht hier.« Eine trockene, unverblümte Feststellung.

Der Junge hat Eier, dachte Singer, als er sich von dem Schock ein wenig erholt hatte. *Und er schien über mehr und vor allem bessere Informationen als die aus der Flimmerkiste zu verfügen.* »Und wieso glaubst *du* nicht, was sie im Fernsehen erzählen?«

»Ich habe meine eigenen Forschungen angestellt«, fuhr Martin fort. »Und da gibt es eine Menge Dinge, die nicht richtig ins Bild passen. Aber Sie zuerst – was ist *Ihre* Version der Geschichte?«

Also erzählte Singer ihm *seine* Version. Zumindest die wesentlichen Punkte. Dass er in das unterirdische Labor im Sachsenwald verfrachtet worden war, um an der Untersuchung einer Art biologischen Waffe mitzuwirken, zusammen mit einigen der schlauesten Köpfe, die die europäische Wissenschaft zu bieten hatte. Dass es sich bei der angeblichen Bio-Waffe um eine unbekannte Lebensform von offenbar immensem Alter handelte, behielt er zunächst für sich. Aber die leicht abgewandelte Fassung mit dem entlaufenen Versuchstier, die er stattdessen erzählte, war dennoch nah genug an der Wahrheit, um glaubwürdig zu sein. Zumindest hoffte er das.

Er beschrieb knapp, wie er aus dem künstlichen Schlaf erwacht war und die Krankenstation und später den gesamten Komplex verlassen vorgefunden hatte. Und er erzählte von den Menschen im Hangar, dahingerafft durch das Virus, lange bevor Singer das Bewusstsein wiedererlangt hatte – und wie er schließlich aus dem Komplex hinaus und zur Raststätte gelangt war. Als er beschrieb, wie er Murnauers Telefonat unsanft unterbrochen und im letzten Moment aus dem Institut geflohen war, lächelte Martin unwillkürlich und nickte, so als hätte ihm Singer lediglich ein Tatsache bestätigt, die er ohnehin schon kannte.

Und Singer erzählte ihm, wieso Murnauer jetzt Jagd auf sie beide machte. »Ich bin sozusagen der Störfaktor in Murnauers Rechnung. Der Zeuge, mit dem niemand gerechnet hat, weil ich den ganzen Spaß da unten schlicht verpennt habe. Und um mich zu kriegen, müssen sie nur Antonia auftreiben, soviel war mir klar. Und ihnen offenbar auch. Diese Typen bewegen sich weit jenseits aller Skrupel.«

Martin nickte. »Wie ich schon gesagt habe – Sie beide haben bisher verdammt großes Glück gehabt.«

»Stimmt. Und ich schätze, es war ein bisschen mehr als nur Glück, oder?«, sagte Singer und grinste Martin fragend an.

»Kann schon sein, ja«, sagte Martin und lächelte zögerlich. Er hatte allen Grund, auf seine Arbeit stolz zu sein. »Ich habe Sie tatsächlich aus der Ferne unterstützt. Was die Bullen betrifft, die dürften mittlerweile in längere Diskussionen mit den dänischen Behörden verwickelt sein.«

Er nippte an seinem Kaffee, verzog das Gesicht und stellte ihn wieder hin. »Ich habe eine Meldung verbreitet, nach der Sie zuletzt in Flensburg gesehen worden sind. Demnach sind Sie in Richtung Norden unterwegs. Zumindest werden die das noch für die nächsten paar Stunden glauben, vielleicht länger. Nur bei Ihrem Wagen musste ich etwas improvisieren, ich hatte auf einen blauen BMW getippt.«

Der Junge mochte etwas schüchtern sein, dachte Singer, aber er war verdammt fit. Und er bemerkte noch etwas. Obwohl Antonia die meiste Zeit über geschwiegen hatte, schaute sie hin und wieder flüchtig zu Martin. Und sie lächelte, wenn sie das tat.

»Trotzdem - für Sie wird es jetzt alles andere als leicht«, stellte Martin fest. »Haben Sie auf der Fahrt Ihre Kreditkarte oder so etwas benutzt?«

Beide schüttelten energisch die Köpfe.

»Gut. Diese Nacht könnt ihr beiden hier bleiben. Schaltet für alle Fälle eure Handys aus und wir sind erst mal *safe*. Und Sie«, er deutete auf Singer, »sollten sich mal mit eingehend dem Kleiderschrank meines Vaters beschäftigen. Oder halten Sie das etwa für unauffällige Kleidung?«

»Hast du was gegen mein schickes Hemd?«, gab Singer mit gespielter Eitelkeit zurück und zog die Stirn kraus. Der beleidigte Gesichtsausdruck ihres Vaters in Kombination mit dessen quietschbuntem Hemd mit dem lächerlichen Papagei auf der Brust war dermaßen dämlich, dass Antonia losprustete und sich beinahe an ihrem Kaffee verschluckt hätte. Das sorgte wiederum dafür, dass alle drei in einigermaßen kindisches Gekicher ausbrachen.

Singer stand auf und holte sich noch eine Tasse Kaffee. Die Fernbedienung mit dem roten Knopf lag vergessen auf dem Tisch. »Wo sind eigentlich deine Eltern?«, fragte Antonia.

»Weit weg«, antwortete Martin mit einem schiefen Lächeln. »Mein Vater ist Diplomat an der deutschen Botschaft in Washington. Ich schätze, ich hatte immer ziemlich viel Zeit für mich allein.« Antonia, die ihm die Zwiespältigkeit eines solchen ‚Luxus' gut nachfühlen konnte, legte sanft ihre Hand auf seinen Unterarm. Singer wechselte rasch das Thema.

»Du sagtest, es gibt ein paar Dinge, die in der Geschichte nicht zusammenpassen, Martin. Was sind das für Dinge?«

»Na ja, zunächst das mit dem Gas. Sie sind Zoologe, richtig? Was hat ein Zoologe mit chemischen Kampfstoffen zu tun? Und dass Sie direkt nach Ihrem angeblichen Anschlag auf das Labor ins Institut marschiert sein sollen, ist auch sehr merkwürdig. Warum hätten Sie das tun sollen? Ich habe das überprüft, der Empfang hat Sie eingecheckt, außerdem sind Sie in den Aufzeichnungen der Überwachungskameras ziemlich gut zu erkennen. Netter rechter Haken übrigens, den Sie Murnauer verpasst haben.«

Singer grinste. Offenbar verstand sich der Junge prächtig darauf, Spieße umzudrehen. Er hatte, warum auch immer, die Überwachungskameras überwacht. Der Gedanke gefiel ihm.

»Im Ernst, warum hätten Sie das alles tun sollen, wenn Sie gerade ein paar tausend Menschen umgebracht haben? Ein Terrorist hätte sich doch gleich aus dem Staub gemacht. Oder wahrscheinlicher – er wäre im Labor umgekommen. Ein Labor, das übrigens bis zu diesem Vorfall offiziell überhaupt nicht existiert hat und auch jetzt nur in den internen Akten des Murnauer-Instituts auftaucht. Es gibt nur eine einzige offizielle Stellungnahme und kein einziger

Journalist scheint die zu hinterfragen oder mehr wissen zu wollen.«

Singer nickte. Das war nicht wirklich überraschend. Nicht in den heutigen Zeiten.

»Die lassen keinen in die Nähe des Labors, wegen angeblicher Kontaminationsgefahr. Und ganz nebenbei erspart ihnen das, erklären zu müssen, wo sich dieses Labor überhaupt befindet und zu welchem Zweck es eigentlich existiert, verstehen Sie? Und das Schöne daran ist: Kein Mensch schert sich darum.«

Auch das war leider nicht wirklich neu.

Martin fuhr fort: »Und dann hat man sich über achtundvierzig Stunden Zeit gelassen, bevor die Polizei eingeschaltet wurde. Beinahe drei Tage. Warum? Und wieso überhaupt die Polizei? Keine Anti-Terror-Spezialeinheit, nein. Kein Biowaffen-Armeekommando. Einfach nur stinknormale Bullen. Und keiner scheint sich an dieser windschiefen Geschichte im Mindesten zu stören. Weder die Polizei noch die Presse noch sonst irgendwer. Schon gar nicht die Öffentlichkeit. Alle schlucken das Märchen, sobald es über die Mattscheibe flimmert.« Martin deutete auf einen knapp drei Meter breiten Flachbildschirm, der in die Stirnwand der Küche eingelassen war. »Mir scheint, Sie haben sich da ein paar verdammt mächtige Feinde gemacht.«

»Das glaube ich inzwischen auch. Beziehungsweise versuche ich allmählich zu begreifen, *wie weit* der Einfluss eines einzelnen Mannes tatsächlich reichen kann.«

»Murnauer? Oh, der ist noch lange nicht das Ende der Befehlskette. Eher ein kleiner Fisch, eigentlich. Aber er hat verflucht einflussreiche Freunde weiter oben, das stimmt. Viel weiter oben.«

»Sieht so aus. Aber du scheinst ja auch eine ganze Menge zu wissen, Martin.«

»Nun ja, ich weiß zumindest, wie man mit einem Computer umgeht.«

»Wenn du es so nennen willst. Und wieso genau hilfst *du* uns? Ich meine, diese Sache dürfte auch für dich nicht ganz ungefährlich sein, wenn sie auffliegt.«

Martin nickte und Singer entging nicht der flüchtige Seitenblick, den er Antonia zuwarf. »Wird sie aber nicht. Ich bin schließlich gut in dem, was ich tue. Und auch ich habe gewisse Connections.« *Und offenbar ebenfalls ein paar Geheimnisse*, ergänzte Singer in Gedanken. »Sie würden nicht glauben, wie häufig solche Sachen passieren. Irgendwelche völlig kranken Projekte, so irre, dass sie Otto Normalbürger von vornherein als Spinnerei abtut. Überall auf der Welt. Jeden Tag. Und wenn etwas schiefgeht, suchen sie sich einen Sündenbock und fangen nochmal von vorn an.«

Singer nickte nachdenklich. Es *war* schwer zu glauben, selbst wenn er gerade mittendrin steckte.

»Die Leafers, zum Beispiel«, fuhr Martin fort, »diese angeblichen Ökoterroristen? Die gibt es gar nicht! Eine reine Tarnorganisation, unterstützt von einem Konglomerat aus der Gen- und Bioforschung, um die Seriosität ihrer Gegner zu untergraben. Die haben sich vorsorglich ihren eigenen

Feind geschaffen und ihn zu einer Gruppe durchgeknallter Fanatiker hochstilisiert, denen sie alles in die Schuhe schieben können, wenn mal was danebengeht. Wie das mit Ihnen.«

Nach einer Pause fügte er hinzu: »Wissen Sie, ich und ein paar meiner Freunde finden, diese ganze Geheimniskrämerei bringt uns nicht weiter. Informationen sollten allen zur Verfügung stehen, egal ob sie arm oder reich sind.«

»Ein paar deiner Freunde?«, fragte Singer.

»Computerspezialisten. Neue Freidenker, Hacker. Nennen Sie uns, wie Sie wollen. Jedenfalls beobachten wir Murnauers sauberes Institut schon eine ganze Weile. Die haben ihre Finger in Sachen, da wird Ihnen richtig schlecht! Das meiste ist militärische Forschung. Die verscherbeln alles Mögliche, von Wunderdrogen bis zur DNA des perfekten Soldaten. Und zwar an jeden, der es sich leisten kann. Und über all dem liegt der Instituts-Deckmantel, der übrigens auch noch mal ein ganz hübsches Sümmchen nebenbei abwirft. Und natürlich von ein paar ganz hohen Tieren geschützt wird. Wir haben lange darauf gewartet, dass die einen Fehler machen. Und jetzt scheinen sie einen gemacht zu haben. Einen gewaltigen.«

»Fragt sich nur, ob wir noch in den Genuss kommen, etwas davon zu haben«, sinnierte Singer leise.

»Richtig. Und das hängt im Wesentlichen davon ab, wie schnell und wirksam Sie jetzt von der Bildfläche verschwinden können. Früher oder später *müssen* sie den Audi auf irgendeiner Kamera entdecken und spätestens dann werden sie wissen, dass wir sie an der Nase herumgeführt haben.«

Singer stand auf, um sich einen neuen Kaffee einzugießen.

»Wow!«, das war alles, was er im Moment zur Diskussion beitragen konnte, während er sich Martins Worte durch den Kopf gehen ließ. Was dieser gesagt hatte, ergab durchaus Sinn. Und es war verdammt beängstigend. Ganz abgesehen von den Ungeheuerlichkeiten, die im Institut passierten – hier schien ein regelrechter Krieg im Gange zu sein. Ein Krieg um und mit Informationen, der das Gerangel des Kalten Krieges wie ein Bridgespiel zwischen biederen alten Damen aussehen ließ. Die Welt hatte sich rasend schnell gewandelt. Die Dinge spitzten sich zu. Und zwar direkt vor ihrer Nase. Und vor der von Millionen anderer gutgläubiger Bürger, die das Alles nicht im Geringsten interessierte, solange es am Sonntagabend Tatort und im Sommer die Live-Übertragung der Champions League im Fernsehen gab. Das Leben schien kaum mehr als ein Puppenspiel, in dem andere die Fäden zogen und sie gerade mal die Marionetten abgaben. Und die Puppenspieler hinter den Kulissen – mächtig und doch auf eine fast noch erschreckendere Weise kindisch in ihrem Machtstreben – waren gleichermaßen gefährlich wie skrupellos. Eine Welt außer Kontrolle.

Er setzte sich wieder hin, den Becher mit frischem Kaffee in seiner Hand. Dann schaute er Martin direkt in das intelligente, junge Gesicht. »Gut. Dann ist das also in etwa der Deal, der dir vorschwebt: Du hilfst uns dabei, zu überleben, und diese Tatsache ermöglicht dir und deinen Kumpels, das Institut bloßzustellen. Richtig?«

Falls Martin sich ertappt fühlte, zeigte es das nicht im Geringsten. Stattdessen grinste er: »So in etwa. Ich behaupte auch gar nicht, uneigennützig zu handeln. Oder dass wir die Guten sind und *die* die Bösen. Gut und Böse sind Begriffe aus dem Märchen, wissen Sie? Aber so, wie ich das sehe, sind wir tatsächlich im Moment Ihre einzige Chance.«

Martin trank einen weiteren Schluck von seinem Kaffee, was ihm ungefähr so viel Freude zu bereiten schien, wie beherzt in ein großes Insekt zu beißen. Dann sagte er: »Kommen Sie, wir machen Fotos für Ihre Pässe.«

Nachdem Sie eine Weile vor einer kleinen, weißen Fotoleinwand posiert hatten, um biometrische Porträtfotos für ihre neuen Ausweise zu machen, gingen sie zu Bett. Sie waren erschöpft und würden morgen weitersprechen. Martin führte sie in das geräumige Gästezimmer, danach duschten Antonia und Singer und bereiteten sich auf die Nacht vor.

Nachdem er ihnen frisches Bettzeug gebracht hatte, setzte sich Martin in den gemütlichen Ohrensessel im Wohnzimmer, seinen kleinen Laptop auf dem Schoß, und begann, konzentriert auf dem Gerät herumzutippen. Als er aufschaute, blickte er in das lächelnde Gesicht der frisch geduschten Antonia. Sie stand einfach nur da, in dunkelroten Shorts und dem hellblauen T-Shirt mit Pauli, dem tapfer schaufelnden kleinen Maulwurf. Stand da mitten im Wohnzimmer und sah einfach hinreißend aus. Ihr langes Haar fiel in vollen, noch etwas feuchten Locken auf ihre schmalen Schultern und umspielte die Ansätze ihrer kleinen Brüste unter dem Shirt. An den Türrahmen gelehnt und mit diesem undeutbaren Gesichtsausdruck irgendwo zwischen Skepsis und offener Zuneigung schaute sie zu Martin herüber. Dann ging sie auf ihn zu und es gelang ihm beinahe, ihre langen Beine zu ignorieren. Beinahe.

Instinktiv schob er den linken Ärmel seines Sweatshirts herunter, um die Brandnarbe, die sich dort entlangzog, zu verdecken. Sie lächelte ihn an, kam näher und streichelte (eigentlich war es kaum mehr als ein flüchtiges Streifen) über seinen rechten Unterarm. Dann beugte sie sich zu ihm hinab und küsste ihn sacht auf die Wange, auf die rechte, die unversehrte. Und zum ersten Mal seit langer Zeit dachte er nicht mehr daran, wie sehr sich diese *unversehrte* von seiner anderen Gesichtshälfte unterschied. Zum ersten Mal, seit er vor über fünf Jahren schreiend aus dem brennenden Wagen gekrochen war.

NIGHT TERRORS

Die Singers schliefen bereits fest, als Martin den Laptop endlich zuklappte. Die Polizei war offenbar nach wie vor planlos, was den derzeitigen Aufenthaltsort der Singers betraf. Gut. Er hatte saubere Arbeit geleistet.

Zuvor hatte er sich in das verschachtelte Netz von anonymen Servern eingeloggt und die Bilder für die Ausweise der Singers übermittelt. Die Jungs, die die Papiere fälschen würden, waren Profis. Er kannte sie nicht persönlich, aber ihre Empfehlungen waren gut. So schwierig, wie es gewesen war, an sie heranzukommen *mussten* sie einfach gut sein. Es war das erste Mal, dass Martin sich um gefälschte Identitäten bemühte, schließlich arbeitete er nicht für die Mafia. Aber das musste er Singer ja nicht auf die Nase binden. Antonias Vater schien ein gewitzter Kerl zu sein, und Martin mochte ihn. Er war irgendwie ... cool. Niemand, den man gern enttäuschen wollte.

Fast noch wichtiger war jedoch, dass er Antonia gegenüber keinen Rückzieher machte. Antonia, die ihn *geküsst* hatte. Sie war vielleicht ein wenig jung, aber geistig ihrem Alter weit voraus. Als sie sich noch im Chat des *Chaos Computer Club* miteinander unterhalten hatten, war er stets der Meinung gewesen, sie sei wenigstens Mitte zwanzig und mit ihrem Informatikstudium längst fertig. Und vermutlich fett wie ein Walross von dem ganzen Fast Food, das sie nächtens in sich hineinstopfen musste. Nun, das war sie nicht. Ganz und gar kein Walross. Und es war beinahe lustig, dass ausgerechnet er auf ein dummes Klischee reingefallen war, das aus einem schlechten Hollywoodfilm hätte stammen können. Nein, Antonia Singer war kein Walross, sondern ein intelligentes, hübsches Mädchen. Und ziemlich sexy.

Sie war nicht Julia, aber sie war …

… *am Leben*, meldete sich eine garstige, schnarrende Stimme in Martins Kopf. Und diesmal hatte diese Stimme recht. Es war tatsächlich Zeit, sich wieder mit dem Leben zu beschäftigen. Und mit den Lebenden.

»Schluss für heute mit den Heldentaten«, sagte er und stand auf. Er überprüfte die Sicherheitseinstellungen der Server ein letztes Mal, warf einen Blick auf das Kamerasystem und knipste danach die Reihe der Hauptbildschirme aus. Dann öffnete er leise die zentimeterdicke Stahltür zum Wohnzimmer, schlüpfte hindurch und verschloss sie wieder hinter sich, genauso vorsichtig, wie er sie geöffnet hatte.

Keine zehn Minuten später lag auch er im Bett. Eine Weile lag er einfach nur so da und ließ die Ereignisse des Tages Revue passieren. Ein Lächeln umspielte seine Lippen, während er zur Zimmerdecke hinaufstarrte. Eine ferne Straßenlaterne warf einen einzelnen, zögerlichen Lichtfinger durch sein Fenster, schien ihn zu locken, nach draußen, in die Nacht.

Und plötzlich stand sie wieder vor ihm, in denselben weinroten Shorts und dem hellblauen Pauli-der-Maulwurf-T-Shirt, dessen kurze Ärmel ihre schlanken, blassen Arme aufreizend betonten.

Geschmeidig schlüpfte sie unter sein Laken und er ließ sie gewähren. Ließ es zu, dass sich ihr junger, straffer Körper an ihn kuschelte. Ihre Glieder wirkten zierlicher, als er sie sich vorgestellt hatte, als sie sich neben ihm streckte und die glatte, weiche Haut ihrer Arme ihn wie zufällig berührte. Und er ließ zu, dass sie sich zu ihm herumdrehte und in seine Arme glitt, als wäre es die natürlichste Sache der Welt. Er spürte ihren sanften Atem auf seiner Wange und schließlich fanden sich ihre Lippen. Flüchtig zunächst, kaum mehr als zufällige Berührungen. Er spürte sie *nah* bei sich, die sanften Bewegungen ihres Körpers. Ihr Haar, das nach frischen Äpfeln auf einer Sommerwiese duftete, in einer Welt fernab von Datenkriegen und furchteinflößenden Biowaffen.

Einer früheren, besseren Welt. Einer Welt des Trostes und der Zärtlichkeit, in der sich ihre suchenden Lippen immer wieder fanden, und bald darauf in Küsse übergingen, die drängender wurden und bestimmter. Dann löste sie ihre schlanke Hand aus der seinen und während ihre Zunge den Weg zwischen seine Lippen fand, begannen ihre Finger auf seinem Körper auf Wanderschaft zu gehen.

Es war wundervoll, dachte Martin, himmlisch. Dennoch – sie sollten das nicht tun. *Noch* nicht. Nicht, nachdem sie ihm am Abend noch einen flüchtigen Kuss auf die Wange gehaucht hatte. Aus Dankbarkeit. Einen vielversprechenden, aber unschuldigen Kuss. *Dort* sollten sie weitermachen, und nicht *so*. Sie sollten …

Ihre Hand schob sich unter sein Shirt, streichelte verlangend seine warme Haut und nahm doch die Wärme seines Körpers nicht an, blieb aufregend kühl, während ihre kreisenden Bewegungen zielstrebig zu seiner Körpermitte hin glitten. Regelrecht ungeduldig. Als sie ihn das erste Mal *dort* berührte, bäumte sich Martin stöhnend auf. Es war elektrisierend. Sie zog die Hand zurück und streifte seine Seite – und wie zur spielerischen Bestrafung fuhren ihre Nägel sanft über die empfindliche Haut. Ihr weicher Mund löste sich von seinem, und ihre kleine, spitze Zunge drang köstlich kitzelnd in sein Ohr, während er ihrem Atem lauschte, der allmählich schwerer wurde und hin und wieder in ein entzückendes, kleines Keuchen überging. Erneut strichen ihre sanften Fingerspitzen über seinen Bauch, dann trieb sie ihre Nägel ein weiteres Mal in sein Fleisch, fordernd und diesmal war es ziemlich schmerzhaft und doch unvergleichlich erregend.

Der Funke ihrer ungeduldigen Erwartung sprang auf ihn über, er packte ihr zartes Handgelenk, das er mit einer Hand mühelos umschloss und drehte ihren Arm nach oben, über ihren Kopf.

Sie ließ es geschehen. Der schlanke Körper des jungen Mädchens folgte willig jeder Bewegung, die seine starken Hände vorgaben. Sie lag nun auf dem Rücken und starrte ihn aus weit geöffneten Augen an. Augen, in denen die anfängliche Zärtlichkeit ganz allmählich von etwas *anderem* abgelöst wurde – etwas, das man eine spöttische Lust hätte nennen können. Es war eine Herausforderung, deren Ziel nicht Liebe war, sondern etwas viel Instinktiveres.

Martin ließ sich auf diese Herausforderung ein. Er packte ihre andere Hand und drückte sie ebenfalls nach oben, bis er beide Handgelenke mit seiner kräftigen Rechten umfassen konnte. Sie lag nun wehrlos in seinem festen Griff. Und sie wand sich vor Vergnügen. Dann richtete er sich auf und setzte sich schwer auf den schmalen Brustkorb des jungen Mädchens. Das Geräusch, das sie machte, als sein Gewicht ihr den Atem aus dem zierlichen Körper trieb, ließ seinen Ständer derart prall anschwellen, dass es schmerzte.

Ein letztes Mal dachte er an ihren flüchtigen, unschuldigen Kuss und ein Lachen stieg seine Kehle hinauf, das irgendwie bitter schmeckte und in seinen Ohren fast ein bisschen irre klang. Oh, aber das hier *war* besser, *so viel* besser als diese harmlose Küsserei und das kindische Händchenhalten. Dann rutschte er nach oben, bis er die Ansätze ihrer kleinen Brüste an seinen Oberschenkeln spüren konnte. Er beugte sich hinab und betrachtete das Püppchengesicht zwischen ihren schlanken Oberarmen, die er über ihrem Kopf fixiert hielt. Das wehrlose Mädchen schaute ihn erwartungsvoll und eindeutig *geil* an, dann verzog sich ihr Mund zu einem spöttischen Grinsen und – plötzlich *verstand* Martin den Zweck ihrer stummen Provokation.

Ja, sie *wollte*, dass er sie auf diese Weise benutzte, dass er ihr das dämliche Grinsen aus dem Gesicht wischte und dass er sich von ihr *nahm, was er wollte.*

Genau das war es, nach dem sie verlangte. Nun, das konnte sie haben.

Alles.

Er presste den Daumen und die beiden zusammengeschmolzenen Finger seiner verkrüppelten Linken tief in ihre Wangen und deformierte ihr entzückendes kleines Gesichtchen, bis ihre Lippen auf groteske Weise dem Maul eines Fisches glichen. *Das* willst du also, Prinzessin? Dann drückte er fester zu, bis er spürte, dass ihre Zähne kleine Wunden in das Innere ihrer Wangen schnitten und er verstärkte seinen Griff noch ein wenig. Sie stöhnte lustvoll auf, das Geräusch auf köstlich erregende Weise gedämpft von ihren zusammengepressten, verformten Lippen. Tränen stiegen in ihre weit aufgerissenen Augen, die sie mit einer unwilligen Bewegung ihres Kopfes wegschüttelte, wobei sich ihre Zähne noch etwas tiefer in das zarte Fleisch ihrer Wangen gruben. Unglaublich, er konnte tatsächlich sehen, wie die Tränen aus ihren Augen wie glitzernde, kleine Brillanten in die Dunkelheit flogen. Was für ein Schauspiel! *Lass dich davon bloß nicht stören*, schien ihre Bewegung zu sagen, *und mach endlich weiter mit dem, was du tust. Mach bloß weiter damit, du verdammter, geiler Dreckskerl!*

Er spürte ihre steif aufgerichteten Nippel an seinen Oberschenkeln und presste seine Füße in ihre Flanken, wie ein Jockey auf einem Rennpferd. Er spürte die Knochen ihres Brustkorbs unter der dünnen Schicht aus Haut und Fleisch. *Hottehü, mein Pferdchen!* Wieder dieses irre Kichern in seinem Kopf, aber Martin nahm es nicht mehr bewusst wahr. Er war beschäftigt.

Schließlich ließ er ihre Handgelenke los. Wie ein kleines, wildes Tier zuckte und bäumte sie sich unter ihm und ihre Hände fanden augenblicklich seinen Rücken, wo ihre Nägel tiefe, lange Kratzer in die empfindliche Haut zu schneiden begannen. Und war es denn nicht logisch, dass er Schmerz mit noch mehr Schmerz vergelten musste? Blut für Blut, ja, das war es – Blut für Blut und nochmals Blut! *Analnatrach Utwasbethat!* Dann schlug der Atem des Drachen über ihnen zusammen und verbrannte sie beide.

Es wäre ein Leichtes gewesen, ihre Hände wegzudrücken, aber das wollte er nicht. Er *wollte* nicht, dass ihre scharfen Nägel aufhörten, sich in sein Fleisch zu bohren, ihn zu reizen und zu provozieren.

Er wollte den Schmerz, denn der Schmerz erinnerte ihn daran, dass er lebte.

Er griff in ihr volles blondes Haar, riss ihren Kopf brutal in den Nacken und schaute für eine Sekunde direkt in ihre spöttischen Augen. Dachte daran, wie es sein würde, seine Daumen auf diese Augen zu legen und …

Er lächelte und schlug zu.

Und wieder. Und noch einmal, auf ihre geröteten, heißen Wangen. Jeder Schlag seiner brennenden Handfläche wurde von einem lustvollen Stöhnen aus ihrem weit aufgerissenen Mund begleitet, aus dem nun ein dünner Blutfaden rann und sich mit den Tränen auf ihren Wangen vermischte. Ob von ihren eigenen Zähnen oder seinen Schlägen, er wusste es nicht. Und es war ihm auch völlig egal. Er grinste wild in die Dunkelheit, und sein Lächeln war wie ein fürchterlicher Riss in seinem Gesicht, dort, wo sein Mund hätte sein sollen.

Die Decke war längst vom Bett gerutscht und das, was sie inzwischen auf dem Laken trieben, glich wohl am ehesten der Paarung zweier tollwütiger Hunde, die sich schlagend, kratzend und beißend in einem wahnsinnigen Strudel der Lust begatteten. Ihre zu Krallen verkrümmten Finger rissen sich gegenseitig Büschel von Haaren aus der Kopfhaut und breite, tiefrote Bahnen in das Fleisch ihrer Körper. Ihr gemeinsames Stöhnen ging in spitze Schreie und dann in Heulen und eine Art kehliges Knurren über. Und Gelächter. Sie lachten beide. Laut, wild und irre. Ihr lustvoller Tanz wurde mit jeder neuen Bewegung grausamer, perfider, brutaler. Mit ihren Nägeln und Zähnen hackten und bissen sie aufeinander ein …

Schließlich packte Martin das Mädchen und drehte es herum, auf alle viere. Sie strampelte und wehrte sich nach Kräften, aber gleichzeitig streckte sie ihm ihren festen, kleinen Hintern herausfordernd entgegen. Wie eine läufige Hündin. Nein, mehr wie eine *Hyäne*. Die Shorts hatte ihr Martin längst vom Leib gerissen und ihr blaues Shirt mit dem putzigen Maulwurf hing in losen Fetzen von ihrem schlanken Körper.

Natürlich hatte das zierliche Mädchen nicht den Ansatz einer Chance zur Gegenwehr gegen den weit kräftigeren Jungen, der nun hinter ihr kniete und sich anschickte, in sie einzudringen. Und wie es aussah, war ihre Gegenwehr ohnehin nur ein weiterer Kick in ihrem bizarren Spiel. Mit groben, hektischen Bewegungen tastete Martin nach dem Eingang in den jungen Mädchenkörper, bis er fand, was er suchte. Für einen atemlosen Moment hielt er ihren erwartungsvoll zitternden Körper in dieser Position. Dann drang er mit einem einzigen, gewaltigen Stoß in sie ein – stürmte sie, wie eine ausgehungerte Armee ein schutzloses Dorf in feindlichem Gebiet stürmt. Sie schrie auf vor Überraschung, als sein Glied ihre Unschuld hinwegfetzte – ihre Arme gaben unter ihr nach und sie brach zuckend auf dem Kissen zusammen. Martin presste eine Hand auf ihren Hinterkopf und drückte ihr Gesicht noch tiefer in den weichen Stoff, was ihr Schluchzen zu einem undeutlichen Gewimmer dämpfte. Vielleicht würde sie überhaupt keine Luft bekommen, dachte Martin und stieß fest zu. Es war großartig. Und dann spürte er, dass er soweit war. Fühlte, wie sich die Gier in ihrer reinen, konzentrierten Form in seinem Unterleib zusammenballte.

Mit einem letzten, tiefen Stoß entlud er sich in sie – zuckend und schreiend, anfänglich vor Geilheit und kurz darauf vor ungläubigem Entsetzen. Denn er hatte im Moment seines Orgasmus ihren Kopf gepackt und mühelos zu sich herumgedreht, ihn in einem bizarren Winkel in seine Richtung gedrückt wie den einer Puppe – und in ein entstelltes, wahnsinnig grinsendes Gesicht mit schwarzen, augenlosen Höhlen gestarrt. Er hatte gebrüllt, denn der Schädel, der ihn aus der Dunkelheit anfeixte, zeigte das entsetzlich verbrannte Gesicht seiner seit fünf Jahren toten Freundin Julia.

SCHWARZ UND STARK

Martin schrie noch immer, als er mit schreckgeweiteten Augen erwachte. Und er bemerkte,
dass er geweint hatte – etwas, das er ebenfalls
schon seit einer ganzen Weile nicht mehr getan hatte. Sein
Traum war von einer brennenden Intensität gewesen, und
so *real*. Als Martin sich schließlich umschaute, erwartete er
fast, den verdrehten und geschändeten Körper Antonia Singers neben sich zu finden. Oder schlimmer noch – und das
hätte ihn vermutlich auf der Stelle in einen sabbernden,
winselnden Irren verwandelt – die verkohlte Leiche von Julia.

Doch er war allein in dem großen Bett, auch wenn er eine
Weile brauchte, um wirklich daran glauben zu können. Zitternd lag er in der Dunkelheit, nassgeschwitzt und gelähmt
von den Nachwirkungen seines unfassbaren Traums, und
rang keuchend nach Luft.

Ganz allmählich fand er in die Realität zurück. In eine Realität, in der er, vor Furcht und Ekel zitternd, die Hitze der
Tränen auf seinen Wangen spürte – und dringend eine frische Unterhose brauchte. Er stand auf und ging ins Bad.

Als Martin seine Shorts in den Bastkorb mit der Schmutz-
wäsche entsorgt und sich eine neue aus dem Wäsche-
schrank genommen hatte, fiel sein Blick in den Badezim-
merspiegel. Müde und verwirrt starrte ihm sein eigenes Gesicht entgegen, mit eingefallenen Wangen und geröteten

Augen von zu wenig Schlaf und *zu* verstörenden Träumen. Trotzdem verspürte er keine allzu große Lust, sich nochmals in sein nassgeschwitztes Bett zu legen. Nicht, wenn ihn dort weitere *jener* Träume erwarteten.

Während er duschte, perlte der Nachklang seines Albtraums von ihm ab wie eine dicke Schmutzschicht. Nur ein Traum … es war nur ein Traum gewesen. Und die Erinnerung an diesen Traum verblasste bereits. Die *Bilder* würde er jedoch nie wieder vergessen, besonders nicht den letzten Teil. Er hatte ihren Kopf herumgedreht wie ein garstiges Kind den seiner Lieblingspuppe. Grausam und mühelos. Und ohne die geringsten Skrupel, nachdem er – Gott, was war bloß in ihn gefahren?

Er zog sich frische Klamotten über und putzte seine Zähne, wobei er der übermüdeten Fratze im Spiegel halbherzige Grimassen schnitt, was ihn allerdings nicht sonderlich aufheiterte. Dann ging er zurück in die Küche, um sich einen starken Kaffee zu machen. Er warf einen Blick auf die Uhr über der Spüle – es war fast sechs Uhr morgens. Er schaufelte frisches Kaffeepulver in den Filter der Maschine und hätte den Löffel beinahe fallen lassen, als hinter ihm eine Stimme sagte: »Machst du mir bitte einen mit?«

Es war Singer.

Martin lächelte halbherzig und deutete auf einen der Küchenstühle an dem großen Esstisch. »Klar. Dauert nur einen Moment«, sagte er und schaufelte zwei weitere Löffel Kaffee in den Filter. Dann noch zwei. Singer nickte, stützte sein Kinn auf den Daumen seiner rechten Hand und trommelte mit dem Mittelfinger auf seiner Oberlippe herum. Dann legte er eine kleine Kassette auf die polierte Marmorplatte des Küchentischs. Martin hatte das Befüllen der Maschine beendet und lehnte an der Anrichte. Stumm musterten sich die beiden für eine Weile.

Schließlich wandte sich Singer an Martin: »Schlecht geschlafen?«

»Ehrlich gesagt ja. Sieht man's so deutlich?« Singer nickte zögernd. »Und selbst?«

»Ich bin ein Frühaufsteher. Schon immer gewesen«, erwiderte Singer, »Und danke, ich habe ganz ausgezeichnet geschlafen. Die vollen vier Stunden.« Das war offensichtlich die Wahrheit. Singer sah wesentlich erholter aus als am Vorabend, auch wenn er immer noch dringend eine Rasur und andere Klamotten benötigte. Auf irgendeine unbestimmte Weise erleichterte diese Tatsache Martin, aber er kam nicht darauf, wieso. Der Kaffee war durchgelaufen und die Maschine beendete den Gang mit dem typischen Röcheln der letzten Tropfen. Aromatischer Duft erfüllte die Küche, als Martin das heiße Getränk in zwei große Thermosbecher goss.

»Zucker? Sahne?«, fragte er Singer.

»Danke. Schwarz und stark.«

»So, dass der Löffel drin stehenbleibt, nehme ich an?«

»Genau.«

»Dann wird Ihnen *der hier* schmecken«, sagte Martin und schob einen der Becher in Singers Richtung. Dann goss er seinen mit reichlich Milch aus dem Kühlschrank auf und setzte sich an den Küchentisch.

Für eine Weile schwiegen sie beide, gänzlich versunken in die Betrachtung des Geschehens in ihren Kaffeetassen.

»Sie haben mir gestern nicht alles erzählt, oder?«

Singers Gesicht ließ sich keine Reaktion erkennen. »Beziehungsweise *uns*?« Dabei ließ Martin bewusst offen, ob er mit ‚uns' sich selbst und Antonia oder seine ominösen Verbündeten im Kampf um Informationen meinte.

»Ich habe nicht gelogen, falls du das meinst.«

»Nein?«, fragte Martin und nahm einen kleinen Schluck Kaffee. »Was dann?«

Singer schien zu überlegen. »Okay«, sagte er. »Ich habe etwas ausgelassen, weil es mir selbst fast zu fantastisch erscheint, als dass ich es glauben könnte. Ich glaube, ich *möchte* es auch gar nicht glauben.« Er seufzte und starrte in seine Kaffeetasse, während er abwesend darin herumrührte. »Und ich möchte es Antonia ersparen. Aber ich habe es nun mal mit eigenen Augen gesehen.« Nun wirkte Singer doch ein wenig müde, und irgendwie älter. Etwas wie ein dunkler Schleier legte sich für einen Sekundenbruchteil auf seine Augen und war gleich darauf wieder spurlos verschwunden.

»Und Sie haben es aufgezeichnet«, sagte Martin und deutete auf die kleine Kassette auf dem Tisch. Singer legte einen Finger darauf und schob sie unschlüssig auf der glatten Platte hin und her. Dann sagte er: »Es geht um die Biowaffe, Martin. Es ist nicht im eigentlichen Sinne eine *Waffe*. Oder doch, schon. Nur ist es kein Virus oder ein im Labor gezüchtetes Bakterium. Es ist ein …«, Singer brauchte einen Moment, um sich den geeigneten Begriff zurechtzulegen, »... es ist eine Art Wesen. Ein fremdes Wesen, mächtig und furchtbar alt ... eine Art ... man könnte es vielleicht einen Dämon nennen.«

»Fuck!«, entfuhr es Martin.

»Genau.«

»Oh Mann.« Martin stieß einen schnaufenden humorlosen Lacher aus und schaute von seiner Kaffeetasse auf, die er mit beiden Händen umschlossen hielt, als sei ihm kalt. »Sie verarschen mich, oder?« Leiser fügte er hinzu: »Und ich dachte immer, *ich* wäre der Typ mit den abwegigen Verschwörungstheorien. Aber das ...«

Singer erwiderte das humorlose Lächeln. »Nein. Ich verarsche dich nicht. Hast du etwas, womit du das hier abspielen kannst?«

Das entlockte Martin ein schiefes Grinsen. »MiniDV. Habe ich natürlich. Ist einfach gnadenlos retro, wissen Sie?« Aber er machte keine Anstalten, aufzustehen. Stattdessen schien er zu überlegen. »In Ordnung, nehmen wir mal für einen Moment an, das ist wirklich wahr und auf diesem Band ist tatsächlich das, was Sie behaupten, gesehen zu haben. Was gedenken Sie denn damit anzustellen? Ich meine, die werden Sie kaum ernst nehmen, wenn Sie im Fernsehen auftauchen. Davon abgesehen, dass die Sie festnehmen würden, bevor Sie überhaupt ein Wort gesagt hätten.«

»Ich will auch nicht ins Fernsehen«, sagte Singer und tippte mit Bestimmtheit auf das Gehäuse der kleinen Kassette,

»aber *das hier* sollte ins Fernsehen. Oder besser noch ins Internet. Überallhin. Geht das?«

»Ja, das geht«, sagte Martin. »Wenn es stimmt, was Sie sagen, dürfte Sie das schon ziemlich entlasten. Vielleicht wären Sie dann noch nicht *ganz* aus dem Schneider, aber es würde Murnauers Glaubwürdigkeit doch gehörig untergraben und zumindest Zweifel an seiner Version der Geschichte wecken. Vielleicht sogar genug, dass man Ihnen wenigstens kurz zuhört, bevor man sie in die nächste Gummizelle sperrt.«

»Einen Versuch wäre es wert, oder?«, fragte Singer.

Martin nickte. »Ich schätze, das wäre es, ja.«

»Schön. Und wie stellen wir das nun an?«

»Na ja, ich könnte das Video auf ein paar Server laden und im geeigneten Moment dafür sorgen, dass die *richtigen* Leute zufällig darüber stolpern. Weltweit. Ein paar E-Mails würden genügen.« Martins Blick hellte sich auf, von der Müdigkeit in seinen Gliedern spürte er nun kaum noch etwas. »Kommen Sie, Dr. Singer, ich möchte Ihnen etwas zeigen.«

SAFE

Genau genommen hatte das, wohin er Singer führte, nur eine Person außer Martin selbst jemals zu Gesicht bekommen, und diese Person war seit über fünf Jahren tot und begraben.

Im Wohnzimmer schnappte sich Martin die elegante Fernbedienung für den riesigen Flachbildfernseher, der fast die gesamte Südwand des geräumigen Zimmers einnahm.

»Frühstücksfernsehen?«, fragte Singer.

»Besser. *Viel* besser.«

Nachdem Martin eine Reihe von Zahlen in die Fernbedienung getippt hatte, ohne dass der Fernseher auch nur angesprungen wäre, hörte Singer ein leises Knacken in der Wand, gefolgt von einem kaum wahrnehmbaren Zischen, was ihn unangenehm an die Türen in Murnauers Labor erinnerte. Offenbar war dieser nicht der einzige mit einer Vorliebe für atomkriegsichere Gebäude und gepanzerte Türen mit Hydraulikschließern. Plötzlich schwang der riesige Fernseher mitsamt der Anrichte, auf der er sich befand, herum und in der Wand dahinter tat sich ein Spalt auf. Martin zog den Spalt noch ein wenig weiter auf und vor Singers erstaunten Augen begannen Neonröhren aufzuflackern und beleuchteten das Innere eines Raumes, der hinter dem Fernseher versteckt gewesen war. Singer kommentierte den Anblick, indem er leise durch die Zähne pfiff.

»Ist eigentlich der Safe Room«, kommentierte Martin. »Sie wissen schon, der Raum, in den sich reiche Säcke wie meine Alten flüchten, wenn die Lage im Haus mal brenzlig wird. Oder auf dem Planeten. Es ist eine Art Bunker.« Er lachte trocken.

Tatsächlich war der Raum die *Luxusvariante* eines Atombunkers. Wenn man von der zentimeterdicken Stahltür auf den Rest schließen konnte, verdiente der Safe Room seinen Namen wohl zu Recht. Neben den zu erwartenden Regalen voller Lebensmittel befanden sich außergewöhnlich viele Bildschirme in dem Raum. Einige davon zeigten die Bilder der Nachtsicht-Kameras draußen vor dem Haus, einige auch das Innere der Räume des großzügigen Anwesens. Als Martin bemerkte, dass Singers Blick stirnrunzelnd auf dem Monitor hängen geblieben war, der die schlafende Antonia in dem riesigen Bett im Gästezimmer zeigte, murmelte Martin »Entschuldigung« und betätigte einen Knopf, woraufhin der Bildschirm schwarz wurde.

»Wow«, machte Singer, »keine schlechte Ausstattung.«

»Danke. Ich bastele schon ungefähr sieben Jahre daran herum. Ich betreibe hier ein paar eigene Server und habe eine direkte Standleitung. Das spart eine Menge Zeit und nebenbei würde ich sagen, sind meine Anonymisierungs-Kaskaden fast unknackbar. Ich kann mich also im Gegensatz zu den meisten anderen Leuten ziemlich frei im Netz bewegen. Das Band?«, fragte Martin und drückte einen der unzähligen Knöpfe auf der Konsole vor ihm. Auf dem Terminal zu seiner Linken sprang ein kleines Fach auf.

»Bist du sicher, dass du das sehen willst?«, fragte Singer und hielt die Kassette zögernd in der Hand.

»Ich glaube, das will ich *ganz bestimmt* nicht sehen.« *Und ganz besonders nicht nach den Träumen der heutigen Nacht*, fügte er in Gedanken hinzu, »Aber wir haben keine große Wahl, oder?«

Singer schüttelte den Kopf.

Das Band hatte für Singer nichts von seinem Schrecken verloren, als er es zum zweiten Mal ansah, eher im Gegenteil. Martin starrte die meiste Zeit einfach nur wortlos auf den Bildschirm, über den die grobkörnige Schwarz-Weiß-Aufnahme flimmerte. Ab und zu stellte er eine kurze Frage, aber im Großen und Ganzen war der Horror auf dem Band selbsterklärend.

Sie schraken synchron zusammen, als sie hinter sich eine verschlafene Stimme vom Türspalt zum Wohnzimmer vernahmen.

»Morgen, Jungs. Was guckt ihr denn da Schönes?«

Antonia stand in der Tür, in einen riesigen Bademantel aus weichem Frottee gehüllt. Ihr verschlafenes Gesicht lugte unter ihren blonden Locken hervor. Von ihrer Position aus konnte sie glücklicherweise nicht sehen, was auf dem Bildschirm vor sich ging. Martin klickte hastig das Fenster weg.

Singer gelang es sogar, so etwas Ähnliches wie ein Lächeln zu fabrizieren. Seine Stimme zitterte kaum merklich, als er sagte: »Guten Morgen, Schatz.« Sein Grinsen wurde breiter. »Ach, Martin weiht mich nur gerade in die Geheimnisse von *Facebook* ein, Liebes. Faszinierende Sache!«

Dann stand er auf. »Hilfst du mir mit dem Frühstück?« Er schob sich durch den Spalt ins Wohnzimmer, legte einen

Arm um die Schulter seiner Tochter und schob sie praktisch in die Küche. Als er hinausging, schaute er sich noch
einmal zu Martin um, der ihm mit blassem Gesicht und zusammengepressten Lippen stumm zunickte.

ALARM!

Die ersten Sonnenstrahlen des Morgens tauchten die Küche in das weiche Licht eines vielversprechenden Tages. Sogar der unermüdlich prasselnde Regen hatte für einen Moment aufgehört. Als die Singers mit den Frühstücksvorbereitungen fertig waren (Antonia hatte sogar Blumen besorgt und in die kleine, blaue Vase auf dem Tisch gestellt – Gott allein mochte wissen, wo sie die aufgetrieben hatte), kam Martin in den Raum geschlendert, ein breites Grinsen auf dem Gesicht.

»Hmmm«, machte er, als er die Küche betrat. Der intensive Duft frisch aufgebackener Brötchen erinnerte ihn daran, dass er mittlerweile ebenfalls einen ziemlichen Appetit hatte.

Sie setzten sich an den Tisch und begannen zu essen. Es war schön, dachte Martin, die Küche mit Leben erfüllt zu sehen, so viel Leben hatte hier schon lange nicht mehr geherrscht. Seit über fünf Jahren nicht mehr.

Singer konnte sich allerdings des Eindrucks nicht erwehren, dass Martin Antonia, die ihm hin und wieder verstohlene Blicke zuwarf, heute morgen aus irgendeinem Grund bewusst ignorierte. Kinder, dachte er schulterzuckend, und biss in sein Käsebrötchen.

Martin rührte in seiner Schüssel mit Müsli herum und wandte sich nach einer Weile an Singer: »Ich habe unsere kleine Botschaft verteilt. Knopfdruck genügt, sozusagen, und sie geht online.«

Der nutzte die Pause zwischen zwei Bissen und sagte: »Super. Und danke nochmal. Für alles. Wirklich!«

»Kein Problem«, sagte Martin und griff sich eins der noch warmen, duftenden Brötchen. »Und noch etwas. Ich habe mir mal die Freiheit genommen und mich im Datencluster des Instituts ein wenig umgesehen.«

Als Martin Singers skeptischen Blick bemerkte, sagte er: »Keine Angst. Ich habe Ihnen ja vorhin schon gesagt, meine Anonymisierung ist ziemlich ausgefeilt.«

»Facebook, ja?«, ließ sich Antonia vernehmen und wandte sich kopfschüttelnd wieder ihrem Teller zu. Singer warf ihr ein entschuldigendes Lächeln zu.

»Und?«, wandte sich Singer kauend an Martin, »Hast du was Interessantes herausgefunden?«

»Na ja, mithilfe dessen, was ich von Ihnen weiß, konnte ich diesmal tiefer rein. Viel tiefer. Ich weiß jetzt, wo das, äh, Virus, herstammt. Wo es seinen Ursprung hat, sozusagen.«

Singer nickte ihm ermunternd zu.

»Ein kleines Dorf in den Schweizer Alpen. Dort haben sie es in irgendeinem Berg gefunden.«

»Und wissen die auch, wie es da hingekommen ist?«, fragte Singer. Er warf Martin einen Blick zu – Zeit, das Thema in eine weniger verfängliche Richtung zu lenken. »Keine Ahnung, aber der Rechner zieht gerade alle Daten, die er kriegen kann. Ist eine ganze Menge«, antwortete Martin und biss genussvoll in ein Brötchen.

»Dann schätze ich, wir sollten uns in der Nähe dieses Dorfs einmal umschauen«, sagte Singer.

»Du willst in die Schweiz?«, fragte Antonia interessiert.

Singer nickte nachdenklich. »Ja, Schatz. Ich denke, das ist der einzige Ort, an dem ich vielleicht erfahren kann, *worauf* Murnauer sich da eigentlich eingelassen hat. Und wie man es stoppen kann. *Falls* man es stoppen kann.«

Antonia erwiderte sein Nicken. Aber sie lächelte nicht mehr.

Als Martin gerade über den Tisch nach der großen Kaffeekanne langte, ertönte aus dem Wohnzimmer ein elektronisches Hupen wie von einem dieser Reisewecker.

Tuuuut, tuuuut, tuuuut, …

Martin verlor augenblicklich alle Farbe aus seinem ohnehin recht blassen Gesicht.

»Scheiße«, stellte er nüchtern fest, ließ sein Brötchen auf den Teller fallen und sprang vom Tisch auf, um ins Wohnzimmer zu hasten, zum Safe Room.

Singer folgte ihm auf dem Fuße. Das Innere des Safe Rooms war ein Lichterfest kleiner, hektisch aufblitzender Lämpchen. Die meisten davon blinkten rot.

Martin hackte fieberhaft auf eine der verstreut herumliegenden Tastaturen ein, wobei er gelegentlich leise Flüche vor sich hin murmelte. Als Singer dazustieß, war er gerade dabei, die Server herunterzufahren und vom Netz abzukoppeln.

»Sie haben's mitbekommen oder?«, fragte Singer ernst.

»Verdammt, ich habe keine Ahnung, wie das passieren konnte«, sagte Martin, es klang hektisch und ehrlich verzweifelt. Sein Kopf war vor Anstrengung knallrot. Er ließ die Finger für keine Sekunde von der klackernden Tastatur. Wie es aussah, hatte er die Techniker des Murnauer-Instituts tatsächlich unterschätzt, und zwar gewaltig.

»Wissen die, wo wir sind?«

»Ich … Scheiße, keine Ahnung«, stammelte er. »Die haben mich erst mal rausgekickt. Jetzt werden sie versuchen, die Server zurückzuverfolgen. Die hätten mich eigentlich gar nicht bemerken dürfen.«

Tuuut, tuuut, tuut …

»Shit«, kommentierte Martin ein weiteres rot aufleuchtendes Lämpchen und trennte eine weitere Bank vom Netz. Zu langsam, das ging alles viel zu langsam!

»Wie lange werden sie dazu brauchen?«

»Normalerweise würde ich sagen, ewig. Aber diese Jungs sind verdammt fit, das muss man ihnen lassen. Ein, zwei Stunden vielleicht. Mist, verdammter Mist!« Damit schaltete er den letzten Server ab und die roten Lämpchen erloschen. Das Hupen hörte auf.

Martin drehte sich auf seinem Bürostuhl schwer atmend zu Singer um. Auf seiner Stirn hatten sich Schweißperlen gebildet. »Scheiße. Tut mir leid«, sagte er leise.

»Schon gut. Was ist mit den Daten?«

»Ich habe einen Teil rüberkopiert, ist alles hier auf dem Stick. Aber der Rest war noch in der Übertragung. Der ist futsch, fürchte ich.« Martin zog einen kleinen Datenstick von einem Port an der Tastatur und reichte ihn Singer.

Inzwischen war auch Antonia im Safe Room angelangt. Ein Blick auf Martins Gesichtsausdruck und die in aller Eile abgeschaltete Anlage verrieten allzu deutlich, was sich hier gerade abgespielt hatte.

Eine Weile schwiegen sie. Die Lämpchen waren nun alle erloschen, die Party war vorüber. Wobei die richtige Party vermutlich erst losgehen würde, wenn die Leute des Instituts mit der Polizei im Schlepptau hier auftauchten.

»Okay«, sagte Singer zu seiner Tochter, »das gibt uns einen Vorsprung von ein, zwei Stunden. Auf geht's.« Antonia nickte knapp. Dann verschwand sie ins Schlafzimmer, um sich fertig anzuziehen und ihre wenigen Habseligkeiten zusammenzupacken. Martin saß immer noch auf seinem Sessel, starrte ungläubig ins Leere und begann nachdenklich auf dem Nagel seines rechten Daumens herumzukauen. Dann stand er auf, ging zu einem der Metallspinde an der Wand, öffnete ihn und zog eine große, olivfarbene Segeltuchtasche daraus hervor. Anschließend begann er, wahllos Konserven vom Regal hineinzukippen. Als er die Tasche mit den Dosen gefüllt hatte, ging er zur Stirnwand des Raumes und tippte dort auf einem kleinen Zahlenfeld herum. Mit einem metallischen Klicken öffnete sich ein Teil der Wand, offenbar ein Tresor. Er griff sich ein Bündel Geldscheine und packte dieses mit der gleichen Nonchalance zu den Konserven in die Tasche, als handele es sich um ein paar weitere Dosen Thunfisch.

Singer beobachtete eine Weile stumm, was Martin tat. Schließlich kramte er den Schlüssel des A3 aus seiner Hosentasche und sagte: »Ich werde mal nach Antonia sehen. Martin, es tut mir wirklich leid, dass wir dich in so einen Schlamassel gezogen haben.« Dann überlegte er. »Nein. Dass *ich* dich da reingezogen habe. Das wollte ich wirklich nicht.«

»Schon gut, war meine Schuld. Ich war wohl zu eifrig«, gab Martin über seine Schulter zurück und öffnete ein weiteres Seitenfach an der großen Reisetasche, um es mit Geld aus dem Tresor zu füllen. Ein bisschen erinnerte er Singer dabei an einen Bankräuber.

Singer legte sanft eine Hand auf Martins Arm, der immer noch damit beschäftigt war, Geldbündel in die Tasche zu stopfen. »Martin, du brauchst uns nicht noch deine Vorräte zu geben. Oder dein Geld. Wir kommen schon klar.«

»Nein, kommt ihr nicht.« stellte Martin fest. Dann drehte er sich vollends zu Singer um.

»Und den«, er deutete auf den Autoschlüssel in Singers Hand, »könnt ihr auch nicht mehr benutzen. Die Bullen dürften unser kleines Manöver inzwischen durchschaut haben.«

»Ist aber die einzige Chance, die wir haben, oder? Wir können ja kaum zu Fuß vor ihnen davonlaufen«, stellte Singer fest.

»Kaum«, bestätigte Martin und wuchtete die große Tasche mit den Konserven und dem Geld über seine rechte Schulter. Dann ging er durch die Metalltür ins Wohnzimmer. Er betätigte die Fernbedienung und der Eingang zu dem versteckten Bunkerraum wurde wieder zu einer ganz normalen Wand mit einem unverschämt großen Fernseher davor. Klonk, zisch, und es hatte nie einen Safe Room gegeben.

Dann warf er die Fernbedienung auf den Fußboden und trat beherzt mit dem Absatz seiner Turnschuh darauf, worauf das schwarze Plastikgehäuse mit einem lauten Knirschen zersprang. Martin trampelte noch ein paar Mal auf dem Innenleben herum, bis die Fernbedienung aus wenig mehr als kleinen schwarzen Plastiksplittern, Gummiknöpfen und Bruchstücken elektronischer Bauteile bestand. Ein wenig wirkte das Ganze wie die Überreste eines künstlichen Insekts, das jemand mit einem Pantoffel erschlagen hatte.

An der Tür zur Küche drehte er sich zu dem verblüfften Singer um. »Kommen Sie?«, fragte er ungeduldig. »Wenn wir uns beeilen, sind wir schon in der Schweiz, bevor die den Safe Room überhaupt entdeckt haben. Also los, let's roll!«

Keine zehn Minuten später glitt das Rolltor der Garage geräuschlos nach oben und Martin startete den silbernen Mercedes E 500. Sie folgten dem Schotterweg durch den kleinen Park bis zur Straße, verdeckt von den übermannshohen Büschen. Die toten Augen der abgeschalteten Kameras blickten ihnen trübe nach, während sich die automatische Garagentür hinter ihnen langsam wieder schloss. Klonk, zisch, und sie waren niemals hier gewesen.

IDENTITÄT

Sie fuhren wieder über Nebenstraßen. Das Risiko, in das Netz der unzähligen Kameras entlang der Autobahnen zu geraten, war einfach zu groß. Und wer konnte sagen, ob sie nicht bereits nach Martins Mercedes suchten? Sie kamen gut und ohne Zwischenfälle voran – als der Wintermorgen, der so strahlend begonnen hatte, in das trübe Novembergrau des Nachmittags überging, hatten sie die Schweizer Grenze fast erreicht. Martin hatte unterwegs die Pässe besorgt. Auf einem verlassenen Parkplatz hinter den verfallenden Resten eines Supermarkts hatte ein schwarzer kleiner Lieferwagen geparkt. Martin war ausgestiegen, zu dem Wagen hinübergeschlendert und hatte sich unter Singers skeptischen Blicken eine Weile mit den Insassen unterhalten. Diese waren nicht zu erkennen gewesen – der Wagen hatte rundum komplett schwarz getönte Fensterscheiben, die nur einen winzigen Spalt heruntergelassen war. Martin hatte leise mit ihnen gesprochen – und offenbar auf Russisch. Und auch wenn er diese Sprache eher bruchstückhaft beherrschte, hatte es offenbar für das Wesentliche ihrer Transaktion genügt. Er war mit einer kleinen Papiertüte zurückgekehrt, in der sich ihre neuen Pässe befunden hatten, die er gegen ein paar Bündel der Geldscheine aus der Sporttasche eingetauscht hatte. Ziemlich viele Bündel.

Sie setzten die Fahrt als Frau Meier sowie die Herren Schmidt und Jürgens fort, wobei Martin stark bezweifelte, dass Singer beziehungsweise »Jürgens« überhaupt in den

Genuss kommen würde, von seinem neuen Pass Gebrauch zu machen. Allein der Anblick seines Gesichts würde wohl bei jedem Polizeibeamten, der das Fahndungsbild gesehen hatte, sofortige Schussreflexe auslösen. Immerhin war er ein gesuchter Terrorist und Massenmörder.

Singer beugte sich wieder über Antonias Laptop und vertiefte sich in die Unmengen bruchstückhafter Daten, die Martin aus dem Institut erbeutet hatte. Der kleine Ausflug in das Intranet des Unetrnehmens hatte sich trotzdem gelohnt, denn jetzt hatten sie immerhin ein Ziel.

Das Wesen war in den Schweizer Alpen entdeckt worden, unweit des Dörfchens Igstein im Muotatal, von einem Mann namens Alois Suter, einem Hüttenwirt und ambitionierten Freizeitkletterer. Murnauer und seine Leute hatten ihn anschließend ausführlich befragt. Über den Mann selbst stand nichts in den Akten, aber vielleicht würde er in der Lage sein, ihnen mehr über seine Entdeckung zu erzählen oder sie gar zum Fundort des Wesens zu führen. Unter Umständen würde ihnen dies Aufschluss über den Ursprung der fremden Kreatur geben. Möglicherweise würden sie sogar erfahren, wie man es vernichten konnte. Falls man es überhaupt vernichten konnte.

Und Singer fand noch mehr heraus: Offenbar beschäftigte sich das Institut unter Murnauers Leitung schon wesentlich länger mit dem Wesen, als er ihnen offenbart hatte, wenn auch der größte Teil der Daten aus einer Sammlung eher theoretischer Erkenntnisse zu bestehen schien. Einer reichlich abstrusen Sammlung, zumindest für Singers wissenschaftlichen Geschmack. Murnauer hatte offenbar ganze Heerscharen von Historikern damit beschäftigt, die Ursprünge des Wesens im Nebel der Zeit zurückzuverfolgen. Es fanden sich Hinweise auf seltsame Maya-Kulte und verbotene Rituale in versteckten Höhlen unter dem heiligen Gipfel des Kailash im Himalaya, welche offenbar bereits in der Nazizeit zusammengetragen worden waren (und merkwürdigerweise ergänzende handschriftliche Vermerke des deutschen und amerikanischen Geheimdienstes aus den frühen Sechzigern trugen, offenbar hatte man die Forschungen der Abteilung »Rassenkunde« auch in der Nachkriegszeit noch für nützlich befunden und einfach im Geheimen fortgesetzt). Von ägyptischen und aztekischen Pyramidenstrukturen war die Rede, komplizierten Berechnungen der Größenverhältnisse und Materialbeschaffenheiten von Gesteinen.

Besonders verstörend fand Singer eine ausführliche Vergleichsanalyse zwischen den Schädeln von Kindern aus einer frühen Pharaonendynastie und Höhlenzeichnungen in der Altamira-Höhle in Kantabrien. Diese wiesen erstaunliche Ähnlichkeiten zu der abnormal verlängerten Stirnpartie des Wesens auf, das sie in Murnauers Labor untersucht hatten. Offenbar hatte man den noch weichen Schädeln der ägyptischen Pharaonenkinder im Säuglingsalter mithilfe eines metallenen Gestells eine ähnlich Form aufgezwungen, wohl um sie den gottgleichen Vorbildern ähnlicher zu machen. Singer fröstelte bei dem Gedanken, was diese Behandlung den Hirnen der Kleinkinder angetan haben musste.

Im Großen und Ganzen las sich der Datenwust wie das Konzept zum nächsten Buch eines Erich von Däniken oder Johannes von Buttlar. Und dennoch prangte das Logo des

Murnauer-Instituts auf jeder einzelnen der mit »Streng Vertraulich« gekennzeichneten Seiten.

Er fand außerdem eine Menge Zeug, das kaum noch den wissenschaftlichen Grenzbereichen zuzuordnen war, sondern am ehesten einer kruden Abart von Theologie. Zusammengetragene Schnipsel, endlose Listen seltsamer Buchtitel, Fotografien und Malereien, sogar einen Abschnitt mit Filmempfehlungen. (Eine der Empfehlungen, einen Film namens »Lifeforce«, glaubte Singer sogar einmal im Kino gesehen zu haben. Es war darin, soweit er sich erinnern konnte, um eine hübsche Weltraumvampirin gegangen, die Energie aus den Lebenden saugte.)

Vampire.

Aus dem Weltraum.

Absonderlicher Stoff. Bezüge zu diesem Titel sowie dem transsylvanischen Dracul-Mythos tauchten neben ein paar anderen besonders häufig auf und ließen den Inhalt der Unterlagen endgültig ins Fantastische abgleiten. Das Thema der mal mehr, mal weniger sexy dargestellten Blutsauger hatte es Murnauer offenbar besonders angetan. Normalerweise hätte es kaum weiterer Beweise bedurft, um Singer davon zu überzeugen, dass sein Chef endgültig übergeschnappt war. Aber er hatte die *Kreatur* auf dem Videoband gesehen. Blut schien tatsächlich eine zentrale Rolle für das Wesen zu spielen, so viel stand fest. Aber ein urzeitlicher Weltraumvampir, im Ernst?

Singer sah von den verwirrenden, jedoch auf unheimliche Weise faszinierenden Daten auf, als er spürte, dass der

Mercedes seine Fahrt verlangsamte. Martin war in einen kleinen Waldweg eingebogen und stoppte den Wagen.

»Gleich kommt die Grenze«, sagte er und drehte sich mit einem etwas windschiefen Grinsen zu Singer um, »ich glaube nicht, dass wir das Risiko eingehen sollten, dass die Sie im Wagen sehen.«

»Du meinst …«, sagte Singer und spielte missmutig mit dem Trackpad von Antonias Laptop. Inzwischen hatte sich auch Antonia zu ihm umgedreht.

Singer atmete betont angestrengt aus, klappte den Laptop zu und legte die Hände auf das Gerät in seinem Schoß. Dann schaute er die beiden an und sagte: »Schön, ihr beiden Schlaumeier. Bevor ich jetzt in den Kofferraum krieche und versuche, wie ein Gepäckstück auszusehen, wollte ich euch noch etwas sagen.« Singer löste seinen Sicherheitsgurt und wog den Verschluss in seiner Hand, als wolle er sein Gewicht schätzen. Dann atmete er hörbar ein und sprach weiter:

»Also. Für den höchst wahrscheinlichen Fall, dass sie uns schnappen, solltet ihr was wissen: Ihr beiden seid das coolste Team, mit dem ich je zusammengearbeitet habe, ehrlich. Und ich habe schon mit verdammt coolen Teams gearbeitet.«

Dann strich er Antonia sanft eine störrische Locke aus der Stirn und schaute in ihr blasses Gesicht. Sie lächelte. Lächelte ihn an und in diesem Moment war es egal, dass dies vielleicht ihr letzter gemeinsamer Moment war. Das war nicht wichtig. Wichtig war, dass sie lächelte, und ihr Vater lächelte zurück. »Ich hab' dich lieb, Prinzessin, das weißt du.«

Sie ergriff seine Hand und nickte stumm.

Schließlich stieg Singer aus dem Wagen, kroch in den Kofferraum und versuchte, so gut es eben ging, wie ein Gepäckstück auszusehen.

GRENZEN

Als sie am deutsch-schweizerischen Grenzübergang ankamen, hatte sich das Wetter vollends in das zerfließende Grau vom Vortag verwandelt, es goss in Strömen. Ein paar Zöllner liefen zwischen den Wagen umher, die vor dem Grenzübergang bereits eine lange Schlange bildeten. Sie hatten eine Art Plastiktüte über ihre dunkelblauen Schirmmützen gezogen und leuchteten mit ihren Taschenlampen durch die verregneten Fenster in das Innere der langsam vorbeifahrenden Autos. Und sie sahen nicht besonders glücklich dabei aus.

Martin ließ den Wagen ein kleines Stück weiter nach vorn rollen, auf das Zollhäuschen zu. Man sah den Beamten deutlich an, dass sie jetzt lieber drin bei einer Tasse Kaffee säßen, als sich hier draußen einregnen zu lassen.

Martin schaute beiläufig auf die Temperaturanzeige am Armaturenbrett des Mercedes. Fünf Grad über null. Gut, dann hätten sie zumindest keine gesteigerte Motivation, sich mit ihm hier draußen im nasskalten Regen länger zu beschäftigen, dachte er. Es sei denn natürlich, er gliche ganz zufällig dem Typen auf dem Fahndungsbild, welches sie heute morgen hereinbekommen hatten.

Nein, an so etwas wollte Martin gar nicht erst denken. Egal, wie gut die Techniker am Murnauer-Institut auch arbeiteten, sie würden sicher noch eine ganze Weile brauchen, um die Verschlüsselung seiner Server zu knacken – Hindernisse, die er ihnen in den Weg geschoben hatte, indem er seine Identität unter Myriaden von Zwiebelschalen im Netz versteckt hatte. Diese Kaskadierung kostete zwar Zeit und nicht unerhebliche Ressourcen, aber er hatte schließlich mehr als genug von beidem gehabt, seit Julias Tod vor fünf Jahren. Und jetzt würde sich zeigen, wie viel der ganze Aufwand letztlich wert gewesen war. Mit etwas Glück würden die Typen vom Institut nie herausfinden, wer er wirklich war und wo genau sein zentraler Server stand. Es bestand zumindest die Chance, dass er die Rechner doch noch rechtzeitig abgeschaltet hatte. Und selbst wenn sie inzwischen bei ihm aufgekreuzt waren, würden sie sich am Zugang zum Safe Room noch für ein paar Stunden die Zähne ausbeißen, wenn sie ihn denn irgendwann gefunden hatten. Seine Chancen waren also alles in allem gar nicht so schlecht. Theoretisch.

In Singers Fall sah die Sache freilich etwas anders aus. Dessen Steckbrief hing inzwischen sicherlich in jeder Zollstation im Großformat. In der Welt dort draußen hatte der angebliche Ökoterrorist immer noch das Leben von über tausend Menschen auf dem Gewissen. Zumindest war es das, was Murnauer die Öffentlichkeit glauben lassen wollte. Das Institut und seine geheimnisvollen Hintermänner waren schon allein deshalb verpflichtet, eine großangelegte Suche zu starten, um die Glaubwürdigkeit ihrer monströsen Lüge aufrechtzuerhalten.

Sie mussten Singer lediglich finden, bevor es jemand anderes tat. Und sie hatten eine Menge Vorteile auf ihrer Seite.

Und dann? Schulterzuckende Schuldeingeständnisse, ein paar Köpfe würden zum Schein rollen, um im darauffolgenden Jahr im Vorstand eines anderen Konzerns wieder aufzutauchen. Vor allem aber musste zunächst einmal der Hauptschuldige gefasst und der Öffentlichkeit präsentiert werden. Natürlich ein durchgeknallter Einzeltäter, wieder einmal. Das vereinfachte stets die Ermittlungen. Und wenn die Sache etwas politischer wurde, dann handelte dieser Einzeltäter eben plötzlich im Auftrag einer ominösen Terrororganisation, die man eigens zu diesem Zweck aus dem Hut gezaubert hatte, samt Bekennerschreiben und dem Internetprotokoll, welches zeigte, wo sich der Täter die Baupläne für seine Bombe heruntergeladen hatte. Beides half, die Angst zu schüren, beides war nützlich. Das alte Spiel, wieder und wieder – und selbstverständlich spielten sie alle mit, bis ganz nach oben.

Diese Darstellung der Ereignisse würde im Laufe der Zeit dafür sorgen, dass außer den Angehörigen der Opfer und den »üblichen verdächtigen« Verschwörungstheoretikern schon in wenigen Wochen niemand mehr von den über tausend Leichen in einem geheimen unterirdischen Labor reden würde, und ebenso wenig von der potenziellen Gefährlichkeit derartiger privat finanzierter Forschungen.

Comedians würden wieder anfangen, ihre Witzchen zu reißen, inspiriert von den ersten geschmacklosen YouTube-Videos zur Katastrophe. Bald darauf wären die seichten Eskapaden durchtrainierter Fußball-Promis oder die nächste Staffel irgendeiner hirnlosen Reality-Show wieder das Hauptthema. Das Leben würde weitergehen. War alles schon tausend Mal passiert, keine große Sache.

Trotzdem, auch wenn mittlerweile eine Menge Leute und jeder deutsche Polizei- und Zollbeamte das Gesicht von Dr.

Peter Singer kannte, suchten sie praktisch nach dem falschen Mann im falschen Auto. Das war immerhin eine Chance. Die einzige, die sie hatten.

Die Grenzer wirkten tatsächlich nicht übermäßig gewissenhaft, sie winkten die meisten Wagen nach einem kurzen Blick ins Innere einfach durch. Wahrscheinlich gingen sie ohnehin davon aus, dass Singer einfach auf schnellstem Wege flüchten würde oder möglicherweise bereits über alle Berge war. Asien, Südamerika, die Möglichkeiten waren zahlreich, wenn man erst mal außerhalb Europas war. Und war es denn nicht logisch, dass der Mann sich nach solch einer Tat schleunigst aus dem Staub gemacht hatte? Vielleicht hatten sie auch gehört, dass Singer über achthundert Kilometer weiter nördlich gesichtet worden war. Das würde zumindest ihre missmutigen Gesichter erklären.

Als sie schließlich an der Reihe waren, leuchtete der Grenzer mit seiner starken Taschenlampe in das Innere des Wagens, nachdem er das Nummernschild angeschaut und als deutsches identifiziert hatte. Offenbar schien er zufrieden zu sein mit dem, was er im Wagen sah – zumindest machte er keine Anstalten, sie auf der Stelle niederzuschießen.

Er schaute noch einmal in Martins Gesicht und machte dann eine kreisende Geste mit dem Zeigefinger seiner rechten Hand. Das hatte der Zöllner bei den Autos in der Schlange vor ihnen nicht getan. Martin riss sich zusammen und seine zitternden Finger fanden den Knopf am Inneren der Wagentür. Die Scheibe surrte leise nach unten und der Beamte sagte irgend etwas wie »Guten Tag, die Pässe bitte.« Antonia reichte Martin ihre beiden Pässe herüber, kein Zittern, ganz die routinierte Dame von Welt. Sie hieß jetzt

Susanne Meier und stammte aus Stuttgart. Verdammt, das war solch ein Klischee, dachte Martin. Das kam davon, wenn man die Russen deutsche Pässe fälschen ließ. Der Beamte warf einen prüfenden Blick in ihre Papiere, schaute dann ausdruckslos erneut in ihre Gesichter und gab ihnen schließlich die Pässe zurück, wobei er Antonia sogar ein wenig anzulächeln schien. Die lächelte zurück, so kokett wie falsch. »Danke«, sagte der Beamte schließlich und Martin tastete nach dem Schlüssel, um den Wagen anzulassen. Er vermied es, auszuatmen. Das hätte der Grenzer zu offensichtlich als Zeichen der Erleichterung interpretieren können. Wenn er die Luft allerdings noch ein wenig länger anhielt, würde sein Kopf bestimmt platzen. Verdammt, er *musste* atmen – unschuldige Leute atmeten schließlich auch an Grenzübergängen, und er …

Das Bonbon hatte sich der Zöllner allerdings bis zum Schluss aufgespart. Wie zufällig legte er seine Hand an den Griff seiner Pistole und sagte:

»Öffnen Sie bitte mal den Kofferraum!«

CHAOS

Anál nathrach, oth' bháis's bethad, do chél dénwhai.

Atem des Drachen, Zauber von Tod und Leben, Omen des Erschaffens

Alt-Irisch

NAZARET, JERUSALEM, 3 N. CHR.

Es war dem Priester gelungen, Tyssas Kind zu schützen, doch er hatte einen furchtbaren Preis dafür gezahlt. Nachdem die Soldaten das Kloster am Fuße des Kailash zerstört und jedes Mitglied der friedvollen Glaubensgemeinde getötet hatten, war ihnen schließlich zu Ohren gekommen, dass ihr Massaker nicht vollständig gewesen war. Dass ein Priester geflohen war, und dass er einen unermesslichen Schatz bei sich getragen hatte.

Die eingeschüchterten Bewohner des nahen Dorfes waren einfache Menschen, nicht gewöhnt an die Härte und Grausamkeit des Krieges und des Tötens. Die Soldaten hatten sie nicht lange foltern müssen, um herauszubekommen, in welche Richtung der junge Geistliche mit dem Kind gegangen war, und was es gewesen war, das er bei sich getragen hatte.

Als sie ihn schließlich aufspürten, hatte er sich bereits mit einem Sud aus Eiben umgebracht, zu grausam war das Schicksal, das ihn sonst erwartet hätte. Jetzt konnten sie ihn verhören, soviel sie wollten, aus ihm würden sie kein Wissen mehr gewinnen. Er war in großer Pein hinübergetreten ins Vergessen, und obwohl er wusste, dass er das Rad durchbrochen hatte und in die Leere gehen würde, hatte er nicht gezögert und gezagt, er hatte Tapferkeit bewiesen in dieser seiner letzten Stunde. Es war ein grausamer Trost für den jungen Priester, der einst eine Göttin geliebt hatte. Aber es war besser als gar kein Trost.

Das Kind unterdessen war in die Hände eines einfachen Zimmermanns und seiner Frau gelangt, die empfänglich schienen für die Lehren, die ihnen der Priester aus dem Buch vortrug. Sie nahmen das Kind gern in ihrer Familie auf, auch wenn sie arm waren und viel auf Reisen, so taten sie ihr Bestes, für den Kleinen zu sorgen und ihn im Kreise seiner Geschwister aufzuziehen, als wäre er ihr eigener Sohn. Es waren redliche Leute und treu dem Leben ergeben, auf ihre bescheidene Art.

Sie merkten bald, dass der fremde Priester nicht gelogen hatte, als er das Kind als etwas Besonderes bezeichnet hatte. Der Kleine wuchs rasch zu einem jungen Mann heran, der seinem Vater hilfreich zur Hand ging und viel schneller lernte als alle anderen Kinder. Lesen schien er überhaupt nicht lernen zu müssen, denn sobald er ein Buch aufschlug, erschloss sich ihm der Inhalt wie von selbst.

Als er vierzehn Jahre alt war, sprach er sämtliche Sprachen und Dialekte, mit denen die fahrende Familie zu tun hatte, fließend.

Bald darauf unterhielt er sich mit Priestern und Weisen, die ihn aufgrund seiner außergewöhnlichen Bildung und seiner glänzenden Schlussfolgerungen bald als einen der ihren ansahen. Man konnte spüren, dass dieser Junge von besonderem Geist erfüllt war. Später munkelte man sogar, er sei der Sohn eines Gottes.

Als der Junge sechzehn wurde, führte der Vater ihn in eine Ecke der kleinen Stube, die sie bewohnten. Dort stand ein

Schrank, den der Vater vor Jahren selbst errichtet hatte. Er entriegelte einen Mechanismus und ein kleines Geheimfach kam zum Vorschein, in dem ein Buch verborgen lag. Der Vater selbst konnte es nicht lesen und die Zeichen darin waren ihm sämtlich fremd, doch der Junge verstand sie sofort. Sie brachten etwas in ihm zum Schwingen, so wie der Priester es vor Jahren vorausgesagt hatte.

Und er vertiefte sich in das Buch, für ganze drei Monate, während derer er keine Speisen zu sich nahm und keine Flüssigkeit. Und als er es gelesen und über das Gelesene meditiert hatte, war seine Wandlung vollzogen. Nun besaß er tatsächlich göttliche Gaben.

Bald darauf verließ der Junge den Haushalt des Zimmermanns und seiner Frau und sagte Lebewohl zu seinen Brüdern Jakobus, Josef, Judas und Simon. Er würde sie nie wiedersehen, denn seine Reise würde ihn schon wenige Jahre später an das Kreuz führen, an dem ihm ein grausamen Opfertod bestimmt war, wie er wohl wusste. Er ging dennoch.

Sein Tod würde das vorerst letzte Opfer der Atlantäer für eine Menschheit sein, die sich nicht mehr erinnerte, dass die Insel, von der Tharek und die seinen stammten, jemals existiert hatte. Und doch würde er etwas hinterlassen, etwas, das im Blut fortlebte – im Blut der Menschen. Denn dieser junge Mann hatte etwas erkannt, das die Atlantäer vergessen hatten; Dass der Schlüssel zur Weisheit in ihrer Verbreitung liegt und Macht nichts bedeutet, wenn sie an einer Stelle gehortet wird.

Und so ging der junge Mann und kündete ein letztes Mal aus dem Buch der Atlantäer und die Menschen besannen sich und hörten seine Lehre an, zumindest für eine gewisse Zeit. Er scharte Anhänger um sich, Getreue, die seine Lehren weitertragen würden, und er nannte sie Jünger und schenkte ihnen seinen Segen. Und er fand Frauen und schenkte ihnen Liebe und sie empfingen von ihm das Geschenk des Geheimnisses und gebaren ihm Söhne und Töchter. Und die Leute sahen die Macht der Liebe, als er sie von ihren Leiden und ihrem Kummer heilte und sie glaubten daran. Für eine gewisse Zeit.

Doch es war eine Zeit, in der die Gedanken der *Draakk* die Menschen bereits so sehr vergiftet hatten, dass sie ein mächtiges Weltreich gegründet hatten, auf Blut und Angst und Verderben gegründet. Ein Weltreich, ihresgleichen zu unterdrücken und gnadenlos zu richten, wo Liebe und Nachsicht herrschen sollten. Der schwelende Zorn der *Draakk* tief in der Dunkelheit, in die sie Tharek verbannt hatte, war am Ende stärker als die Botschaft des jungen Priesters. Die Grausamen sandten ihre trostlosen Gedanken in die Köpfe der ängstlichen Völker und so kam es, dass die Menschen jenen verrieten, der ihnen den Weg des Lichts gezeigt hatte. So kam es, dass die Menschen ihren Heiland an ein Kreuz nagelten und sterben ließen und sich für den Weg in die Dunkelheit entschieden.

Zumindest die meisten von ihnen.

Die Kinder des Priesters jedoch trugen das Erbe von Atlantis in sich und gaben es an ihre Kinder weiter, die es wiederum den ihren schenkten, nicht wissend, dass sie Auserwählte waren, Krieger des Lichts, lebten und starben sie wie alle anderen. Denn noch war ihre Zeit nicht gekommen. Und auch das Kreuz lebte weiter, als ein Symbol, das viele anbeteten und dessen wahre Bedeutung nur wenige verstanden.

Das Buch des Tharek und die Lehre des jungen Priesters jedoch gerieten in den folgenden Jahrhunderten endgültig in Vergessenheit und diejenigen, die sich der Worte des jungen Mannes erinnerten, wurden verfolgt und ihre Botschaft verdreht und zerrissen und schließlich ganz ihres ursprünglichen Sinns beraubt. Denn die Lehre enthielt den Schlüssel zur mächtigsten Kraft, die den Menschen zur Verfügung stand im Kampf gegen die Dunkelheit – die einzige wirkungsvolle Waffe gegen das Böse.

Diese Waffe war die Liebe von Atlantis und die Kraft des gütigen Geistes, doch die Menschen verstanden sie nicht mehr. Und so kam es, dass die Menschen erneut schutzlos waren und schutzlos sein würden, wenn das Böse einst erwachte.

Wenn es Zeit war für die letzte Ernte.

PSYCHOLOGIE

Wenn Antonia in diesem Moment innerlich genauso zusammengefahren war, dann hatte sie sich verdammt gut unter Kontrolle. Scheiße, dachte Martin, was hatte ihn bloß geritten, diesen Quatsch hier mitzumachen? Das war etwas völlig anderes, als sich vom Safe Room aus in die schlecht geschützten Computer irgendwelcher Behörden oder dubioser Firmen einzuhacken. Aber das hier war echt, so echt wie die Pistole am Gürtel des Grenzers.

Martin warf einen kurzen Blick nach vorn, vor ihm befanden sich noch drei weitere Wagen, welche gerade von Beamten durchgewunken wurden und sich langsam in Bewegung setzten. Unmöglich, da durchzukommen. Und selbst wenn, er war zwar ein recht guter Fahrer, und der Mercedes war großzügig motorisiert – aber, eine rasante Verfolgungsjagd mit der Grenzpolizei? Eher unwahrscheinlich, dass das ein gutes Ende nehmen würde.

»Den Kofferraum, bitte«, sagte der Grenzer wieder und seine rechte Hand fand wie zufällig den Knopf am Holster der *Heckler & Koch P7* an seinem Gürtel. Also drückte Martin, fast schon im Reflex, eine Taste und die Klappe des Kofferraums glitt langsam nach oben.

Der Beamte ging zum Heck des Wagens und streckte die Hand nach der Klappe aus, um sie vollends nach oben zu drücken.

Bei einem kleinen, zerbeulten Lieferwagen, der in zweiter Reihe hinter ihnen stand, schlug ein Polizeihund an. Er zog den Beamten an der Leine förmlich hinter sich her. Kläffend hatte sich der Hund an der Ladefläche des Pritschenwagens aufgestellt und bellte dort die dunkelblaue Plane mit dem kaum mehr leserlichen Firmenaufdruck an. Der Beamte, der den Wagen gerade überprüfte, hatte seine Pistole bereits im Anschlag, war aber gleichzeitig noch mit dem aufgeregt an seiner Hand zerrenden Hund beschäftigt. Der Grenzpolizist, der vor dem Kofferraum von Martins Mercedes stand, warf nur einen flüchtigen Blick hinein, stiefelte im Laufschritt zurück zum Fenster, hinter dem ein merklich blasser Martin mit immer noch angehaltenem Atem saß und rief: »In Ordnung, gute Weiterfahrt!« Dann riss er die Waffe aus dem Holster und stürmte seinem Kollegen mit dem Hund zu Hilfe. Auch wenn Martin den oder die Fahrer des kleinen Lieferwagens im Moment nicht gerade beneidete, war er ihnen ausgesprochen dankbar. Das war knapp gewesen, verdammt knapp.

Als seine Hände allmählich aufhörten zu zittern und das ohrenbetäubende Pochen des Blutes in seinen Ohren wieder dem sanften Gemurmel des Regens auf dem Blechdach des Wagens wich, startete er den Mercedes.

Langsam brachten sie die letzten Meter des deutschen Grenzübergangs hinter sich, um auf der Schweizer Seite einfach durchgewunken zu werden. Dann waren sie drüben, in der Schweiz. Das sagte er sich immer wieder, während sein Puls langsam auf normale Werte zurück sank. Drüben, sie waren drüben.

Ungefähr einen Kilometer nach der Grenze hatte sich Martin wieder weitestgehend beruhigt. Erst jetzt bemerkte er, dass Antonias Linke sein rechtes Handgelenk die ganze Zeit über mit erstaunlicher Kraft gedrückt hatte. Nun ließ auch ihre krampfartige Umklammerung allmählich nach. Sanft streichelte sie über Martins schmerzendes Handgelenk und murmelte: »Sorry.«

Und dann schlüpfte ihre kleine Hand wie selbstverständlich in seine und ihre Finger verschränkten sich ineinander, als ob sie das schon immer so getan hätten. Er musste sie nicht ansehen, um zu wissen, dass sie erleichtert lächelte, genau wie er. Nein, das stimmte nicht, vielmehr grinsten sie beide wie gerade ausgebüxte Irre. Das Gefühl von Antonias Hand in seiner war mit Abstand das beste, das Martin seit langem gespürt hatte.

Und doch lag das Schlimmste noch vor ihnen.

FÜHRUNGSQUALITÄTEN

8. November, Murnauer-Institut, Hamburg, Deutschland

Murnauer starrte auf die Reihe der Computerbildschirme an der Wand, die vor seinen Augen zu bunten Schlieren aus Licht verschwammen. Lichtflecken, die versuchten, ihm ihre Informationen zum düsteren Meeresgrund seines Bewusstseins zu senden. Sie hatten dabei wenig Erfolg. Murnauer hatte seit Ewigkeiten nicht geschlafen, schien es, aber er fühlte die Müdigkeit nicht. Irgendwann würde er sie spüren und sein Körper den Tribut fordern, aber das war im Moment nicht wichtig.

Wenn er den Draakk wieder eingefangen und ihnen Singers Kopf vor die Füße gelegt hatte, konnte er eine Woche lang durchschlafen, wenn ihm danach war. Vorher nicht.

Immer noch keine Neuigkeiten, weder von Singer noch von dem Draakk-Wesen. Zero. Nichts. Nada, komplett von der Bildfläche verschwunden. Die Idee, nach Singers Tochter zu suchen, hatte sich zwar prinzipiell als gut erwiesen, aber auch dort waren sie zu spät gekommen. Singer hatte sie ihnen bereits weggeschnappt. Die beiden hatten sich einen Wagen »geborgt« von diesem blondierten Schwachkopf von einem Studenten, dessen einzige Sorge war, dass er sein teures Spielzeug wieder heil in die Hände bekam. Verdammter Idiot, sie hatten momentan wirklich andere Sorgen als sein von Papa finanziertes Wägelchen. Wie zum

Beispiel die Frage, wo genau sich die verdammte Karre im Moment befand.

Erst war Singer angeblich im hohen Norden, bei Flensburg gesichtet worden, und Murnauer hatte einen nervenzehrenden Kampf mit den dänischen Grenzbeamten geführt, der sich genau in dem Moment in Wohlgefallen aufgelöst hatte, als er drohte, zum Politikum zu werden. Plötzlich hatte niemand mehr gewusst, woher die Sichtungsmeldung überhaupt gekommen war. Irgendein Beamter hatte sich wichtig machen und die Belohnung kassieren wollen, so schien es. Diese unfähigen Befehlsempfänger, es war zum Aus-der-Haut-Fahren.

Dann gestern, und natürlich war auch diese Information viel zu spät zu ihm gelangt, war ein Wagen, auf den die Beschreibung passte, auf den Überwachungskameras einer Tankstelle in einem kleinen Kaff irgendwo bei Freiburg im Schwarzwald gesichtet worden. Sie waren also eindeutig in Richtung Süden unterwegs. Italien, Österreich, Spanien vielleicht, um sich über Gibraltar nach Afrika abzusetzen, wo Singer vielleicht Bekannte hatte. All das war möglich. Oder aber …

Nach dieser Sichtung hatten sie ihre Spur wieder verloren, und der Wagen war irgendwie komplett vom Radar verschwunden. Sie konnten praktisch *überall* sein, verdammt. Deutschland war kein besonders großes Land und verfügte über eine ausgezeichnete Infrastruktur, zumindest was den Überwachungssektor betraf. Allerdings nur so lange, bis man einen flüchtigen Massenmörder suchte, schien es. Dann konnte das Land plötzlich verdammt groß sein. Und von offenen Grenzen auf allen Seiten umgeben. Schönes neues Europa.

Schlimm genug, dass er die Jungs mit den *wirklich* teuren Krawatten um Hilfe hatte bitten müssen. Er fing allmählich an, einer Menge Leute Gefallen zu schulden und das war etwas, das er gar nicht mochte. So etwas machte einen *abhängig*. Nachdenklich schob er sich eine weitere Attentin in den Mund und schluckte sie trocken runter.

Die Polizeieinheiten, die sie ihm zur Verfügung gestellt hatten, leisteten zwar ganze Arbeit, aber sie waren einfach zu wenige und zu langsam für die vielen Möglichkeiten, die sich Singer boten, um unterzutauchen. Zumindest für eine Weile – und das war gefährlich. Denn wer konnte schon sagen, auf welche Gedanken ein Peter Singer in der Zwischenzeit kommen mochte. Zu allem Überfluss war heute Morgen auch noch ein Angriff auf die Datenbanken des Instituts verübt worden, und dazu noch ein relativ erfolgreicher.

Das Abwehrteam hatte den Hacker zwar lange genug in der Leitung halten können, um sich durch die unzähligen Schichten seiner aufwendigen Anonymisierung zu fressen, dabei hatte dieser aber leider auch Einblick in eine ganze Menge sensibler Daten bekommen. Hauptsächlich solche, die das *Draakk*-Projekt betrafen. Das konnte kein Zufall sein.

Natürlich, sie würden den Angriff zurückverfolgen, letztlich auch bis zu dem Computer, von dem der Hack ausgegangen war. Aber der unbekannte Angreifer war mit Sicherheit kein Anfänger. Es konnte gut und gerne noch ein paar Stunden dauern, bis sie seine Brotkrumen durch ein schier endlos kaskadiertes Netz von in- und ausländischen Servern zurückverfolgt hätten. Und währenddessen lief ihnen die Zeit davon.

Er jagte Phantome, wurde Murnauer klar, Menschen und Dinge, deren Existenz er im selben Moment leugnete, in dem er ihre Verfolgung anberaumte. Es war zum Verrücktwerden.

Von dem Draakk selbst fehlte ebenfalls weiterhin jede Spur und das war momentan vielleicht sogar ein Segen. Die Bilder, die der Suchtrupp aus dem unterirdischen Labor übermittelt hatte, waren sogar Murnauer (der im Moment bereits in einer wohltuenden Wolke verschiedener Monopräparate wie in einem riesigen weichen Wattebausch schwebte) an die Nerven gegangen – etwas, das er sich gerade überhaupt nicht leisten konnte. Und irgendwie konnte er sich des Eindrucks nicht erwehren, dass den Typen mit den scharfen Krawatten die Bilder des Blutbads in dem riesigen Hangar auf gänzlich andere Art den Atem verschlagen hatten – fast schon so, als bewunderten sie die Effizienz, mit der die Vernichtungsorgie stattgefunden hatte. Nun, auch das war im Moment nicht sein Problem. Deren einzige Sorge war nach wie vor, den Draakk unversehrt in ihre Hände zu bekommen, und sie wurden nicht müde, ihm dies einzubläuen. Sie hatten sich eine absolut lächerliche Story aus dem Allerwertesten gezogen, von einem Laborunfall und Singer als Ökoterroristen. Und das Erstaunlichste daran war, wie unkritisch die Öffentlichkeit all diese Lügen geschluckt hatte. Tatsächlich war es ungemein tröstlich, die Jungs mit den teuren Krawatten auf der eigenen Seite zu wissen.

Murnauer wurde abrupt aus seinen Gedanken gerissen. Am Rande seines Sichtfelds war ein junger Mensch mit randloser Brille und einem tadellos sitzenden Maßanzug (der selbstverständlich nicht *ganz* so tadellos saß wie sein eigener) aufgetaucht – sein Assistent. An dessen Namen er sich im Moment beim besten Willen nicht erinnern konnte.

Merkwürdig, diese Gedächtnislücken.

Aber der Name des Burschen war schließlich im Moment auch nicht weiter wichtig. Er hielt eine graue Plastikmappe mit dem Logo des Instituts in der Hand und stellte einen leicht bedröppelten Gesichtsausdruck zur Schau – noch mehr fantastische Neuigkeiten, vermutete Murnauer.

Der Institutsleiter betastete seine angebrochene Nase und war ein weiteres Mal versucht, Schmerzmittel zu nehmen. Aber das könnte sich in Kombination mit den Pillen, die er bereits intus hatte, als fataler Fehler erweisen. Er brauchte jetzt jedes Jota an Konzentration, und dabei würde der Schmerz vielleicht sogar helfen. Sollte er nicht bald Ergebnisse vorweisen können, wäre eine angeknackste Nase wohl noch sein geringstes Problem. Murnauer drehte sich mit geröteten, aggressiv funkelnden Augen vollständig zu dem Assistenten um: »Sie haben besser etwas ganz Fantastisches in dieser Mappe da.« Er deutete er auf den grauen Ordner, den der Assistent ihm entgegenhielt. »Am besten haben Sie Dr. Singer in dieser Mappe«, fügte er leise hinzu. In einem anderen Moment hätte diese Bemerkung vielleicht spaßig gewirkt, aber der Assistent schaute Murnauer weiterhin mit diesem dümmlich neutralen Eselsgesicht an. In seinen Augen lag zugleich ein Ausdruck von – Angst, ja, es war Angst. Als wäre Murnauer gerade dabei, sich in den *Unglaublichen Hulk* zu verwandeln.

»Status-Update aus dem Lab«, sagte der Assistent knapp und mit angenehm ruhiger Stimme. Er brachte es sogar zustande, halbwegs gefasst zu klingen – keine leichte Angelegenheit für jemanden, der – wenn auch nur als eine Art besserer Handlanger – in seinem Alter bereits in einem Spiel mitmischte, bei dem gerade die Leichen von ein paar hundert übel zugerichteten Menschen in einem Berg verscharrt worden waren. Eingeäschert und verscharrt werden mussten, weil man den Anblick dieser Leichen keinem Bestatter oder Familienmitglied zumuten konnte. Schon gar nicht, wenn diese Menschen angeblich bei einem Chemieunfall ums Leben gekommen sein sollten.

»Und?«, knurrte Murnauer ungeduldig.

»Zwei Punkte, und beide nicht besonders positiv, fürchte ich.«

Murnauer hob in alter Gewohnheit die Hand zum Gesicht, um sich die Nasenwurzel zwischen Daumen und Zeigefinger zu massieren. Sofort raste ein scharfer Schmerz seinen Nasenrücken entlang, da, wo Singers Faust ihn getroffen hatte.

»Aaah … Scheiße!«, rief er laut genug, dass einige der Anwesenden besorgt in seine Richtung schauten. Rasch blickten sie wieder weg, als er finster in die Runde starrte.

»Schon gut. Weiter«, sagte er dann, während er ein Taschentuch aus der Tasche kramte, um vorsichtig das frische Blut von seiner Nase abzutupfen.

»Der, äh, Prototyp ist nicht das Einzige, was aus dem Labor verschwunden ist. Es sind auch ein paar Sicherheitsleute und fast alle Wissenschaftler des Untersuchungsteams nicht unter den, äh, Opfern gefunden worden. Außer Dr. Walther ...«, fuhr der Assistent leise fort.

»Die Psychologin?« Ja, an die Kleine erinnerte er sich sogar. Sprach er zu laut? Was glotzten diese Torfköpfe jetzt schon wieder so dämlich?

»Ja, Neuropsychologie, soweit ich weiß ...«

»Hübsches Ding, nicht?«, murmelte Murnauer und grinste gedankenverloren. Dieser verdammte Schmerz. Als er aufschaute, gewahrte er gerade noch den Rest der Bestürzung im Gesicht des jungen Assistenten, der *gesehen* hatte, was von Doreen Walther übrig geblieben war. Und das war ganz sicher alles andere als *ein hübsches Ding* gewesen.

»Weiter. Nur weiter mit den frohen Botschaften!« Vielleicht war der Blick, den Murnauer seinem Gegenüber zuwarf, wirklich eine Spur zu zynisch, sein Grinsen einen Tick zu breit. Er musste sich zusammenreißen. Auf dem Posten bleiben, dann würde er die Sache schon schaukeln. Wie immer.

»Es fehlt außerdem noch ein autorisiertes Transportfahrzeug aus dem Labor. Einer von den Kühltrucks für die, äh, Materialtransporte«, fügte der Assistent hinzu, offensichtlich auf Murnauers nächste zornige Reaktion gefasst. Aber die blieb aus.

Ein Grinsen, das allerdings kaum weniger unheimlich war, stahl sich auf das fahle Gesicht seines Chefs. Oh, aber das war doch *gut*! Außerordentlich gut sogar, geradezu ausgezeichnet. Denn jetzt, jetzt hatten sie eine Spur. Und die würde sie letztlich auch zu Singer führen, der für diesen ganzen Rummel verantwortlich war. Und dann würde der Rummel enden, Schluss mit lustig, Lichter aus, gute Nacht, Kinder! Und Murnauer würde zwei Wochen Urlaub nehmen, mindestens. Auf Hawaii oder so. Hauptsache weit weg von diesem ganzen Scheiß hier.

Es war genau diese Art von Weitsicht, die den einen zum Chef und den anderen zum Assistenten machte, überlegte Murnauer zufrieden. Dieser Junge hier würde noch eine Menge zu lernen haben, und am besten – von den Besten. Von ihm. Und als er daran dachte, womit er sich in wenigen Minuten in seinem Büro beschäftigen würde, besserte sich seine Laune gleich noch ein wenig mehr. Nur ein bisschen Motivation, die ihm helfen würde, auch die nächsten achtundvierzig Stunden ohne Schlaf zu überstehen, bis die Sache ausgestanden war. Nur ein kleines bisschen Wachmachpulver auf den ersten wirklichen Fortschritt, seit dieser verfluchte Narr Singer sein Projekt so schamlos torpediert hatte.

»Gute Arbeit«, grinste er seinen Assistenten an. Dann rief er mit erhobener Stimme in den Raum, worauf sich die Koordinatoren der Suchtrupps zu ihm umdrehten: »Herhören, Männer! Wir haben ein neues Ziel, das uns vielleicht zu unserem *Cargo* führen kann. Wir gehen davon aus, dass Singer ein paar Verbündete in unser Lab geschleust hat. Diese haben den Prototyp offenbar in einem gestohlenen Fahrzeug aus dem Instituts herausgeschafft. Ich möchte, dass Sie auf der Stelle die Suchmeldung herausgeben. Hier sind

Bilder und Kennzeichen des Fahrzeugs.« Murnauer wedelte mit der grauen Mappe des Assistenten.

Dann hob er beschwörend den Zeigefinger seiner rechten Hand. »Achtung, herhören: Niemand soll dem Lkw auch nur nahekommen, ich werde mich selbst darum kümmern. Sorgen Sie nur dafür«, wandte er sich an die Männer der Polizeieinheit, »dass ich erfahre, wo sich der Truck befindet. Halten Sie Ihre Männer da raus. Niemand nähert sich dem Fahrzeug oder versucht, es zu stoppen, verstanden? Keine Polizeikontrollen, keine Straßensperren. Der Prototyp ist eine verdammt gefährliche Angelegenheit – und höchstwahrscheinlich ansteckend.« Dessen war er sich zwar nicht wirklich sicher, aber er wusste, dass er nun davon ausgehen konnte, dass sich die Meldung bis zum letzten Dorfpolizisten in Windeseile herumsprechen würde. Niemand würde versuchen, das Fahrzeug aufzuhalten. Die ersten Polizisten fingerten bereits nach ihren Funkgeräten – gut.

»Wenn Sie den Truck gefunden haben, hängen Sie sich mit ein paar Zivilfahrzeugen dran, aber unauffällig! Ich fahre selbst mit meinen Leuten hinterher.«

Murnauer war nun plötzlich in Hochstimmung, sein Jagdtrieb war wiedererwacht. Einer der Polizisten richtete sich an Murnauer, das kleine Funkgerät noch am Ohr:

»Ich habe gerade eine Sichtung hereinbekommen, Professor. Könnte Ihr Truck sein. Ein Fahrzeug mit passender Beschreibung ist auf der A5 gesehen worden, in der Nähe von Karlsruhe. Sie werden doch nicht in die Stadt wollen … ?«, fragte der junge Beamte mit unübersehbarer Sorge. Wahrscheinlich hatte er Verwandte dort.

Murnauer überlegte kurz. »Ich denke, ich weiß, wohin sie wollen. Machen Sie sich mal keine Gedanken um Stuttgart. Sorgen Sie lieber dafür, dass der Truck freie Fahrt hat. Verständigen Sie am besten auch die Tankstellen. Die sollen den Lkw volltanken lassen und keine dämlichen Fragen stellen, falls keiner für den Sprit bezahlt. Das wickeln wir intern ab.«

»Und jetzt«, wandte er sich regelrecht vergnügt an seinen immer noch wartenden Assistenten, »lassen Sie meinen Wagen vorfahren und holen Sie mir den Schweizer Zoll ans Ohr.«

MUOTATAL

9. November, Muotatal, Schweiz

Als sie das Muotatal erreichten, war der Regen noch dichter geworden und allmählich in graupelige Schneeschauer übergegangen. Der Wind riss an den kahlen Bäumen am Straßenrand und nur selten brach die Sonne für einen Moment durch die Wolkenwand oberhalb der gewaltigen Steilhänge. Die wenigen Häuschen im Tal kauerten sich in die Schatten des mächtigen Gebirgszuges und die Farbe ihrer Dächer verschmolz mit dem matschigen Dunkelbraun der umliegenden Felder und Wiesen.

Ihr Ziel lag ungefähr sechshundert Meter über Normalnull und sie hatten jetzt schon den Eindruck, dass die Kälte und die Feuchtigkeit in den Wagen krochen, trotz der auf Hochtouren laufenden Heizung. Als sie in dem Dörfchen namens Igstein ankamen, pflügten sich die Reifen des Mercedes bereits durch eine dicke Schicht aus überfrorenem Schneematsch. Lange Holzstäbe markierten in regelmäßigen Abständen den Rand der Straße, damit die Fahrer bei Tiefschnee nicht im Graben landeten. Allzu lange würde es nicht mehr dauern, bis diese Stäbe der einzige Hinweis auf den Verlauf der schmalen Passstraße sein würden.

Sie schlitterten um eine weitere Kurve und wurden von den Lichtern des Bergdorfes Igstein begrüßt, kaum mehr als eine Ansammlung zusammengekauerter Fachwerkhäuschen. Sie waren an ihrem Ziel angelangt. Oder zumindest beinahe. Die Alpenpension des alten Mannes lag etwas außerhalb von Igstein und noch einige Meter höher als die kleine Ortschaft, soviel wussten sie aus den Akten des Murnauer-Instituts. Wo genau die Pension »Alpenblick« sich befand, verriet ihnen das Navigationssystem allerdings nicht.

Durch enge, kaum befahrbare Gässchen kämpfte sich die große Limousine tapfer bis zum Marktplatz durch, der das Zentrum des Dorfes bildete – offenbar in sozialer wie in religiöser Hinsicht. Der Dorfplatz wurde von zwei größeren Gebäuden dominiert: Die mittelalterliche Dorfkirche stand direkt gegenüber der örtlichen Schankwirtschaft. Zwischen beiden Gebäuden weitete sich die Gasse zur einzigen Zufahrt zum Marktplatz.

In großen Lettern offenbarte sich das

Gasthaus zum Schuetzen

nicht nur als erstes, sondern gleichzeitig auch einziges ‚Haus am Platze'. Sie parkten den Wagen vor der Wirtschaft und stiegen aus. Dann rannten sie, in ihren viel zu dünnen Jacken nur notdürftig gegen die Kälte geschützt, zur Eingangstür des Gasthauses, rissen sie auf und stürmten hinein. Ein Schwall Kälte und Feuchtigkeit von draußen begleitete sie und schnell zogen sie die Tür hinter sich wieder zu.

Sie schüttelten die Nässe in großen Tropfen von den klammen Kleidern und Schuhen und hängten ihre Jacken an die Haken neben der Tür, wo sich kleine Pfützen auf dem Boden bildeten, die bald zu mittelgroßen Seen wurden. Die

Augen der einheimischen Stammgäste folgten den Ankömmlingen dabei mit unverblümtem Interesse. Man sah hier um diese Jahreszeit vermutlich eher selten fremde Gäste.

Das Innere der Gaststube erwies sich als gemütlich und angenehm warm. Der kleine Gastraum war mit dunklem Holz getäfelt und Tische und Stühle aus demselben Material stellten den Großteil der restlichen Einrichtung des rustikalen Gaststübchens dar. Die Wände zierte eine Vielzahl dunkler Bilderrahmen, in denen postkartengroße Porträts örtlicher Berühmtheiten und einige Blätter legendärer Skatrunden prangten. An der Stirnwand des Raumes hing eine umfangreiche Sammlung von altertümlichen Waffen, Dreschflegeln und ähnlichen Jagd-, Feld und Mordwerkzeugen.

Die Theke war ein baumlanges Brett, das man dunkel gebeizt und anschließend klar lackiert hatte. Sie war von unzähligen Kratzern und Einschnitten übersät, wirkte aber trotz der Spuren intensiver Benutzung gepflegt und beinahe edel. Der Wirt hatte die Ärmel seines ehemals weißen Hemdes halb nach oben gekrempelt und war damit beschäftigt, den Tresen zu polieren, als sich seine neuen Gäste zu ihm an die Bar setzten. Er musterte die Ankommenden aufmerksam, aus Augen, die sich dem breiten Lächeln seiner Mundpartie nicht ganz anschließen wollten. Die Augen über der winzigen Nase und dem riesigen Schnurrbart erinnerten Singer ein wenig an die eines Wiesels. Als ihr Blick auf Antonia fiel, wurde das Lächeln darunter noch eine Spur breiter und bekam etwas unangenehm Glitschiges.

»Grüß Gott, ihr Leute«, begrüßte das Wieselauge seine Gäste. »Da habt ihr euch aber einen schönen Tag ausgesucht zum Ausgehen, oder?«, fragte er leutselig und zwinkerte ihnen aufmunternd zu, mit diesen *beinahe* lächelnden Augen. Von den Tischen der Gaststube drang verhaltenes Gemurmel herüber. Offenbar hatte man nach den Ergebnissen des letzten Skatabends ein neues Tagesgespräch gefunden.

»Wohl wahr, und Ihnen auch einen *guten Tag*!«, erwiderte Singer das breite Grinsen des Wirts. Damit waren offenbar fürs Erste die Fronten geklärt und die Gäste an den Tischen widmeten sich wieder ihren vorher unterbrochenen Gesprächen. Zumindest gaben sie sich alle Mühe, diesen Eindruck zu erwecken. Singer vermeinte hin und wieder das Wort ›Touristen‹, gefolgt von einem kleinen, garstigen Auflachen zu vernehmen, aber da konnte er sich auch irren.

Sie bestellten sich zwei Portionen vom Benediktinereintopf und eine Käsesuppe für Antonia. Singer versetzte seine Tochter in Erstaunen, als er sich ein großes Wasser zum Essen bestellte, anstatt des sonst üblichen Biers oder Weins, und einen Kaffee. Den Wirt versetzte er damit offenbar ebenfalls in einiges Erstaunen, denn der versuchte nun fast angestrengt, ihm ein Gläschen seines berühmten Gebirgskräuters anzudrehen. Zum Aufwärmen, gegen die Kälte draußen, wie er sagte. Singer lehnte die Bemühungen des Wirtes dankend ab, woraufhin der sich kopfschüttelnd in die Küche zurückzog, offenbar im völligen Unverständnis darüber, wie man sich die hausgebrannte Köstlichkeit (die einen vermutlich auf der Stelle erblinden ließ) entgehen lassen konnte.

Etwa fünfzehn Minuten später kam er mit drei dampfenden Schüsseln zurück, die er vor die ausgehungerten Reisenden auf die Theke stellte.

»Wohl bekomm's«, sagte er und packte einen kleinen Korb mit frischem Brot dazu, höchstwahrscheinlich aus dem hauseigenen Backofen oder aus dem des hiesigen Bäckers. Dessen köstlicher Geruch wurde nur noch von seinem Geschmack übertroffen und binnen kürzester Zeit waren sowohl die drei Schüsseln als auch der Brotkorb restlos geleert. Man mochte von dem Schankwirt halten, was man wollte, überlegte Singer, kochen konnte er jedenfalls.

Singer bestellte noch einen Kaffee, Martin tat es ihm gleich und Antonia gab sich alle Mühe, nicht auf der Stelle mit dem Gesicht auf der Theke einzuschlafen. Während sie in ihrem frisch Gebrühten rührten, hatte der Wirt wieder Aufstellung an seinem alten Posten hinter der Theke bezogen und wischte sie erneut blitzblank, zum gefühlt einmillionsten Mal. Dabei fiel Singer auf, dass der Mann hin und wieder scheele Blicke auf seine Tochter warf, die man kaum mehr als verstohlen bezeichnen konnte, und dass es auf ihrem Teil des Tresens offenbar ganz besonders viele unsichtbare Flecken wegzuwischen gab.

Als Singer die bullige Gestalt des Wirtes mit den seltsam garstigen Äuglein musterte, fielen ihm noch mehr Dinge auf, die in einem Teil seines Verstandes eine unbestimmte Art von Abneigung erzeugten. Er konnte den Finger nicht darauf legen, was genau ihn störte an diesem Wirt mit der Stupsnase in dem teigigen Vollmondgesicht über dem borstigen Schnurrbart – aber Singer wusste, dass die schmutzigbraunen Soßenflecken am Revers des Trachtenhemdes ge-

nauso mit seiner Abneigung zu tun hatten wie der abstoßende, leuchtend rote Pickel auf der linken Wange des
Mannes und die aufgesprungenen fiebrigen Lippen, über
die er sich ständig zu lecken schien. Das, und wie er Antonia ansah.

Dem Wirt selbst waren Singers Beobachtungen offenbar
entweder entgangen oder schlichtweg schnuppe. Er baute
sich direkt vor Antonia auf, die verträumt in den Resten ihrer Käsesuppe stocherte, lehnte die mächtigen Unterarme
auf den Tresen und fragte sie dann im besten Schweizer-
deutsch, das er zustande brachte, so etwas Ähnliches wie:
»Also, ihr Leut', wo seid ihr denn hin unterwegs?«

Gute Frage, dachte Singer. Und du bist so ziemlich der
Letzte, dem ich die Antwort darauf auf die Nase binden
würde. Aber vielleicht kannst du uns trotzdem nützlich
sein. Also log er ins Blaue hinein.

»Wir haben eine Pension gebucht. Winterurlaub, wissen
Sie? Die Kids und ich und nur der Hang, herrlich!«, sagte
er und imitierte mit seiner Hand ein Snowboard, das auf einer imaginären Piste hinabglitt. Zumindest stellte es das
seiner Meinung nach dar; Wintersport war noch nie seine
große Leidenschaft gewesen. Dabei hatte er selbstverständlich keine Ahnung, ob es in der Nähe der Hütte des alten
Suter überhaupt einen vernünftigen Skihang gab, aber er
schätzte, auch das würden sie bald herausfinden.

»Ach, Schneeschuhfahren wollt ihr! Und bei diesem Wetter.«

»Genau. Uns macht das nichts aus, wissen Sie? Wir fahren
immer um diese Jahreszeit. Unsere Pension heißt »Alpen-

blick«. Sie gehört einem gewissen Herrn Suter. Kennen Sie den?«

»Ah, der Alois vom Alpenblick. Ja, freilich. Die Pension ist aber nur im Sommer geöffnet, soweit ich weiß, oder?«

Erneut erscholl gedämpftes Lachen aus dem Schankraum, offenbar verfolgten die Stammgäste das Gespräch mit reger Anteilnahme. Sollten sie, dachte Singer, solange er nur erführe, wie sie von hier zum »Alpenblick« gelangten.

»Ja, genau«, spielte er das Spiel tapfer lächelnd weiter mit, »der gute alte Alois. Für uns macht er eine Ausnahme.«

Der Wirt hielt für einen Moment in seiner Wischbewegung inne und beugte sich zu Singer herüber. Dann sprach er in unverminderter Lautstärke weiter: »Ist ein etwas seltsamer Kauz, der Alois, wissen Sie?« Noch mehr Gelächter aus dem hinteren Teil der Gaststube.

»Von mir aus«, sagte Singer. »Und wissen Sie vielleicht auch, wie wir da hinkommen?«

»Freilich«, sagte der Wirt, während sein Blick mit solcher Unverfrorenheit über Antonias Körper strich, dass Singer sich bemüßigt fühlte, seine Aufmerksamkeit mit einem Fingerschnippen wieder in seine Richtung zu lenken. Auch Antonia entging das obszöne Starren des Wirtes nun nicht länger. Mit einer entschlossenen Bewegung zog sie den Reißverschluss ihrer Jacke hoch. Den Wirt ließ das unbeeindruckt. Erst als er sich für den Moment an dem jungen Mädchen sattgesehen und sich ein weiteres Mal aufreizend über die rissigen roten Lippen geleckt hatte, schaute er wieder zu Singer, und nun war sein Grinsen unter dem mächtigen Schnauzbart eindeutig dreist.

»Sie folgen der Hauptstraße«, erklärte er, und lehnte sich massig auf seinen Tresen. Mit dem Finger zeichnete er eine unsichtbare Wegskizze auf das glatt polierte Brett, ohne hinzusehen. »An der ersten Brücke fahren Sie links. Nicht rechts runter ins Tal, da ist nämlich nichts außer der Husky-Lodge und den langhaarigen Verrückten. Aber die sind ja nur im Sommer da und machen da ihren Krach.« Es erschloss sich Singer nicht, wen oder was er mit 'langhaarigen Verrückten' meinte, offenbar schien auch das Gehirn des alten Schankwirtes öfter 'auf Wanderschaft' zu gehen, vielleicht war ja der Konsum des vielgepriesenen Gebirgskräuters daran nicht ganz unschuldig.

»Jedenfalls fahren Sie links, immer den Berg hinauf. Wenn ihre Karre das schafft, heißt das. Und dann sehen Sie es schon, großes Haus, dreistöckig, können es gar nicht verfehlen.«

Als er das mit der Karre sagte, war aus dem hinteren Teil der Kneipe ein ziemlich heftiges Prusten zu hören gewesen, welches in einen kleinen Hustenanfall überging. Ha ha, dachte Singer, saukomisch, in der Tat. Wenn sie auf halber Höhe im Schnee steckenblieben, was würde *das* erst für ein Gelächter geben.

Die Stammgäste des *Schützen* hatten nun erneut ihre Tätigkeiten (welchen Tätigkeiten sie hier auch nachgehen mochten, außer sich zu besaufen und viel zu junge Mädchen anzustarren) unterbrochen und schauten spöttisch amüsiert in Richtung der drei Fremden an der Theke.

Singer legte einen Fünfzig-Euro-Schein auf die Theke, den der Wirt gelassen ignorierte und dann drehten sie sich um, zogen ihre durchnässten Jacken an und stiefelten zur Tür, die beim Öffnen einen weiteren Schwall kalter Luft und emsig tanzender Schneeflocken in den Raum blies. Als sie draußen waren und Singer die Tür mit einem festen Ruck zudrückte, ging ein Schütteln durch seinen Körper wie durch den eines durchnässten Hundes.

»Seltsames Bergvolk«, murmelte er und marschierte zum Auto. Martin und Antonia folgten ihm auf den Fersen. Inzwischen war es dunkel geworden und der von einer dünnen Schneeschicht überzogene Lack des Mercedes reflektierte das trostlose Licht einer einzelnen Straßenlaterne.

Auch Martin konnte ein Frösteln nicht unterdrücken, als sie wieder im Auto saßen. Er hatte sich zu Antonia auf die Rückbank gesetzt, denn diesmal hatte Singer den Job des Fahrers übernommen.

»Hast du gesehen, wie dich der Alte angestarrt hat?«, fragte er flüsternd das junge Mädchen.

»Hab' ich. Aber keine Angst, der war so *gar* nicht mein Typ«, flüsterte Antonia zurück und versuchte etwas, das ein verschmitztes Lächeln hätte werden sollen.

Martin versuchte zu lachen, aber so richtig gelang es ihm ebenfalls nicht. Antonias kleine kalte Hand fand wieder seine Rechte und sie lächelte ihn an, diesmal gelang es. Dann wurde sie wieder ernst und sagte leise: »Aber ein wenig gruselig war es schon da drin …«

ALOIS SUTER

Die lapidare Wegbeschreibung des *Schützen*-Wirtes erwies sich als zutreffend, jedoch maßlos untertrieben, was die Schwierigkeiten betraf, die ihre »Karre« auf dieser Straße haben würde. Am Fuße des Berges war der Matsch in eine dichte Schneedecke übergegangen und wenig später mussten sie Schneeketten aufziehen. Der schwere Wagen kämpfte sich nur mühsam den besseren Trampelpfad zu Suters Pension hinauf, immer wieder drohten seine Reifen im Schneematsch zu versinken oder auf dem überfrorenen Untergrund wegzurutschen. Singer verstand, wieso die Pension nur im Sommer geöffnet war. Den Touristen diese Strecke im Winter zuzumuten, wäre grober Fahrlässigkeit gleichgekommen.

Schließlich sahen sie ein kleines Plateau etwas abseits und oberhalb der Straße, dessen einsame Laterne es als Parkplatz auswies. Hinter der tristen Stellfläche, zum dichten Wald hin, lag ein dreistöckiges Bauernhaus – zweifellos die Casa Suter. Die Pension des Alten musste weit über hundert Jahre auf dem Buckel haben.

Singer parkte den Wagen und sie stiegen aus. Im Lichtkegel der Laterne tanzten Schneeflocken; für einen Moment glühten sie im gelblichen Schein der Lampe auf, dann trieben sie ab, in die Nacht hinaus. Der Wind schlug ihnen hier oben noch rauer um die unbemützten Ohren und die klamme Kälte der Gebirgsnacht kroch unter ihre dünnen Jacken.

Das Dach der Pension verschmolz mit der Silhouette des nahen Waldes zu einer schwarzen Festung, die sich dunkel vor dem verwaschenen Anthrazit des Nachthimmels abhob.

»Wer weiß, ob er überhaupt zu Hause ist«, sagte Martin und blickte skeptisch in Richtung des düster daliegenden Hauses. Tatsächlich schien die einsame Parkleuchte die einzige Lichtquelle auf dem gesamten Berg zu sein. Die Lichter des Dorfes drunten im Tal wirkten von hier oben winzig klein und weit entfernt, kaum vorhanden inmitten des dichten Schneegestöbers.

»Hoffen wir es«, sagte Singer, »ich möchte nicht unbedingt im Auto schlafen.« dann warf er sich die olivfarbene Reisetasche über die Schulter und benutzte die Tragegriffe wie die Gurte eines Rucksacks. Sie war jetzt leichter als noch zu Beginn ihrer Fahrt, was hauptsächlich daran lag, dass sie einen Großteil der Konserven aufgebraucht hatten und so ziemlich alle Kleidungsstücke, die darin gewesen waren, am Leibe trugen. Von ihrer Barschaft war mittlerweile auch nicht mehr allzu viel übrig. Das meiste war bereits für Sprit und Essen draufgegangen.

Die wenigen Meter, die sie bis zur Vordertür des Hauses brauchten, erwiesen sich als anstrengend und rutschig, obwohl der Weg zum Haus ebenfalls erst kürzlich freigeräumt und mit grobem Schotter bestreut worden war. Andererseits trugen sie aber auch gänzlich ungeeignete Schuhe für derlei Unternehmungen. Sie würden sich morgen im Dorf komplett neu einkleiden müssen und einfach hoffen, dass sie bis dahin irgendwie durchhielten. Als sie schließlich das Haus umrundet und die niedrige Eingangstür unter den schweren

Holzbalken gefunden hatten, klopften sie an. Zunächst noch etwas zaghaft, dann stärker.

Dann noch einmal. Nichts.

Singer klopfte erneut und plötzlich flackerte im Haus weiter oben Licht auf. Nach einer Weile ertönte ein Knarren, vermutlich von einer Holztreppe, die mindestens so alt sein musste wie das Haus selbst. Dann stapften schwere Schritte in Richtung Haustür. Eine Lampe leuchtete über ihren Köpfen auf und tauchte den Eingangsbereich in helles Licht. Aus dem Inneren brummte ein wohlklingender Bass in tiefstem Schweizerisch: »Lasst die Tür ganz! Ich habe auch eine Klingel!«

Stimmt, stellte Antonia fest. Jetzt im Schein des Oberlichts war sie sogar ziemlich deutlich zu sehen, und zwar genau da, wo man sie erwartet hätte, gleich neben der Tür, ungefähr in Schulterhöhe. Allerdings vermittelte das Haus einen derart altertümlichen Eindruck, dass man einfach nicht auf die Idee kam, nach so etwas Modernem wie einer elektrischen Klingel zu suchen.

Die Tür öffnete sich mit einem Ruck und sie blickten in das vollbärtige Gesicht eines alten Mannes, in dem es nur wenige Stellen gab, die der mächtige weiße Bart nicht verdeckte. Auf der Stirn des Mannes, der wie ein fleischgewordenes Abziehbild des Alm-Öhis aussah, klebte ein breites Pflaster. Der Arm unter dem linken Aufschlag seiner Wolljacke steckte in einer Schlaufe. Er trug lederne Knickerbocker-Hosen mit den dazu passenden groben Wandersocken, welche ihrerseits in dick gefütterten Pantinen verschwanden. Ungefähr in Hüfthöhe des Mannes schaute ein großes, faltiges Hundegesicht zu ihnen auf, welches zu einem riesenhaften Exemplar eines Bernhardiners gehörte. Wäre der Hund noch ein klein wenig größer gewesen, hätte er sich das Zu-ihnen-Heraufschauen sparen können und einfach zu ihnen *herüber*geblickt.

»Na, ihr habt euch wohl auf dem Weg in den Süden verlaufen, wie?«, richtete sich der Alte in gut verständlichem Deutsch an sie. Entweder hatte er das Nummernschild ihres Wagens weiter unten auf dem Parkplatz erspäht – oder ihnen schlicht angesehen, dass sie nicht aus der Gegend stammten. Vermutlich Letzteres.

»So ähnlich«, sagte Singer lächelnd. »Sind Sie Alois Suter?«

»In persona«, bestätigte der Alte. »Kläff!«, machte der Hund. Ein perfektes Paar. »Und das ist der Tobi.« Der Hund streckte seinen Kopf bei der Erwähnung seines Namens soweit es ging nach oben. Und das war verdammt weit.

»Aber ihr kommt's jetzt einmal schleunigst hinein – Willkommen in der Pension Alpenblick!«, fuhr der Alte fort und grinste. Ein offenes, herzliches Grinsen. Und es schien *hauptsächlich* aus seinen Augen zu kommen, die ihnen verschmitzt entgegenstrahlten. Vom Rest seines Gesichts war aufgrund des dichten Barts ohnehin wenig zu erkennen.

Alois Suter schloss mit einem kräftigen Ruck die Tür hinter seinen Gästen.

»Und jetzt ziehet's euch erst einmal die Jacken aus, bevor ihr euch noch einen Schnupfen einfangt«, sagte er und deutete auf die Wand des Flurs, an der einige große, hölzerne Kleiderhaken hingen. Dabei musterte er die Ankömmlinge mit forschenden Augen – auf eine Art, die Antonia spontan an den 'Röntgenblick' von Superhelden erinnerte. Wesentlich angenehmer zwar als der des *Schützen*-Wirts, aber nicht minder eindringlich. Dieser Blick schien für einen Moment auf den Grund ihrer Seelen zu tauchen und sich dort aufmerksam umzuschauen.

Nach einer Weile brummte der Alte zufrieden und der Hund gab ebenfalls ein zustimmendes Knurren von sich und damit war die Sache erledigt – sie waren offenbar vorerst geduldet im Reich des alten Mannes. Antonia streckte die Hand nach dem Hinterkopf des Hundes aus und nach einem fragenden Blick zu dem alten Mann, begann sie den riesigen Bernhardiner hinter den Ohren zu tätscheln, woraufhin dieser ihr seinen breiten muskulösen Nacken entgegenstreckte, damit das Mädchen ihn noch besser kraulen konnte. Der Alte förderte aus einer der Holzkisten im Flur drei kuschelige Decken zutage, die sie sich um die Schultern legten. Derart eingehüllt folgten sie dem Alten die schmale Holztreppe hinauf in die gemütliche Wohnstube.

Hier herrschte ein ähnlich rustikaler Charme wie im *Gasthaus Zum Schützen*, jedoch hatte der Alte auf die vielen Bilder und Skatblätter an den Wänden verzichtet. Die einzige Schwarz-Weiß-Fotografie auf einer kleinen Anrichte zeigte einen älteren Herrn mit Hut und einem weißem Rauschebart in der Wanderkleidung des vorigen Jahrhunderts vor einer zerklüfteten Felswand, der ganz offenbar ein naher Verwandter und ebenso ein begeisterter Kletterer war, vielleicht der Vater oder Großvater des Alten.

Der Hausherr bedeutete ihnen, auf der kleinen lederbezoge-
nen Couch gegenüber dem Kamin Platz zu nehmen, dann
wuchtete er den dick gepolsterten Ohrensessel am Fenster
herum, sodass er sich ihnen gegenüber niederlassen konnte.

Es gab ohnehin keine weiteren Sitzgelegenheiten im Raum,
zählte man die dicke, von etlichen Bissen zerfetzte Wolldecke vor dem Kamin nicht mit. Und wessen Platz das war,
wurde unmissverständlich klar, als der große Bernhardiner
dorthin trottete und sich geräuschvoll auf die warme Unter-
lage plumpsen ließ. Er legte die Vorderpfoten neben das
breite Gesicht und starrte sehnsüchtig in das Feuer – bald
darauf schien der große Bernhardiner ganz in angenehme
Hundegedanken versunken.

Der Alte stopfte sich gemächlich eine uralt aussehende Ta-
bakspfeife, deren heimeliger Duft das kleine Zimmer bald
darauf durchzog. Dann wartete er geduldig, bis seine Gäste
einigermaßen aufgewärmt aussahen.

Schließlich richtete er seine angenehm sonore Stimme wieder an sie: »Also wie kann ich euch denn helfen, hm?«

Nachdem sich Singer nochmals umständlich für die
spätabendliche Störung entschuldigt und der Alte dies mit
einer wegwerfenden Handbewegung abgetan hatte, begann
er damit, seine Geschichte zu erzählen und wie sie zur Geschichte seiner Tochter und der von Martin geworden war.
Und wie sie die Unterlagen des Instituts schließlich zu ihm,
Alois Suter, geführt hatten.

Der Alte hörte aufmerksam zu, unterbrach Singer nur gelegentlich, wenn er etwas nicht verstand. Offenbar waren die
Errungenschaften des Internets völlig an ihm vorbeigegan-

gen, aber er hatte das Prinzip ziemlich schnell verstanden, auch wenn ihn die fantastischen Möglichkeiten des Informationszeitalters kaum zu beeindrucken schienen.

Als Singer seine Erzählung beendet hatte, schwiegen sie alle eine Weile, während der Alte auf dem Mundstück seiner längst erloschenen Pfeife herumkaute. Schließlich stand er wortlos auf, wobei seine Kniegelenke ein arthritisches Knacken von sich gaben und ging wortlos aus dem Zimmer. Die drei Besucher schwiegen ebenfalls und starrten nachdenklich in die Glut des Kamins.

Tobi, der gigantische Bernhardiner, schien von ihrer Geschichte allerdings kaum beeindruckt. Er war von seinem gemütlichen Platz am Feuer aufgestanden und hatte seinen zotteligen Kopf mehrmals gegen Antonias Oberschenkel gedrückt.

Der alte Mann rumorte währenddessen in der Küche herum, öffnete und schloss Schränke und klapperte mit Geschirr.

Nach einer Weile kam er zurück in die Wohnstube, auf seiner Rechten balancierte er ein Tablett mit vier dampfenden Tassen und einem Teller mit Keksen. Das Tablett stellte er wortlos auf das winzige Tischchen vor dem Sofa. Er nahm sich eine der Tassen und führte sie zum Mund. »Selbst geröstet«, sagte er und nickte den dreien zu, es ihm gleichzutun. Dann lehnte er sich in seinen Ohrensessel zurück und begann damit, nachdenklich an dem dampfenden Getränk zu nippen.

Schließlich, und nachdem die anderen ebenfalls von ihrem starken Getreidekaffee gekostet hatten, der tatsächlich ex-

zellent schmeckte – heiß und stark und voller Bergaroma –,
begann der alte Mann zu sprechen.

Er erzählte ungeschönt und ohne Ausschmückungen von
seinen Strapazen, aber die bloßen Fakten genügten durchaus, um den anderen eine Vorstellung von seinen schier
übermenschlichen Leistungen im Inneren des Berges zu geben. Und von der an ein Wunder grenzenden Tatsache, dass
er diese überlebt hatte.

Der alte Mann sagte: »Seht einmal, wie ich aus dem Berg
gekrochen bin, da hat mich mein lieber Tobi hier gefunden.« Er warf einen liebevollen Blick auf das Tier, das bei
der Erwähnung seines Namens den Kopf in seine Richtung
drehte und die großen Schlappohren zu spitzen schien.
»Ohne den Tobi wäre ich heute nicht mehr.« Eine nüchter-
ne Darstellung, und doch voller Dankbarkeit einem Wesen
gegenüber, das niemals »nur« ein Haustier für den Alten
gewesen war. Viel mehr ein Begleiter, ein Seelenverwand-
ter.

»Er hat den Ulrich, das ist der hiesige Förster, an die Stelle
geführt, wo ich aus dem Berg gekommen bin. Der Ulrich
hat mir dann Wasser gegeben und die Bergwacht gerufen.
Und wie ich aus dem Berg gekrochen bin, muss ich wohl
ziemlich wirres Zeug geredet haben von der ganzen Anstrengung. Von der großen Höhle und dem seltsamen Ur-
stein und dem Ding darin, tief drunten in der Gletscherhöh-
le am Pass. Das hat mir der Ulrich erzählt, wie er mich später im Krankenhaus besucht hat.»

Er nippte ein weiteres Mal von seinem Kaffee und fuhr
dann fort: »Und dann sind die Leut' von der Universität gekommen, bis von Zürich sind sie extra hergekommen in un-

ser kleines Igstein und haben mir ihre Fragen gestellt. Endlose Fragen waren das und dabei lag ich ja noch mit dem kaputten Arm im Bett. Und ich hab' ihnen gesagt, was sie wissen wollten. Wisst ihr, ich habe sogar geglaubt, dass sie vielleicht den Eingang nach mir benennen, oder nach dem Tobi. Der hat mir ja das Leben gerettet, da droben auf dem Pragelpass.« Er schüttelte den Kopf.

»Aber das haben die nicht gemacht. Stattdessen waren die von der Universität auf einmal weg und dann sind die Leut' mit den Anzügen gekommen, ganz feine Herren waren das, und auch Deutsche dabei. Und dann haben sie den ganzen Gletschergipfel abgesperrt, der Förster Ulrich war droben und hat die Zelte gesehen und die Lkws und den hohen Zaun um den ganzen Gletscher, den sie da hingebaut haben. Er hat sogar Hubschrauber gesehen, solche wie die Bergwacht auch hat, nur größer und ganz in schwarz. Und plötzlich war da droben alles ein Sperrgebiet und niemand hat mehr hoch gedurft auf den Gletscher. So ein Unfug, habe ich zum Ulrich gesagt, man kann den Gletscher doch nicht einfach absperren! Und dann, hat der Ulrich gesagt, waren die Zelte und die Hubschrauber und auch die Lkws plötzlich verschwunden über Nacht. Aber der Zaun ist geblieben.«

Er beugte sich hinab, nahm seine Tasse wieder an den Mund und trank einen großen Schluck des inzwischen nur noch warmen Getränks.

»Und dann ist einer der Anzugmenschen, irgend ein gewichtiger Professor Doktor oder so etwas, der ist also eines Tages bei mir aufgetaucht und hat mir Löcher in den Bauch gefragt. Dann hat er gemeint, ich sollte niemandem erzählen, was ich drunten in der Höhle gesehen habe.«

»Murnauer«, entfuhr es Singer. Der Alte überlegte einen Moment und nickte dann knapp. Dann stellte er seine inzwischen leere Tasse wieder auf dem Tischchen ab.

»Wisst ihr«, fuhr der Alte fort, »ich bin ein einfacher Mann und ich bin ganz gern für mich. Ich tratsche nicht drunten im Dorf herum, kaum dass ich überhaupt einmal in den *Schützen* gehe. Da haben wir Besseres zu tun, auf unsere alten Tage, der Herr Tobi und ich.« Antonia und Martin wechselten einen stummen Blick, als sie an den zwielichtigen Wirt des *Gasthaus Zum Schützen* dachten. Der alte Mann hier war in Ordnung, keine Frage.

»Und das habe ich dem feinen Herrn Professor auch so gesagt. Dann war der zufrieden und ist auch wieder verschwunden, und nach einer Weile auch die Zelte und die Hubschrauber droben auf dem Berg.« Der Alte sah Singer intensiv an. »Aber du hast mir deine Geschichte erzählt und ich denke, ich werde dir auch meine erzählen. Das, was ich in dem Berg erlebt habe. Aber da muss ich dir eine Bedingung abnehmen vorher.«

Singer nickte und schaute den Alten erwartungsvoll an. Dieser schien eine Weile nachzudenken. Schließlich beugte er sich in seinem Sessel vor, blickte Singer ernst in die Augen und sagte: »Du willst in den Berg gehen, wo der große Stein drin liegt, stimmt's?«

Singer nickte erneut bedächtig. Von Wollen konnte eigentlich keine Rede sein ...

»Dann musst du mir versprechen, dass du den Stein kaputt machst und dann alle Eingänge zuschüttest. In dem Stein ist was drin, das nicht hier auf den Berg gehört. Etwas, ich weiß nicht ... ich habe es gesehen. Nicht so richtig, aber doch gesehen. Fast wie in einem Traum. Aber ich weiß, dass in dem Stein etwas Böses ist, etwas ganz Garstiges, was dem Tobi weh tun will, und mir. Das uns allen weh tun will, glaube ich. Deshalb musst du mir versprechen, dass du das Ding zerstörst.«

ANTWORTEN

Singer nippte an seinem Kaffee, dann starrte er eine Weile in die halbvolle Tasse in seiner Hand. Schließlich reichte er dem Alten die Hand und sagte: »Das werde ich. Zumindest werde ich es versuchen.«

Der Alte blickte Singer nochmals fest in die Augen. Dann nickte er, ergriff die dargebotene Hand des Wissenschaftlers und drückte sie kräftig.

Und dann erzählte er ihnen seine Geschichte, die Singer größtenteils schon aus den entsprechenden Protokollen des Instituts kannte. Auch hier hatten Murnauers Leute gründliche und gewissenhafte Arbeit geleistet und den verletzten alten Mann im Krankenhaus stundenlang verhört. Ein paar Neuigkeiten ließen Singer allerdings aufhorchen, zum Beispiel als der Alte ihm die Beschaffenheit der glatt polierten Flächen an der Innenwand der Grabkammer beschrieb – wie in den Fels getriebene Bohrungen, kilometerlang, ein wahres Labyrinth von Gängen. Die merkwürdigen Symbole, die die unterirdischen Wände und Gänge bedeckt hatten, waren Singer ebenfalls neu. Der Alte konnte sie nicht besonders gut beschreiben – es war, als wären sie seinem Gedächtnis irgendwie entglitten, so als wolle sein Bewusstsein die Erinnerung bewusst verdrängen. Aber er entsann sich sehr gut der *Wirkung*, die die Symbole auf ihn gehabt hatte. Verstörend, abstoßend und auf eine unsagbar alte und fremde Weise feindselig. Böse. Zumindest war das Singers Interpretation der Worte des Alten. Uralt und böse.

Als der Alte seine Erzählung beendet hatte, lehnte er sich in seinem Sessel zurück, schaute Singer an und sagte: »Und jetzt willst du mich fragen, ob ich dir den Weg beschreiben kann, den Pragelpass hinauf und zum Gletscher?«

»Und, können Sie?«

»Freilich«, sagte der Alte und da war es wieder, dieses verschmitzte Grinsen, das allein aus seinen Augen zu kommen schien. »Aber ich weiß etwas Besseres. Ich führe euch hin.«

Einen Moment herrschte wieder Schweigen, dann nickte Singer, dankbar und erleichtert, wie in stillem Einvernehmen. Es würde auch unter der kundigen Führung des Alten kein leichtes Unterfangen werden, auf den Pragelpass und hinein in die Höhle zu gelangen. Der Mercedes würde sie einigermaßen sicher hinab ins Dorf bringen, aber dann hatten sie noch den Aufstieg zum Pass auf der gegenüberliegenden Seite vor sich. Und ob die schwere Familienlimousine das ebenfalls schaffen würde, war mehr als fraglich. Und dann war da noch der Zaun um den Gletscher, welcher neuerdings ein militärisches Sperrgebiet war.

»Aber jetzt müsst ihr erst mal schlafen, und wir beide gehen jetzt auch zu Bett«, sagte der Alte und tätschelte die Seite des massigen Hundes, »ich zeige euch die Gästezimmer. Das Zeug für die Betten bringe ich euch nachher rauf.«

Er stemmte sich unter erneutem Knacken seiner alten Glieder aus dem Sessel und sie folgten ihm in den ersten Stock des Hauses, wo sich die Gästezimmer befanden. Es war hier merklich kühler als in der Wohnstube, in der noch die Wärme des heruntergebrannten Kaminfeuers nachglomm, aber es würde schon gehen für eine Nacht. Der Alte quartierte sie in einem großen Zimmer mit zwei Doppelbetten ein und teilte das Bettzeug aus. »Am besten nehmt ihr's doppelt, ich habe die Heizung hier oben für den Winter schon abgestellt«, sagte er.

Dann wünschte er ihnen eine gute Nacht und schlurfte, von seinem treuen Hund begleitet, nach unten, in sein eigenes winziges Schlafzimmer.

Singer war viel zu müde, um dagegen zu protestieren, dass seine Tochter mit einem Jungen, den sie vor etwas über achtundvierzig Stunden das erste Mal zu Gesicht bekommen hatte, das Bett teilte. Falls er überhaupt protestieren wollte. Schätzungsweise waren die beiden mindestens genauso müde wie er und es war wirklich verdammt kalt in dem Zimmer, sollten wenigstens sie sich gegenseitig ein wenig wärmen – und außerdem war er ja schließlich auch noch im Zimmer, nicht wahr? Andererseits, dachte er, und musste grinsen, hätten Anna und er damals mit Sicherheit Mittel und Wege zueinander gefunden, wenn es die Situation erfordert hätte. Er bemerkte es nicht, aber es war das erste Mal seit über fünf Jahren, dass er an Anna dachte und lächelte.

Also schmiss er die große Reisetasche auf die rechte Hälfte des Doppelbettes und kroch unter den gewaltigen Berg aus Daunen auf der linken. Antonia lächelte ihn kurz an, dann drehte sie sich zu Martin um, der etwas unschlüssig in der Mitte des Zweibettzimmers stand, die Federbettdecke über der Schulter, das große Kissen in der Hand. Wie er so dastand, erinnerte er Antonia ein wenig an Linus aus den *Charlie-Brown*-Comics, mit seiner Schmusedecke und der wüsten Wuschelfrisur. Wenn er jetzt bloß nicht noch den Daumen in den Mund steckte, um daran zu nuckeln. »Wir schlafen hier«, sagte Antonia und deutete auf das zweite Bett im Raum.

Keine zehn Minuten später lauschte sie mit geschlossenen Augen dem gleichmäßigen, leisen Schnarchen ihres Vaters. Und für einen Moment war sie beinahe glücklich. Wie damals, als sie noch zu dritt in einem Haus gewohnt hatten, dachte sie. Mit Mama. Wie eine glückliche kleine ...

Nein. Das war vorbei, *diese* Familie lag in der Vergangenheit. Dennoch – was immer der morgige Tag auch bringen mochte, sie hatte ihren Paps zurück und das war etwas, das sie sehr glücklich machte, wenn es auch nur von kurzer Dauer sein konnte. Und die letzten beiden Tage hatten Antonia noch etwas geschenkt, das mindestens genauso gut war. Sanft drehte sie sich unter der flauschigen Decke zu Martin um und suchte einen Zugang unter dem Oberbett, das dieser fest um seinen Körper geschlungen hatte. Ihre kleine Hand begann, ein Loch in das Innere seiner Deckenburg zu bohren und drang schließlich durch. Sie fand Martins Hand, es war die linke, wie sie anhand der Brandnarben sofort feststellte, und sie begann, sanft über die Verletzung zu streichen.

Martin, der offenbar ebenfalls noch nicht geschlafen hatte, wollte seine entstellte Hand zurückziehen, doch sie hielt sie fest. Hielt sie fest mit sanftem, aber bestimmtem Griff, bis er sich entspannte und begann, sie mit dem vernarbten Daumen seiner Linken ebenfalls zu streicheln. Sie streckte ihre zweite Hand durch den Eingang unter Martins Decke, der sie bereitwillig ein kleines Stück anhob. Rasch schlüpfte sie darunter und Martin wickelte die Decke wieder fest um sie beide. Sie kuschelte sich dicht an seinen warmen Körper und in seine überraschend muskulösen Arme. Ihre Gesichter näherten sich einander in der vollkommenen Dunkelheit, bis sich ihre Nasenspitzen zum ersten Mal wie zufällig berührten. Und dann noch einmal, jetzt nicht mehr zufällig. Ihre Lippen bewegten sich langsam aufeinander zu, bis aus der schwachen Ahnung einer Berührung eine zärtliche Tatsache wurde. Antonias Lippen waren erstaunlich weich, als sie sich sanft auf seine drückten, stellte Martin fest. Und es fühlte sich gut an.

Nein, nicht einfach nur gut – viel mehr als das. Es fühlte sich *richtig* an. Natürlich, so wie Zahnräder eines gewaltigen Getriebes, die perfekt ineinander fassen. Keine Fragen, nur Antworten.

Es blieb ihr einziger Kuss in dieser Nacht und als sie kurz darauf einschliefen, ahnten sie nicht, dass das Getriebe des Schicksals bereits andere Pläne für sie bereithielt.

Igstein

Der nächste Morgen verwandelte das Alpenpanorama des Muotatals in den Postkartentraum aller Skigebiete. Über Nacht war der matschige Schneeregen *richtigem* Schnee gewichen. Die Sonne ließ die weiße Fläche funkeln, als hätte jemand in der Nacht die Schneedecke mit unzähligen Diamantsplittern gespickt. Von hier, so erklärte der Alte ihnen, während sie in der Küche ein herzhaftes Frühstück einnahmen, könne man bis zu den weit entfernten Gipfeln auf der anderen Seite des Tals blicken, hinauf bis zum Gletscher des Pragelpasses, ihrem fernen Ziel. Dazwischen erstreckte sich das Muotatal nun ganz in Weiß und rechter Hand kuschelten sich die Dächer des kleinen Dorfes Igstein zusammen, von hier oben kaum mehr als Spielzeughäuschen mit glitzernden, weißen Dächern wie Zuckerguss.

Sie ließen sich den starken Milchkaffee mit frischem Bauernbrot, Rührei und Schinken schmecken und planten währenddessen ihre Tour zum Pragelpass. Es war ein kräftiges Bauernfrühstück, gemacht für Menschen, die ein langes, beschwerliches Tagwerk vor sich hatten. Und das hatten sie in der Tat.

Und während Antonia und Martin sich das Frühstück schmecken ließen und hin und wieder verstohlene Blicke tauschten, besprachen Singer und der alte Suter diese andere Sache, die sie auf dem Weg zum Gletscher noch besorgen mussten: Der Alte wusste auch, wo sie diese Sache vielleicht herbekommen konnten.

Der Alte hatte ihnen dicke Socken, Wanderschuhe und gefütterte Jacken bereitgelegt, einen kleinen Vorrat davon führte er stets im Haus, für 'seine' Touristen, die, wie er sagte, die Wetterumschwünge im sommerlichen Alpenland oftmals gewaltig unterschätzten. Kaum vorstellbar, murmelte Singer, mit einem Seitenblick auf ihre eigenen, nutzlos dünnen Jäckchen, die noch seit dem Vortag am Haken hingen. Nachdem der alte Suter ein wenig Proviant und eine kleine Thermoskanne mit einem großzügigen Vorrat des Getreidekaffees in jedem ihrer Rucksäcke verstaut hatte, brachen sie auf. Singer schnappte sich die große Reisetasche, stopfte eine große Decke hinein, die ihm der Alte gegeben hatte, und schulterte sie. Sie verabschiedeten sich von Tobi, welcher auf Geheiß des Alten im Flur zurückblieb und die kleine Runde aus aufmerksamen Hundeaugen zu mustern schien. Dabei stand er ganz still und kläffte nur ein einziges Mal in ihre Richtung. Der Alte beugte sich zu dem großen Hundekopf hinab, tätschelte ihn zärtlich und flüsterte etwas in Tobis Ohr. Der Bernhardiner kläffte ein weiteres Mal, leise diesmal, er hatte verstanden, dass er den Alten diesmal nicht begleiten würde. Dann brachen sie auf.

Als sie vor das Haus traten, kam ihnen die klirrende Kälte weit gnädiger vor als am Vortag, jetzt, da die Sonne hoch am Himmel stand und sie in passendere Kleidung gehüllt waren.

Sie stapften ein paar Meter durch den Neuschnee, der den Weg zum Parkplatz vollständig unter der weißen Pracht vergraben hatte und erreichten schließlich die Stelle, an dem sie ihren geparkten Wagen vermuteten. Von dem Mercedes war allerdings keine Spur zu sehen, lediglich ein großer Schneehügel kündete von seiner Existenz. Grinsend reichte der Alte Singer zwei große Schaufeln, die er vorsorglich mitgenommen hatte, und stopfte sich die kleine Pfeife, die er aus der Tasche seiner Joppe gekramt hatte. Er beobachtete geduldig paffend, wie Martin und Singer das Auto Schippe für Schippe aus dem Schnee gruben.

Als sie ihre Arbeit beendet hatten, wurde ihnen allerdings mit einiger Bestürzung klar, dass sie ihre Zeit verschwendet hatten. Der Mercedes hatte einen Platten, genauer gesagt waren *alle* Reifen platt und wer immer an dem Wagen zu schaffen gemacht hatte, ließ keinen Zweifel an der Art und Weise, wie er die Luft aus den Reifen hatte entweichen lassen. Breite Schnitte, wie sie beispielsweise große Jagdmesser zu hinterlassen pflegen, zierten die Seitenwände jedes Reifens.

»Scheiße«, stellte Martin treffend fest und rammte die Schaufel in den Schneeberg, den sie gerade neben dem Wagen aufgeworfen hatten. »Die Jungs aus dem *Schützen* sind wohl doch nachtragender, als wir dachten«, kommentierte Singer das Offensichtliche. Wer sonst hätte sich wohl die Mühe gemacht, mitten in der Nacht hier heraufzusteigen und sein Messer an ihren Reifen auszuprobieren? Sie mussten ihnen direkt gefolgt sein und ihren fahrbaren Untersatz gemeuchelt haben, nachdem der alte Suter sie eingelassen hatte. Nur wieso?

Während die drei noch einigermaßen unschlüssig um den Wagen herumstanden, beendete der Alte seine Pfeife, verstaute sie wieder in seiner Joppe und schulterte seinen Rucksack.

»Auf geht's!«, rief er und wirkte dabei fast schon vergnügt, »Immer einen Fuß vor den anderen. So kommt man ans Ziel!« Martin und Singer schulterten ihr Gepäck und ließen den Wagen stehen, wo er war.

Die frische Luft während der dreistündigen Wanderung hinab ins Tal tat ihnen gut und der Anblick der Winterlandschaft war einfach zu schön, um ihn zu ignorieren und miesepetrig hindurch zu stapfen. Der frische Schnee ließ den Gletscher des Pragelpasses unwirklich und in weiter Ferne glitzern.

Sie stapften durch den Neuschnee einer von gleißenden Sonnenstrahlen verzauberten Märchenwelt hinab in die kleine Ortschaft Igstein, entlang der alten, sich sanft hin- und herwiegenden Bäume des dichten Forsts am Wegesrand. Schließlich erreichten sie die Abzweigung mit der Brücke hinab zur Husky-Farm. Von dort führte der Hauptweg weiter Richtung Igstein, längs eines kleinen, fast zugefrorenen Baches.

Sie folgten ihm in ein totenstill daliegendes Dorf.

Die Dorfbewohner widmeten sich den Beschaulichkeiten der sie umgebenden Landschaft offenbar lieber vom Inneren ihrer gemütlichen Häuschen aus, denn es war kein Mensch auf der Straße zu sehen. Noch nicht einmal Fußspuren entdeckten sie im zentimeterhohen Neuschnee. Es hatte den ganzen Morgen nicht mehr geschneit, also mussten die Einwohner entweder allesamt Langschläfer sein oder, und das schien Singer weitaus wahrscheinlicher, es gab für sie schlicht keine Veranlassung, vor die Tür zu treten. Merkwürdig. Gab es hier noch nicht einmal Bäcker oder Postboten, die ihre Arbeit trotz Tiefschnee versahen?

Als sie am Gasthaus Zum *Schützen* vorbeikamen, war dieses noch geschlossen, aber das war kaum verwunderlich. Die trunkselige Versammlung würde wohl erst am frühen Abend wieder tagen und bis dahin wären die Stammgäste sicherlich damit beschäftigt, ihren Rausch vom Vortag auszuschlafen.

Aber noch etwas stimmte nicht mit dem Dörfchen Igstein. Irgendetwas war regelrecht *falsch*. Dieses Gefühl nagte an Singer, seit sie das kleine Dorf am Morgen zum ersten Mal drunten im Tal erblickt hatten, vom Parkplatz aus, kurz nachdem sie losgegangen waren. Der Anblick der schwarzen Fensterscheiben des *Schützen* verstärkte diese unbestimmte Ahnung noch. Etwas *war* verkehrt an diesem idyllischen kleinen Postkartendörfchen, und es hing mit den Dächern zusammen, aus deren dichtem Meer einzig die Kirchturmspitze wie ein erhobener Zeigefinger in den Himmel ragte, grau, stumm und kalt. Doch auch jetzt, als sie durch die merkwürdig verlassenen Gassen von Igstein wanderten, kam er einfach nicht darauf, was es war, das nicht stimmen wollte an diesem stillen, winterlichen Alpenidyll.

Da nicht anzunehmen war, dass das Dorf über so etwas wie eine Autovermietung verfügte, und es ohnehin fraglich war, ob ein normaler Pkw den Weg zum Gletscher bei dieser Witterung schaffen würde, mussten sie wohl oder übel zu Fuß bis zum Steinbruch gelangen und von da aus weiter bis zum Gletscher. Keine allzu angenehme Aussicht im Anbetracht der verschneiten Passstraße, und vor allem würden sie wertvolle Zeit verlieren. Aber was blieb ihnen schon übrig?

Also durchquerten sie Igstein auf dem schnellsten Weg und stiegen ganz bis zum Grund des Muotatals hinab. Hier gab es einen besseren Feldweg, der den Talgrund mit etwas über einem Kilometer Länge durchquerte. Auf der gegenüberliegenden Seite des Tales ging es steil aufwärts, hier begann die Serpentinenstraße hinauf zum Pragelpass und zum Gletschergipfel.

Bis auf ein paar winterfest verriegelte Scheunen säumte kein Anzeichen von Zivilisation ihren Weg durch das Tal. Dafür war der Anblick der mächtigen Felsmassive von hier unten noch beeindruckender, während sie sich durch den tiefen Neuschnee vorankämpften. Ihre Spuren waren die ersten im Schnee. Der Feldweg war unter der dichten Schneedecke kaum auszumachen – hier unten hatte sich offenbar niemand die Mühe gemacht, Markierungsstangen in den Boden zu rammen.

Schließlich hatten sie die weiße Ebene des Talgrunds durchquert. Wenigstens hier, am Fuße der Passstraße, gab es Spuren von Leben, wenn diese auch schon mehrere Stunden alt zu sein schienen. Sie konnten die verwehten Profilabdrücke etlicher Autoreifen im Schnee erkennen. Wahrscheinlich ein Lkw, der heute in aller Früh mit einer Ladung Steine oder Schotter vom Steinbruch unterwegs zum Hauptwerk in Einsiedeln gewesen war. Die Passstraße war besser geräumt als der Weg durch den Talgrund, vermutlich ebenfalls ein Verdienst der Schotterwerke.

Nach etwa einer halben Stunde erreichten sie eine rechtwinklige Abzweigung, auf der ein verwittertes Plastikschild die frohe Botschaft der *Wahlander Schotterwerke GmbH* in schmucklosen, verblassten Buchstaben verkündete, die einstmals ein tiefes Blau gehabt haben mochten, das sich nun als ausgeblichenes Babyblau präsentierte. Das Firmenlogo stellte einen kleinen lachenden Bauarbeiter dar, der mit einer Schaufel beherzt in einem Haufen Steine herumstocherte. Irgendein Witzbold hatte mit einem Filzmarker ein paar Fliegen und Wellenlinien über den blauen Steinhaufen an das Schild gekritzelt, sodass es aussah, als schaufelte sich der Arbeiter tückisch grinsend in einen riesigen Berg aus frischem Dung.

Als sie in den Abzweig einbogen, wurde der Weg rasch holpriger. Große Reifen von schwer beladenen Lkws hatten tiefe Spuren in den weichen Waldweg gegraben, die sich im Herbst mit Regenwasser gefüllt hatten und nun kleine überfrorene Tümpel bildeten. Jeder, der diesen Weg nicht mit einem Lkw oder geländegängigen Fahrzeug befuhr, tat dies auf eigene Gefahr und konnte sich wahrscheinlich auf einen baldigen Besuch bei seiner Autowerkstatt und ein Paar neue Stoßdämpfer freuen. Direkt, nachdem er sich zum Gespött des Mannes vom Abschleppdienst gemacht hatte.

Hier, auf der zum Tal hin ungeschützten Wetterseite des Berges waren die Schneeverwehungen wieder stärker, sodass sie keine weiteren der frischen Lkw-Spuren entdeckten. Nach etwa zehn Minuten erblickten sie die ersten der langgestreckten Gebäude des Steinbruchs – bis auf ein einzeln stehendes, schmutzig rotes Ziegelhaus kaum mehr als die lose verstreute Ansammlung einiger grauer Baubaracken in größtenteils desolatem Zustand. Eine überdachte Parkfläche, auf der ein aufgebockter Lkw ohne Vorderräder seit Jahren mit einer Ladung Stahlträger um die Wette rostete, rundete das anheimelnde Bild zügellosen Verfalls ab. Das einzig fahrtaugliche Vehikel unter dem großen, windschiefen Wellblechdach schien ein roter *Jeep Wrangler* zu sein, der seine besten Jahre wohl irgendwann Mitte der Achtziger gehabt hatte. Von der Lackierung des Wagens war nur noch eine blassrosa Ahnung von Farbe vorhanden, dafür aber eine um so dickere Kruste von Schlammspritzern. Abgesehen von unzähligen rostüberzogenen Schrammen und Beulen machte der robuste kleine Geländewagen allerdings einen zumindest halbwegs intakten Eindruck.

Das gesamte Betriebsgelände war von einem übermannshohen Gitterzaun umgeben, an dessen oberen Ende ein verwitterter Stacheldraht lose im Wind baumelte.

Obwohl auf der gesamten eingezäunten Fläche keinerlei Bewegung auszumachen war, stapften sie weiter den seitlich daran vorbeiführenden Wanderweg entlang und bemühten sich, den Eindruck harmloser Wanderer zu erwecken. Sie hatten zwar nicht direkt das Gefühl, beobachtet zu werden, aber sie vermieden es trotzdem, mehr Aufsehen zu erregen, als es für ihr Unternehmen unbedingt nötig war. Außerdem wollte Singer sich die Gebäude, und ganz besonders das aus Stein, zunächst in Ruhe von hinten betrachten. Verständlicherweise legte er keinen allzu großen Wert auf Überraschungen wie Kameras und plötzlich auftauchende Hunde, während er versuchte, eine Rucksackladung TNT zu klauen.

WAHLANDER

Während die kleine Truppe ihren Marsch um das Gelände fortsetzte, kam Singer der Gedanke, dass sein Verhalten nicht gänzlich einer gewissen Ironie entbehrte. Immerhin legte er gerade ziemlich genau das Verhalten an den Tag, dessen ihn die halbe Welt fälschlicherweise bezichtigte – er benahm sich wie ein Terrorist. Selbsterfüllende Prophezeiung nannte man das wohl. War er tatsächlich gerade dabei, Sprengstoff zu stehlen, der mindestens ein kleines Haus in die Luft blasen konnte? Wenn er sich nicht bald zusammenriss, würde er demnächst wahrscheinlich noch Flugzeuge entführen, Bomben legen oder sich im Baumarkt mit einem Vorrat an Teppichmessern ausstatten.

Als sie die Gebäude umrundet hatten, holte Martin die grobe Decke aus der Reisetasche und half Singer dabei, sie über den Stacheldraht des Zauns zu werfen. Dann verschränkte er die Finger seiner Hände ineinander und ging ein wenig in die Knie, bis Singer seine Handflächen als eine Art Treppenstufe benutzen konnte. Dieser stieg sodann auf das wacklige Gebilde aus menschlichen Gliedmaßen, zog sich über die Decke und ließ sich auf die andere Seite des Zauns herunterfallen, wo er in die Hocke ging und einen Moment verharrte. Auf der Rückseite des großen Steingebäudes blieb alles reglos wie zuvor.

Singer rannte los. Seine Schritte verursachten ein gedämpftes Knirschen im Tiefschnee. Allerdings waren sie in der jungfräulichen Schneedecke hervorragend zu sehen, aber das war einfach nicht zu ändern, und in einer Stunde würde der harsche Wind auch diese Spuren wieder verweht haben. Hoffentlich.

Schließlich erreichte er das Hauptgebäude und rüttelte an dessen rostiger Hintertür. Sie war verschlossen. Er probierte die Fenster auf der Rückseite des Ziegelhauses und schließlich hatte er bei einem Erfolg. Das kleine Fenster links neben der Hintertür machte einen vielversprechend baufälligen Eindruck. Die Glassegmente ließen sich mühelos aus dem mürben Fensterkitt nach innen drücken und zersprangen mit einem lauten Klirren auf dem Fußboden des Raumes. Singer ging wieder in Deckung und lauschte. Als erneut jegliche Reaktion ausblieb, stand er auf, tastete eine Weile durch das Loch hindurch mit seinem Arm in der Schwärze hinter der Scheibe herum und fand schließlich den Griff des Verschlusses. Das kleine Fenster ging auf, Singer drückte sich mit einer schwungvollen Bewegung elegant auf den Fenstersims und schwang ein Bein durch die Öffnung, sodass er rittlings auf der schmalen Fensterbank saß. Er schaute aufmerksam ins Innere und zog dann das andere Bein nach. Singer blickte noch einmal zu seinen Freunden am Zaun zurück. Dann zog er das Fenster vorsichtig von innen zu und verschwand im Dunkel des Hauses.

WARTEN

Die anderen warteten beinahe fünfzehn Minuten, ohne ein Lebenszeichen von Singer wahrzunehmen, der im Inneren des Haupthauses verschwunden war. Wäre das Spurenpaar vom Zaun zum Hauptgebäude nicht gewesen, hätte man den Hof weiterhin für gänzlich unbelebt halten können. Allmählich kamen ihnen Zweifel, ob das Ganze wirklich eine so gute Idee gewesen war. Vielleicht hatte man Singer im Inneren des Hauses ja doch erwischt und irgendwie festgesetzt und jetzt war die Polizei schon auf dem Weg hierher?

So warteten sie und hofften.

Weitere zehn Minuten vergingen schleppend ohne das geringste Ereignis im Haupthaus jenseits des Zauns. Fünfundzwanzig jetzt. Beinahe eine halbe Stunde. Immerhin schloss das die Theorie mit der Polizei weitestgehend aus, die wären sicher längst eingetroffen. Trotzdem …

Plötzlich öffnete sich ein Fenster im obersten Stockwerk des Gebäudes und ein Arm, hinter dem Singers grinsendes Gesicht zum Vorschein kam, versuchte ihre Aufmerksamkeit zu erregen. Als sie alle in Richtung des oberen Fensters schauten, bedeutete ihnen der Arm, beziehungsweise Singer, um das Gebäude zum Haupteingang des Geländes zu laufen, wohin sie sich auch unverzüglich in Bewegung setzten, dankbar dafür, dass sie ihren Blutkreislauf endlich wieder in Zirkulation bringen konnten.

Als sie am Haupttor der Umzäunung angekommen waren, sahen sie den kleinen roten Jeep auf sich zurollen, offenbar in bester, oder zumindest fahrtauglicher Verfassung und am Steuer saß ein immer noch fröhlich grinsender Singer. Er hatte den Schlüssel des Vehikels an einem Brett hängen sehen, als er versuchte, das komplett leerstehende Gebäude durch den Haupteingang wieder zu verlassen. Der war zwar verschlossen gewesen, aber immerhin war er so in den Besitz eines kleinen Schlüsselbunds gelangt, an dem auch ein Anhänger mit dem unverkennbaren Jeep-Logo hing. Das, was Singer *eigentlich* gesucht hatte, hatte sich fahrlässigerweise im ebenfalls verschlossenen Keller des Gebäudes befunden, auf ein paar Tischen ausgelegt wie die harmlosen Exponate eines Kuchenbasars.

Ihre plötzliche Mobilität würde ihnen den Weg zum Gletscher wahrscheinlich erheblich erleichtern und mit etwas Glück war sogar die Bordheizung des Vehikels noch intakt. Am Tor hielt Singer den Jeep an und sprang heraus, während er den Motor weitertuckern ließ. Dann öffnete er das Schloss mit einem anderen Schlüssel seines kleinen Bundes und schob das Haupttor weit auf.

»Nur ausgeborgt, nicht gestohlen«, sagte er mit gespielt belehrender Miene zu Antonia, »wenn wir fertig sind, bringen wir alles schön zurück.«

Er fuhr den Jeep durch das Tor, und während die anderen im Wagen Platz nahmen, schloss er es von außen wieder zu.

»Hast du …«, wollte der Alte wissen. Singer nickte stumm und stieg wieder in den Wagen. Der rostige, rote *Wrangler* rumpelte los und bald hatte er die Serpentinenstraße erreicht, die, von steilen Abhängen gesäumt, hinauf zum Gletscher führte. Der Alte gab knappe Anweisungen und Singer tat sein Bestes, ihnen auf der rutschigen Piste der verschneiten Hangstraße Folge zu leisten. Tapfer kurvte der kleine Allrad-Jeep den Hang hinauf. Martin und Antonia versuchten es sich auf der Rückbank gemütlich zu machen. So gemütlich man es sich neben einem Rucksack voller TNT eben machen kann.

WIDERSTAND IST ZWECKLOS!

Der *Wrangler* machte sich auf den verschneiten Serpentinen besser als gedacht. Zielstrebig kämpfte sich das kleine Geländefahrzeug auf seinen groben Stollenreifen den Berg hinauf, Meter um Meter. Der alte Suter gab Singer noch ab und an die Richtung vor, aber das war hier oben eigentlich kaum noch nötig. Die Hauptserpentine hatte nun kaum noch Abzweigungen und schlängelte sich zielgerichtet auf den Gletscher zu.

Als sie in die Nähe des Gipfels kamen, wurde der Schnee wieder tiefer. Der Wind hatte die weiße Pracht an der ungeschützten Wetterseite des Berges zu anmutig geschwungenen Verwehungen aufgetürmt. *Schön anzusehen*, dachte Singer, als er hektisch in einen niedrigeren Gang schaltete, *aber auch verdammt gefährlich.* Der kräftige Motor des Geländefahrzeugs heulte auf und für einen Moment befürchtete Singer, die Räder würden durchdrehen und das Fahrzeug ein für alle Mal im Tiefschnee vergraben, was angesichts des Steilhangs auf der anderen Seite noch die weit gnädigere Alternative gewesen wäre. Dann griffen die breiten Stollen mit einem Ruck wieder und der Wagen schlingerte um die letzte Kurve vor dem Gipfelareal. Singer schaltete hoch und ...

Unvermittelt schauten sie in das verdutzte Gesicht eines Jungen unter einer flauschigen, schwarzen Pelzmütze mit Fellohren. Uschanka nennen die Russen so ein Ding, schoss es Singer durch den Kopf, während er das Steuer herumriss.

Ab diesem Moment handelte Singer rein instinktiv – Beim Versuch, den Burschen nicht umzufahren, vollführte er ein verzweifeltes Manöver und hätte den Wagen damit beinahe ins Aus gelenkt. Für eine halbe Sekunde schlingerte der Jeep bedenklich nah am linken Fahrbahnrand und Antonia erhaschte einen Blick auf das malerisch verschneite Tal tief unter ihnen, auf den sie liebend gern verzichtet hätte. Sie schrie gellend auf.

Während Singer noch versuchte, den Wagen wieder unter Kontrolle zu bringen, erwachte der Uschanka-Junge – der neben der schicken Mütze auch noch eine überaus kleidsame schwarze Uniform und eine vollautomatische Handfeuerwaffe der Marke Uzi trug – aus seiner Erstarrung und reagierte. Er riss seine Maschinenpistole hoch und richtete den Lauf der Waffe auf die Frontscheibe des Fahrzeugs. Singer, der den Wagen wieder zurück auf die Fahrbahn und zumindest vorläufig in Sicherheit gebracht hatte, sah sich für einen Moment vor eine Entscheidung gestellt, die eigentlich keine war: Nämlich den Soldaten nun doch noch umzufahren, auf die Gefahr hin, dass dessen Uzi losgehen und sie dann wahrscheinlich alle erwischen würde – oder anzuhalten. Umkehren oder auch nur den Rückwärtsgang einzulegen, würde viel zu lange dauern und ein Blick in das Gesicht des bemützten Jungen machte nur zu deutlich, dass er ohne Zögern von seiner Waffe Gebrauch machen würde, um sie aufzuhalten.

Singer ließ den Wagen auf dem Schnee des kleinen Felsplateaus ausrollen und parkte ihn vor dem hohen Maschendrahtzaun, welcher im Wesentlichen ein Pendant der Absperrung um den Steinbruch war. Dieser hier war allerdings brandneu und kein bisschen verfallen. Der Stacheldraht am oberen Ende war bestens in Schuss und rundum intakt. Außerdem wiesen zahlreiche Schilder darauf hin, dass der Zaun elektrische Spannung führte. Wahrscheinlich war es vernünftig, diesen Schildern zu glauben.

Der Soldat deutete mit seiner freien Hand auf die Motorhaube des Jeeps, wobei er gut einen Meter Abstand zu dem Wagen hielt. Der Zeigefinger seiner rechten Hand lag lose am Abzug der Uzi. Singer schätzte, dass etwa fünfzig Geschosse aus dem Lauf der kleinen Waffe die Entfernung zwischen ihnen wesentlich schneller zurücklegen würden als er.

Singer dreht sich zu Antonia um, die sich an Martin klammerte und ihren Vater aus großen, schreckgeweiteten Augen anstarrte, wahrscheinlich noch immer benommen von ihrem Blick in den Abgrund. Martin hielt ihre Hand in seiner. Resigniert starrte er nach draußen zu dem Jungen mit der Uzi.

Inzwischen hatte sich ein weiterer, identisch gekleideter Soldat vor dem Jeep aufgebaut und machte jede Illusion einer möglichen Flucht vollends zunichte. Sie hatten verloren, gestand sich Singer ein, waren einfach zu spät gekommen. Murnauer würde sich schwerlich von ihrer Idee mit der Sprengung der Höhle und ihres brandgefährlichen Inhalts überzeugen lassen. Vielmehr würde er Singer stattdessen endlich festnehmen und sich damit nicht nur elegant aus der Affäre ziehen, sondern aller Voraussicht nach auch noch das Bundesverdienstkreuz verliehen bekommen. Immerhin hätte er einen gefährlichen Top-Terroristen mitsamt seinen finsteren Helfershelfern zur Strecke gebracht. Zur Krönung des heutigen Tages würden Murnauer den überaus belastenden Sprengstoff in ihrem Wagen finden. Einfach fantastisch!

Die beiden Soldaten forderten sie unter vorgehaltener Waffe auf, auszusteigen, immer hübsch langsam und einer nach dem anderen. Als sie alle vier nebeneinander vor dem Jeep standen, wurden sie gründlich nach Waffen durchsucht, wobei ein Soldat aus sicherer Entfernung zusah, eine schussbereite Waffe in jeder Hand, und der andere sich daran machte, sie gründlich zu betasten und abzuklopfen. Schließlich waren die beiden Soldaten wohl für den Moment zufrieden und forderten die kleine Gruppe auf, sich in Richtung Zaun in Bewegung zu setzen. Sie stapften los, die Hände im Nacken.

Das umzäunte Areal des Gipfels maß etwa einhundert Meter im Durchmesser und war bisher durch eine kleine Baumgruppe vor ihren Blicken verborgen gewesen. Hier hatte es bis vor Kurzem kaum etwas Nennenswertes gegeben, von ein paar Sträuchern, niedrigen Büschen und eisigem Wind abgesehen. Nun allerdings hob sich eindrucksvoll etwas von der kargen Felslandschaft ab. Etwas, das ebenso wenig in die ursprüngliche Berglandschaft passte wie der übermannshohe Zaun drumherum. Jemand hatte in der Mitte des Plateaus einen mächtigen Betonklotz hingestellt, in dessen Front eine riesige Metallplatte eingelassen war. Offenbar war das der neue Eingang, den das erste Forscherteam in den Berg gesprengt und anschließend wieder verschlossen hatte. Das Ganze sah aus wie eine Mischung aus einem Bunker und einem gigantischen Gullydeckel. Und es war offen.

Und noch etwas lenkte ihre Blicke augenblicklich auf sich. Etwas, das nahelegte, dass der Zaun entgegen der freundlichen Hinweisschilder momentan wohl doch nicht mehr unter Spannung stand (obwohl Singer keinerlei Bedürfnis verspürte, diese Annahme auf ihre Richtigkeit hin zu überprüfen). Etwa einen halben Meter neben dem schmalen Metalltor, das als Eingang in das Areal diente, klaffte eine etwa drei Meter breite Lücke. Dort war der Zaun zerfetzt und aufgerissen, ja regelrecht niedergewalzt worden – offensichtlich von dem riesigen Kühltruck, der imposant in dieser Lücke parkte und etwa zur Hälfte im Inneren des Areals stand. Zerschrammtes Chromsilber und verbeultes Aluminium gaben dem Ganzen das Aussehen eines großen Haufens zerknitterter Silberfolie. Die komplette rechte Seite des Fahrzeugs war übel mitgenommen und das Blech der Verkleidung teilweise über mehrere Meter aufgerissen, so als hätte der Fahrer während der Fahrt achtlos die eine oder andere Leitplanke gestreift, und zwar mit Höchstgeschwindigkeit.

Der Rückspiegel des futuristisch anmutenden Gefährts hing in Bruchstücken von der Beifahrertür herab. Die absurderweise immer noch intakte Spiegelfläche baumelte an ein paar losen Kabeln und die Scheibe des Seitenfensters war zu einem gewaltigen Spinnennetz aus gezackten Rissen zerborsten. Die riesigen Türen am Heck des Anhängers standen weit offen, die Laderampe war heruntergeklappt.

Jemand – oder etwas – war in aller Eile heimgekehrt.

Einige schwarz Uniformierte umstanden das Heck des Kühltrucks und hin und wieder blitzte es grell aus dem Inneren des Frachtcontainers. Offenbar wurden eifrig Fotos geschossen, und was immer der Truck geladen haben mochte, war der Mittelpunkt des allgemeinen Interesses.

Das, was Singer aus dem Heck des riesigen Frachtraums des Kühltrucks ragen sah, veranlasste ihn sofort, sich unauffällig in die Sichtlinie zwischen dem verbeulten Fahrzeug und Antonia zu schieben.

Aber er war nicht schnell genug, um zu verhindern, dass Antonia die rostroten Spritzer auf der Innenseite der Tür sah.

AM ABGRUND

Die beiden Bewaffneten führten sie um den vorderen Teil des Trucks. Dort wuselte ein weiteres Dutzend von Murnauers Bediensteten emsig im Schnee umher. Sie machten ebenfalls Fotos von dem Fahrzeug, dem Schaden an der Seite und dem Fahrerhaus. Andere waren damit beschäftigt, technische Gerätschaften aus zwei großen Truppentransportern auszuladen und in die Nähe des Eingangs zu hieven.

Und dann entdeckte Singer seinen Ex-Chef Murnauer.

Der Institutsleiter stand etwas abseits des bunkerartigen Eingangs am Rande der Gletscherspalte und blickte stumm auf das gegenüberliegende Felsmassiv. Dem Geschehen auf dem Gletscher hatte er den Rücken zugekehrt, die Hände tief in die Taschen seines Mantels gestopft. Der Wind zerzauste die Reste seiner einstmals gepflegten Frisur – er schien es nicht einmal zu bemerken. Aus der Ferne wirkte der massige Institutsleiter seltsam klein und verloren vor dem Bergmassiv, der Anblick erinnerte Singer an ein Gemälde von Caspar David Friedrich, eins aus dessen düsterster Periode. Der eisige Wind riss an den Schößen des gefütterten Mantels, der seinen Körper stürmisch umflatterte, als wolle das Kleidungsstück jeden Moment mitsamt seinem Träger abheben und sich in die Schlucht stürzen.

Wie nah Murnauer tatsächlich am Saum der Schlucht stand, bemerkte das kleine Grüppchen erst, als sie bei ihm angelangt waren. Der Rand des Abgrunds, der mehrere hundert Meter steil in die Tiefe abfiel, schloss direkt mit den Spitzen seiner teuren Wildlederschuhe ab.

Als Murnauer endlich auf die wiederholte Meldung des Soldaten reagierte, der den kleinen Trupp zu ihm gebracht hatte, und sich zu den Ankömmlingen umdrehte, schien sein Blick wie aus weiter Ferne zu kommen. Er musterte Antonia, Martin und den alten Mann mit dem Ausdruck milder Neugier und amüsierten Unverständnisses, so als sinniere er seit Tagen über die Pointe eines komplizierten Witzes, und sei kurz davor, sie endlich zu begreifen. Als sein Blick jedoch an Singer hängen blieb, änderte sich seine Miene schlagartig, so als hätte jemand in seinem Gehirn einen Schalter mit Wucht umgelegt.

Die dichten Brauen senkten sich in der Mitte seiner krausen Stirn und der unstete Blick seiner blutunterlaufenen Augen wurde plötzlich intensiv und unangenehm starrend. Seine Mundwinkel fielen reflexartig nach unten und legten zuckend seine Schneidezähne frei. Es war der Anblick eines tollwütigen Tieres, das die Zähne fletscht. Doch diese Fratze hielt sich nur für den Bruchteil einer Sekunde, dann fiel sie in sich zusammen wie ein Kartenhaus.

Murnauer setzte die übliche Maske geschäftiger Arroganz auf, getrübt lediglich durch seine Pupillen, die wie dunkle Wassertümpel in der verhärmten Landschaft seines bleichen, teigigen Gesichts lagen. Schmutzige Wassertümpel über dunkel angeschwollenen Augenringen.

Murnauer hatte noch nie besonders sympathisch ausgesehen. Oder besonders gesund. Aber der Anblick, den er ihnen jetzt bot war überaus verstörend. Singer verstand nur zu gut, warum es der Soldat vermied, seinem Vorgesetzten direkt in die Augen zu schauen – es war ein Blick in den Abgrund, mindestens so tief wie der, über dem ihre kleine Versammlung gerade stattfand. Und wahrscheinlich genau so tödlich.

Murnauer schüttelte sich beiläufig, als bemerke er erst jetzt die eisige Kälte, die hier oben, auf dem zugigen Felsplateau herrschte, dann wandte er sich in einem seltsam verwaschen klingenden Plauderton an Singer.

»Dr. Singer. Wie schön, dass Sie doch noch zu unserer kleinen Party kommen konnten. Offenbar wollen Sie sich wenigstens an den Aufräumarbeiten der kleinen Ferkelei beteiligen, die Sie durch Ihre Unachtsamkeit verursacht haben. Wie löblich«, sagte er mit einem milden Lächeln, und klopfte Singer kameradschaftlich auf die Schulter. Er wirkte dabei regelrecht vergnügt.

Singer hielt es nicht für nötig, auf diese erneuten Anschuldigungen zu antworten. Nicht wenn der Mann, der sie aussprach, mehr als tausend Tote neckisch als 'kleine Ferkelei' und ein amoklaufendes Monster als 'Unachtsamkeit' bezeichnete, davon abgesehen, dass er ihm die ganze Sauerei auch noch in die Schuhe schob. Stattdessen wartete er ab, was sein Ex-Chef als Nächstes sagen würde. Und er dachte plötzlich wieder an das TNT, das vielleicht noch immer im Jeep lag. Die Soldaten hatten sie zwar nach Waffen durchsucht, das Innere des Jeeps schien sie allerdings gar nicht interessiert zu haben. Wenn sie nur eine kleine Chance bekämen …

Zunächst hatte Murnauer jedoch andere Pläne. »Wissen Sie was, Singer?«, sagte er und unterdrückte ein Kichern, »…

wissen Sie was, mein Junge? Wo Sie schon einmal da sind, sollen Sie auch sehen, warum Sie eigentlich die lange Reise auf sich genommen haben. Wie Sie erkennen«, und dabei deutete mit einer ausladenden Geste auf das Gebiet um den großen Kühltruck, »ist unser Freund ein wenig vor uns hier gewesen, nicht wahr? Gehen wir ihn doch *besuchen*, unseren Freund! Was meinen Sie?«

Erst jetzt fiel Singer auf, dass sein Ex-Chef Antonia und seine Begleiter mit keinem Blick gewürdigt hatte, fast so, als existierten sie gar nicht für ihn.

»Mann, kommen Sie doch zur Vernunft! Das *Ding* ist da unten? Dieser Draakk? Und Sie wollen allen Ernstes da rein? Mensch, Sie haben doch gesehen, was das Wesen im Labor angerichtet hat«, protestierte Singer und wusste im selben Moment, wie vergeblich seine Worte waren.

Murnauer drehte sich langsam zu Singer um und schob sich dabei, ohne es zu bemerken, in die direkte Schusslinie zwischen dem Biologen und dem Gewehrlauf von dessen Bewacher, was den Institutsleiter allerdings nicht im Geringsten zu stören schien. Dann sah er Singer aus seltsam nebelverhangenen Augen an und sagte: »Ich weiß nicht, wovon Sie reden, Dr. Singer. *Sie* haben diese Menschen da unten im Sachsenwald getötet. Sie *allein*! Und jetzt gehen wir alle da runter und holen uns zurück, was uns gehört.«

Murnauer wandte sich abrupt seinen Leuten zu und forderte einen der Soldaten mit einer knappen Geste auf, am Eingang zum Bunker zu warten. Vor ihnen im Boden gähnte ein kreisrundes Loch von etwa zwei Metern Durchmesser, in das sich die ersten Soldaten sogleich hinabließen. Behände kletterten sie die Sprossen der in den Fels gehauenen

Stahlleiter hinab und waren alsbald in der Schwärze verschwunden. Dann war ein Klacken zu hören und ein Generator sprang surrend an, irgendwo in der Tiefe des Felsens. Kurz darauf strahlte künstliches Licht aus dem Loch in die bereits dunkler werdende Umgebung oben auf dem Gletschergipfel.

»Dann mal los. Holen wir uns den kleinen Ausreißer zurück«, wiederholte Murnauer, an seine Soldaten gewandt. Dann drehte er sich zu Singer und seinem kleinen Trupp um. »Nach Ihnen, Dr. Singer.«

Der Alte Mann fasste ihn daraufhin am Arm. »Das da unten ist nicht dein Eigentum, du Narr! Es gehört niemandem. Und wenn ihr so etwas auf die Menschheit loslasst, dann seid ... « Der Alte kam nicht mehr dazu, weiter auszuführen, was er meinte. Murnauer fuhr herum wie ein Besessener, seine Gesichtszüge waren erneut zur viehischen Fratze purer Wut verzerrt.

»Schnauze!«, blaffte er den Alten an, wobei er einige Speicheltropfen auf dessen Gesicht versprühte. Drohend erhob er eine zitternde Hand zum Schlag, während er sich vor dem Alten aufbaute. Singer stellte sich zwischen den drohenden Institutsleiter und den alten Mann. Dieser verzichtete darauf, seinen Satz zu beenden. Er erkannte nun, was Singer schon viel früher begriffen hatte: Murnauer befand sich längst an einem Ort, wo Vernunft und gute Worte ihn nicht mehr erreichen konnten.

ABWÄRTS

Und so kletterten sie hinab in den Schacht, in die Tiefe und in die Dunkelheit. Murnauer und die bis an die Zähne bewaffnete Nachhut stiegen hinter Singer in den Gang hinab.

Sie hatten den kreisrunden Schacht, durch den der alte Mann damals zurück ins Licht gekrochen war, an einigen Stellen verbreitern müssen, um das schwere Gerät in den Berg zu hieven, die Laser, die Bohrer und die Brecher, mit denen sie den steinernen Sarkophag schließlich geöffnet hatten. Die einstmals spiegelglatt ausgefrästen Innenseiten der Röhre waren von Ausbrüchen und groben Scharten überzogen und man hatte an der Decke eine lange Reihe kleiner, intensiv leuchtender Quecksilberdampflampen angebracht. Die gleißende Helligkeit machte den Abstieg ins Innere des Berges keinen Deut weniger unheimlich, aber wenigstens konnte man die Strecke nun aufrecht gehen. Sie bewegten sich rasch abwärts und je tiefer sie in den Berg vordrangen, umso schwerer schien das Gewicht des Steins auf ihnen zu lasten.

Der Gang mit den Lampen führte sie nach einer Weile in die erste Höhle und von da ging es nahezu waagerecht weiter bis zu dem Raum mit dem schwarzen Sarkophag. Rückblickend war die Strecke fast schon verblüffend kurz und dem Alten wurde klar, wie lächerlich kurz die Strecke bis zur rettenden Oberfläche gewesen war, als er sich sein vermeintlich letztes Pfeifchen angesteckt hatte. Ihm war sie wie mehrere hundert Meter vorgekommen. Regel Nummer drei, die er damals missachtet hatte:

Kurz vor dem Sonnenaufgang ist die Nacht am tiefsten. Und kurz vorm Ziel ist die Versuchung am größten, einfach aufzugeben.

Beinahe hätte auch er einfach aufgegeben.

Die Berge konnten tückisch sein. Unbarmherzig und tödlich. Aber sie waren niemals *böse*. Aber das, was da unten lag, das, zu dem sie jetzt hinabstiegen, war böse. Und zwar auf eine Weise, die keiner von ihnen zu begreifen imstande war.

Vielleicht wäre es besser gewesen, dachte Alois Suter, wenn er hier unten gestorben wäre und der Menschheit das grausame Geheimnis im Herzen der Berge erspart hätte.

Wenn von dem beleuchteten Hauptgang irgendwelche Abzweige abgingen, so bemerkte sie Singer nicht. Was er allerdings bemerkte, war der Geruch. Leicht süßlich mit einer metallischen Note erfüllte er den schmalen Gang und schien mit jedem Schritt intensiver zu werden. Und es war noch eine andere Note darin, eine ferne Andeutung von Moder und feuchtem Verfall. Wie Dachgebälk, das jahrelang dem Regen ausgesetzt war, morsch und faulig und von ekelhaften Maden und Käfern zerfressen, ausgehöhlt bis auf ein schwarzes, garstiges Innenleben …

Dann war der Gang zu Ende. Sie traten aus der Röhre im Gestein in einen kleinen Vorraum und wurden dort von Murnauers bewaffneter Vorhut erwartet. Ein Trio aus kleinen grellen Lampen beleuchtete eine Vielzahl merkwürdiger Symbole, die in die schwarzen Steinwände gehauen worden waren. Tatsächlich, wie der Alte gesagt hatte. Singer verstand nun, was Suter gemeint hatte; sie anzusehen verursachte ein dumpfes Unwohlsein, aber Singer fand sie auf eine seltsame Weise ebenso faszinierend wie abstoßend. Er *hätte* sie länger betrachten können, ohne Kopfschmerzen und Magenkrämpfe. Er *hätte* sie vielleicht sogar entziffern können, denn ihre Bedeutung schien ihm *beinahe* vertraut, so wie ein Déjà-vu, eine ferne Erinnerung, die hinter einem grauen Schleier verborgen auf ihre Entdeckung wartet ...

Doch er hatte keine Gelegenheit, länger über die Symbole und ihre verborgene Bedeutung nachzudenken. Die Soldaten zerrten sie weiter in den nächsten Raum. Eine kleine Kaverne, in der das riesige, schwarze Steingebilde thronte. Als Alois Suter den Findling zum zweiten Mal sah, und diesmal im hellen Licht der Quecksilberdampflampen, wich er unwillkürlich davor zurück. Der alte Mann schnappte nach Luft und taumelte, aber Singer bemerkte es nicht. Auch er starrte gefesselt auf das enorme, schwarze Gebilde.

Es war in der Tat ein furchtbares Ding, grob in Form gehauen von gigantischen Händen oder Maschinen und aus einem Material, welches nur *vorgab*, Gestein zu sein. Eine schwarze, schlierig wirkende Masse, deren Umrisse an den Rändern zu wabern und zu verschwimmen schienen und doch – fest, unbezwingbar beinahe, von einer höheren Dichte als jedes Material, das bisher auf der Erde gefunden worden war, so hatte ihnen Murnauer versichert. Und es passte weit besser als Ruhestätte für das riesenhafte Monstrum als der beschönigende Schneewittchensarg im Labor. Dies hier war seine angestammte letzte Ruhestätte – und war es offenbar seit Jahrtausenden gewesen.

Die Soldaten der Vorhut öffneten eine der mitgebrachten Metallkisten und verteilten Gasmasken an die Neuankömmlinge. Das Ganze hatte wohl den Zweck, sie gegen die roten Sporen zu schützen, falls das Wesen diese erneut absonderte. Als er die Männer mit den Atemschutzmasken hantieren sah, wurde Singer das wahre Ausmaß von Murnauers Unverantwortlichkeit bewusst (Wahnsinn wäre allerdings der treffendere Ausdruck für dessen Geisteszustand gewesen). Murnauer hatte genau wie er gesehen, wie die Partikel auf die Wissenschaftler niedergeregnet waren und jeden Quadratzentimeter ungeschützter Hautfläche zum Eindringen genutzt hatten. Falls so etwas hier unten erneut passierte, wären die Masken reichlich zwecklos.

Nur hatte Murnauer eben nichts anderes dabei hatte, was seinen Leuten Schutz verhieß, also befahl er ihnen einfach, diese dummen Masken aufzusetzen, so ineffektiv sie auch sein mochten.

Singer schüttelte angewidert den Kopf, schwieg jedoch und spielte mit. Die Männer mit den Automatikwaffen zu verunsichern war etwas, das Singer nach Möglichkeit vermeiden wollte. Immerhin hatten die Masken den Vorteil, dass sie den süßlich-fauligen Geruch ein wenig abschwächten, der hier unten zu einem erdrückenden *Gestank* geworden war, und wenigstens dafür war Singer dankbar.

Singer schaute sich um. Am gegenüberliegenden Ende des langgestreckten Raumes befand sich ein weiterer Durchgang, wohl zur nächsten Höhle, ansonsten gab es keine weiteren Ausgänge. Das Innere wurde gänzlich von dem mächtigen Steingebilde in der Mitte dominiert. Die Vorhut der Soldaten umstand den riesigen schwarzen Sarkophag, dessen tonnenschwerer Deckel auf dem Steinkoloss lag, als hätte er nie etwas anderes getan. Bloß war es vorher kein Deckel, sondern ein Teil des Gebildes gewesen, an welchem Murnauers Leute in tagelanger Arbeit mit ihren Hochleistungslasern herumgekratzt hatten. Millimeterweise hatten sie sich einen Weg durch die Oberfläche gebahnt, bis sie schließlich die kaum zwanzig Zentimeter dicke Schicht des unbekannten Materials zu dem Hohlraum und dem, was in seinem Inneren lag, durchdrungen hatten.

Allein die Ausmaße und die Fremdartigkeit des Materials machten überdeutlich klar, dass sie hier vor der Ruhestätte dessen standen, was Murnauer als *Draakk* bezeichnet hatte. Und dass, falls der Draakk sich tatsächlich in dem Steinkoloss befand, Murnauer ihre Todesurteile bereits unterschrieben hatte.

Ein gutes Dutzend durchtrainierter Elitesoldaten drückte, zog und schob an dem Deckel herum, während ihre Kameraden ihre Uzis weiter auf den Steinsarg gerichtet hielten. Für den Fall, dass etwas aus dem Sarkophag springen würde? Spielzeuggewehre, schoss es Singer durch den Kopf, sie spielen Krieg und benutzen Spielzeuggewehre!

Anfangs blieben die Anstrengungen der Männer ohne das geringste Ergebnis, dann fuhr ein Ruck durch sie und der Stein gab wenige Zentimeter nach. Die Soldaten begannen nun noch kräftiger gegen die schwere Platte zu drücken. Irgendwann wurden ihre mühsamen Versuche tatsächlich von Erfolg gekrönt und der Stein schob sich weit genug zur

Seite, damit ein Spalt zwischen der Kante des Deckels und der Innenwand des Sarkophags entstand.

Nur wenige Zentimeter, vielleicht eine Handbreit, aber es genügte, dass sie in das Innere des Sarkophags blicken konnten. Der Geruch, welcher die ganze Zeit in der Luft gehangen hatte, wurde auf einen Schlag zu einem erdrückenden Gestank, der den gesamten Raum ausfüllte und ihnen trotz der Atemmasken wie eine Wand entgegenschlug. Singer hatte die Ursache des Geruchs schon vor einiger Zeit identifiziert, sich aber mit seiner Erkenntnis bewusst zurückgehalten. Nun erkannten ihn auch ein paar der erfahreneren Soldaten als den Pesthauch einer Gruft, in der menschliche Körper verrotten.

Ein jüngerer Soldat aus Murnauers Truppe drehte sich ruckartig zur Wand und eine Weile erfüllten heftige Würgegeräusche die Stille der unterirdischen Grabkammer. Niemand kümmerte sich weiter um den Jungen, während dieser sich die Seele aus dem Leib kotzte. Singer ging auf den Soldaten zu, um ihn zu stützen, doch dieser schlug seine Hand wütend weg, offenbar tief verletzt in seiner verzerrten Auffassung von Männlichkeit und Ehre, während ihm gelbliches Erbrochenes unter der Maske hervorquoll und sich auf seiner Uniformjacke verteilte.

Zwei Soldaten nahmen nun am Spalt Aufstellung und lugten mithilfe starker Taschenlampen, die sie auf die Läufe ihrer Uzis geclippt hatten, vorsichtig in den Sarkophag. Nach einem Moment wandten sie sich ab und Murnauer zu. Singer empfand es als Gnade, dass er ihre Gesichter durch die Gummimasken nicht sehen konnte. Ihre Augen, die weit aufgerissen durch die Gucklöcher ihrer Masken starrten, genügten ihm vollauf.

»Noch mehr davon, wahrscheinlich zivil. Ist aber schwer zu erkennen«, kommentierte die verzerrte Stimme eines der Soldaten das Gesehene und Murnauer nickte ungerührt. Fast so, als ob er genau das erwartete hatte. Als ob das alles Teil seines Plans war, den nur er verstand.

Dann knipste Murnauer seine eigene Taschenlampe an und schaute ebenfalls in den steinernen Sarkophag. Entweder nahm er den beißenden Gestank nicht wahr oder es störte ihn nicht weiter, denn er hielt seinen Kopf ziemlich lange über den schwarzen Stein und schwenkte langsam seine Taschenlampe hin und her. Als er damit fertig war, kramte er ein kleines elektronisches Gerät heraus und tippte darauf herum, dann machten seine Leute weitere Fotos vom Inneren des Sarkophags. Er hieß die Soldaten, den Steindeckel wieder in seine ursprüngliche Position zurückzuschieben, was diese mit deutlichen Anzeichen der Erleichterung taten, auch wenn es zusätzliche und nicht unerhebliche Anstrengung bedeutete.

Inzwischen hatte Murnauer die Vorhut schon weitergeschickt, in den nächsten Raum. Diese kehrte nun zurück, aus dem gegenüberliegenden Gang trat ein Soldat auf die Gruppe zu und erstattete Murnauer leise Bericht.

Singer hörte nur Murnauers Stimme, fern und metallisch verzerrt durch den Filter seiner Maske. »Noch mehr?«, ließ sich dieser vernehmen und fragte dann: »Und die Wissenschaftler?«, woraufhin der Soldat mit den Schultern zuckte. Dann drehte er sich zu zwei seiner Leute um und deutete auf Singer. »Ihr wartet hier und passt mir auf die da auf. Keine Sekunde aus den Augen lassen! Der Rest mit mir!«

Der alte Mann lehnte an einer der Wände und tat ein paar angestrengte Atemzüge. Singer lief hin und stützte ihn. Mit einem Mal kam ihm der hünenhafte Bergwanderer wie ein dürrer, alter Tattergreis vor und Singer bereute zutiefst, ihn in diese Geschichte hineingezogen zu haben. Andererseits: Hatten sie denn jemals eine andere Wahl gehabt, als sich an jeden noch so dünnen Strohhalm zu klammern?

Die beiden zurückgelassenen Soldaten ließen nach ein paar Minuten die Läufe ihrer Uzis ein wenig sinken, sichtlich froh darüber, nicht mit den anderen in den Nebenraum gegangen zu sein. Die Schritte der Soldaten, die Murnauer begleiteten, verhallten rasch in dem steinernen Gang, offenbar waren sie inzwischen tiefer in den Fels vorgedrungen. Dann waren sie plötzlich nicht mehr zu hören.

So verharrten sie alle eine Zeit lang, während Singer angestrengt über ihre Fluchtmöglichkeiten nachgrübelte. Der Vorteil der Situation lag ganz eindeutig aufseiten ihrer bestens ausgebildeten Bewacher mit den Uzis und keine der Szenarien, die Singer durch den Kopf geisterten, würde ohne Verletzte oder Tote in den eigenen Reihen abgehen. Hinzu kam, dass der Alte im Moment nicht wirklich in Bestform war. Eine überstürzte Fluchtaktion kam also kaum in Frage. Mutlos trafen sich die Blicke des kleinen Grüppchens, während Antonias Hand sich fest um die von Martin klammerte.

CHAOS!

*E*ine gewaltige Erschütterung rollt durch den Fels. Ein Donnern wie von fernem Gewitter, dass heranschießt und in der nächsten Sekunde über ihren Köpfen niedergeht. Eine Staubwolke aus dem Gang, in den Murnauer und seine Leute verschwunden sind, ein stickiger, grauer Nebel erfüllt die Höhle und plötzlich sind sie alle blind. Alles, was sich weiter als eine Nasenlänge vor dem eigenen Gesicht befindet, verschwindet in dem dichten Staub, der überall niederregnet. Singer tastet nach seiner Tochter, nach Martin und dem Alten. Da sind sie, dicht neben ihm an die Wand gepresst, und der alte Mann scheint zu husten – Singer kann spüren, wie sein Körper geschüttelt wird, aber die Laute gehen im Getöse unter.*

Schreie und die Geräusche blinder Hast aus dem Gang, der tiefer in den Fels führt. Dann das Stakkato losbrechender Gewehrsalven, dröhnend zurückgeworfen von den kahlen Wänden des unterirdischen Mausoleums. Schreie, die nicht allein menschlichen Ursprungs zu sein scheinen, und sich hineinsteigern in eine grollende Kakophonie unsagbarer Wut. Die Soldaten, die sie bewachen sollen, reißen ihre Waffen hoch, während die Schreie und Schüsse aus dem Nebenraum auf sie zurasen. Dann Schritte ...

Eine Gestalt stolpert in den Raum, das Gesicht zu einer Grimasse wahnsinniger Furcht entstellt, die Augen so weit aufgerissen, dass nur noch das Weiße darin zu sehen ist.

Jetzt dämmert allmählich auch ihren Bewachern, dass sie in eine Falle getappt sind. Dass ihr Schicksal bereits besiegelt war, als sie die Metallplatte auf Murnauers verfluchtem Gletschergipfel geöffnet haben und in den Fels marschierten wie todesmutige Zinnsoldaten. Wie Lemminge.

Die schwarz uniformierte Gestalt stolpert weiter durch den Staubnebel auf ihre Kameraden zu und prallt dabei mit dem Brustkorb gegen die Seitenwand des Sarkophags, taumelt zurück, rappelt sich mühevoll auf und kommt erneut auf sie zugewankt, wobei sich der Soldat mit einer blutüberströmten Hand an der Wand abstützt. Der Staub setzt sich allmählich und sie erkennen, das etwas mit ihm nicht stimmt. Die Gasmaske sitzt ihm schief auf dem Kopf, verdeckt nur noch den unteren Teil seines Gesichts – aus dem Filter sickert ein dünner Faden schleimigen Blutes, der in einem dicken Klumpen endet und von seinem Hals baumelt wie eine Kette mit einem eleganten Rubinamulett. Sein Gang wird zunehmend unsicherer, seine Bewegungen sind fahrig und ziellos. Er hebt die blut- und dreckverschmierten Hände zum Gesicht, starrt ungläubig auf die zähe rote Flüssigkeit, die von seinen Fingern tropft und sich mit dem allgegenwärtigen Staub zu einer schmutzigen Kruste verbindet. Der Soldat schaut an sich herab und starrt mit einem Ausdruck blöder Verwunderung auf das faustgroße Loch, das in der Mitte seines Körpers gähnt wie ein weit aufgerissener Schlund, aus dem ein breiter Strom Blut und Eingeweide hervorbricht. Der gezackte Rand der Höhlung besteht aus Fetzen seiner Kleidung, die mit seinem Fleisch verklebt zu sein scheinen. Der schwarze Stoff seiner Uniform ist von Blut durchtränkt. In einer Geste sinnloser Verzweiflung presst er die blutverschmierten Hände auf den

Bauch und kann doch nicht verhindern, dass die Innereien zwischen seinen Fingern hervorquellen und auf den Steinboden vor seinen Füßen klatschen.

Er versucht, sich die Gummimaske vom Kopf zu ziehen und japst in kurzen Atemstößen, während seine Zunge hechelnd aus seinem blutigen Mund hängt wie die eines erschöpften Hundes. Dann bricht er zusammen – in einen gelblich-roten Brei von Därmen und Blut.

Einer der Bewacher reißt sich nun seinerseits hastig die Gummimaske vom Gesicht und erbricht sich auf den Steinboden. Die Gesichtsfarbe des dritten Soldaten lässt vermuten, dass er kurz davor steht, das Gleiche zu tun. Fragend und ein wenig benommen fällt sein Blick auf Singer und die anderen Gefangenen. Dann verfinstert sich sein erschrockener Blick. In einer Geste sinnloser Verzweiflung reißt er seine Uzi hoch und sein Zeigefinger tastet nach dem Abzug.

Dann kommt die Schwärze. Und diesmal ist es nicht die graue Nebelwand des Staubs. Diesmal ist es die endgültige, lichtlose Finsternis, die im Bauch der Berge auf sie gelauert hat.

Die Strahler an der Decke flackern und werden schwächer, dann verlöschen sie mit einem Schlag ganz. Schemenhafte Dinge kommen durch den Gang auf sie zu. Dinge, die wüten und vernichten und sich ihrer bemächtigen mit der Kraft einer Naturgewalt. Ihre zerrissenen Gedanken bohren sich in die Köpfe der Soldaten, ihre instinktiven Triebe, zu töten, zu zerfleischen, zu vergewaltigen und zu trinken, immerfort zu trinken. Blut zu saufen und Leben zu fressen.

Sie spüren all dies mit der Wucht eines telepathischen Donnerschlags. Sie verstehen für einen Augenblick, dass diese Wesen die Grausamkeit aufschlürfen wie ein Lebenselixier. Dass sie die Angst, die Verzweiflung, das Leid und den Schmerz brauchen, um zu überleben, ihre unheilige Existenz fortzusetzen. Das ist die Natur derer, die einst selbst Menschen waren, ihre Heilsbotschaft; Leid und Schmerz und ewiges Chaos.

Die Legionen preschen in die Höhle vor. Es sind die Wissenschaftler, jene, die Es mit Unmengen von Blut erweckt haben, zu neuer, unheiliger Existenz. Singer erkennt ihre Persönlichkeiten, ihre Gedanken, die auf ihn einschreien. Er kann sie nicht sehen, in der Finsternis. Noch nicht.

Aber er spürt sie und er weiß: Sie sind keine Menschen mehr.

Vielmehr sind diese Wesen das, was der Draakk aus den Wissenschaftlern gemacht hat. Ihre menschlichen Persönlichkeiten sind immer noch irgendwo tief in ihnen, aber der Draakk hat sie korrumpiert, hat alles, was gut und friedlich war, aus ihren Gehirnen geschält und alles Böse tausendfach verstärkt. Jede geheime Lust wurde in eine grausame Perversion übersteigert und jeder Gedanke ist nun pure Feindseligkeit. Und doch werden sie gelenkt, sind nicht frei in ihrem Willen. Etwas steuert sie. Ein gigantischer Wille, dessen Kraft unerschöpflich scheint. Und dieser Wille greift von ferne nach ihnen, das spürt Singer deutlich. Und er spürt noch etwas.

Dieser Wille, diese fremde Riesenkraft hat ihn nun ebenfalls entdeckt, fokussiert sich plötzlich auf Singer, tastet ihn ab. Er vernimmt das erkennende Interesse des Wesens in seinem Kopf, und dann zieht es sich zurück und er ist wieder frei, die brüllenden Gedanken sind verschwunden.

Das Licht in der Höhle flackert auf und brennt wieder – Nur für einen Moment und deutlich schwächer als zuvor. Aber es brennt, und weist ihnen den Weg.

Singer blickt sich in der Höhle um, er kann mit einiger Mühe ihre Schemen erkennen in der Wolke aus Staub. Das hektische Getrampel von unzähligen Füßen dringt aus dem Nebenraum herüber und Singer wirbelt herum, schiebt seine kleine Truppe in den Gang zu seiner Linken. In den Gang, der nach oben führt, heraus aus dem Staubnebel und hinauf zum Licht, in die Freiheit. Vielleicht. Wenn sie schnell genug sind.

Martin hat Antonia bereits bei der Hand gepackt und sie rennen los, Singer hinterher, aber der alte Mann ...

DR. LANDAU OPERIERT

*I*n ihren zerfetzten, blutgetränkten Laborkitteln stürmen die Wissenschaftler in den Raum und stürzen sich auf die beiden Bewacher, die am nächsten am Eingang stehen. Die Uzi eines der Soldaten geht los und feuert ziellos in einem Halbkreis durch den Raum, er trifft sogar einige der Wissenschaftler-Dinger. Die Kugeln reißen große blutige Löcher in deren Körper, aber sie scheinen es gar nicht zu bemerken. Auch neben Singers Kopf und dem des alten Mannes schlagen Kugeln in das harte Felsgestein. Sie ducken sich instinktiv, als ein Regen aus Gesteinssplittern auf sie niedergeht.*

Eins der Wesen stürzt sich auf den Toten am Boden und beginnt sogleich damit, seinen Kopf in dessen offene Körpermitte zu wühlen. Singer erkennt Landau wieder, oder vielmehr ist es eine schreckliche albtraumhafte Karikatur des Chirurgen. Jetzt ist er nur noch ein tollwütiges Tier, dessen boshafte Augen aus dem von Blut bedeckten Kopf zu quellen scheinen, leuchtende Elmsfeuer der sadistischen Zerstörungswut.

In dem Moment, in dem das Landau-Wesen seine Zähne in den schutzlosen Hals des nächsten Soldaten schlägt, wirbelt Singer herum, schiebt den Alten in den Gang und sich selbst hinterher. In der Bewegung sieht er, dass die Wesen den Soldaten in einer Lache seines eigenen Erbrochenen niedergemacht haben, aber er zuckt noch – Gott, sein Bein zuckt noch, als versuche er sich zu wehren, wo er doch längst tot sein muss ...

Eine Klaue fällt schwer auf Singers Schulter und hält ihn fest, dreht ihn mühelos herum und er starrt in das von Pusteln übersäte Gesicht Landaus, des Chirurgen außer Dienst. Das blutverschmierte Maul verzerrt sich zu einem ekelhaften Grinsen und dann sagt er mit einer schleppenden tonlosen Stimme, so als würden seine Stimmbänder diese Art der Benutzung erst lernen müssen:

»Atlantäer. Es will mit dir reden, Atlantäer. Du musst zu ihm gehen.«

Dann kommt dieses grinsende Maul auf ihn zu und der Gestank, der ihm aus dem Rachen des Wesens entgegenschlägt, lässt seine Eingeweide sich schmerzhaft zusammenkrampfen. Es ist der Gestank aus dem Maul eines Hais, der Gestank halbverdauten, rohen Fleisches und gerinnenden Blutes.

»Geh nun, Atlantäer!« Damit lässt das Landau-Wesen ihn unbegreiflicherweise los und glotzt ihm aus stumpfen, schwarzen Augen hinterher. Es sind die Augen eines Leichnams.

Und Singer rennt.

Er sprintet den Gang entlang, nimmt nur am Rande wahr, dass die wütende Orgie des Schlachtens hinter ihm unvermindert weitergeht, sich die Schmerzensschreie der niedergemetzelten Soldaten mit dem sadistischen Triumphgeheul ihrer Folterer vermischen. Und dann, als die Schmerzens-

*laute hinter ihm allmählich leiser werden, hört er die
Schritte in seinem Rücken.*

Die Meute rast heran.

*Er sieht die metallene Leiter vor sich, in beinahe greifbarer
Nähe. Und er sieht den Alten am Fuß dieser Leiter, vom
grellen Licht der Lampe beschienen, das den weißen Haarkranz um seinen Kopf wie eine Aura aufleuchten lässt.
Oder wie einen Heiligenschein.*

*»Die Kinder sind ... oben, und jetzt mach, dass du ... hier
raus kommst«, presst der Alte keuchend hervor.*

*»Du musst ... musst zumachen, wenn du ... oben bist, hörst
du?«*

*Singer will den alten Mann unter dem Arm packen, schiebt
ihn auf die Leiter zu, doch dann fällt ihm auf, dass etwas
mit Alois Suter nicht stimmt. Er strauchelt, fällt. Rappelt
sich auf die Knie und wieder auf seine Beine. Unsicher,
wankend. Er stößt Singer fort, auf die Leiter zu. Im verge-
henden Licht der elektrischen Lampe begreift Singer endlich, dass der Bewacher den Alten doch erwischt hat. Rote
Blumen erblühen auf dem weißen Wollstoff seiner Strickja-
cke in Bauchhöhe und seine Hand entgleitet kraftlos Singers Griff. Der Alte muss furchtbare Schmerzen haben,
aber kein Laut kommt über seine Lippen, während das Getrampel aus dem Gang rasch näher kommt.*

*Ein dünner, speicheliger Blutfaden läuft aus dem Mund in
den riesigen weißen Bart, nun ein struppiges, graues Ding,
verklebt von Blut und Dreck.*

Dann stößt er Singer nochmals weg, mit erstaunlicher Kraft und ruft:

»Lauft, um Gottes willen!«

Singer zieht sich die letzten Stufen der Leiter aus dem Betonloch heraus, während der Alte sich ein letztes Mal zu seiner vollen Größe aufrichtet. In seiner unverletzten Rechten blitzt die Klinge eines großen Armeemessers auf, offenbar hat er es von einem der gefallenen Soldaten erbeutet. Das Letzte, das Singer sieht, als er den Deckel mit einem ohrenbetäubenden Krachen zuwirft, ist, wie der alte Mann die große Klinge in einer einzigen fließenden Bewegung der heranstürmenden Landau-Kreatur in den Hals stößt, bevor die Woge der weiß bekittelten Monster brüllend über ihm zusammenschlägt.

Und sie rennen weiter, Singer, Antonia und Martin, über den kleinen Platz, bis zum Zaun, wo der rote Jeep steht. Singer hat das Gefühl, durch Gelee zu waten, die Welt besteht nurmehr aus unzusammenhängenden Details und bewegt sich wie in Zeitlupe. Sie erreichen den Wagen und Singer dreht die Schlüssel im Zündschloss herum, starrt dabei für eine endlose Sekunde verständnislos auf den Anhänger mit dem Jeep-Logo. Betätigt das Gaspedal, die Kupplung. Schaltet, alles geht nervtötend langsam. Er gleitet durch diesen Albtraum, durch eine perverse Laune des Universums, und es ist reiner, gedankenloser Instinkt, der ihn den Wagen zurücksetzten und in einem halsbrecherischen Manöver wenige Zentimeter vor dem Rand des steilen Abhangs wenden lässt. Antonia sieht zum zweiten Mal hinab in den Abgrund, nur nimmt sie es diesmal gar nicht wahr. Ihre Augen sind starr in die Finsternis draußen vor der Windschutzscheibe gerichtet.

Und dann rasen sie die Serpentinenstraße hinab, und Singer riskiert alles, als er den Wagen erbarmungslos zur Höchstgeschwindigkeit treibt, um fortzukommen von diesem unheiligsten aller Orte, vom verfluchten Gletschergipfel des Pragelpasses, und dem, was dort unten im Berg haust und sich gerade einen Weg ins Freie bahnt. Fort von dem, was sie gesehen haben und auch fort von den Dingen, die gesehen zu haben sie nicht sicher sind. Wie durch eine Nebelwand blickt Singer in den Rückspiegel, bevor sich die kleine Baumgruppe in das Sichtfeld zwischen sie und den Betonklotz schiebt. Für den Bruchteil eines Augenblicks glaubt er zu sehen, wie der schwere Eisendeckel auffliegt und ein Gesicht über seinem Rand erscheint. Und auch wenn er sich niemals wirklich sicher sein wird, glaubt er doch für einen schrecklichen Moment, dass dieses blutverschmierte und von roten Pusteln entstellte Gesicht zu einem Chirurgen namens Landau gehört, aus dessen Hals die abgebrochene Klinge eines großen Armeemessers ragt.

INFIZIERT

D as Auto raste mit aufgeblendeten Scheinwerfern die Serpentinenstraße hinab – im Nachhinein grenzte es fast an ein Wunder, dass sie die Fahrt überlebten. Antonia und Martin fragten Singer nicht, was mit dem alten Mann geschehen war und dafür war er ihnen dankbar. Aber Singer war sich bewusst, dass der Alte ihnen die entscheidenden Sekunden verschafft hatte, um zum Wagen zu gelangen und von der Bergkuppe zu rasen, bevor diese *Dinger* den tonnenschweren Stahldeckel des Bunkers aufgestemmt hatten. Ohne den alten Mann hätten die Dinger sie mit Sicherheit *erwischt*.

Aber war das wirklich die ganze Wahrheit, überlegte Singer, stimmte das tatsächlich? Oder hatten die Wesen sie vielleicht *entkommen lassen?* Was hatte die Stimme des Landau-Dings in seinem Kopf gesagt? *Du musst zu ihm gehen, Atlantäer ...*

Singer spürte eine schmale Hand auf seiner Schulter. Er starrte weiter konzentriert nach vorn, um die Fahrbahn in der Dunkelheit nicht aus den Augen zu verlieren. Der Motor des Wagens röhrte unter dem mörderischen Tempo, zu dem er angetrieben wurde, und dennoch *hörte* er die leise Stimme seiner Tochter, die ihn flüsternd fragte:

»Was waren das für Wesen, Paps? Ich habe gespürt, wie sie in meinem Kopf gewesen sind, wie sie ... und was sie gedacht haben. Es war abartig ... grausam, so ...« Antonia schluchzte und ihre Hand krampfte sich in den weichen Stoff seiner Winterjacke.

Das? dachte Singer, oh, das ist, was aus den Menschen wird, die mit Ihm in Berührung kommen, mein Schatz. Zumindest aus denen, die Es nicht auf der Stelle frisst.

Aber stattdessen sagte er: »Das waren Infizierte. Infiziert von dem, was wir im Sachsenwald untersucht haben. Die meisten waren Wissenschaftler, die zusammen mit mir die Untersuchung durchgeführt haben.«

»Aber die waren doch alle tot?«

»Das dachte ich auch, ja. Aber es muss sie aus irgendeinem Grund nicht sofort getötet haben, als es ausgebrochen ist. Vielleicht hatte es andere Pläne mit ihnen …«

»Es? Das Virus?«, fragte Antonia und ihr Schluchzen verstummte für einen Moment. Es war bestimmt kein passender Zeitpunkt, dachte Singer, um sie mit der Wahrheit zu konfrontieren. Aber wann war schon ein geeigneter Zeitpunkt für eine *solche* Wahrheit? Und so, wie die Dinge lagen, war es vielleicht ihre letzte Gelegenheit dazu. Sie sollte wenigstens wissen, *was* da draußen auf sie wartete.

»Antonia«, sagte er, »ich habe dir noch nicht … alles erzählt, was da unten passiert ist.«

»Was?«, fragte sie, sehr leise.

Singer kaute auf seiner Unterlippe herum und sah konzentriert nach vorn. »Was wir im Sachsenwald untersucht haben, also dieses Virus, beziehungsweise das Tier.«

Wenn man es so hörte, klang es fast schon lächerlich. Ein *Tier*! Welche maßlose Untertreibung.

»Es war kein Tier. Und auch kein Erreger, sondern … ich weiß auch nicht. Etwas völlig anderes. Dieses … dieses Wesen – ich habe so etwas vorher noch nie gesehen. Und ich glaube, die Gedanken, von denen diese Dinger besessen waren, die stammen aus seinem Kopf. Irgendwie kann es Gedanken kontrollieren. So *steuert* es seine … seine Opfer, glaube ich.«

»Was ist das für ein Wesen, Paps?« Martin legte eine Hand auf ihren Arm, um sie zu beruhigen, aber sie bemerkte es gar nicht.

»Ich weiß nicht. Etwas *Schreckliches,* etwas Uraltes. Eine Art Dämon, zumindest habe ich das am Anfang gedacht. Mittlerweile denke ich, dass genau das sein Zweck ist – das Böse selbst zu verbreiten. All die Grausamkeit, all die Perversion, die wir uns gegenseitig ständig antun … vielleicht hat das alles seinen Ursprung in diesem Ding.«

Singer musste den Wagen etwas abbremsen, um eine enge Kurve zu erwischen. Es klappte gerade so.

»Ein Dämon …«, sagte Antonia und merkwürdigerweise klang sie dabei, als wäre dies eine einleuchtende Erklärung. Als würde es einen Sinn ergeben. Singer spürte, wie etwas Kaltes, Unbarmherziges nach seinem Herzen griff und sich darum legte wie die eisige Klaue eines Toten. Aber Antonia fragte nicht weiter. Sie lehnte sich zurück, drängte ihren schmalen Körper an den von Martin und vergrub ihr Gesicht in seinen Armen.

Vielleicht waren sie fürs Erste den verrückten Wissenschaftlern entkommen – aber wie konnten sie vor einem *Dämon* davonlaufen?

Sie rasten an dem Schild mit dem kleinen, blauen Bauarbeiter und dem lustig gemeinten Kothaufen der *Wahlander Schotterwerke* vorbei. Die Scheinwerfer des kleinen Jeeps rissen Fragmente aus dem dichten Schwarz des nächtlichen Waldes, der sie allseits umgab. Eigentlich hatte Singer vorgehabt, den Wagen nach der Sprengung im Gletscher zurück in den Steinbruch zu bringen, aber irgendwie war ihr Plan komplett aus dem Ruder gelaufen und nun brauchten sie den Wagen dringender als zuvor. Aus den Jägern mit der Sprengladung waren plötzlich Gejagte geworden, Flüchtende vom Schauplatz eines verheerenden Scharmützels, welches zur Stunde noch andauerte. Genau genommen war der Krieg gerade dabei, sich hinter ihnen her den Berg hinabzuwälzen, auf das kleine Dorf zu.

Als sie die ersten Häuschen im Tal erreichten, versteckte sich der Mond gerade hinter einer breiten Wand aus Wolken und sandte ein trübes, spärliches Licht durch die bauschige Fläche, fast so, als fürchte sich der Erdtrabant vor dem Anblick der Geschehnisse auf der verschneiten Landschaft unter ihm. Singer konnte es ihm nicht verdenken.

Sie rasten den holprigen, verschneiten Wanderweg durch das Muotatal, ungeachtet der Tatsache, dass sie die alten Stoßdämpfer des Wagens damit endgültig ruinieren würden. Als sie in Igstein ankamen, waren die beiden vorderen komplett hinüber und der Wagen hüpfte und bockte bei jeder Unebenheit wie ein wild gewordener Rodeobulle. Dessen ungeachtet rasten sie im halsbrecherischem Tempo durch die eingeschneiten Gässchen – ein weiteres Mal erwiesen sich die Stollenreifen als überaus nützlich, gebrochene Stoßdämpfer hin oder her.

Und je weiter sie in das kleine Dörfchen vordrangen und den verwinkelten kleinen Sträßchen bis zu seiner Mitte folgten, desto tiefer schien sich die Finsternis auf sie herabzusenken, wie ein gigantisches, schwarzes Maul, das sich auftat, um sie alle zu verschlingen.

Igstein war verlassen.

Die gleichmäßig angeordneten Quecksilberdampflampen der Straßenbeleuchtung über ihren Köpfen verbreiteten einen matten Schimmer über der Fahrbahn, aber aus keinem der Häuser drang ein Lichtschein, das Dorf lag wie ausgestorben da. Auch das Gasthaus hatte offenbar noch immer geschlossen, die schwarzen Fenster starrten ihnen in der schneebedeckten Dunkelheit entgegen wie die Augenhöhlen eines Totenschädels.

Sie stoppten den Wagen und stiegen aus dem Jeep. In dem Moment, da Singers Blick auf den steinernen Kirchturm fiel, wurde ihm schlagartig bewusst, was hier nicht stimmte. Was schon bei ihrem kurzen Besuch am Morgen nicht gestimmt hatte, als er während ihrer Wanderung hinab ins Tal auf die dichtgedrängten Dächer von Igstein hinabgeblickt hatte.

Aus keinem der Schornsteine war Rauch aufgestiegen.

Singer rüttelte ein weiteres Mal an der Tür zum Gasthaus, die jedoch verschlossen blieb und drehte sich dann wieder zum Wagen um. Als er die Tür des Jeeps gerade öffnen wollte, hörte er das Geräusch sich drehender Schlüssel im Schloss der dunkel gebeizten Holztür. Die Tür des *Schützen* öffnete sich langsam und aus dem Dunkel trat eine einzelne Gestalt in das spärliche, kalte Licht der Straßenlaterne.

Singer drehte sich zur Eingangstür des Wirtshauses um und stellte fest, dass es sich bei der Gestalt um den Besitzer des *Schützen* und mutmaßlichen Mörder der Reifen ihres Mercedes handelte. Der Wirt war trotz der Kälte lediglich mit einem fleckigen Unterhemd bekleidet, das in dunklen Hosen aus grobem Wollstoff steckte. Die unvermeidliche, fleckige Barschürze trug er vor dem mächtigen Bauch und nur sein linker Fuß steckte in einem Pantoffel, der andere steckte im Schnee. Das Tuch in seiner Rechten machte abwesende, kleine Wischbewegungen in der Luft. Sie hatten ihn wohl an einem seiner besseren Tage erwischt. Der Typ war offenbar stockbesoffen.

»Hey«, rief Singer dem Wirt zu, »Guten Abend. Wir müssten dringend mal Ihr Telefon benutzen, lassen Sie uns bitte kurz rein, ja? Und trommeln sie am besten gleich ...«

Singer verstummte. Der Wirt war einfach mitten in seiner Bewegung eingefroren, der Kopf baumelte ihm müde auf der Brust. Unglaublich, dachte Singer, konnte man am frühen Abend tatsächlich schon derart hinüber sein?

Trotzdem, sie mussten zu dem Telefon in der Kneipe gelangen und Hilfe rufen. Und Igstein evakuieren. Jetzt sofort.

»Gibt es hier eine Polizeistation? Feuerwehr? Einen Feueralarm vielleicht? Irgendwas?«, fragte Antonia und trat nun ebenfalls zu dem Wirt in den Lichtkreis der Laterne.

363

Langsam hob der Angesprochene den Kopf und schaute aus verhangenen Augen in die Richtung, aus der ihre Stimme gekommen war. Verwirrt blinzelten seine Schweinsäuglein in die Runde, als ob das spärliche Licht der Straßenlampe ihnen Schmerzen bereitete. Als er Antonia erkannte, verzogen sich seine wulstigen Lippen zu einem irren, anzüglichen Grinsen und er leckte sich mit seiner dunkel aufgequollenen Zunge, die an eine fette, schleimige Nacktschnecke erinnerte, behäbig über die feisten, aufgeplatzten Lippen.

In dem Moment bemerkte Singer die pralle Pustel auf der Wange des Mannes, dort, wo sie noch am Vorabend lediglich ein großer Pickel gewesen war. Am Hals, dort wo die Adern blau und wulstig hervortraten, waren noch mehr der unansehnlichen, frisch erblühten Pusteln entstanden. Knollige, leuchtend rote Blasen, prall gefüllt mit …

Im nächsten Moment passierten mehrere Dinge gleichzeitig. Singer sprang zurück und griff in einer verzweifelten Geste nach Antonia, um sie von dem Wirt wegzuziehen. Er erwischte ihren Arm, aber er riss so ungestüm daran, dass sie herumwirbelte und auf der glatten Fläche vor der Wagentür ausrutschte. Während sie noch schlidderte, öffnete sich der Mund des Wirts und ein Schwall dunkelroten, fast schwarzen Blutes brach daraus hervor, während er einen heiseren, gurgelnden Schrei hervorstieß. Ein Strahl der klebrigen Flüssigkeit spritzte in weitem Bogen aus dem Gesicht des Wirts und klatschte vor ihm in den Schnee, wo Antonia gerade noch gestanden hatte. Antonia strampelte auf ihrem Hintern durch den Schnee zurück, bis sie mit dem Rücken schmerzhaft gegen Singers Schienbeine stieß.

Hastig packten sie die starken Hände ihres Vaters und rissen das Mädchen vom Boden empor. Der Wirt war nun einen weiteren Schritt auf sie zugetaumelt und versperrte damit die direkte Linie zwischen ihnen und der Fahrertür des Jeeps.

Aus der Tür des *Schützen* stolperten nun weitere Menschen auf die Straße, unsicher und wankend, und in unterschiedlichen Stadien des gleichen ekelerregenden Zustandes, in dem sich der Wirt befand. Einige hatten große Pusteln im Gesicht, andere wirkten auf den ersten Blick beinahe normal. Auf einen *flüchtigen* ersten Blick. Singer erkannte einige der Gäste vom Vorabend wieder, alle hatten sie diesen seltsamen Blick drauf, leer und seelenlos und doch von einer lüsternen Wut erfüllt, die sich im Moment allein auf die drei Fremden vor dem Gasthaus zu konzentrieren schien. Und noch etwas lag in ihrem fiebrigen Blicken: ein schleimig schwarzer Wahnsinn, der aus ihren verkrusteten Augen hervorquoll wie der stinkende Inhalt einer überlaufenden Jauchegrube.

Die drei wichen instinktiv vom Wagen zurück, bereit, sich umzudrehen und loszulaufen. Verzweifelt zu rennen, bis ... Und was dann, *wohin* würden sie rennen? Da war nichts als dieses Dorf und Kilometer schneebedeckter Felder und Hänge bis zur nächsten Ortschaft. Und vom Gletscher her waren Dinge unterwegs, gegen die die Dorfbewohner regelrecht handzahm wirkten. Dinge, die schnell rennen konnten und ausdauernd waren. Dinge, die sie einholen würden.

In diesem Moment ertönte ein Geräusch, das inmitten der intensiven Stille fast schon etwas Komisches hatte. Das dünne hektische Sägen eines kleinen Motors drang vom

Kirchplatz herüber, setzte für einen Moment aus, verschluckte sich, surrte wieder. Dann kreischten Bremsen und ein lautes Krachen schallte über den Platz, gefolgt von einem derben Fluch auf Schweizerisch.

Für einen Moment schauten alle in die Richtung, aus der das Geräusch gekommen war. Ein Motorroller lag vor der schweren Tür der Dorfkirche auf der Seite im Schnee. Die Gabel ragte verdreht aus dem Wrack und das Vorderrad drehte sich schlingernd darin.

Ein Mädchen mit einer dicken roten Wollmütze mit einer riesigen weißen Bommel oben drauf stolperte schliddernd durch den Schnee neben dem umgestürzten Roller. Irgendwie hatte sie es wohl geschafft, rechtzeitig vom Soziussitz des kleinen Fahrzeugs zu springen, während dieses mitsamt seinem Fahrer zu Boden gekracht war.

Der Junge auf dem Fahrersitz hatte weniger Glück gehabt. Er war ziemlich unsanft im Schnee gelandet, wo er auf dem Rücken liegen geblieben war und nun vor Schmerzen brüllte. Er krampfte den Körper um seine offenbar verletzte Rechte, strampelte mit den Beinen und trat dabei nach dem Mädchen mit der roten Bommelmütze, das verzweifelt versuchte, ihm aufzuhelfen. Er schien sie gar nicht zu bemerken.

Alle diese Eindrücke verarbeitete Singer innerhalb des Bruchteils einer Sekunde. Dann rannte er los, still hoffend, dass dieser Impuls die anderen ebenfalls in Bewegung setzen würde. Und er hoffte noch etwas, und dies betraf die schwere Eichentür zum einzig beleuchteten Gebäude im Dorf, der kleinen Kirche.

Mit wenigen Sätzen hastete er zu dem jungen Paar. Das junge Mädchen schaute erschrocken zu ihm auf, ließ den Arm des Jungen fahren und riss ihre Hände schützend vors Gesicht, während ihr Mund ein großes blassrosa 'O' formte. Diese reflexartige (und im Moment völlig nutzlose) Geste ließ das Mädchen mehr denn je wie ein verlorenes Rehkitz wirken, das in den grellen Lichtkegel eines Autoscheinwerfers geraten war.

Singer rannte um sie herum auf die Tür der Kirche zu und rüttelte an der schweren, schmiedeeisernen Klinke. Die Tür erzitterte bis ins hohe Gebälk, blieb jedoch verschlossen. Noch einmal lehnte er sich unter Aufbietung all seiner Kräfte auf die Klinke, welche so plötzlich nachgab, dass er beinahe ebenfalls im Schnee gelandet wäre. Dann drückte er die Tür ein Stückchen auf, schlüpfte in den Zwischenraum und stemmte sich unter Einsatz seines Körpers gegen das schwere Blatt, das, einem Schneepflug gleich, einen großen weißen Berg vor der Tür zusammenschob.

Martin und Antonia waren inzwischen bei dem jungen Paar angekommen und es war ihnen zu dritt gelungen, den immer noch brüllenden und strampelnden Jungen vom Boden aufzulesen. Der Junge wurde von seinen Rettern regelrecht zur Kirche und durch das Eingangsportal geschleift, während er weiter schreiend um sich trat. Kurz bevor sie das Portal erreicht hatten, erwischte er Martin ziemlich unsanft am Schienbein, beinahe hätte er seinen Retter zu Fall gebracht. Als sie den Jungen schließlich durch die Tür hievten, war dieser kaum noch bei Bewusstsein. Aber wenigstens hatte er zu schreien und zu strampeln aufgehört.

Der Wirt des *Schützen* und die anderen Dorfbewohner starrten verwirrt und unschlüssig zu ihnen herüber. Dann setzten auch sie sich in Bewegung und taumelten langsam und unsicher in Richtung Kirche, während Singer die schwere Tür hinter sich zuzog. Er konnte nicht sagen, was ihn überhaupt zur Kirche hingetrieben hatte, aber wahrscheinlich hatte es eine Menge damit zu tun, dass dies das einzige beleuchtete Gebäude im ganzen Dorf war. *Instinkt. Hoffnung. Licht.*

Mit einem endgültig wirkenden, lauten Poltern stemmte Singer die schwere Eichentür zu. Das Letzte, was er draußen sah, war das dümmliche Gesicht des Wirtes mit der blühenden roten Pustel auf der Wange, der in der Dunkelheit auf sie zustolperte.

BRÜCHE

Martin ließ den verletzten Jungen bei den beiden Mädchen zurück und eilte Singer zu Hilfe. An der Innenseite der Tür war ein massiver gusseiserner Riegel angebracht. Martin warf sich mit voller Wucht dagegen, während Singer gleichzeitig daran zog. Gemeinsam bugsierten sie das schwere Metallstück quietschend in die uralte Einrastung. Der Riegel setzte ihnen einigen Widerstand entgegen – offenbar war er schon länger nicht bewegt worden, aber schließlich senkte es sich krachend in das metallene Gegenstück. Singer und Martin drehten sich keuchend zu den anderen um.

Wenn sie erwartet hatten, dass die Dorfbewohner versuchen würden, ihnen in die Kirche zu folgen, so wurden sie in dieser Hinsicht enttäuscht. Kein dumpfes Aufprallen von Körpern, die sich gegen die Kirchentür warfen und dabei verzweifelt stöhnten wie die Zombies in den alten Gruselfilmen (sie waren stumm und das war irgendwie viel schlimmer!), keine berstenden Scheiben oder in aller Eile zusammengebastelte Molotow-Cocktails, die durch die hohen Fenster flogen – stattdessen nur die Stille.

Sie hatten die Kirche für sich, vorerst. Das Kirchenschiff fasste etwa dreißig kleine Holzbänke zu beiden Seiten des Mittelgangs. Gegenüber der Eingangstür stand ein schlichter, weißer Holzaltar unter einer beeindruckenden Plastik des gekreuzigten Christus. Inklusive Kreuz, in voller Lebensgröße. Das Licht, welches durch die hohen Buntglasscheiben gedrungen war, stammte von unzähligen Kerzen, die an den Wänden auf schmalen Brettern standen und die kleine Kirche mit goldenem Strahlen erfüllten. In jeder anderen Situation wäre es ein geradezu anheimelnder Anblick gewesen, aber jetzt fragte sich Singer unwillkürlich, aus welchem Grund hier ein solches Lichterfest veranstaltet worden war. *Wessen* Seelen auf diese Weise erhellt werden sollten. Ihn beschlich eine düstere Ahnung, als er an den Wirt und seinesgleichen draußen vor der Kirche dachte.

Singers Blick fiel auf das enorme Holzkreuz und das leidende Gesicht des lebensgroßen Heilands. Dicke Blutstropfen auf einer schmerzverzerrten Stirn, aufgerissene Augen, die um Erlösung von unendlichen Qualen zu flehen schienen. Noch mehr Blut, an den Händen und Fußgelenken, durch die man schwere Nägel getrieben hatte. Eine Dornenkrone zierte das geschundene Haupt der Figur und über ihrem Kopf prangte die höhnische Verkündung das Kürzel INRI; IESVS NAZARENVS REX IVDAORVM - *Jesus von Nazareth, König der Juden.* Alles an diesem Bild sprach von Boshaftigkeit und Sadismus, und der Lust, sich daran zu ergötzen. War *das* die wahre Botschaft des Heilands gewesen? War er der Spiegel der wahren Neigungen der Menschheit zu Beginn eines neuen, düsteren Zeitalters? *Sehet und erkennet Euch selbst?* Und war die Prophezeiung dieses Zeitalters nun hier zu ihrer Erfüllung gekommen, in einem kleinen Dorf am Rande der Alpen?

Die Vorstellung, dass ein ganzes Dorf sonntags in dieser Kirche saß und mit leuchtenden Augen das Bild eines vor langer Zeit zu Tode gefolterten Mannes anbetete, bereitete ihm plötzlich Übelkeit und Kopfschmerzen. Er hatte nie wirklich darüber nachgedacht, doch in diesem Moment wurde ihm mit einigem Entsetzen klar, wie *falsch* diese Zeremonie schien. *Esst dieses Brot, denn es ist mein Leib. Trinkt diesen Wein, denn er ist mein Blut ... Blut.*

Er wandte den Blick ab und ging zu den Bänken im Kirchenschiff, während Martin an einem schmalen Fenster neben der Tür Posten bezog, um zu beobachten, was draußen vor der Kirche geschah. Er hatte sich mit einem schweren, schmiedeeisernen Kerzenständer bewaffnet, der dort herumgestanden hatte. Wahrscheinlich keine besonders wirksame Waffe gegen das, was da draußen in der Dunkelheit lauerte, aber immerhin besser als gar keine Hoffnung, schätzte Singer.

Antonia und das junge Mädchen versuchten gerade, den Jungen dazu zu bewegen, ihnen seinen verletzten Arm zu zeigen. Dieser presste weiter hartnäckig die Rechte an seinen Körper und krümmte sich, als litte er furchtbare Bauchschmerzen, während dicke Tränen über sein pummeliges Gesicht rannen. Singer hoffte inständig, dass der Junge bei seinem halsbrecherischen Sturz vom Roller keine inneren Verletzungen davongetragen hatte. Wie viele Stundenkilometer mochte so ein kleiner Roller auf einer verschneiten Dorfstraße schaffen? Fünfundzwanzig, vielleicht dreißig? Es reichte wahrscheinlich immer noch aus, sich ernsthaft zu verletzen, wenn man es tatsächlich darauf anlegte. Er erreichte die Bank, auf der der Junge saß und ging vor ihm in die Knie, um dessen Arm zu betrachten.

Er blickte in ein schmutziges, verheultes Kindergesicht. Der Junge hörte unvermittelt auf zu weinen, als er Singer erblickte, dann streckte er ihm wortlos seine verletzte

Rechte entgegen, während das Mädchen, unverkennbar seine Schwester, beruhigend im örtlichen Dialekt auf ihn einredete. Beide hatten das gleiche rundliche Gesicht mit den großen blauen Augen und der kleinen, schmalen Stupsnase, eingerahmt von wilden braunen Locken. Aber während das Mädchen damit süß aussah, wirkte es an dem Jungen irgendwie weichlich und kindhaft, ein Eindruck, der durch Rotz und Tränen noch zusätzlich unterstützt wurde.

Die zwei mittleren Finger seiner rechten Hand waren glatt gebrochen – schmerzhaft, so ein Bruch, das wusste Singer aus eigener Erfahrung, aber so schlimm, wie der Junge tat, war es nun auch wieder nicht. Singer würde die gebrochenen Finger schienen und nächste Woche würde er schon kaum noch daran denken. Falls es für den Jungen eine nächste Woche gab.

Singer riss ein längliches Stück Stoff aus seinem Hemd, das vorerst als Verband genügen würde, dann schaute er sich suchend nach einer Schiene für die gebrochenen Finger um. Sein Blick fiel auf die große Reisetasche zu Antonias Füßen. Sie oder Martin hatten den Rucksack von der Rückbank des Jeeps mitgenommen, als sie vor dem Gasthaus ausgestiegen waren. Und in der Tasche waren eine *ganze Menge* nützlicher Dinge, unter anderem auch solche, die man ganz ausgezeichnet zum Schienen von Knochenbrüchen verwenden konnte.

Singer öffnete den Reißverschluss an der Seite des Rucksacks und nahm das zusammensteckbare Campinggeschirr heraus, was er am Morgen dort verstaut hatte, als sie zu ihrem kleinen »Picknick« aufgebrochen waren. Seine Finger berührten einen kleinen Laib Brot in einem Tuch. Der alte

Mann hatte am Morgen gebacken, in aller Früh, als sie noch geschlafen hatten.

Singer zwang seine Gedanken zurück zur Verletzung des Jungen und öffnete das ineinandergesteckte Essbesteck. Das spitze Steakmesser und den Aluminiumlöffel stopfte er zurück in die Tasche. Die Gabel bog er vorne etwas um, damit die breite Fläche mit den Zinken beide Finger des Jungen aufnehmen konnte. Als er die Gabel befestigt hatte, wickelte er den Stofffetzen aus seinem Hemd darum und fixierte das Gebilde zum Schluss noch mit einer Lage des breiten Klebebands, das er im Haus beim Steinbruch entdeckt, für nützlich befunden und in seiner Jackentasche verstaut hatte.

»So, fertig. In einer Woche ist's wie neu«, sagte er zu dem Jungen und lächelte ihm aufmunternd zu. In dem dicklichen Gesicht des Jungen lag jedoch nur Verständnislosigkeit und Leere. *Oh Mann,* dachte Singer, *den hat es offenbar schwerer erwischt.* Doch dann klarte der Blick des Jungen auf und ein unbestimmter Zorn verdrängte das hohle Starren seiner Augen. Wortlos zog er die verbundene Hand zurück und stand auf, während er Singer weiter mit unverhohlener Wut anstarrte. Dann drängte er sich an dem am Boden hockenden Mann vorbei und ging mit seltsam eckigen Schritten durch den Mittelgang des Kirchenschiffs auf den Altar zu, vor dem er schließlich stehen blieb.

»Bitte, gern geschchen«, murmelte Singer. Er verstaute den Rest des Klebebands wieder in der Seitentasche, dann schob er den Rucksack zurück unter die Kirchenbank. Das junge Mädchen war hinter ihrem Bruder hergelaufen und redete nun flüsternd auf den Jungen ein, der sie allerdings keiner Antwort würdigte und weiter wortlos auf den Altar und das riesige Kreuz starrte. Nach einer Weile verstummte das Mädchen schließlich, drehte sich um und lief den Gang zwischen den Bänken hindurch zurück zu den Singers.

»Entschuldigen Sie den Christian, er ist sonst nicht so«, sagte das Mädchen bekümmert, »es ist nur, wie wir heute Morgen nach Einsiedeln aufgebrochen sind, da war doch noch alles in Ordnung. Und dann, als wir auf der Hauptstraße zurückgefahren sind, da ...« Hilflos sah sie die beiden an, schien nach Worten zu suchen, die dem Grauen ihrer Erinnerung Ausdruck verleihen konnten. Sie fand keine.

»Ist schon gut«, sagte Singer, sowohl zur Beruhigung des Mädchens als auch, um das rüde Verhalten ihres Bruders zu entschuldigen.

»Mein Gott, oh mein Gott«, stammelte das Mädchen plötzlich, schlug die Hände vors Gesicht und begann, leise zu schluchzen. Antonia legte einen Arm um sie und wiegte sie sanft hin und her. »Ist okay, lass es raus, ist okay«, sagte sie immer wieder zu dem schluchzenden Kind, bis sich das Mädchen wieder etwas beruhigt hatte und ihre Geschichte fortsetzen konnte.

»Christian, er hat Mutter in der Küche gefunden, sie lag mitten auf dem Fußboden und war ganz ... ganz steif und blau. Und ich hab' gemeint, wir sollten Vater holen, der wüsste schon, was zu tun ist.«

Sie starrte eine Weile mit tränengefüllten Augen ins Leere und drohte, erneut das bisschen Kontrolle zu verlieren, was sie noch besaß. Antonia legte ihren Arm wieder um das arme, zitternde Ding.

»Unser Vater ist hier im Dorf der Pastor, wissen Sie«, sagte sie. *Die Kerzen,* dachte Singer. *Er musste sie aufgestellt haben.*

»Und dann ist uns der Huber von der Sägerei entgegengekommen, und hat so ein riesiges Messer in der Hand gehabt. Das hat er geschwungen, als wär' er verrückt geworden. Erst hab' ich noch gedacht, er winkt uns.« Ein weiteres kleines Aufbäumen ging durch den Körper des Mädchens.

»Aber vor dem Huber hat der Jossek gelegen, sein Knecht. Und überall war das ganze Blut. Und dann hat der Huber auf dem Jossek rumgetrampelt und ihn getreten und so. Und der Jossek hat sich gar nicht mehr bewegt. Da sind wir mit dem Roller davongefahren zum Kirchplatz, so schnell wie's ging. Beim Schäfergässchen haben dann die anderen gestanden, alles Leute aus dem Dorf.«

»Christian wäre da beinahe hineingerast, aber die schien das gar nicht zu stören. Die sind kein Stück zur Seite gegangen. Dann hat Christian wohl versucht, um sie herumzufahren und davon ist dann der Roller ins Schleudern gekommen und wir sind hingefallen.« Sie sah Singer aus großen, noch immer fassungslosen Augen an. »Ich bin hinten runtergerutscht und auf die Füße gefallen, aber den armen Christian hat's voll erwischt.« sagte sie leise.

Singer, dessen Vorstellung von 'voll erwischt' sich in den letzten Stunden stark relativiert hatte, verkniff sich einen bissigen Kommentar über die angeknacksten Finger des Jungen.

»Wie heißt du, Mädchen?«, fragte er stattdessen die Kleine.

»Ich bin die Lena«, antwortete sie zaghaft, und Singer stell-te Antonia, Martin und sich selbst vor. Die förmliche Geste wirkte vielleicht etwas fehl am Platze, aber ein bisschen Zi-vilisation tat gut, hier drinnen, das spürten sie alle.

»Sag, Lena, warum gehst du nicht mal zu ihm rüber und versuchst, mit ihm zu reden? Versuch' ihn etwas aufzumun-tern, ja?«, sagte Singer und blickte nachdenklich in Rich-tung Altar, an dem der Junge immer noch bewegungslos stand und düster auf das riesige Holzkreuz starrte. Dann schenkte er dem Mädchen ein beherztes Lächeln, was die-ses zögernd erwiderte. Allzu überzeugend wirkte seine Zu-versicht angesichts ihrer Situation wahrscheinlich nicht, darüber war sich Singer wohl im Klaren. Aber im Moment war es einfach das beste Lächeln, das er zustande brachte.

Antonia lief zu Martin, der immer noch bei dem hohen Fenster Wache hielt und die Umgebung draußen beobach-tete, während Singer bei der Reisetasche sitzen blieb. Als Antonia ein Stück weg war, warf er einen flüchtigen Blick zu dem Geschwisterpaar vor dem Altarkreuz. Der Junge sprach jetzt mit Lena. Gut. Dann zog er leise den Reißver-schluss der Tasche auf.

ZUFLUCHT

>> S ind sie noch da draußen?«, fragte Antonia lei-
se und tastete nach Martins Hand. Der ergriff
die ihre und nickte stumm, ohne den Blick
vom Fenster abzuwenden. Momentan standen die Dorfbewohner einfach unschlüssig vor dem Eingang herum, als
erwarteten sie, dass die Fremden von allein wieder heraus-
kämen. Und genau genommen würden sie das irgendwann
auch tun müssen. Und noch etwas fiel ihm auf, und es war
ebenfalls kein gutes Zeichen. Die stumme Menschenmenge
im dichter werdenden Schneegestöber wurde *größer*. Mehr
und mehr Menschen schlurften ungeachtet der eisigen Kälte aus ihren Häusern, über den Dorfplatz und sammelten
sich vor der Kirche. Und ihr Zustrom schien nicht abzurei-
ßen.

Eine Frau von vielleicht vierzig Jahren ging, nur mit einem
dünnen Negligé bekleidet, quer über den Marktplatz auf die
Kirche zu. Ihr langes brünettes Haar flog im eisigen Wind,
aber sie schien die Kälte nicht zu spüren. Ihr Gang hatte etwas unnatürlich Staksendes, aber im Gegensatz zu den
meisten der anderen, die einfach tatenlos vor der Kirche
herumstanden, wirkte sie lebendiger, irgendwie agiler. Ihre
Schritte waren weniger zögerlich und regelrecht zielgerichtet, während sie auf die stumme Versammlung vor der Kirche zuschritt. Als sie den Vorplatz zum Eingang der Kirche
erreicht hatte, blieb sie jedoch unvermittelt stehen, als sei
sie gegen eine unsichtbare Wand gelaufen und drehte sich

ruckartig zu dem großen Eichenportal herum. Im Schein der spärlichen Beleuchtung war ihr Blick sehnsüchtig auf den Eingang der Kirche gerichtet. Sehnsüchtig und *hungrig*, wie die Blicke der anderen. Aber ihr Gesichtsausdruck schien außerdem leidend und wirkte gequält, so als wäre eine zweite, schwächere Persönlichkeit in ihr sich der Rolle vage bewusst, die man ihr zu spielen aufgezwungen hatte. Und diese Persönlichkeit litt unmenschliche Schmerzen.

Ein kleiner Junge in einem weißen Schlafanzug, auf dessen Stoff bunte Teddys gedruckt waren, tapste aus einem anderen Haus herbei. Er schleifte etwas hinter sich her, das man aus einiger Entfernung für ein Plüschtier halten mochte. Was der Kleine tatsächlich mit der Hand umfasste, war das gebrochene Genick seines Lieblings-Katzenbabys aus dem Körbchen mit dem Achterwurf, mit dem er am Morgen noch hingebungsvoll in der Küche zu Füßen seiner Mutter gespielt hatte – die mit eingeschlagenem Kopf im Schlafzimmer des kleinen Hauses lag. Ihr Ehemann, der örtliche Bäcker und ebenfalls ein Stammgast des *Schützen*, hatte es für eine gute Idee gehalten, ihren Schädel mit größtmöglicher Wucht so lange gegen den Pfosten der ehelichen Bettstatt krachen zu lassen, bis dieser aufgesprungen war und seinen gelblich-roten Inhalt über das Bett und die halbe Schlafzimmerwand verteilt hatte. Danach hatte er an ihr mehrfach die ehelichen Pflichten vollzogen, während ihr kleiner Junge im Nebenzimmer vor Schmerzen geschrien hatte, als die roten Sporen in seinen Blutkreislauf eingedrungen waren.

Eine Windbö hob das Schlafanzugoberteil des Kindes an und ein kleiner Kugelbauch wurde sichtbar, von dicken blauen Adern durchzogen und über und über mit Pusteln bedeckt. Aus einigen Pusteln lief gelblicher Schleim. Er stellte sich neben die Frau in dem Nachthemd, und seine kleinen Augen blickten ebenfalls durch den dichten weißen Vorhang aus großen Schneeflocken zur Kirche hinüber. In dem weichen Fell des toten Kätzchens in der Faust des Jungen spielte der Wind.

Einen älteren Mann, dessen greises Haupt von einem dichten Haarkranz wild umflattert wurde, hatte es besonders schlimm erwischt. Eine Pustel war direkt auf seinem Augenlid gewachsen und hatte sich über große Teile der hohen Stirn ausgebreitet. Der Verfall hatte das einstmals sympathische Großvatergesicht des älteren Herrn zu einer hässlichen Fratze entstellt. Der Mann trug den eigentümlichen schwarzen Rock mit entsprechendem weißen Kragen, der ihn als Priester oder Pastor auswies. Das musste der Vater des Geschwisterpaars sein.

Der Mann blutete unablässig einen breiten, dunklen Strom aus Augen und Nase, was Singer auf perverse Weise an die aufgemalten Stigmata der Holzfigur an dem riesigen Kreuz im Kirchenschiff erinnerte. Die Arme hingen schlaff an seinen Seiten herab, wie bei den meisten anderen auch. Seine Gesichtszüge waren ein Muster an Teilnahmslosigkeit, während er eine größer werdende Pfütze vor sich in den Schnee blutete. Dann hob er die Arme ein wenig und der gesenkte Kopf rollte bedächtig nach oben, bis seine Augen direkt auf den Eingang der Kirche gerichtet waren. Jetzt starrten sie alle. Zu ihnen. In das kleine Fenster, hinter dem sie sich versteckt wähnten. Der Pastor öffnete den blutverschmierten Mund und ...

»Warum sind die so?«, fragte eine Stimme hinter ihnen. Lena. Martin zuckte zusammen und drehte sich dann bewusst langsam um, darauf bedacht, ihr den Blick nach draußen möglichst unauffällig zu versperren. Wahrscheinlich hätte er sich diese Mühe sparen können, denn das Mädchen machte nicht die geringsten Anstalten, aus dem Fenster schauen zu wollen. Sie mochte jung sein und ein wenig naiv, aber Lena hatte vermutlich eine ziemlich genaue Vorstellung davon, wer beziehungsweise *was* dort draußen zu sehen sein würde.

»Ich ... äh, ich weiß ... also, ich weiß es auch nicht genau«, stotterte Martin, »aber ich weiß, dass wir hier raus müssen, Lena. Und zwar bald.« Die Versammlung vor der Kirche war inzwischen zu einem regelrechten Menschenauflauf geworden. Und allmählich schienen die Dorfbewohner von einer seltsamen Unruhe erfüllt zu werden. Sie erwachten aus ihrer Starre und wiegten sich bedächtig im Wind hin und her, als ob sie dem Rhythmus einer unbekannten Melodie folgten, die nur sie zu hören vermochten. Jetzt blickten sie alle direkt zu ihnen herüber – nein, nicht direkt zu ihnen. Sie sahen vielmehr zu dem Pastor, dem alten Mann mit dem blutenden Gesicht. Aufmerksam. Erwartungsvoll. Und dieser blickte zu den Bergen hinüber. Und dann nickte er, als habe er ein stummes Signal verstanden, was irgendwo dort oben seinen Ursprung hatte.

Sie waren im Anmarsch.

Lena fragte: »Ist Vater bei denen da draußen?« Antonia zuckte leicht zusammen und hoffte im selben Moment, dass die Kleine es nicht mitbekommen hatte. Entschieden schüttelte sie den Kopf. Bevor Martin sich vor das schmale

Fenster geschoben hatte, konnte sie einen ziemlich guten Blick auf den älteren Herrn mit dem wirren grauen Haarkranz werfen, der sich mit geballten Fäusten vor- und zurückwiegte und aus dessen entstelltem Gesicht dicke Fäden dunkelroten Blutes auf den weißen Schnee zu seinen Füßen tropften. Dicke blutige Krokodilstränen, aus Augen, die geistlos und blind zu ihnen herüberstarrten. und doch erfüllt waren von einer beinahe kochenden Boshaftigkeit. Nein, *das* musste Lena wirklich nicht sehen.

Das junge Mädchen nickte stumm und versuchte ein Lächeln, was allerdings ziemlich missglückte. Dann drehte sie sich um und setzte sich wieder in Richtung Kirchenschiff in Bewegung, wo auf einer Bank noch immer Peter Singer saß. Er hatte die Dreiergruppe am Beobachtungsposten seit einer Weile aus aufmerksamen Augen beobachtet. Nun lächelte er Lena aufmunternd zu. Ihr Gang wirkte auf eigenartige Weise steif und puppenhaft. Ein bisschen wie bei den Dingern da draußen.

»Herr Singer?«, begann Lena schüchtern.

»Peter, bitte«, sagte Singer und rang sich ein erneutes Lächeln ab. Es ging diesmal sogar etwas besser, als er sah, wie das Mädchen nickte. Ihre großen blauen Augen wirkten ruhig und gefasst. Armes, kleines Ding.

»Es wird alles wieder gut, oder?«

Ihr Blick schweifte von Singer zu der Stelle, wo sie ihren Bruder vermutete, doch der Platz vor dem Altar war leer. Suchend glitt ihr Blick eine Weile durch das Kirchenschiff, dann sah sie ihn zwischen den Kirchenbänken ein paar Reihen weiter vorn sitzen. Singer folgte ihrem Blick – Christian hatte sich Rotz und Tränen aus dem Gesicht gewischt und machte insgesamt einen etwas gefassteren Eindruck. Es schien, als hätte er inzwischen den Großteil seiner Selbstkontrolle wiedererlangt. Als er den Blicken der zwei begegnete, legte sich zögerlich ein schiefes Lächeln auf sein Gesicht. Schließlich stand Christian auf und schlurfte auf seine Schwester und Singer zu. Dann blickte er dem Wissenschaftler fest in die Augen und sagte schließlich: »Danke. Für die Schiene, meine ich. Ich wollte bestimmt nicht unhöflich sein, es war halt nur … die Schmerzen. Und dann das da draußen. Der Schock.« Er fröstelte, schniefte leise und deutete mit dem Kopf zum Kirchenportal.

»Kein Problem, gern geschehen«, sagte Singer und atmete hörbar aus. Der Junge hatte sich gefangen. Ein Lichtblick, wenn auch nur ein kleiner.

»Christian«, stellte sich der Junge vor und nickte ihnen zu. Dabei lächelte er und irgendwie verlieh das seinen weichen Zügen sogar etwas recht Sympathisches. Lena stellte sich zu ihm und legte ihren Kopf an seine Schulter. Einmal mehr fiel Singer auf, wie verblüffend ähnlich sich die beiden sahen, beinahe wie eineiige Zwillinge, obwohl der Junge etliche Jahre älter als seine Schwester sein musste. Singer stand auf, entschuldigte sich und ging zum Eingangsportal, wo Antonia und Martin immer noch die Dunkelheit draußen vor der Kirche beobachteten. Die Geschwister blieben bei der Bank zurück, Christian setzte sich und sie begannen wieder, sich leise zu unterhalten. Als Singer sich von den beiden entfernt hatte, verstummten sie für eine Weile und schauten still zu dem gekreuzigten Heiland, wobei Lena die schmalen Hände um Christians Linke gefaltet und ihren Kopf demütig nach unten gesenkt hatte. Sie betete, und auch Christian hatte den Kopf gesenkt. Daher bemerkte Singer nicht, dass der Junge einfach weitergrinste, während er auf das große Altarkreuz stierte. Und nun hatte sich eindeutig etwas Krankhaftes in sein Lächeln geschlichen.

Als Singer bei dem kleinen Fenster neben der Tür ankam, fiel ihm auf, dass er Lenas Frage gar nicht beantwortet hatte. Die Frage nämlich, ob alles gut werden würde.

QUERELEN

Die Dorfbewohner, die immer zahlreicher zusammengeströmt waren, wurden allmählich unruhiger. Inzwischen hatten sich über zwei Dutzend Menschen in einem losen Halbkreis vor dem Eingang zur Kirche versammelt, und das waren nur diejenigen, die Singer von seinem Posten am Fenster aus sehen konnte. Die gesamte Bevölkerung des Dorfes, so schien es, war auf schwankenden Beinen vor der Kirche zusammengeströmt.

Immer wieder vollführten sie zuckende Gebärden und krümmten sich wie unter Schmerzen zusammen, reckten die Hälse und streckten ihre verkrümmten Hände zum Eingang der Kirche hin. Und sie begannen, *Geräusche* zu machen. Sie jaulten, brabbelten, murmelten und schrien hin und wieder leise auf. Doch alles, was sie von sich gaben, waren unverständliche Laute.

Und dann passierte etwas mit der brünetten Frau in dem geblümten Negligé, die bisher genau wie die anderen zur Kirche hinübergestarrt hatte. Sie blinzelte, schüttelte sich und schaute sich schließlich um, verwirrt und orientierungslos. Singer hatte den Eindruck, als erwache sie aus einem tiefen Schlaf.

Ihre Hand fuhr nach vorn und traf mit voller Wucht das von Geschwüren übersäte Gesicht des Pastors. Eine ockerfarbene Flüssigkeit spritzte aus dem dichten Feld der Pusteln, die seine gesamte rechte Gesichtshälfte bedeckten. Der Mann stieß einen wütenden Grunzlaut aus, dann fuhr er vollends herum. Seine dürren Arme schossen vor, packten die Frau bei den Haaren und zogen ihren Kopf in einer einzigen kraftvollen Bewegung zu sich heran und herunter. Als sie gebeugt und taumelnd vor ihm zum Stehen kam, riss er sein Knie nach oben und trat der wehrlosen Frau ein paar Mal mit voller Wucht in den Unterleib.

Der letzte Tritt riss sie von den Beinen – der Pastor ließ ihr langes Haar los und sie krachte vor ihm auf den Boden. Sie öffnete den Mund, wie um zu schreien, aber dazu kam sie nicht. Der Schuh des Pastors fuhr auf ihren Hinterkopf herab, und mit solcher Wucht, dass er ihr das rechte Jochbein brach und ihre Nase zu einem blutigen Klumpen plattdrückte. Er trat erneut zu und entfernte damit die meisten ihrer Schneidezähne, die in winzigen Stückchen in ihren blutigen Rachen rieselten wie ein kleines, kalziumhaltiges Schneegestöber. Alles, was danach aus ihrem Gesicht kam, waren Unmengen Blut, kleine Knochensplitter und leise gurgelnde Laute, die im Schnee versickerten. Aber nicht für lange.

Der Pastor packte die Frau erneut am Haarschopf und riss sie nach oben, sodass Singer ihr zerstörtes, blutendes Gesicht sehen konnte. Fast so als wolle der Pastor, dass Singer es sah, alles ganz genau erkennen konnte.

Die Frau lebte noch, aber ihr Widerstand war nun merklich schwächer geworden. Der Pastor hielt sie mühelos an seinem dürren Arm vor sich, wo sie einen Moment baumelte wie eine zu groß geratene Stoffpuppe. Ihr Kopf hob sich und sie keuchte und hustete Blut auf ihr Nachtkleid und in den Schnee zu ihren Füßen.

Der Pastor biss zu. Mit einer einzigen Bewegung fuhr sein weit geöffneter Mund nach vorn und biss beherzt in den Oberarm der Frau. Und nun schrie sie – stieß spitze, unnatürliche Laute aus, während sie sich unter dem festen Griff des Pastors vor Schmerzen krümmte. Der Kopf des Mannes ruckte zurück. Unterhalb der Schulter der Frau fehlte ein großes Stück, dass er mit hastigen Kaubewegungen herunterschlang. Blut sprudelte in einem breiten Strom aus der weit geöffneten Wunde.

Nun erwachten auch die anderen Bewohner, die dem Treiben bislang tatenlos, aber eindeutig interessiert zugeschaut hatten, endgültig zum Leben und schlurften zum Schauplatz der Gewalt hinüber. Sie umstanden den Pastor und sein Opfer in einem lockeren Halbkreis, sodass Singers Sicht auf die Ereignisse von keinem verdeckt wurde. Auch das schien Absicht zu sein.

Einer trat vor und wühlte sein Gesicht in die Wunde der wimmernden Frau. Singer musste sich zusammenreißen, nicht entgegen jeder Vernunft hinaus in die Kälte zu stürmen und ihr zu Hilfe zu eilen. Es wäre sein sicherer Tod gewesen, der Tod von ihnen allen – und der Frau hätte es auch nichts mehr genutzt. Jetzt nicht mehr. Also blieb Singer, wo er war.

Die Meute begann nun aufgeregt zu heulen und zu kreischen, während einige von ihnen an dem schutzlosen Körper der Frau rissen und danach traten. Einer erwischte ihr Negligé und schlurfte irre kichernd mit seiner zerfetzten, blutigen Trophäe davon.

Unter dem Ansturm der Menge wurde sie erneut zu Boden gerissen, wo sie auf ihr herumtrampelten und begannen, ihren Körper in einen blutenden Klumpen Fleisch zu verwandeln. Der Pastor hatte der Frau ein großes Büschel Haare samt Kopfhaut vom Schädel gerissen und hielt den blutigen Hautlappen eine Weile in die Höhe wie eine wertvolle Kostbarkeit. Dann ließ er den ekelerregenden Skalp achtlos in den Schnee fallen und warf sich neben der Frau auf die Knie, packte ihren linken Oberschenkel, riss ihn hoch und spreizte ihn in einem absurden Winkel von ihrem zuckenden Körper ab. Singer vermeinte ein trockenes Krachen wie von berstendem Holz zu hören, als der Pastor das Bein brutal nach oben riss. Dann stemmte der Geistliche das Bein mit Hilfe seiner Schulter noch weiter in die Höhe, seine freie Hand wühlte sich hektisch unter seinen Priesterrock, riss ungeduldig an dem groben Leinenstoff und entblößte schließlich seinen dicht behaarten, ausgemergelten Unterleib, aus dem sein prall erigiertes Glied in die Höhe ragte.

Dann begann er, sich an der wehrlosen Frau zu vergehen – mechanisch, erbarmungslos und von einem barbarischen Enthusiasmus beseelt, der ihn schlimmer machte als ein tollwütiges Tier. Das war vielleicht überhaupt das Schlimmste: Tief in seinem Inneren wusste der Mann, was er tat. Und er genoss es. In vollen Zügen.

Der kleine Junge mit dem Teddybären-Schlafanzug, das Genick seines toten Katzenbabys immer noch fest umklammernd, ging vor der leblosen Frau in die Hocke und begann, in ihrem zerschlagenen Gesicht herumzunesteln. Schließlich holte er einen kleinen, schimmernden Gegenstand aus der breiigen Masse mit dem verklumpten Haar, das zu den gnadenlosen Stößen des Priesters rhythmisch auf der rot gefärbten Schneedecke hin- und herrutschte und dabei tiefrote Spuren auf dem reinweißen Untergrund hinterließ. Dann hielt der kleine Junge, immer noch hockend, das glänzende Objekt in die Höhe, dem fahlen Licht des Mondes entgegen. Und dabei lachte er kleines, begeistertes Kinderlachen, als habe er es endlich geschafft, der Barbiepuppe seiner Schwester den Kopf abzudrehen. Nur, dass dies keine Barbiepuppe war und dass er statt des Puppenkopfes etwas anderes erbeutet hatte.

Er drehte sich um und schaute mit einem spitzbübischen Grinsen genau in Singers Richtung – so als wisse er, dass dieser das Geschehen hinter dem Fenster mit einer Mischung aus ungläubigem Entsetzen und Ekel verfolgte, gleichermaßen fasziniert wie abgestoßen. Dann schloss sich seine kleine Faust um das Auge der toten Frau und zerquetschte es langsam wie eine überreife Traube, die das Kind über seinen weit aufgerissenen Mund hielt, um den Saft der widerlichen Frucht hineinfließen zu lassen, die Augen genießerisch geschlossen, als koste er eine besonders *KÖSTLICHE, KÖSTLICHE SÜßIGKEIT.*

Schließlich war der Pastor fertig und ließ von seinem zerstörten Opfer ab. Das nackte Bein der Frau glitt leblos von seiner Schulter und fiel mit einem gedämpften Klatschen in den Schnee. Nahezu zeitgleich mit dem Jungen erhob sich der alte Mann, wandte sich um und begann wieder, reglos in Richtung Kirchentor zu glotzen. Sein Priesterrock und seine Hände starrten vor Blut, vor ihm im Schnee lag das dampfende Häufchen Fleisch und Blut, das vor Kurzem noch ein Mensch gewesen war. Der Pastor starrte grinsend in Singers Richtung, hob seine blutigen Hände und leckte sie in einer obszönen Geste ab. Doch Peter Singer hatte sich bereits weggedreht, presste eine Hand vor den Mund und versuchte, gegen seine Übelkeit anzukämpfen, die ihn zu überwältigen drohte. Die Meute war nun wieder ruhig und nur noch vereinzelt ließ sich ein irrer Aufschrei aus dem einhelligen Grummeln vernehmen. Dieses Murmeln war nun nicht mehr zügellos und irre, vielmehr schien es irgendwie zielgerichtet zu sein.

Erwartungsvoll.

Frohlockend.

DRAAKK!

Und dann kamen sie. Aus dem Dunkel und dem Schneetreiben stiegen sie wie hinter einem weißen Nebelvorhang hervor und schritten in einer bedächtigen Prozession über den menschenleeren Marktplatz auf die Kirche zu. Die wehenden Kittel der Wissenschaftler machten sie zu schemenhaften Gespenstern, Schneegeistern aus einer fernen Albtraumwelt zu den Füßen des gigantischen Monsters, das hinter ihnen in den schmalen Lichtkegel trat.

Der Anblick der hoch aufragenden Monstrosität war unbeschreiblich, selbst für Singer, der das Wesen bereits in seinem Glassarg gesehen hatte. Aber es über die Erde schreiten zu sehen, riesengroß und von unheiligen Leben erfüllt, war etwas völlig anderes. Es *leben* zu sehen, war abscheulich.

Die dürre Gestalt des *Draakk* ragte bis zur Spitze der Bogenlampe, als er unter ihr hindurchschritt und für einen Moment sah Singer das Gesicht des Wesens in aller Deutlichkeit. Viel deutlicher, als ihm lieb war und doch wabernd und unwirklich wie ein Gespenst aus einem furchtbaren Albtraum. Dann verlosch die Lampe mit einem kraftlosen Zischen und das Wesen wurde nur noch von dem spärlichen Licht beschienen, das aus der Kirche drang. Und dafür war Singer ausgesprochen dankbar.

Der massige Kopf der Kreatur schwankte bei jeder Bewegung der viel zu langen Gliedmaßen bedächtig auf dem dünnen Hals. Nichts an seinen furchtbaren Proportionen deutete darauf hin, dass diese Art der Bewegungen überhaupt physikalisch möglich war. Seine schiere Existenz schien die Gesetze der Realität schmerzhaft zu verletzen. Und sie – naive, winzige Menschenkinder – hatten *dieses Ding* aus einem Stein geholt und sich allen Ernstes eingebildet, das Unfassbare erforschen zu können. Auszumessen und zu katalogisieren in den lächerlichen Schubfächern ihrer primitiven Schulweisheit. Sie hatten sich die Hoffnung angemaßt, es zu *benutzen*. Das Ausmaß ihrer Naivität barg eine Lächerlichkeit von wahrhaft kosmischen Dimensionen.

Und es war nicht nur die körperliche Präsenz des Monsters, die Übelkeit und Wahnsinn hervorrief. Der *Draakk* brachte etwas mit sich, das sich schwer wie Gewitterwolken auf den Geist von Singer und den der anderen legte, sie niederdrückte und mit schrecklichen Bildern quälte. Am ehesten hätte es sich mit Begriffen wie *unheilige Energie* oder b*öse Aura* beschreiben lassen, aber auch das traf den Kern der Sache nur unzureichend.

Singer schmeckte Blut und stellte fest, dass er seine Schneidezähne in seine Unterlippe getrieben hatte. Die Gedanken des Wesens waren Ausdruck einer Schwärze jenseits des Begreifbaren, des unentrinnbaren Nichts. Es war die Grundstimmung, die pulsierende Eigenfrequenz des Chaos und dem, das nach dem Chaos kommt.

Und dann wurde die Welt stumm und es gab nur noch die Gedanken des Wesens.

»JA, DU WIRST STERBEN«, sagten diese mit dröhnender Stimme, »UND VORHER WIRST DU LANGE LEIDEN. UND ALL DAS, WOFÜR DU GLAUBST, GELEBT UND GELITTEN ZU HABEN, UND WOFÜR DU GE-STORBEN BIST, WIRD VERGEBENS GEWESEN SEIN. BEDEUTUNGSLOS. NICHT EINMAL EIN STAUBKORN IN DER WÜSTE DER ERINNERUNG.«

Doch eigentlich waren es keine Gedanken, und es benutzte auch keine Stimme. Es sandte Bilder. Furchtbare, wüste Gemälde der Zerstörungswut und Grausamkeit. Auf diese Weise *verständigte* es sich. Singer sah noch etwas, Bruch-stücke von Visionen, wie das verklingende Echo einer ural-ten Erinnerung: Plötzlich verstand er, auf welche Weise der Geist des *Draakk* die infizierten Menschen vor der Kirche kontrollierte und er begriff, dass ihre Seelen in den miss-brauchten Körpern schrien. Gezwungen, dem Treiben des eigenen vergifteten Instinkts zuzuschauen und die dunkels-ten Momente der eigenen verkommenen Seele jenseits aller Vernunft wieder und wieder zu durchleben. All diese Men-schen waren in der Hölle ihrer eigenen Albträume gefan-gen.

Die Art, auf die der *Draakk* sein Bewusstsein mit dem ih-ren verband, kam einer Vergewaltigung gleich. Der Wille des fremden Wesens fühlte sich für Singer an wie eine Ma-schine aus blitzendem Chromstahl, deren wirbelnde, mes-serscharfe Klingen sich wütend in den Verstand ihrer ge-peinigten Opfer fraßen.

Und dann war es in ihm.

Singer sah plötzlich durch die Augen von vielen. Ihm wur-de schlagartig übel und doch war es wie ein finster beglückender Rausch. Sein Verstand war plötzlich an unzähligen Orten gleichzeitig und doch messerscharf und fokussiert, zusammengehalten von der Macht eines einzigen ungeheuerlichen Willens. Er konnte sehen und spüren und schmecken, wie die Energie aus den Köpfen der Dorfbewohner in dicken elektrischen Strömen köstlicher Erregung – wie gleißende, blaugrüne Lichtblitze – auf den *Draakk*, auf ihn, zufloss.

Und dann befand sich Singer plötzlich in einer Welt, die in ewiges, rotes Zwielicht getaucht war. Er saß auf einem gigantischen Thron unter einem sternenübersäten Nachthimmel an der Spitze eines monumentalen Tempels, der ihn unwillkürlich an die Bauten der Inka oder altägyptische Pyramiden denken ließ. Nur war dieser steinerne Kultort ungleich größer. Vor Singer erstreckte sich eine breite Straße bis zum Horizont, dicht an dicht drängten sich unzählige Menschen darauf, wogten hin und her und bewegten sich langsam auf den Tempel zu, während aus ihren Köpfen Blitze blaugrüner Energie stoben und diese Blitze *ernährten* ihn. Die Macht, die Singer durchströmte, war grenzenlos, unermesslich: Es war eine Macht, die ihn befähigte, Planeten aus ihrer Umlaufbahn zu werfen und kollidieren zu lassen, allein durch die Kraft seiner Gedanken.

Der Rausch dieser Macht war unvorstellbar. Er konnte überall sein, alles sehen, alles tun und es gab nichts, was ihm Einhalt gebieten konnte. Das, was er spürte, war die *absolute* Macht, die Macht über Zeit und Raum und alle Dinge, die sich darin befanden.

Es war die Macht eines Gottes.

Die kolossalen Steinstufen, die zum Tempel hinaufführten, waren mit den Leibern abertausender Menschen bedeckt, die verzweifelt versuchten, die glitschigen Treppen zu erklimmen und dabei immer wieder in der roten Flüssigkeit ausglitten, die die Stufen zum Tempel überspülte. Zu seinen Füßen stand eine Vielzahl steinerner Altarblöcke auf einer Fläche, die so groß war wie der Grundriss einer Stadt. An den Altären standen Wesen, die dem Draakk nicht unähnlich waren, nur erschienen sie von Singers Position aus kleiner und weniger furchteinflößend, denn er wusste: Diese Wesen *dienten* ihm.

Es waren die schwarzen Altäre mit den unermüdlich tötenden *Draakk*-Wesen, zu denen all die Menschen auf der breiten Straße strebten. Diese Steinblöcke waren die grausige Quelle der roten Flut, von der er wusste, dass sie den Tempel umspülen würde, bis alle Existenz in einem Meer von Blut ertränkt war.

Und noch etwas zeigte ihm der Draakk, während er mit ihm verbunden war: Nur ein Aufblitzen eines Gedankens, kaum mehr als eine Idee. Es war die Vision eines großen Holzkreuzes auf einem Erdhügel unter einem sonnigen Himmel irgendwo am Rande einer weiten Wüste und Singer spürte, wie die Wut des Draakk gleich einer Welle eisigen Wassers seinen Geist überflutete.

An dem Holzkreuz starb ein Märtyrer, grausam gequält und schließlich getötet von seinesgleichen. Und doch war dieser Sterbende mehr als ein Mensch.

SINGERS VISION

*D*er Hass, den der Draakk auf die leidende Gestalt an dem Kreuz verspürt, ist unermesslich tief und doch von einer kalten Boshaftigkeit, die Singer aufheulen lässt, als sein Geist von dem Bild getroffen wird. Noch während er unter Schmerzen zusammenbricht, spürt er etwas anderes. Eine Vision, die nicht für ihn bestimmt ist, sondern für jemand anderen. Und beinahe gelingt es dem Draakk, sie vor ihm zu verbergen.

Aber eben nur beinahe.

Die Kreatur draußen vor der Kirche fürchtet dieses Kreuz, oder vielmehr das, wofür das Kreuz steht.

Der Draakk *ist verletzt worden, vor langer Zeit, von jenem, der an dem Kreuz starb. Der Märtyrer hatte ihn verbannt, und in die finsteren Kerker des Vergessens geschickt durch die Kraft seiner selbstlosen Tat. Und er hatte bereitwillig die Strafe empfangen, die der wütende Dämon ihm zugedacht hatte. Hatte ertragen, was Menschen nicht hätten ertragen können. Damit diese eine Zukunft hatten, die ihnen eigentlich nicht bestimmt gewesen war.*

Der Draakk hatte die Jahrhunderte überdauert, eingesperrt und seiner Macht beraubt, in dunkler Verzweiflung und gnadenloser Wut. Aber er hatte existiert und mit seinen finster brodelnden Gedanken die Geister der Menschen vergiftet, hatte die Saat seiner Lehre der Selbstsucht hin-

terlassen und dafür gesorgt, dass sie die Lehre des Märtyrers vergaßen und verleugneten. Dass sie sich von dem abwandten, was gut und wahrhaftig war und letztlich den verrieten, der für ihre Zukunft gestorben war.

Die Menschen hatten diese Saat nur allzu bereitwillig aufgenommen und weitergetragen. So war die Lehre des Märtyrers verwässert worden und hatte sich schließlich im Nebel der Jahrhunderte verloren. Und aus den alten Lehren war eine profane, selbstgerechte Religion geworden. Ihre Priester hatten sich bereichert, anstatt zu schenken und Macht angehäuft anstatt Wissen, hatten den Tod gelehrt anstatt der Unsterblichkeit. Während all dieser Zeit hatte der Draakk geruht und war stärker geworden, hatte sich gelabt an den vergifteten Geistern der Menschen, und an dem, was aus ihnen geworden war. Hatte Kriege gesehen und Vernichtung, Gewalt, Tod und Blut, Unmengen von Blut.

Und er hatte frohlockt, während er geduldig gewartet hatte, bis seine Zeit gekommen war. Bis die Menschen sich erneut über ihre Göttlichkeit erhoben und die Dunkelheit sich über sie legen würde wie ein schwarzes Leichentuch. Jetzt waren sie bereit, seine finsteren Weihen zu empfangen. Jetzt war die Zeit von Dunkelheit und Chaos gekommen, die Zeit der letzten Ernte.

Die Menschheit strebte ihrem Ende entgegen, das war von Anfang an ihr Zweck gewesen. Und Er würde ihr Schicksal erfüllen.

Und doch wohnt dem Kreuz noch eine gewisse Macht inne, das spürte Singer deutlich, und für den Moment war es die Schwelle, die der Draakk und seine Horde nicht übertreten *konnten. Noch nicht. Das Symbol war stark, hier in der kleinen Kirche in dem abgelegenen Dorf in den Schweizer Alpen. Denn noch gab es jene, die sich der alten Lehre entsannen. Jene, die Barmherzigkeit der Gier vorzogen und das Geben dem Nehmen.*

Einige wenige, aber sie genügten, der Macht des Draakk Einhalt zu gebieten. Für den Moment.

Dann sieht Singer das Blut. Blut ist der Schlüssel, Blut dass im Namen des Kreuzes vergossen worden ist, seit die Menschen vor zweitausend Jahren ihren Gott darauf geopfert hatten.

Und sie hatten ihm Millionen Seelen in den Tod hinterhergeschickt, gute Seelen, hingeschlachtet im Namen des Lichts. Das Kreuz war in Blut gewaschen worden und diese blasphemische Perversion hatte den Draakk gestärkt und ihm maßloses Vergnügen bereitet.

Es ist wiederum Blut, und diesmal spritzt es auf das Kreuz und färbt dessen weißen Anstrich tiefrot.

Schwärze legt sich über Singers Gedanken und Singer verzweifelt. Dann bricht seine Vision unvermittelt ab.

Irgendwann ließ der *Draakk* seinen Geist einfach los und wandte sich anderen Dingen zu. Mit einem Schlag hatte Singer wieder seinen mehr oder weniger gewohnten Blick auf die Welt, und doch einen völlig anderen. Sein Leben, ja das gesamte Dasein, kam ihm schal vor, leer und sinnlos. Unbedeutend. Dies, so begriff er, war einer der Momente, in denen ein Heroin-Junkie zur nächsten Dosis greift. Greifen muss, weil er die Belanglosigkeit des fragilen Gebildes namens Realität begreift und sie keine Sekunde länger ertragen kann. Aber Singer hatte keine Drogen.

Er brach in die Knie und kippte zur Seite, fiel auf den gefliesten Boden, streckte seine Hand nach einem Halt aus. Nach irgend etwas, das ihm die Schwärze nehmen würde.

Aber da war nichts.

Irgendwann spürte Singer ihre Arme, die unter seine Achseln fuhren und ihn hochzerrten. Sein Blick, verwaschen und wie hinter einem Schleier, streifte ein Gesicht, und er sah in große, dunkle Augen. Augen, die ein Spiegel seiner eigenen Verzweiflung waren und doch …

Hoffnung entzündete sich wie ein winziger Funke in einer längst erloschenen Glut, als er in das Gesicht seiner Tochter blickte. Und ein kleines bisschen Wärme kam zurück in die Welt und die Schwärze riss an den Rändern ein. Aber sie würde niemals völlig verschwinden. Nicht nach dem, was Singer *gesehen* hatte.

Antonia.

Singer wusste nun, was zu tun war.

BESTIMMUNG

Singer richtete sich langsam auf, während er vollends zu sich kam. Er warf einen Blick hinüber zu Martin, dann zu Lena und ihrem Bruder Christian. Bleich – sie alle – zitternd und unsicher, Tränen auf ihren Wangen. Ja, sie hatten es offensichtlich auch gespürt. Der *Draakk* war in ihre Köpfe eingedrungen und hatte ihnen dieselbe trostlose Welt gezeigt, jedem von ihnen in der Färbung ihrer ganz individuellen Urängste und verborgenen Wünsche. Der Effekt, den diese Bilder auf sie hatten, war jedoch bei allen derselbe; wer sie sah, wollte dieser Trostlosigkeit und dem tristen Kampf ums Überleben entfliehen und *aufgeben.*

Wer diese Bilder sah, wollte sich der übermächtigen Kraft des *Draakk* ergeben, einzig getrieben von grausamer Zerstörungswut gegen alles, das lebte – alles, das gut war, wollte vergessen. Wollte aufhören, zu denken und sich den eigenen Urtrieben hingeben, für immer.

Und der *Draakk* hatte ihnen lediglich einen kleinen Vorgeschmack gegeben, den Saft nur ein kleines bisschen aufgedreht. Nicht weiter aufdrehen *können,* wegen des Kreuzes, das begriff Singer nun. Gut. Christian stützte seine Schwester und lächelte Singer tapfer an. Martin und Antonia standen eng umschlungen neben ihnen. Ja, dachte Singer, es war einen Versuch wert.

Es wurde Zeit für den nächsten Schritt.

»Was ist das da draußen?«, fragte Lena flüsternd. Ihre Augen waren groß und dunkel in ihrem kalkweißen Gesicht, was sie mehr denn je zerbrechlich und schutzlos wirken ließ, fast wie ein kleines Porzellanpüppchen, das zerspringen würde, wenn man es in einem Moment der Unachtsamkeit auf den Boden fallen ließ. Fragend sah sie ihn an. Singer hätte ihr gern versichert, dass das da draußen lediglich ein missglücktes Forschungsexperiment sei, von ein paar übermotivierten Wissenschaftlern im Größenwahn erschaffen und auf die Welt losgelassen. Bald würde die Artillerie eintreffen und dem Albtraum ein Ende bereiten. Sie alle würden gerettet werden. Krankenwagen würden kommen und sie würden, in dicke Wolldecken eingemummelt, auf der Ladeklappe eines Armeejeeps sitzen, heißen Tee schlürfen und am Ende des Tages würde man sagen, dass die Sache doch noch einmal glimpflich ausgegangen war. Abspann. Alles, was sie dafür tun mussten, war, ein wenig länger in der Kirche auszuhalten.

Aber das alles war natürlich ausgemachter Bockmist. Nichts davon würde passieren.

Also sagte er gar nichts und starrte weiter konzentriert aus dem Fenster. Nach einer Weile schaute Lena weg. Ihre Hände tief in den Taschen ihres Anoraks vergraben, stand sie mitten in dem hell erleuchteten Kirchenschiff – ein letztes einsames Licht inmitten einer alles überlagernden Finsternis, und auch dieses würde bald verlöschen. Ihr Bruder hatte seinen unverletzten Arm um sie gelegt und lächelte dünn.

Dann sagte sie, diesmal zu Martin gewandt, noch immer flüsternd: „Du hast vorhin gesagt, wir müssen hier raus, ja?«

Martin drehte sich zu ihr um und nickte stumm. Ja, darauf lief es im Wesentlichen hinaus, nicht wahr? Sie mussten hier schleunigst verschwinden. Die Frage war nur, wie sie das unbemerkt von dem Wesen und dessen kleiner Zombie-Armee dort draußen anstellen sollten.

Einen zweiten Ausgang schien die kleine Kirche nicht zu besitzen, und falls doch, standen sicher noch mehr der Dorfbewohner davor. Sie konnten dem da draußen nicht entkommen.

»Wir könnten was versuchen, aber ich weiß nicht, ob das funktioniert«, schlug Lena vor.

Als er das hörte, machte etwas in Singer *Klick!* – darauf hatte er gewartet. Und was das Mädchen vorschlagen würde, würde ihm die Zeit geben, die er benötigte, um die Dinge in Gang zu bringen. Er wusste nicht, wieso er sicher war, dass der Plan des Mädchens funktioneiren würde. Vielleicht war es Intuition. Vielleicht war es auch einfach nur der einzige Plan, den sie hatten.

Er lächelte Lena aufmunternd zu. Nur weiter, ich höre! Selbstverständlich war auch ihm bewusst, dass sie nicht die Spur einer Chance hatten, den Dingen da draußen zu entkommen, selbst wenn sie es tatsächlich irgendwie aus der Kirche schaffen sollten. Die da draußen waren schnell und mittlerweile auch gewitzt, zumindest die Wissenschaftler-Wesen. Aber auch das war im Moment nicht wichtig. Darüber würden sie nachdenken, wenn es soweit war.

Lena fuhr fort: »Es gibt hinten im Chorraum, wo die Umhänge für die Messdiener aufbewahrt werden, einen kleinen Abstellraum mit einem Schrank. Aber der ist gar kein richtiger Schrank. Ich habe früher oft da gespielt, während der Papa ...«

Das Mädchen stockte und ihre Augen wurden trübe, als sie an ihren Vater dachte und das Schicksal, das diesen unzweifelhaft ereilt hatte. Jenes, weshalb die Erwachsenen sie nicht auf den Platz vor der Kirche blicken ließen.

Sie schluckte, und begann erneut. „Einmal habe ich da eine Klappe entdeckt. Der Schrank hatte einen losen Holzboden. Darunter war eine Art Falltür oder so was. Ich weiß es nicht genau, weil ich nicht hinuntersteigen durfte, aber ich glaube, Papa hat mal gesagt, dass da ein Gang nach draußen führt. Man kommt wohl hinten beim Brunnen raus. Am anderen Ende vom Marktplatz. Fast bei der Sägerei.«

Nach einer kleinen Pause setzte sie hinzu: »Das ist ziemlich weit weg von der Kirche.«

Ja, das muss es sein, dachte Singer.

Das war vielleicht tatsächlich eine Möglichkeit, dachte Singer. *Ziemlich weit weg von der Kirche.* Gut. Geheimgänge waren vor ein paar hundert Jahren durchaus beliebt gewesen, und so, wie die Kirche aussah, stammte sie tatsächlich aus dem Spätmittelalter. Einen Versuch wäre es jedenfalls wert.

»Okay«, sagte Singer und deutete auf Lena und Martin, »ihr beiden schaut euch das mal an, ja? Versucht, die Falltür irgendwie aufzubekommen. Aber leise. Wir halten hier inzwischen die Stellung und beobachten unsere missgelaunten Freunde da draußen.«

»Wir kommen hier raus«, sagte Martin, »das weiß ich. Also los.« Dann nickte er Lena aufmunternd zu und versuchte ein tapferes Lächeln, welches das Mädchen schüchtern erwiderte, um gleich darauf wieder auf ihre Fußspitzen zu starren.

Martin gab Antonia einen flüchtigen Kuss, den diese mit geschlossenen Augen erwiderte, bevor sie ihn erneut zu sich heranzog, um die Berührung ihrer Lippen für ein paar weitere Sekunden zu verlängern, während eine einzelne Träne an ihrer linken Wange herablief. Sie wühlte ihre Finger in sein Haar und presste ihre Lippen auf seine. Singer war im ersten Moment viel zu überrascht, um darauf so zu reagieren, wie es seine väterliche Rolle erfordert hätte. Aber das war in einer anderen Welt gewesen. Hier und jetzt zählten diese Rollen wenig. Es ging nur noch um die Schauspieler. Und wenn schon, dachte er, sollten sie einander haben. *Denn es ist gut, jemanden zu haben, wenn die Welt dunkel wird.*

Das Paar trennte sich widerstrebend, dann gingen Martin und Lena an den Kirchenbänken vorbei in den kleinen Raum hinter dem Altar, Christian schloss sich ihnen milde lächelnd an. Der Junge hielt sich erstaunlich gut, nach dem Theater, das er anfangs gemacht hatte. Auch das war höchstwahrscheinlich ein gutes Zeichen.

Antonia stand noch immer leise schluchzend neben ihrem Vater und ihre schmale Hand fand endlich seine große und drückte sie zärtlich. Sie wischte ihre Tränen fort und lächelte grimmig in die Kälte vor dem Kirchenfenster hinaus. Sie sah den *Draakk* nun zum ersten Mal mit eigenen Augen, aber sie war nicht schockiert vom grauenhaften Anblick des riesigen Wesens. Es war nicht mehr wichtig. Nicht, nachdem das Wesen bereits in ihren Geist eingedrungen war und von ihrer Seele gekostet hatte.

Danach schien nichts mehr wirklich zu sein.

»Glaubst du, dass Mama im Himmel ist?«, fragte sie zum Fenster hinaus.

Singer schluckte. Diese Art von Fragen waren stets eine Art Tabu zwischen ihnen gewesen und Singer hatte sich nie die Mühe gemacht, etwas daran zu ändern. Er war ein Mann der Wissenschaft. *Das* war sein Glaube gewesen. Wissenschaft heilte Kranke, ernährte die Hungernden, spendete Hoffnungen, brachte Ergebnisse. Nichts davon traf auf die Religionen dieser Welt zu, oder? Und wenn es einen Himmel gab – woher kam dann *das da draußen?*

»Ich weiß es nicht«, sagte er schließlich. »Aber ich weiß, dass sie irgendwo auf uns wartet. Das habe ich schon immer gewusst, aber begriffen hab' ich es, glaube ich, erst heute. Sie wartet und es geht ihr gut, das weiß ich jetzt.« Er zögerte. »Da, wo sie ist, wird alles wieder wie früher sein.« Er drückte seine Tochter an sich. »Wie eine richtige kleine Familie.«

Nun liefen Tränen seine stoppelbärtigen Wangen herab, während er sein schiefes Singer-Lächeln lächelte. Sie tropften auf Antonias weiche Locken. Er spürte nichts davon. »Es muss so sein. Denn wenn ich eines weiß, dann, dass nichts, auch nicht das Geringste, jemals ohne Sinn geschieht.«

Antonia nickte stumm. Sie hatte verstanden.

»Es wäre sonst zu grausam«, flüsterte sie kaum hörbar gegen seine Brust und Singer nickte, sein stoppeliges Kinn kitzelte auf ihrem Kopf, als er das tat. Dann presste er seine Tochter fest an sich.

»Ich liebe dich.«

»Ich liebe dich auch, Paps.«

Es waren starke Worte und sie waren wahrhaftig. Und das war gut so, denn es waren die letzten Worte, die sie miteinander wechseln sollten.

BLUT

Eine ganze Weile standen sie so da, Antonia schaute blicklos auf das Altarkreuz und vor Singers Blick gerannen die Ereignisse in der Dunkelheit vor dem Fenster erneut zu einem schwarzen Brei. Das Geschenk, das der *Draakk* in seinem Kopf zurückgelassen hatte. Er schloss die Augen für einen Moment. Nicht, dass es an der Finsternis das Geringste geändert hätte. Schließlich riss er sich zusammen, wischte seine Tränen fort, und ihre Umarmung löste sich.

Und dann überstürzten sich die Ereignisse in der kleinen Kirche, alles geschah irgendwie fast zeitgleich. Für Singer wirkte es dennoch wie ein ferner Film, der in Zeitlupe abgespielt wird.

Ein Poltern, gefolgt von einem Schrei, erschallte aus dem Chorraum hinter dem Altar. Singer fuhr herum und sah Martin aus dem Gang hervortaumeln und hinter ihm Christian, der seinen Arm mit der geschienten Hand um den Hals des schlaksigen, älteren Jungen geschlungen hatte. Seine Finger schienen ihm plötzlich überhaupt nicht mehr weh zu tun. Es wirkte fast wie ein Spiel unter ungleichen Brüdern, kaum mehr als eine freundschaftliche Kabbelei.

Wenn da nicht das Messer in Christians Hand und der verbissene Ausdruck auf dem teigigen Puppengesicht gewesen wäre, in dem sich das verzerrte Lächeln wie ein garstiger

Parasit festgesetzt hatte. Das Lächeln, das er seit über einer Stunde nahezu unverändert gelächelt hatte.

Das Messer erkannte Singer als jenes aus dem Camping-Essbesteck aus seiner Tasche. Es war nicht besonders lang und an sich wenig furchteinflößend. Das musste es auch nicht sein, denn es war spitz und ausgesprochen scharf, in jedem Fall ausreichend für seinen momentanen Zweck. Christian presste das Schneidwerkzeug an Martins Kehle, direkt unter dessen aufgeregt hüpfenden Adamsapfel, von wo ein dünner Blutfaden seinen Hals herabrann und im Ausschnitt seines T-Shirts verschwand. Er zwang den etwas größeren und kräftigeren Jungen zu einem gebückten Gang, der ihn watscheln ließ wie eine große Ente. Seine Finger hatte er in einem bizarren Winkel vom Körper weggestreckt, und wäre der verwirrte und wütende Ausdruck in seinen Augen nicht gewesen, hätte man meinen können, die beiden führten irgendeine absurde Figur in einem Ratespiel auf. *Was bin ich, hm? Ich bin die Ente, die gleich ihren Kopf verliert. Ha ha.*

Antonia verfolgte die Szene am Altarkreuz mit weit aufgerissenen Augen, den Mund zu einem stummen Schrei geöffnet, der sich nicht von ihren Lippen lösen wollte.

Lena lief aufgeregt, in einem seltsam zappeligen Gang, neben dem verkrampften Duo her, unschlüssig, ob sie eingreifen oder einfach davonlaufen sollte. Ihre Hände hatte sie vor Mund und Nase gepresst und zwischen ihren gespreizten Fingern hindurch verfolgten ihre weit aufgerissenen Augen den seltsamen Tanz der beiden. So musste das Mädchen aussehen, schoss es Singer durch den Kopf, wenn es auf der Couch saß und der Märchenfilm eine gruselige Stelle erreicht hatte. Etwa, wenn die böse Hexe in ›Schneewitt-chen‹ zum ersten Mal auftaucht. Oder diese fliegenden Affen im ›Zauberer von Oz‹. Etwas Gruseligeres hatte das Mädchen sicher noch nie gesehen. Bis heute zumindest.

Gleichzeitig schätzte er die Entfernung zwischen ihr und dem Arm ihres Bruders ab. Sie waren hier *viel* zu weit weg, soviel stand fest. Aber das Mädchen konnte, wenn sie sich zusammenriss. Vielleicht …

Es überraschte Singer, wie viele Gedanken – auch wenn sie wenig nutzbringend waren, zugegeben – er in Bruchteilen von Sekunden gleichzeitig denken konnte. War auch das ein Geschenk, das der *Draakk* in seinem Kopf hinterlassen hatte?

»Schickt den Alten raus!«, quiekte Christian mit einer unangenehm hohen Fistelstimme, die von den steinernen Wänden der Kirche verzerrt zurückgeworfen wurde. Darum ging es also. Na klar.

»Schickt ihm den Alten«, rief er noch einmal und starrte wutentbrannt auf Singer, »dann lassen sie uns gehen. Es will nur diesen Singer.«

Und mit einem scheelen Seitenblick in Singers Richtung: »Er ist ein Atlantäer! Schickt in raus und sie lassen uns in Ruhe.«

»Es hat es mir versprochen.« fügte er weinerlich hinzu. Unsicher. Es war ein Wunschtraum. Die Hoffnung eines Menschen, der vor Angst wahnsinnig geworden war. Das Wesen hatte überhaupt nichts versprochen. Das Wesen *versprach* nicht.

Und jetzt wusste Singer auch, wem die Vision des blutbespritzten Kreuzes eigentlich gegolten hatte. Der *Draakk* hatte nach dem schwächsten Glied in ihrer Kette Ausschau gehalten und es sofort gefunden. Christian. Singer wusste, dass es für die jungen Menschen in der Dorfkirche kein Entkommen geben würde, ob sie Singer nun dem *Draakk* auslieferten oder nicht. Jedenfalls nicht dann, wenn auch nur ein einziger Tropfen Blut auf das Holzkreuz gelangte. Denn das wollte der *Draakk*, darauf lief der Tanz der beiden letztlich hinaus.

Blut.

Christian wusste es nur noch nicht.

Singer versuchte, ruhig zu bleiben und redete mit beschwörender Stimme auf Christian ein, wobei er langsam seine Hände hob. Eine beinahe sinnlose Geste, immerhin hatte Christian nur ein Messer und keine Schusswaffe, aber die Botschaft der Geste war letztlich dieselbe. Ihm das Gefühl geben, dass er die Situation unter Kontrolle hat, fiel Singer ein Zitat aus irgendeinem Hollywood-Actionstreifen ein, in dem ein erfahrener Psychologe, gespielt von einem vollbärtigen Bruce Willis, wertvolle Tipps an die knallharten Burschen vom Police Department verteilt hatte. Hollywood, Spiegel des Lebens, dachte Singer. Dann lenkte er seine Gedanken zurück in seinen eigenen Film, der gerade in der Kirche eines Dorfes am Rande der Alpen spielte. Der scheinbar kurz vor dem Abspann angelangt war.

»Okay«, sagte Singer, »kein Problem. Ich mache alles, was du sagst, ja? Du bist der Boss.«

Bestätigung geben. Ihm zeigen, dass er die Situation unter Kontrolle hatte. Sehr gut, Singer, weiter so!

In Wahrheit hatte er natürlich keine Ahnung, ob seine Gesten und Worte die gewünschte Wirkung erzielten. Aber alles, was dafür sorgte, dass das Messer nicht tiefer in die Haut von Martins Kehle schnitt, war vermutlich ein Schritt in die richtige Richtung. Christians Griff hatte sich während ihres Gesprächs bereits ein wenig gelockert. Auch das war gut. Singer konnte das erkennen, obwohl das Trio am anderen Ende der Kirche stand, und auch das schien ein Resultat seiner geistigen Begegnung mit dem *Draakk* zu sein.

Er machte einen kleinen Schritt auf das Trio zu, auch Lena schaute nun in seine Richtung, immer noch unschlüssig, ihr Gesicht lugte angstvoll zwischen ihren Fingern hervor. Sie schluchzte leise, eine Träne löste sich von ihrem Handballen und zerplatzte hörbar auf dem Kirchenboden. Zumindest *hörte* Singer das Geräusch.

»Also ich nehme meinen Rucksack hier«, er deutete auf die Kirchenbank, unter der die große Tasche mit dem Dynamit lag, deren Zünder er vorhin wohlweislich miteinander verkabelt hatte, »und gehe da raus. Und dann lassen sie euch in Ruhe, okay? Wie du gesagt hast, Christian.«

Christian bohrte das Messer ein wenig tiefer in Martins Kehle. *Shit!* Singer konnte deutlich sehen, wie das dünne Rinnsal etwas stärker wurde. »Was brauchen Sie Ihren Scheiß-Rucksack?«, quäkte der Junge. Seine Stimme war ein erbärmliches Quietschen, wie die rostigen Angeln einer alten Tür. »Gehen Sie doch einfach da raus und lassen Sie uns in Ruhe.« Er heulte wieder. »Lassen Sie uns einfach in

410

Ruhe.« Er schrie es hinaus und sein Speichel flog in weitem Bogen durch die Luft. Jegliche Farbe war aus seinem Gesicht gewichen. Ein blasser, kleiner Dämon mit einem Puppengesicht. Ein zu Tode geängstigter Junge.

Wozu brauchte er den Rucksack? Gute Frage, und eine auf die ihm Singer kaum die Wahrheit sagen konnte.

Und dann drückte irgend jemand nochmals auf den Knopf für »Schnelles Vorspulen« in Singers Wahrnehmung.

Lena entschloss sich urplötzlich doch dazu, einzugreifen. Mit einem verzweifelten Heulen machte sie zwei ausladende Schritte auf Christian zu und fiel ihm in den Unterarm. Das heißt, sie versuchte es. Christian nahm die Bewegung offenbar aus dem Augenwinkel wahr und fuhr reflexartig herum, die Hand mit der offenen Klinge voran. Lena sah zu spät, worauf sie zurannte, zu schwungvoll war ihre eigene Bewegung, um anzuhalten oder auszuweichen. Mit einem widerlichen Reißen fuhr die Klinge des scharf geschliffenen Steakmessers in ihren Hals und bohrte sich bis zum Heft hinein. Kurz darauf kam sie mit einem knirschenden Geräusch auf der anderen Seite wieder heraus – wie einer dieser Scherzartikel-Pfeile, die man sich zu Halloween auf den Kopf setzt. Für einen Moment nahm ihr Gesicht einen erstaunten Ausdruck an, so als wundere sie sich über den merkwürdigen kleinen Fremdkörper, der seitlich aus ihrem Hals ragte wie ein seltsamer Schmuck. Dann drehte sich Lena im Schwung ihrer Bewegung und riss damit das scharfe Fleischmesser vorn aus ihrem Hals wieder heraus. Damit zerstörte sie die Illusion des Scherzartikel-Pfeils augenblicklich. Ihr Hals öffnete sich vorn wie ein blutig grinsendes Maul und gab die Klinge wieder frei. Ein breiter

Blutschwall schoss aus ihrer durchtrennten Kehle und spritzte vor ihr auf den Boden, auf Christian und Martin und die vorderste Front der Kirchenbänke.

»Neeeiiiiin!«, schrie Christian, seine Hand zuckte zurück und ließ verschreckt das blutverschmierte Messer fallen. Es polterte klirrend auf den Boden. Dann hob er in einer sinnlosen Geste der Abwehr selbst die Hände über den Kopf, krümmte sich und lächelte sein dümmliches Lächeln. Jetzt wirkte er mehr denn je wie ein kleiner Junge, der einen Blumentopf umgeschmissen hat und diesen nun umtanzt, in dem kindlichen Wunsch, die Zeit zurückzudrehen.

Ich war's nicht, Mama, wirklich nicht! Es ist alles von ganz allein passiert!

Aber es war zu spät für derlei kindliche Wünsche, und die Sache war weit verhängnisvoller als ein kaputter Blumentopf. Seine kleine Schwester taumelte auf den Altar zu, brach in die Knie und glitt in sanfter Anmut an dem Holzkreuz herab, ihre großen Augen fragend auf Christian gerichtet. Ihre linke Hand versuchte an den Füßen der Jesusfigur Halt zu finden, aber dafür war es bereits zu spät. Keine Hoffnung mehr für dich, mein schönes, sterbendes Kind. *No Prayer for the Dying*, schoss es Singer durch den Kopf.

Ihre andere Hand tastete nach dem riesigen Loch, dass nun in ihrer Kehle klaffte. Der Schnitt hatte ein ausgefranstes rotes Lächeln auf ihren Hals gezaubert, aus dem das verbliebene Blut im Puls ihres jungen Herzens auf den Altar und das Kreuz sprudelte. Vor ihrem Mund hatte sich eine dichte Wolke schaumig roter Blasen gebildet, die an ihren Mundwinkeln herabquoll. Mit einem leisen Röcheln brach sie vor dem Kreuz zusammen. Ihre aufgerissenen Augen blickten verständnislos ins Leere, als sie sich mit Tränen des Begreifens füllten. Ein letztes Zucken ging durch ihren kleinen Körper, dann blieb sie still liegen, während das Blut einen kleinen See um ihren zusammengesunkenen Körper bildete. Dann wurden ihre Augen blicklos.

Ihr Sterben hatte keine zwei Sekunden gedauert.

Vielleicht würde sie sich damit letztlich als die Gewinnerin ihres kleinen Glücksspiels herausstellen, dachte Singer nüchtern. Kalte, blitzschnelle Gedanken. Darin war er jetzt gut. *Nur nicht schnell genug für das arme Ding, welches jetzt tot unter dem Kreuz lag. Unter dem* blutbeschmierten *Kreuz.*

Nicht schnell genug für Lena.

Eine weitere Sekunde – oder Ewigkeit – später ging Christian neben seiner Schwester zu Boden, als ihn die Faust von Martin traf. Durch den kräftigen Schlag wurde sein Kopf herumgewirbelt, knallte gegen das Holzkreuz und der Junge ging mit einem dumpfen Aufschlag neben dem Altar zu Boden, wo er leise winselnd liegenblieb und Martin hasserfüllt anstarrte.

Singer hatte inzwischen die Bank mit der Tasche erreicht und griff danach. Er bekam sie zu fassen und warf sie sich im Laufen über die Schulter. Antonia rannte zu Martin, der unschlüssig vor vor dem Altarkreuz herumstand und verständnislos auf Lenas Leiche starrte.

»In den Chorraum, und in den Gang!«, rief Singer in die Kirche. Martin griff nach Antonias Hand und setzte sich unverzüglich in Bewegung. Sie sprinteten los und Singer folgte ihm auf den Füßen. In dem Moment, da sie den Durchgang zum Chor hinter dem Altar erreichten, flog das große Kirchenportal krachend auf und Finsternis legte sich schlagartig über das Innere der Kirche, als hunderte von Kerzen gleichzeitig verlöschten.

Die Finsternis war hier.

Martin hatte die Falltür als Erster erreicht und hielt kniend die schwere Steinplatte nach oben, die vorher den Einstieg zur Krypta bedeckt hatte. Singers Verstand arbeitete nun mit der Präzision einer gut geölten Maschine. Einer verdammt schnellen Maschine, kalt und gnadenlos. Blieb zu hoffen, dass der Geheimgang von der unterirdischen Krypta aus auch tatsächlich weiter nach draußen führte. So oder so, sie mussten es darauf ankommen lassen. Singer half Antonia beim Einstieg und löste dann Martin an der Steinplatte ab. Er gab ihm zu verstehen, ihr in das Loch hinterher zu kriechen und zu rennen – so schnell sie konnten. Als der Junge darin verschwunden war, senkte Singer die schwere Steinplatte über ihren Köpfen ab. Mit einem Knirschen verschloss sie die Öffnung in dem Steinfußboden. Singer erhob sich und schob einen kleinen Schrank über die Stelle, an der die lose Steinplatte im Boden saß. Dann drehte er sich um, um zurück in das Kirchenschiff zu gehen.

In diesem Moment erreichten die ersten Infizierten den Chorraum.

AMEN!

Tod stand in ihren Augen, Tod und Wahnsinn, als sie ihre verkrümmten, blau gefrorenen Arme begierig nach Singer ausstreckten. Dieser richtete sich zu seiner vollen Größe auf und hieß sie mit einem breiten Grinsen willkommen. »Ich liebe dich«, flüsterte er noch einmal, obwohl ihn Antonia längst nicht mehr hören konnte, und hoffentlich schon längst den Gang entlangrannte, gemeinsam mit Martin. Rannte, so schnell sie ihre Füße trugen, der Nacht entgegen. Diese paar Sekunden Vorsprung waren alles, was er ihnen hatte schenken können. Und es war ein teuer erkauftes Geschenk.

Dann trat er den gierigen, toten Wesen entgegen.

Etwas hielt sie offenbar zurück, denn sie heulten schmerzvoll auf und federten rückwärts, wenn sie versuchten, sich ihm auf mehr als einen Meter zu nähern. Sie versuchten es trotzdem weiter. Ihr Hunger nach Grausamkeit und Schmerz war einfach zu groß. Sie waren abstoßend und beinahe mitleiderregend in ihrer verzweifelten Geistlosigkeit, aber das, was in ihren Augen war, hatte jegliche Menschlichkeit verloren.

Singer ging gemessenen Schrittes zurück in das Kirchenschiff, mitten durch die infizierten und besessenen Dorfbewohner, deren geifernde, blau-weiße Masse er teilte wie Moses einst das Rote Meer. Mühelos. Sie streckten ihre Klauen nach ihm aus, hungrig und seelenlos. Und konnten sich ihm doch nicht nähern. *Noch* nicht. Seine Hand fummelte am Reißverschluss der Tasche, die er wie einen Rucksack auf dem Rücken trug, öffnete ihn ein Stück, glitt hinein und fand schließlich, was sie suchte.

Er ertastete das harte Plastik des kleinen Schalters und musste an einen anderen Film denken. Einen, den er als Kind gern angeschaut hatte. *High Noon*, ein alter Western-Klassiker in Schwarz-Weiß aus längst vergangenen Zeiten. Die Ruhe und Lässigkeit, welche die Helden solcher Filme auch inmitten hitzigster Feuergefechte ausstrahlten, hatte ihn damals schwer beeindruckt. In diesen Momenten, kurz bevor die Hölle aus Blei losbrach und es blaue Bohnen regnete, blieben sie ruhig und gefasst wie Maschinen. Eiserne Herzen in einer Brust aus Stahl. Kein Wimpernzucken, bis es vorbei war. Und wenn sie starben, dann stets in Würde.

Ganz so, als ob es im Sterben eine Würde gäbe.

Aber das waren nur Schauspieler in einem alten Film. Das hier war echt. Auf eine absurde Weise beruhigte ihn der Gedanke und er begann zu lächeln. Sein Puls war gleichmäßig, *ruhig und gefasst.*

Er wusste, dass ihm die Marionetten des *Draakk* nicht auf die Pelle rücken würden, bis er vor dem Wesen stand und es mit ihm gesprochen hatte. Oder wie auch immer diese Abscheulichkeit zu kommunizieren pflegte. Der *Draakk* würde ihn über sein Angebot, das er ihm mental übermittelt hatte, nachdenken lassen wie ein erfahrener Gebrauchtwagenhändler, soviel war klar – *Hey, kein Druck hier, Mann. Aber immerhin geht es um die Beherrschung des Universums – sind Sie sicher, dass Sie so eine Entscheidung erst mit Ihrer Frau besprechen müssen?* Singer spürte, wie ein irres Kichern in seiner Kehle aufstieg.

Sein Lächeln gefror, als er sah, was sie mit Christian gemacht hatten. Noch bevor Singer die Mitte des Kirchenschiffs erreicht hatte, waren die Dorfbewohner zu dem benommenen Jungen und seiner toten Schwester gestürmt, allen voran ihr Vater, der schrecklich entstellte Pastor. Christian wurde von zahlreichen Händen hochgezerrt und erst jetzt wurde Singer bewusst, dass dieses ununterbrochene hohe Heulen nicht von einer Alarmsirene, sondern aus dem Mund des Jungen stammte, es war der verzweifelte, greinende Singsang des Wahnsinns. Der Junge hatte die staubige Straße der Vernunft die längste Zeit beschritten und sich in den Büschen abseits der Wege verirrt, und zwar lange, bevor er seiner kleinen Schwester die Kehle aufgeschlitzt hatte. Und hier nun endete seine Reise. Im Grunde war es eine Gnade.

Singer sah, dass sich der Junge nass machte, als sie ihn packten. Die Infizierten zerrten ihn an den kraftlosen Armen hoch und schleppten ihn zu dem *Draakk*, der von den weiß bekittelten Laborwissenschaftlern umstanden in der Mitte des Raumes emporragte. Wie Schoßhunde umringten sie die gigantische Gestalt in einem losen Kreis. Nein, nicht wie Hunde, dachte Singer, vielmehr wie Generäle, sie umstanden ihn wie die militärischen Berater seines Führungsstabs.

Was für eine Farce.

Inzwischen waren einige der Dorfbewohner damit beschäftigt, das blutbefleckte Kreuz mit dem Holzheiland mit Händen und Füßen zu bearbeiten. Dumpf traten sie dagegen und rissen an den dicken Pfeilern des Kreuzes herum. Schließlich gab das Holz nach und die Verankerung des dicken Drahtseils flog aus der Wand. Das riesige Kreuz neigte sich ein Stück nach vorn. Begeistert kreischend und tanzend sprangen sie auf die Holzkonstruktion und brachten sie durch ihr Gewicht endgültig zu Fall. Dann schleiften sie auch Lenas toten Körper vor den reglos dastehenden Draakk und warfen das kleine Bündel neben ihren wimmernden und sabbernden Bruder.

Der Kreis der Dorfbewohner schloss sich um Singer und den *Draakk*. Sie standen in einem losen Halbkreis herum und machten sich nicht die Mühe, ihn festzuhalten. Wozu auch, wohin hätte er schon fliehen sollen?

Schließlich löste sich einer der Weißkittel aus der kleinen Gruppe und kam auf Singer zu. Unter all den Geschwüren und Pusteln hätte Singer ihn beinahe nicht erkannt, aber dann bemerkte er den immensen grauen Bart und die wachen blauen Äuglein in dem Fleischklumpen, der früher ein Gesicht gewesen war. Es war Schlesinger, der ehemalige freundliche Weihnachtsmann. Schlesinger, Astrophysik, zu Ihren Diensten, der ihn in der Lounge des unterirdischen Labors im Sachsenwald mit Doreen Walther bekannt gemacht hatte. Die hübsche Psychologin, die er später im Gang des auf Notbetrieb laufenden Labors gefunden hatte. Sie hatten ihr einen Türknopf ins Hirn gedroschen. Wie lange war das jetzt her? Äonen, schien es Singer.

So vieles war passiert in so kurzer Zeit.

Abgesehen von ihren weißen Kitteln wiesen die Wissenschaftler ein weiteres Merkmal auf, das sie von den Dorfbewohnern unterschied. Sie wirkten wacher, irgendwie mehr bei Bewusstsein, und ihre Bewegungen waren geradezu bemerkenswert drahtig und agil, von einer erstaunlichen Körperspannung und Präzision begleitet, die man sonst nur bei gut trainierten Athleten sah. Während die tobenden Dorfbewohner kaum mehr als ein Rudel Hunde für die irrwitzige Treibjagd des *Draakk* waren, die den Fuchs aus seinem Bau getrieben hatten, waren die Wissenschaftler anders, handelten eindeutig mehr aus eigenem Antrieb heraus. Und das war das Erschreckende, sie befanden sich offenbar im Vollbesitz des ihnen eigenen Intellekts. Und das war eine Menge. Wären sie nicht ebenso von Pusteln bedeckt gewesen wie die Dorfbewohner, hätte man sie für vollkommen normale Menschen halten können.

Schlesinger lächelte Singer an. »Schön, dass wir uns wiedersehen, Dr. Singer!« Abgesehen von einem leichten Nuscheln, hervorgerufen von einer gewaltigen Pustel auf seiner Oberlippe, war es *fast* seine eigene Stimme.

Singer schwieg. Schlesinger nickte bestätigend. »Kraft?«, fragte er Singer unvermittelt. Einen Moment bildete sich Singer ein, ihn »*Kaffee?*« anbieten zu hören. Genau die Betonung hatte es gehabt. »Zwei Stück Zucker?«, »Sahne?«, »*Kraft?*«

»Bedauerlich, äußerst bedauerlich, dass wir Dr. Walther ruhigstellen mussten, finden Sie nicht?« sagte Schlesinger und lächelte aufmunternd unter seiner fetten Pustel hervor. Er drehte die Handflächen in einer Geste ehrlichen Bedauerns nach außen, als habe er den Vorführwagen eines Autohauses bei der Testfahrt leicht beschädigt. *Tut mir leid, ist halt so passiert. Kommt schon mal vor. So ist das Leben. Schwamm drüber!* Singer wurde schlecht.

»Sie wollte nicht mitmachen, nicht dazugehören!« Plötzlich verzerrten sich die Reste seines Gesichts zu einer hasserfüllten Fratze. »Hat geglaubt, sie wäre was Besseres!«

Unvermittelt grinste ihn der Alte wieder an und hob belehrend den Zeigefinger. Singer hätte ihm das Teil samt Hand gern abgerissen und irgendwohin gesteckt, wo es möglichst wenig Licht abbekam, aber er hielt sich mit einiger Mühe zurück.

»Und es war wirklich dringend notwendig. Ja, dringend notwendig, Kraft! Kraft und, äh, …« Nun schien Schlesinger doch etwas abwesend, als hätte er kurzzeitig den Faden verloren. Dann lehnte sich der graubärtige alte Mann blitzschnell vor und flüsterte in Singers Ohr: »Und die Herrlichkeit. Die Kraft. Und die Herrlichkeit! Ja!« Davon war er ganz offenbar ganz und gar begeistert. Schön für ihn, dachte Singer mit Abscheu. Zufrieden wippte Schlesinger auf seinen Schuhsohlen vor und zurück und beobachtete mit einem verschmitzten Lächeln die Wirkung, die seine Enthüllungen auf Singer hatten.

Nach einer Weile fuhr er fort. »Sehen Sie, Er …«, dabei deutete der Wissenschaftler milde lächelnd auf das riesige Wesen hinter sich, »… er ist gar nicht so furchtbar. Hat Hand und Fuß, was Er anstellt. Herrlichkeit! Ja! Er kann Ihnen Dinge beibringen, Sie machen sich kein Bild!« Der Alte blinzelte Singer verschwörerisch zu. Kicherte. Blinzelte.

»Und dann die *Macht* …« Leise, kaum mehr als ein verträumtes Flüstern. Er verpasste sich selbst eine schallende Ohrfeige. »Oooh … Amen!« Jetzt sabberte er in seinen fleckigen, blutverkrusteten Weihnachtsmannbart. »Sehen Sie, mir war ja gar nicht bewusst, wie *alt* meine müden Knochen waren, bevor Er sie mit neuem Leben erfüllt hat. Die Kraft und die Herrlichkeit, ja! Amen! Sogar der alte Liebesknochen ist wieder bestens in Schuss!«, lachte er fröhlich und schob in einer obszönen Geste seine Beckenpartie in Singers Richtung. »Sehen Sie! Die Herrlichkeit, die Herrlichkeit!«, schrie er Singer an.

Dann wurde sein Blick übergangslos verträumt.

»Diese *Dinge*, die Er uns tun lässt, oh ja! Dinge, die Sie sich noch nicht mal in Ihrer erbärmlichen Fantasie zusammenfabulieren können, bis Sie von Seinem Blut gekostet haben. Kraft und die …« Er hielt sich rasch eine Hand auf den Mund, als er das Geheimnis ausgeplappert hatte.

»Herrlichkeit?«, schlug Singer vor. Der erschrockene Wissenschaftler nickte zögernd, die Hand noch immer auf dem Mund.

Das war es also, was die Wissenschaftler vom Fußvolk unterschied, dachte Singer. Sie waren ein Teil des Draakk geworden und er hatte ihnen einen Teil seiner Energie dafür geschenkt. In Blut. Aber sie hatten auch Einblick erhalten in seine Gedankenwelt. Und das hatte die meisten von ihnen offenbar augenblicklich um den Verstand gebracht. Singer hörte dem munter weiterbrabbelnden Alten nicht mehr zu, während dieser fortfuhr, die Vorzüge seines Lebens als seelenlose Marionette der unirdischen Kreatur anzupreisen. Er wusste bereits alles, was er wissen musste.

»... blutjungen Dinger, das wollen Sie ganz bestimmt auch mal ausprobieren, da gehe ich jede Wette ein. Oh, und es tut so gut. Amenkraft!« Aus dem verzückten Lächeln Schlesingers war nun ein wölfisches Grinsen geworden.

»Aber es geht um so viel mehr. Absolute Macht, das ist es. Das ist es! Absolute Macht. Und die möchte Er mit Ihnen teilen, Singer. Es ist ein *Privileg*. Ein so unglaubliches Privileg. Herrlichkeit!«

Schlesinger wuselte wie ein pflichtschuldiger Höfling zur Seite, als der Draakk seinen riesigen Körper hinab beugte, bis der gigantische Schädel direkt vor Singers Gesicht schwebte. Das Maul der Kreatur war ein einziger gefräßiger Abgrund, in dem es nichts als Schwärze und Unmengen langer scharfer Zähne gab. Und dann hörte Singer den *Draakk* sprechen, direkt in seinem Kopf, und er benutzte Schlesingers Stimme dazu. Die Stimme der riesigen Abscheulichkeit war surreal und seltsam wabernd, wie aus einer fernen Galaxie, und doch konnte Singer sie deutlich verstehen.

»DU BIST ANDERS ALS SIE. STÄRKER, BESSER«, sagte die Stimme des Wesens in Singers Kopf, »DU WIRST VON MEINEM BLUT KOSTEN UND SIE ALLE BEHERRSCHEN.«

Mit einem Schlag waren die Visionen wieder da. Sie strömten auf Singer ein, als hätte man eine Schleuse in seinem Kopf geöffnet. Es war eine Welt in Brand. Rot und züngelnd und immerwährend. Ein verfinsterter Himmel, an dem graue Wolken dräuten, tauchte die Landschaft in ein ewiges, rußiges Zwielicht. Auf den Altären zu Singers Füßen räkelten sich Leiber – in wilder Lust ineinander verkrümmt, blutend und schreiend, fetzend und vor Lust zerfließend hatten sie sich mit den Draakk-Wesen zu einem schlüpfrigen roten Bacchanal vermengt.

All diese Menschen waren gekommen, um *ihm* zu huldigen, denn er beherrschte sie, herrschte grausam und gnadenlos im Taumel unergründlicher, wahnsinniger Lust an der Macht selbst und mit jedem Leben, das er aus ihren dargebotenen Körpern presste, wuchs seine Macht. Wuchs ins Unermessliche und ließ bald den jämmerlichen, zerfurchten und gebrandschatzten Planeten in der Schwärze des Alls zurück und wuchs immer noch weiter, bis seine Lust dem gesamten Universum befahl und es ins Verderben und Chaos stürzen würde. Weil er es wollte, weil er es so entschied.

Und in diesem Moment begriff Singer. Begriff den Grund für jedes geschlagene Kind und für jeden Krieg und für jeden Völkermord, der jemals auf seinem Planeten stattgefunden hatte und noch stattfinden würde, bis es endlich ein Ende hatte. Er begriff, was übrig blieb, wenn die Menschheit ihren fadenscheinigen Mantel der Zivilisation abstreifte, die halbherzige Entschuldigung der mühsam von Politik und Religion errichteten Moral.

Das war der dunkle Ursprung jenseits der Zeit, aus dem sie gekrochen waren und in den sie taumelten, seit der erste Urmensch seinen Donnerkeil in den Schädel seines Nebenbuhlers getrieben hatte. Sie waren die *Erben* dieser Wesen. Bastarde, gezeugt aus einem blasphemischen Gewaltakt zwischen dem, was gut und rein war, und dem, wofür der Draakk stand.

Und Singer begriff, dass dies das Ende war. Dass er verloren hatte. Dass sie alle verloren hatten.

Er würde den Rucksack hier absetzen und das Blut des *Draakk* kosten und endlich seinen angestammten Platz in ihren Reihen einnehmen. Den Platz, der dem Letzten aus seiner Blutlinie vorbestimmt war. Er würde herrschen, unterwerfen und vernichten. Bis es nichts mehr zu vernichten gab außer der Zeit selbst. Die Menschheit würde zurücksinken in das wüste Chaos und endlich ankommen, ihr Zuhause finden im Wahnsinn und ihre rastlose Reise durch die Jahrtausende beenden. Und auch Singer würde endlich diesen verfluchten Mantel der Selbstverleugnung abstreifen und aufhören, ein Knecht zu sein. Sein Zorn würde grausam durch das Universum hallen, während alles im Strudel des ewigen Chaos versank.

»KOMM ZU MIR ATLANTÄER. JETZT!«, hörte er den *Draakk* mit fast schon sanfter Stimme in seinem Schädel sprechen.

WIE EINE RICHTIGE KLEINE FAMILIE

Und dann sah er das Gesicht von Anna vor sich, nur für einen flüchtigen Augenblick. Da wusste er plötzlich um die Lüge, die eine, winzig kleine Variable, die nicht passte in der monumentalen Rechnung des *Draakk*. Das unwahrscheinlichste aller Ereignisse, mit dem keiner hatte rechnen können.

Plötzlich *wusste* er, wusste mit Bestimmtheit: Es gab eine Chance, und es würde immer eine Chance geben, egal wie klein sie sein mochte, und für dieses winzige bisschen Zufall lohnte es sich zu kämpfen. Und notfalls zu sterben. Das war es, wofür seine Rasse erschaffen worden war. Und wofür der Letzte seiner Art vor über zweitausend Jahren an einem großen Holzkreuz qualvoll gestorben war. Hoffnung.

Und er konnte sie geben.

»KOMM JETZT, ATLANTÄER!«, forderte die tonlose Schlesinger-Stimme in seinem Kopf.

Er hielt an dem Bild von Anna fest, als seine Finger die Verriegelung des Zünders beiseiteschoben und den Knopf ertasteten. Er schloss die Augen und sah sie deutlich vor sich. Strahlend blonde Locken umspielten zärtlich ihre schönen Gesichtszüge.

Und sie lächelte.

Dann wurde der Bildausschnitt größer und er sah Antonia als kleines Mädchen. Und sich selbst. Sie standen im Hamburger Zoo vor den Affengehegen. Auf Antonias Schulter saß ein kleines Äffchen, das keck nach der Eistüte in der Linken seiner Tochter angelte. Peter Singer lächelte mit geschlossenen Augen.

Dann drückte er den Knopf.

EPILOGE

GEISTERSTADT

Die Erschütterung der Explosion, der die Kirche des kleinen Bergdorfes Igstein zum Opfer gefallen war, war bis nach Einsiedeln zu hören gewesen. Feuerwehr und Bergwacht vermuteten zunächst eine Gerölllawine, die sich vom Gletscher gelöst hatte und machten sich auf der Stelle auf den Weg zu dem tief verschneiten Dorf am Fuße der Schweizer Alpen.

Sie fanden es menschenleer vor.

Bis sie auf die Kirche stießen.

Oder den Platz, an dem früher einmal die steinerne Dorfkirche gestanden hatte. Jetzt bestand dieser Platz nur noch aus einem riesigen Krater und einem Haufen verkohlter und rauchender Trümmer. Ein Gutteil dieser Trümmer waren Gesteinsbrocken, ehemals frühbarocke Fensterbögen, dicke Mauern sowie das kulturhistorisch durchaus bemerkenswerte Eingangsportal der Dorfkirche von Igstein. Einige der Bruchstücke hatten sich in einem dichten Gesteinsregen auf den Dächern der umliegenden Häuser verteilt und diese innerhalb von Sekundenbruchteilen ebenfalls in Ruinen verwandelt.

Auch wenn einige der Häuser erheblichen Sachschaden aufwiesen, waren doch kaum Personen davon betroffen. Kein einziger der Dorfbewohner schien zu Hause gewesen zu sein, als die Kirche in die Luft geflogen war. Lediglich

Marianne Schwegler, die Ehefrau des hiesigen Bäckers wurde mit eingeschlagenem Schädel auf dem Bett des ehelichen Schlafzimmers gefunden, umgeben von sieben verstört maunzenden Katzenjungen.

In den Trümmern der Kirche fand man später eine Menge verkohlter und übel zugerichteter Körperteile, von denen keines identifiziert werden konnte – es war einfach nicht genug unversehrtes Material vorhanden, um eine sichere Zuordnung zu einzelnen Personen zu erlauben. Da man aber keinen einzigen der Dorfbewohner nach diesem Tag jemals wiedersah, nahm man schließlich an, sie seien *allesamt* in der Kirche gewesen, als diese gesprengt worden war. Offenbar waren mehrere Täter in den nahegelegenen Steinbruch eingebrochen und hatten dort das benötigte Dynamit besorgt. Eine *Menge* Dynamit. Mehr als genug jedenfalls, um alles Leben in Igstein im Bruchteil einer Sekunde auszuradieren.

Zwei Tage lang wurde in den Ruinen nach Überlebenden gesucht – selbstverständlich ohne ein einziges Erfolgserlebnis, wie es der hinzugerufene Sprengmeister nach einem kopfschüttelnden Blick auf die Überreste der Kirche vorhergesagt hatte. Wer oder was für diese aberwitzige Tat verantwortlich war, wurde nie schlüssig geklärt, aber es kursierten schon bald verschiedene Gerüchte über eine in den Bergen aktive Sekte oder einen religiösen Kult, an dem die Bewohner Igsteins teilgenommen haben sollten. Ein Zusammenhang mit den Ausgrabungen am Gletscher des Pragelpasses wurde vermutet, konnte jedoch nie nachgewiesen werden, da ein Erdrutsch den Eingang zu der unterirdischen Höhle dauerhaft verschlossen hatte.

Was der Auslöser für diesen Erdrutsch gewesen war, wurde ebenfalls nie zur Gänze aufgeklärt und nach dem Anblick der Dorfkirche, beziehungsweise dem, was davon übrig war, verspürte auch niemand ein gesteigertes Bedürfnis, der Sache weiter auf den Grund zu gehen. Die offizielle Version lautete irgendwann, die Druckwelle der explodierenden Kirche sei dafür verantwortlich gewesen. Seismische Resonanzen oder irgend etwas in der Art. Die Geschichte schaffte es nicht einmal bis in die Einsiedelner Lokalnachrichten, nachdem der Chefredakteur ein anderthalbstündiges Gespräch mit dem zuständigen Polizeikommissar geführt hatte. Sie verließ also nie das Muotatal und auch dort gab man sich alle Mühe, zu vergessen, dass ein Dörfchen namens Igstein jemals existiert hatte. Das ehemals so idyllische Bergdorf, welches die Endstation der Bergstraße in das Muotatal bildete, hatte sich in dieser Nacht für immer in eine Geisterstadt verwandelt.

ZÄHL LEIS' BIS ZEHN

Eine schmutzverkrustete, zitternde Hand tastete sich am Rand des Felslochs nach oben, zog sich langsam, Stück für Stück ins Freie. Eine zerrissene Gestalt in einem zerfetzten Anzug, der einmal sehr teuer gewesen sein musste, stemmte sich unter Aufbietung aller Kräfte aus dem Erdloch und stolperte schließlich auf unsicheren Beinen zu einem der schwarzen Militär-Geländewagen. Mit bebenden Fingern öffnete die Gestalt die Tür, rutschte auf den Sitz und startete die Zündung. Der Wagen begann sich daraufhin langsam in Bewegung zu setzen. Er fand nach einigem Suchen den Rückwärtsgang, wendete und begann schließlich die Serpentinen herabzurollen. Sein Mund formte die tonlosen Silben eines Countdowns, der bei fünfhundert gestartet war. Jetzt war er bei vierhundert angekommen.

Bei dreihundert konnte er die Gletscherspitze immer noch im Rückspiegel sehen. Zweihundertneunundneunzig. Zweihundertachtundneunzig ...

Als er zweihundert erreichte, war er den Berg schon ein ganzes Stück hinabgefahren. Bei einhundert passierte er das Schild mit den abblätternden blauen Folienbuchstaben und dem grinsenden, kleinen Bauarbeiter.

Unter der Vibration des starken Motors spürte er das Zittern kaum, das durch den Berg ging, als er die *Null* seines Countdowns und gleichzeitig die Hauptstraße erreichte. Die dicken Reifen des Armee-Jeeps kämpften sich durch den Schnee und er beschleunigte den Wagen in Richtung Einsiedeln, das er noch erreichte, bevor die ersten Wagen der Feuerwehr und der Bergwacht in Richtung Igstein ausrückten.

IN EINE UNGEWISSE ZUKUNFT

»Es ist tot.«

»Bist du sicher?«

»Nein ... nein, das bin ich nicht. Aber ...«

»Aber wir haben nur diese Hoffnung.«

»Ja, wir haben nur diese Hoffnung.«

Für einen flüchtigen Moment dachte er: *Was, wenn es mehrere davon gibt? Was, wenn es sich fortpflanzen kann?«*

Er verdrängte den Gedanken und sagte stattdessen:

»Ich liebe dich.«

»Ich liebe dich auch.«

Antonia kuschelte sich an ihn und ihre Hände umklammerten das kleine Plüschäffchen, das ihr Vater ihr zum achtzehnten Geburtstag geschenkt hatte und sie schaute blicklos auf die vorbeiziehende, nächtliche Winterlandschaft. Obwohl Martin die Heizung bereits auf Vollbetrieb laufen ließ, gelang es ihr nicht wirklich, die Kälte aus ihren Gliedern zu vertreiben. Schließlich klappte sie den Laptop zu, mit dessen Hilfe sie soeben die letzte E-Mail mit den Überwachungsvideos aus dem Sachsenwald auf ihre Reise um den Erdball geschickt hatte. Sie verstaute das Gerät in ihrem Rucksack auf der Rückbank und als sie die Hand von dort zurückzog, berührte sie etwas Weiches, Flauschiges. Sie drehte sich ein wenig weiter herum und begann, das weiche Fell des alten Bernhardiners zu streicheln, der dort lag. Sie spürte das pulsierende Leben in ihm, die kurzen, hechelnden Atemstöße und das Schlagen des alten, kräftigen Herzens.

Dann begann sie wieder zu weinen.

Was, wenn es mehrere davon gibt?

ABSPANN

Lieber Leser,

und jetzt, da der unvermeidliche Abspann über den Bildschirm flimmern würde, zumindest, wenn dieses Buch ein Film wäre, holen Sie bitte Ihr Original-Vinyl von Megadeths »Peace Sells But Who's Buying«-Album aus dem Plattenschrank und setzen Sie die Nadel auf den Titeltrack. (Es ist die dritte Rille.) Dann schließen Sie die Augen, während der Song auf Maximallautstärke durch Ihr Zimmer dröhnt, und stellen Sie sich wieder vor, sie säßen im Kino und der Abspann liefe. Die Namen all der Menschen, die wichtig und notwendig waren, um diesen Film (beziehungsweise dieses Buch) zu erschaffen, laufen langsam in winzigen, kaum lesbaren Buchstaben (denn es sind so verdammt viele) von unten nach oben über die Leinwand.

Natürlich bleiben Sie noch sitzen, bis der Song und der Abspann zu Ende sind. Nur oberflächliche Idioten verlassen das Kino, bevor die kleinen Lampen an der Seite wieder angegangen sind. Meistens kommt nämlich nach dem Abspann noch etwas – mithin etwas Wichtiges. Und natürlich werden Sie für Ihre Geduld belohnt. Schließlich sitzen Sie in einer L.C. Frey-Produktion! Das Kino bleibt noch für eine Weile dunkel, obwohl die ersten Hektiker den Saal bereits verlassen und ihr Möglichstes versuchen, den Hartgesottenen, wie Sie einer sind, das Kinoerlebnis zu vermiesen. Fantasielose Spießgesellen, die es eilig haben, so schnell wie möglich in ihre tumbe Realität zurückzukehren. Na bitte sehr, sollen sie doch.

Dann wird der Riesenbildschirm wieder hell und Sie kriegen Ihre erhoffte Bonusszene, während Ihnen die letzten Takte von »Peace Sells …« noch in den Gehörgängen nachklingen.

Also, hier ist sie.

Viel Vergnügen!

NACH DEM ABSPANN

20. Dezember, 37.543242,-115.772617, US-Militärbasis, Nevada, U.S.A.

D
r. Willis fand, die Luft in dem spartanisch einge-
richteten Büro atmete sich wie Gelee. Dick und
zähflüssig füllte sie seine schmerzenden Lungen
und versorgte seinen Körper mit dem absoluten Mindest-
maß an Sauerstoff.

Und dabei hatte sein Büro immerhin eine Klimaanlage. Im
Gegensatz zu denen in den unteren Stockwerken, in die lediglich ein künstlich erzeugtes Luftgemisch geblasen wurde. Absolut ausreichend, um zu atmen, ja – aber meilenweit
entfernt von echter, frischer Luft. Und jetzt stand dieser
Tanner schon wieder vor ihm und ergötzte sich an der Echt-
Luft in seinem Büro. *Seiner* Echt-Luft.

Willis' Oberhemd klebte an seinem verschwitzten Rücken
trotz des Tausend-Dollar-Bürostuhls mit den luftdurchlässi-
gen Maschen an Sitz und Lehne. Er hatte seine Krawatte
gelockert und die oberen beiden Knöpfe des Hemds geöffnet – er machte sich keine Illusionen über den Geruch im
Büro, Luftumwälzer hin oder her. Aber dieser Tanner war
ein anderes Kaliber, er *stank förmlich zum Himmel*, und
Gott allein wusste, wonach. Es war jedenfalls nicht der Geruch von Schweiß, der aufgrund ehrlicher körperlicher Arbeit geflossen war, stellte Willis fest. Nein, dieser Typ roch
vielmehr, als käme er aus einer Zeit, in der es weder flie-

ßendes Wasser noch Seife gab. Direkt aus dem beschissenen Mittelalter. Oder der Steinzeit, als seinesgleichen noch auf Bäumen herumgetobt war und sich die Läuse aus dem Fell gelesen hatte, zumindest in Willis' Vorstellung. Und vielleicht lag es auch einfach nur daran, dass Tanner ein verdammter *Nigger* war. Darüber musste Willis innerlich ein bisschen schmunzeln. Ja, aller Wahrscheinlichkeit nach war *genau* das der Grund für den Geruch, den dieser Tanner verströmte. Ekelhaft.

Nun, die Leute waren schließlich nicht hier, um angenehm zu riechen (auch wenn es in Willis' Augen sicher nicht geschadet hätte, ein paar mehr *richtige* Menschen anstatt der *Nigger* einzustellen), sondern um zu arbeiten.

»Also – was gibt's Neues von der Krankenstation, Dr. Tanner, konnten Sie unseren kleinen Problemfall endlich isolieren?«, fragte Willis ungeduldig und gab sich Mühe, seine Stimme möglichst gönnerhaft klingen zu lassen.

»Ehrlich gesagt, nein. Wir können machen, was wir wollen, aber Mr. Redmans Körper nimmt die Sporen einfach nicht an. Alle anderen, äh, Organismen waren sofort infiziert, aber bei ihm wird das Virus auf der Stelle isoliert und ausgeschieden. Er scheint tatsächlich immun zu sein. Spricht auf keine Dosis oder Behandlung an.«

»Das heißt, er pisst und scheißt das Virus einfach wieder aus?«, fragte Willis. Er hasste es, wenn ein Nigger versuchte, wie ein gebildeter Mensch zu klingen.

»Äh, gewissermaßen, ja.«

»Na schön, Tanner. Und wie zum Teufel macht der Bursche das?«

»Da liegt ja das Problem«, grinste Tanner unsicher. Dabei entblößten seine Lippen zwei Reihen großer, blendend weißer Zähne. *Wieso grinste dieser Typ eigentlich jedes Mal so dämlich, wenn er schlechte Nachrichten überbrachte? Und wieso überbrachte er eigentlich so verdammt oft schlechte Nachrichten?*

»Ich habe keine Ahnung, ehrlich gesagt. Wir haben alles an ihm untersucht, sein Blut ist genau wie bei allen anderen, er bekommt dieselbe Nahrung und war auch sonst normal. Alles total auf Linie. Der wandelnde Durchschnittsbürger, sozusagen«, erklärte Tanner und grinste noch ein wenig breiter und nervtötender.

»Na gut«, sagte Willis und widerstand dem Impuls, Tanner das dumme Grinsen mit der Faust aus dem Gesicht zu wischen. Aus dem *Nigger*-Gesicht. »Wir müssen trotzdem wissen, was ihn immun macht. Finden Sie es raus, forschen Sie weiter, treten Sie Ihren Leuten gehörig in den Arsch! Und denken Sie dran: Uns läuft die Zeit davon. In zwei Tagen kommt die Lieferung und dann *müssen* wir wissen, wie Mr. Redman seinen kleinen Trick vollführt, verstanden?«

»Die Lieferung, äh ja. Dieses Wesen aus dem Tikaboo-Peak, natürlich. Ähm … Ist es eigentlich wirklich ein Außerirdischer?«, fragte Tanner interessiert. *Bekam richtig große Augen, dieser Tanner-Boy. Der neugierige Ausdruck in seinen kohlrabenschwarzen Augen stand ihm kein bisschen*, fand Willis. *Stand ihm überhaupt kein bisschen.*

Willis schaute nachdenklich von seinen Papieren hoch und musterte den Chefarzt der Humanlabore. Wer hatte diesen Tanner eigentlich rekrutiert? Er selbst? Hoffentlich nicht. Die mittelschwere Katastrophe zu vertuschen, die vor ein paar Tagen bei den Deutschen passiert war, hatte wahrlich genügend Ressourcen gekostet. Fehlte noch, dass er sich ebenfalls einen Schnitzer leistete, und solche Idioten wie Tanner *draußen* herumliefen und Blödsinn von irgendwelchen Außerirdischen verbreiteten! Und die Tatsache, dass dieser Blödsinn eigentlich gar kein so großer Unfug war, sondern ziemlich genau der Wahrheit entsprach, die in diesem Moment in einem getarnten Kühltruck auf dem Weg durch die Wüste hierher unterwegs war, machte die Sache auch nicht direkt besser ...

»Ich schlage vor, Sie stellen weniger Fragen und machen sich an Ihre Arbeit, Dr. Tanner. Finden Sie raus, was Mr. Redman immun macht. Und isolieren Sie es, verdammt noch mal! Und zwar schnell.«

Mit einer Geste, als wedele er eine lästige Fliege fort, wies er Tanner die Tür und widmete sich wieder seinen Papieren. Als die Tür hinter Tanner ins Schloss gefallen war, machte sich Dr. Willis eine Notiz auf ein kleines Stück Papier:

Tanner – Risiko?

Danach ging es ihm etwas besser. Hätte Willis für eine andere Firma gearbeitet, hätte er vielleicht »Personalgespräch?« geschrieben oder eventuell auch »Kündigung?«

Allein, sie arbeiteten für keine *dieser* Firmen. In ihrem Geschäft wurde man nicht gekündigt. Und selbst kündigte man auch nicht.

ENDE

Denn wenn ich eines weiß,
dann, dass nichts,
nicht das Geringste,
jemals ohne Sinn geschieht.

Inschrift auf dem Grabstein von Anna und Peter Singer

NACHWORT

Alle Figuren und die gesamte Handlung dieses Buches sind frei erfunden, einige der vorkommenden Orte gibt es tatsächlich, wobei ich mir die Freiheit genommen habe, diese teilweise umzubenennen oder sie so zu verändern, wie es die Geschichte erforderlich zu machen schien. Man möge mir diese Freiheiten verzeihen.

Insbesondere die Bewohner des Muotatals sind mir in der Realität durchweg als ganz hervorragende, liebenswerte Menschen bekannt und in Erinnerung. Und ja, es gibt sie tatsächlich, die Langhaarigen und ihre jährliche Versammlung der »Krachmusik« inmitten der alpinen Idylle des Muotatals – der kundige Leser wird wissen, welches Musikereignis damit gemeint ist.

Die angegebenen Automobil- und Whiskymarken gibt es wirklich. Und ich kann Letztere durchweg empfehlen.

Inwieweit die dargestellten beziehungsweise angedeuteten politischen und gesellschaftlichen Zusammenhänge eines totalitären Überwachungsstaates unter der Kontrolle weltweit operierender Konzerne heute überhaupt noch eine Utopie (beziehungsweise Dystopie) oder bereits existierende Realität sind, möge der geneigte Leser hingegen für sich selbst entscheiden. Denn nichts, wie Sie wissen, ist so subjektiv wie die objektive Realität. Glauben Sie nicht? Wieso zur Hölle lesen Sie dann überhaupt Bücher – was denken

Sie eigentlich, was wir hier den ganzen Tag so treiben, auf der anderen Seite des Spiegels, hm?

Keine Angst, das war nur ein kleiner Scherz.

Vielleicht.

L.C. Frey, Leipzig, im August 2013

P.S. Falls es Sie interessiert:

Diese Story wurde von März 2012 - Dezember 2013 an so illustren Orten wie in einem Zug der Deutschen Bahn, dem Laptop einer Freundin, meinem eigens zu diesem Zweck angeschafften Smartphone und meinem guten, alten PC niedergeschrieben. Auf keinem der beteiligten Geräte ist ein Apfel abgebildet.

DANK

Mein aufrichtiger Dank gebührt Felix und Wolma Krefting, ohne deren Engelsgeduld dieses Buch nie fertig geworden wäre.

Und natürlich Krissy, der besten Probeleserin (unter anderem), die man sich überhaupt wünschen kann – und weil sie meine gelegentlichen Monologe auch noch erträgt, wenn Sie das Buch schon längst zugeklappt haben.

*

Meinen Eltern für das Geschenk der Freiheit.

Und Ihnen, liebe Leserin und lieber Leser, ich hoffe, Sie hatten ihren Spaß mindestens so sehr wie ich beim Schreiben!

Danke!

*

ANHANG

Ihnen hat diese Geschichte gefallen?

Dann würde ich mich über eine positive Bewertung freuen. Sie wissen doch, ein Autor braucht jede Bestätigung, die er bekommen kann - und was wäre wohl eine größere Motivation als ein aufbauender Kommentar von Ihnen, lieber Leser?

Hier können Sie mein Buch bei Amazon bewerten: **http://amzn.to/1cvTwj6**

Weitere Bücher und aktuelle Neuigkeiten zu meinen Geschichten finden Sie hier: **www.LCFrey.de**

Ich würde mich freuen, wenn wir in Verbindung bleiben!

Herzlichst,

Ihr

L.C. Frey

INHALT

MEHR VON L.C. FREY

Auszug aus

BLUE: Jake Sloburn Horror-Thriller

Als Ricky das Quietschen der Reifen des davonrasenden Toyota hörte, kam er schlagartig zu Bewusstsein. Vor seinen Augen tanzten unzählige kleine Lichtpunkte auf hässlichen, grellbunten Schlieren aus Licht und die Dunkelheit an den Rändern seiner Wahrnehmung drohte wieder über ihn hereinzubrechen, aber er kämpfte sie zurück, und *Etwas* schien ihm dabei zu helfen. Das, was ihn unsanft aus der Bewusstlosigkeit gerissen hatte, hielt ihn auch weiterhin wach. Dieses Etwas sorgte dafür, dass er seinen Oberkörper aufrichtete und den Hals reckte, um den Wagen sehen zu können, der den Hügel hinab und auf das Stadtzentrum zu raste. Dieser Wagen, ein blauer *Starlet*, war das Einzige, das Ricky in diesem Moment wirklich wahrnahm. Die ihn umgebenden Häuser, die Straße und der blutige Fußweg, auf dem in einiger Entfernung die verbeulten Reste seines Fahrrads lagen – all das versank in der Schwärze, so als blicke Ricky durch einen langen Tunnel, an dessen Ende es nur den kleiner werdenden *Toyota* und dessen Fahrer gab. Von seiner Stirn tropfte Blut auf seinen Kapuzenpulli, und bildete dort hässliche, dunkle Flecken. Seine Jeans waren an mehreren Stellen aufgerissen, an seinem Knie begann eine lange Schürfwunde, die sich bis zu seinem Oberschenkel fortsetzte, fast bis auf Höhe der Shorts, die er trug. Auf den Shorts waren kleine Bugs Bunnys abgebildet, die in Mohrrüben bissen. Die meisten der Häschen waren nun rot getränkt vom Blut des Jungen.

Er hatte ihre Gesichter deutlich durch die Scheibe gesehen, kurz vor dem Aufprall. Zumindest das des Fahrers. Und er hatte Franky erkannt, weil Franky früher öfter mal mit seinem Dad und ein paar anderen Fischern rumgezogen war. Nicht direkt ein Freund der Familie, aber immerhin ein flüchtiger Bekannter, so wie sich die Fischer in Port eben untereinander gekannt hatten, damals.

Ricky López versuchte aufzustehen und knickte sofort wieder ein, verharrte dann vor Anstrengung zitternd in einer knienden Stellung. Dabei ähnelt er einem mittelalterlicher Knappen, der nach einer ehrenvollen (und ungemein blutigen) Schlacht seinen Ritterschlag erwartet. Die Bänder seines rechten Knöchels waren glatt durchgerissen, der Knöchel selbst begann sich rasch mit Blut zu füllen und anzuschwellen, bis er ganz dunkelblau war und die Größe einer Männerfaust erreicht hatte. Seine Arme waren aufgeschürft und bluteten, zwei Finger an seiner rechten Hand standen in einem unnatürlichen Winkel ab. All das bemerkte Ricky genauso wenig wie die Zeitungen, die über die Straße und den Bürgersteig flatterten. Er hielt seine Arme vorgestreckt und starrte dem kleinen, blauen Toyota hinterher. Der Anblick hatte (von dem ganzen Blut abgesehen) fast schon etwas Komisches, so als wollte er die Insassen auf diese Weise davon abhalten, Fahrerflucht zu begehen. Aber natürlich funktionierte das nicht. Er war schließlich nicht *Magneto*, er war noch nicht mal *Captain Beyond*. Er war nur ein Junge.

Seine Hände vollführten ein paar hilflose Gesten in der Luft, zittrig und schwach, dann ging ein Ruck durch Rickys Körper und er erstarrte für einen Augenblick, bevor er erneut leblos auf dem Bürgersteig zusammenbrach.

Ein Schmetterling, dessen Flügel in dem gleichen, metallischen Blauton schimmerten wie die brüchige Lackierung des kleinen Toyota (zumindest an den Stellen, die nicht von Rost zerfressen waren) flatterte vorüber und setzte sich auf den Arm des reglos daliegenden Jungen. Rickys Augen waren fest geschlossen, er hatte wieder das Bewusstsein verloren, aber er konnte den Fahrer des blauen Toyota noch immer deutlich vor sich sehen. Ein sanftes Lächeln der Befriedigung stahl sich auf Rickys blutleere Lippen, als er vollends in die Schwärze hinüber glitt. Der kleine, blaue Schmetterling klappte seine Flügel auseinander und ließ sich von einem Windstoß empor tragen. Dann flatterte er durch den Vorgarten davon, der zum Haus von Eli Schmid gehörte.

Als Mrs. Schmid den Knall auf der Straße hörte, saß sie gerade im ersten Stock auf dem Topf und machte, was eine Dame eben tut, wenn sie auf dem Topf sitzt. Seit Dr. Skolnick ihr die neuen Pillen gegeben hatte, war eine gewisse Regelmäßigkeit in ihre Körperfunktionen zurückgekehrt, ein Umstand, den sie auf eine stille, dankbare Weise genoss. Da Eli Schmid es ratsam fand, erst eine Sache zu Ende zu bringen, bevor sie mit der nächsten begann (Eine Angewohnheit, die dem, was die Leute als Weisheit des Alters bezeichnen, bedenklich nahe kam.), beendete sie zunächst in aller Ruhe ihr Geschäft. Nachdem sie mit den damit verbundenen Handgriffen fertig war, und ihre Wäsche wieder an den rechten Platz gerückt hatte, hievte sie sich von dem Plastiksitz, den ihr Jimbo vor ein paar Jahren auf das Klo gebaut hatte - ihr kleiner, weißer Plastikthron, wie sie manchmal sagte, der den Sinn hatte, ihr nach besagtem Geschäft das Aufstehen zu erleichtern. Wer wollte schon gern auf dem Klo sitzen bleiben und verhungern, weil er nicht wieder hochkam?

Sie wusch sich die Hände in dem kleinen Waschbecken, trocknete sie an dem sauberen Handtuch daneben ab und griff dann nach einem in die Wand eingelassenen Metallbügel, um sich bis zur Klotür zu hangeln, vor der sie ihren Treppenlift geparkt hatte. Dann ließ sie sich auf die Sitzfläche des Lifts fallen und drückte einen Knopf, worauf sich das kleine Gefährt mit einem leisen Surren in Bewegung setzte und sie hinab ins Erdgeschoss des kleinen Häuschens brachte, wo am Treppenabsatz ihr Rollstuhl auf sie wartete. Sie setzte aus dem Lift in den Rollstuhl über und fuhr dann zum Fenster im Wohnzimmer, von dem aus sie auf die Straße vor ihrem Haus hinaus blicken konnte.

Als Erstes fiel ihr die Radkappe auf, die auf der gegenüberliegenden Straßenseite lag. Die Sonne war für einen Moment durch die dichte Wolkendecke gebrochen, wie um die Szene zu beleuchten, und ließ das Metall der Radkappe geheimnisvoll blitzen und funkeln.

Dann entdeckte sie den leblosen Jungen, der auf ihrer Seite des Bürgersteigs in einem kleinen See aus Blut lag. Eli Schmid fasste sich an die Brust und ließ sich schwer in ihren Rollstuhl sinken. Dann betätigte sie den Knopf, der den Rollstuhl startete und fuhr auf das kleine Tischchen neben der Tür zum Flur zu, wo neben einer Vase mit einem Strauß Plastikveilchen ihr Telefon stand.

BLUE
Jake Sloburn Horrorthriller

"Die beste Fortsetzung, d ie ich je gelesen habe!"

"Der Hammer!"

"Genial wie King."

"Es ist wie eine Sucht, ich konnte das Buch einfach nicht weglegen."

"4/4 Punkten. Mit Sternchen."

"… Stephen King mit einer gehörigen Portion Selbstironie."

"Ganz großes Kino – Geheimtipp!"

BLUE – Jake Sloburn Horror Nr. 2

Ein Familienvater dreht grundlos durch. Am Strand wird die Leiche eines unbekannten jungen Mannes gefunden. Ein verliebter Teenager verfügt plötzlich über Superkräfte und auf dem Friedhof über der Stadt ist regelrecht die Hölle los.

Port, einst ein pittoreskes Fischerstädtchen und eine beliebte Touristenmetropole, wird von seltsamen Mächten heimgesucht, seit die Fabrik auf den Hügeln über der Stadt steht. Nun weht ein rauer Wind durch die alten Gassen des heimgesuchten Küstenortes. Ein tödlicher Wind.

Jede Menge schräger Gestalten, obskurer Rituale und merkwürdiger Begebenheiten mit meist tödlichem Ausgang – Das sind die Zutaten von Jake Sloburns zweitem Abenteuer. Atemlose Spannung für Horrorfreaks mit einer ausgeprägten Vorliebe für pechschwarzen Humor.

Willkommen in Port, New Hampshire – wo nichts ist, was es zu sein scheint.

Www.JakeSloburn.de
Als E-Book und Taschenbuch erhältlich.

NEST
JAKE SLOBURN HORRORTHRILLER

"Großes Kopfkino!"

"Cool, unappetitlich, spannend. Absolute Leseempfehlung!"

"Flüssiger Schreibstil, Spannung vom Anfang an, Sex und natürlich literweise Blut – L.C. Frey hat Talent und 'ne Menge kranker und abartiger Ideen."

"… konnte ich das Buch nicht mehr aus der Hand legen."

"Grandioser Geschichtenerzähler lässt die Puppen tanzen - Unbedingte Leseempfehlung!"

NEST – Jake Sloburn Horror Nr. 1

Aus Lust wird Ekstase...

Vier Jugendfreunde um die 30 wagen sich zum ersten Mal in ein Bordell. Das abgelegene Haus am Waldrand scheint der richtige Ort zu sein, um sich ihren geheimsten Wünschen hinzugeben. Tatsächlich scheinen die außergewöhnlich hübschen Mädchen hier über ganz besondere Fähigkeiten in Liebesdingen zu verfügen.

...und aus Ekstase wird Tod.

Doch plötzlich verschwindet einer der Jungs nach dem anderen und der Lusttaumel gerät zu einer irren Nachtfahrt in den Strudel des blanken Horror. Die Mädchen sind weit mehr, als sie zu sein scheinen - wenn sich der Horror und die Lust des Fleisches vereinen.

Nie war das Grauen anziehender. Ein abgründiges Lesevergnügen aus der bizarren Welt des Jake Sloburn.

WWW.JAKESLOBURN.DE
Als E-Book und Taschenbuch erhältlich.

Ebenfalls von Lutz C. Frey

PSYCHO GIRL STORY
Kurzgeschichte

»Kurzweilig. Überraschend. Tiefschwarz.«
(Review auf Amazon.de 5/5)

»Böse, böse ... «
(Review auf Amazon.de 5/5)

Die junge Nora scheint ein Ausbund der Freundlichkeit – zuvorkommend, hilfsbereit und immer lächelnd wird sie schnell zum Liebling aller Kolleginnen in ihrer neuen Firma. Doch hinter der hübschen Maske des schüchternen Mädchens lauert eine grausame Psychopathin – auf der Suche nach Liebe, Lust und Erfüllung ihrer unfassbaren Fantasien.

Als sie ihrem wesentlich älteren Chef verfällt, glaubt sich das junge Mädchen am Ziel ihrer seltsamen Träume und versucht mit allen Mitteln, ihn für sich zu gewinnen. Und da sie ein sehr böses Mädchen ist, stehen ihr eine Menge Mittel zur Verfügung.

Skrupellos räumt sie jedes Hindernis aus dem Weg, das sich zwischen sie und ihren Vorgesetzten stellt.

Eine rasante Steilfahrt in den Abgrund menschlicher Verderbtheit Das Verlangen des ungleichen Paars erreicht immer neue, schwindelerregende Höhen auf der Suche nach dem ultimativen Kick. Werden sie auch die letzte Grenze überschreiten? Traum oder Realität? Tauchen Sie ein in die verzerrte Welt eines eiskalten Engels!

Lassen Sie sich in einen rasenden Strudel des Verlangens ziehen, denn:

Auch Psychopathinnen brauchen Liebe!

Als E-Book erhältlich.

IMPRESSUM

Ein Telefon besitzt Lutz C. Frey nicht und seine Adresse möchte er auch nicht öffentlich bekannt geben, was nicht wirklich verwunderlich ist. Schließlich rennen dort draußen jede Menge Verrückte herum und manche von denen haben sogar Aktentaschen. Aktentaschen!

Des Weiteren sieht sich Lutz als Autor in erster Linie seinen Lesern und erst in zweiter (oder vielleicht auch erst vorletzter) Instanz einem Rechtssystem verpflichtet, welches seiner persönlichen Auffassung nach lediglich das Attribut "Absurd" verdient. Und das auch nur, weil Lutz ein sehr wohlmeinender Mensch ist.

Um der Impressumspflicht dennoch genüge zu tun, sind hier die Kontaktdaten einer kleinen Firma in Leipzig angegeben, die sich in Lutz' Auftrag um alles kümmert, was den Inhalt dieser Publikation betrifft - versprochen!

Sollten Sie wirklich nichts Besseres mit Ihrer wertvollen Lebenszeit anzustellen wissen, schreiben Sie doch die an.

L.C. Frey
c/o IDEEKARREE Medien Leipzig
Herr Alexander Pohl
Alfred-Kästner-Straße 76
04275 Leipzig

Tel. 0341- 5199 475

www.ideekarree.de

Printed in Germany
by Amazon Distribution
GmbH, Leipzig